風雲時代

最後的反攻

司馬中原 著

目錄

卷之一・雪野紅梅

王老實的身子像刺蝟般捲縮著，射口外面是兩座山夾峙的谷地，早在春夏間，部隊追擊共軍，曾從這裡進出過。朝谷口向東，長白山的餘脈重疊著，一座比一座高，王老實隸屬的部隊，是一支傳統裝備的部隊，全不像擁有美式機械化裝備的新六軍，開拔的時候，車隊捲起瞇人眼目的沙煙，重炮輪子滾過，地都會發抖。

長官也估量出這個老式裝備的師，幾門日式小山炮火力不足，特別把新六軍的兩門一〇五榴彈炮配屬過來。哇，那可不是蓋的，乒乓五四的一陣猛轟，真它娘地動山搖，遠遠的山脊梁上，炮煙結成一片升騰的白色雲霧。早先的對手裝備更差，六〇迫擊炮根本不夠看的，部隊有重炮助陣，追那些土共就好像在老家追兔子。

不過，打仗總是真砍實殺玩命的事，即使是小接觸，也會有幾個掛彩回去喝肉湯，掛彩真的有肉湯喝嗎？騙死你個笨蛋豬腦袋，那只是嘲謔的口頭語，能容你及時裹傷後送，今天死不掉就算喝了肉湯啦！

在連裡，王老實的年紀比許多人都大些，甚至比連長還大六七歲，實在他是在魯西老家

6 最後的反攻

跟人當夥計的，莊稼活計他懂得不少，牽牛拉耙，閹豬閹羊他都幹得，只是人長得矮，頸子又有點歪，腦瓜子遲鈍，木木訥訥不太會講話，東家也沒把他當回事。鬼子投降後，魯西反反覆覆的亂過一陣子，後來鄉角落過大兵，天黑後敲東家的門，說是要找人帶路，東家就把他指派上了。

王老實很樂乎，中央的隊伍自家人，都又正模正規的，單看他們的帽花兒，王老實就想哭，這些年，鬼子下鄉掃蕩，他爹被鬼子砍了，他娘跳了蘆塘，這好，總算熬到自家的軍隊來了，替他們帶帶路是該當的。部隊打西南朝東北走，說是開向省城，王老實帶領的是這支隊伍的尖兵連，連長正好是魯東的老鄉，連長的勤務兵是嶗山人，另一個號兵是河南南陽人，都跟王老實談得很投契。

隊伍走到二天早上，來到一個大寨子，在寨口停下休息，誰知寨裡出來許多人，先是看過兵熱鬧的，隨後村裡拖白鬍子的長老也出來了，說是難得中央大軍過境，一定要招待吃餐飯，連長不答應，說隨身帶得有乾糧，又說明這只是先頭部隊，後頭大部隊還有近萬人，就算你們把糧種湊乎上，也未必夠吃一頓的。

白鬍子長老無論如何不依，一個硬拖一個死讓，不久，師部開到，騎馬的師長滾鞍下來搭話，有感於陷區同胞的情意，整師部隊全停頓休息下來。

王老實記得那餐飯，算是他幾年來吃得最好的，大盆的山毛栗子燉雞，大塊滴油的豬肉，現從汪塘撈起的肥鯉，吃得他上打飽嗝下打屁，油從鼻孔朝下滴，飯後不久吹響行軍號，離寨不上十里，王老實肚子咕咕響，腸子絞痛得渾身豎汗毛，連長看他額角滾下黃豆大的汗顆子，痛得咬牙，便對他說：

「歪頭老哥，還能撐得住嗎？你要想回，讓軍醫開點藥你吃，你就回去罷，帶路咱們朝前再找人。」

「不，」王老實說：「俺只是草腸子，受不了油，拉拉瀉瀉，一歇就會好的！」

「也好，」連長說：「先替你叫抬擔架。」

帶路的民伕上擔架，要扛槍吃糧的老總抬著走，這倒是新鮮事兒，這消息不到半天就傳遍全師，弟兄們沒有不笑得前仰後倒的。好在王老實吃了軍醫開的藥，又拉了幾泡稀屎也就沒事了。

傳令兵王掛毛跟他聊聒，兩人敘起同宗關係來，王老實問起怎麼當的兵，王掛毛說他十四歲就跟住他叔，他叔在省保安吃糧，大亂裡，省保安西撤，去了河南，先後到過鄭州、信陽，省保安被改編，他也補了個名字好吃糧，他叔跟他說：

「掛毛兒，橫直要抗日打鬼子，有槍在手上總比沒槍好，咱叔姪倆一道幹，有一天會打回老家！」

號兵李有吉原是老家聯莊會的吹角手，為保鄉護產，常跟那些土匪霸爺們接火對陣，雙方拚戰時，李有吉吹起彎彎的牛角哨兒，嗚嗚的角聲直能沖天煮雲，使人聽了血氣朝上奔湧，閒來無事時，他會吹嗩吶，從牛角、嗩吶改吹洋號，對他是輕而易舉的事，只是角聲的變化少，只能依長聲、短聲、長短夾雜聲去定行止進退，遠不如洋號那樣清脆悅耳，聽號音已經成爲當兵的第一課，那可是號兵最得意的地方。

部隊行進了一整天，號音連接著傳遞出休息的訊息，那可是王老實最高興的時刻，連長帶著傳令去巡視宿營地，安排值夜的崗哨，佈置停當之後，就是他和掛毛兒和李有吉瞎侃的時間。甭看傳令和號兵跟他一樣，都是一鼻兩眼，人家走的路多，經的事多，談起任何事，知道的都比他多上萬倍。

「嗳，老實兒，」傳令兵掛毛兒說：「你替咱們帶路，一宿沒回家，你那口兒，怕是把蓆子全抓破了罷?!」

「你說抓蓆子?!」王老實被弄得暈糊糊的。

「嗨，女人想把男人，翻來覆去睡不著，能不抓蓆子嗎？」李有吉笑得有些邪氣。

「屁話，俺是老光棍！」王老實這才會過意來：「誰替俺抓蓆子啊？」

「它娘的，驢頭硬湊上馬嘴，算咱們褲襠放屁——全它娘弄到兩岔去啦！」掛毛兒眼瞟著號手說。

「老實哥，你三十掛零還打光棍？讓您的二哥夜爬五指山？」李有吉說：「咱們可全估量錯啦！」

「俺這三寸丁，還比不上賣煎餅的武大郎，一條破褲子還穿了五年，不信你倆個瞧，上上下下十來個補釘，全是俺親手打的，就算有個潘金蓮想嫁給俺，俺也愁沒煎餅可賣，很難養活她呢！」

「嗨，過這種霉日子，你爲啥不吃糧當兵啦?!」掛毛兒說：「你沒家沒累，兩個肩膀扛張嘴，當兵之人，走到哪兒全不愁沒糧吃。」

「俺是當兵吃糧的料嗎？」王老實淒淒的笑著，兩肩抖抖的，像是在啜泣。

「沒啥料不料的，」傳令兵王掛毛說：「只要俺跟有吉幫你向連長講一聲，替你補個名兒就得啦！你承應不承應？」

「這……俺得好生盤算盤算。」王老實囁嚅的說。

「不要緊，等你主意打定了，再跟咱們說一聲。」

部隊到了省城，王老實又認識了新朋友，這些人分別打從不同的地方來，每個人的背後都有一長串不同的故事，唯一相同的是他們都不是官長，而是打算連屎腸兒都一起賣掉了的士兵。他們說話全沒顧忌，有啥說啥。伙伕頭老湯更是一根直腸子，在他的話裡，聽不出半點虛假。他說：

「老實哥，我是蘇北海州人，當年是被『動員』兵『動員』入的伍，他們說：『不打鬼子就是孬種！』我不是孬種，所以就拋下新成親的老婆出來了！他們問我早先幹的啥，我說：替人做宴席的，他們就把我撥進伙伕房，十年的媳婦熬成婆，我全憑本事熬成伙伕班長。人說：人是鐵，飯是鋼，連長不吃我的戰飯，照樣當不成連長，我在連上一把罩，全是熬來的呀！」

「老實哥，你要是投軍，千萬甭進伙房，」機槍手老侃說：「遇上長途行軍，你得挑鍋灶，累得你東倒西歪，人家伸腿歇息了，你得先覓柴取水，埋鍋造飯，飯不能及時開出來，你得跟老湯一道挨板子。你當我的預備手最好，我扛槍，你扛彈藥，我包你三天就入行。」

王老實的心被說動了，並不在乎選哪門子，他在老家也只是牽牛拉耙，成天悶著頭幹吃重的農活，夜來睡在牛棚角角上，東家從來也很少跟他搭話，要真一輩子窩在家根，想想也沒啥味道。如今，這些攤展在馬燈光暈下的臉，顯得那麼熱切和善，要是大夥兒能聚在一道，天南地北的走走，倒也挺愜意。

那夜他點了頭，二天就換上了軍裝。

他們的部隊，是在第二年的初夏開到東北來的。他自小就聽老一輩子講過許多走關東的故事，要不是跟隨部隊，他這一輩子也不會到關東來。初到關東時，他對這兒山雄水闊和平野綿延的景致幾乎著迷，無怪日本鬼子對這兒垂涎三尺，更無怪北方的俄國佬也想來搶奪它，這兒的田地肥沃，彷彿能一把捏出油來。但他這回來關東，情形跟祖輩們完全不一樣，祖輩們當年是來開墾安家的，部隊開過來是要跟共軍開火打仗的。王老實沒能當上機槍預備手，連長看他是個又土又笨的矮冬瓜，就把他派進伙房，替老湯挑鍋灶。

隊伍在瀋陽附近駐屯不久，就奉命朝東南出擊了。

王老實腦瓜子裡沒幾條紋路，連綁腿都打不好，但挑行軍鍋和盆盆罐罐倒很來得，他覺得那要比老家擔水輕鬆得多，肩上的扁擔悠悠晃晃，使他趕起路來像出廟會，有點像在跳神。

開初幾場仗是在攻打山區，槍一響，老湯就判定對方只是一些盤踞山區的土共，根本不經打，果不其然，伙房裡的餅還沒烙好，一座山頭就拿下來了。王老實問老湯怎會料得這麼準?老湯笑說：

「傻蛋，你要學著點，懂得聽槍音，咱們用的槍，是日軍留下的三八式步槍經過絞膛的九九式，打出去嘣嘣響，對方要是林彪的正規步隊，用的多是俄製大蓋槍，七九大盤機槍，聲音很悶重，如今對方的槍音雜亂，有的篷篷，有的砰砰，有的比溜比溜，分明是各式雜牌槍。對方一響槍，底牌就亮出來啦！」

山區在小鎮東邊，一眼望過去，那些山像疊羅漢似的一層疊著一層，自己這個連攻占的，只是一座蛤蟆丘，而另一座有斷崖的山仍在共軍的手裡，另一個團正在右側攻擊，日式山炮朝崖頂猛轟，山脊上騰起大片的火光和煙霧。自己的連已經全部上了蛤蟆丘，共軍在丘上築了些簡單的露天工事，還有幾間低矮的石屋，拖放了十來具共軍的遺屍，其中穿軍裝的只有三四具，餘下的全是百姓裝束，王老實看在眼裡，心裡老大的不忍，但又說不出個道理來，兩軍對陣，不是你死就是我亡，有啥好說呢？

連長忙著指揮各排鞏固陣地，餅也沒吃，湯也沒喝一口，而老湯卻在把伙房安頓之後，弄了兩碗滷菜，先喝起酒來了。

「來罷，老實。」他說：「出發前，我就灌了幾水壺老酒，自己花錢滷了點菜，只要今天沒叫打死，今天就喝上幾盅，這就是咱們幹火頭軍的好處。」

「你喝罷，俺不怎麼會喝。」王老實說。

「山東蘿蔔，土性重！」老湯說：「你既當了兵，就甭朝旁處想，咱們這條命，是論天算的，早晚有一天躺著曬屌！論年歲，算你長，論當兵你可不算個兒，聽我的話，喝罷，我這酒，沒交情還喝不著呢！」

東北土酒很嗆口，別有一種味道，半碗下肚，王老實就把轟山的炮聲聽成大年夜的花炮，牙也不顫了，身子也不打抖了，他做夢也沒想到，他會在徹夜不停的炮聲裡酣睡到二天早上。初歷戰場之後，他就痲痲木木的跟著老湯走，老湯說啥他就是啥。老湯認爲這個師是苦命師，當初在河南整編，把華東各省的雜牌部隊湊攏，整編卻沒時間整訓，一個命令就調來東北戰場，在長官部眼裡，只夠資格敲敲開場鑼鼓，演不上重頭戲。

「你甭看頭一仗打得輕鬆，」老湯說：「連著，接著，再跟著，仗是打不完的。部隊的人頭有限，早一塊晚一塊的零敲麥芽糖，賸下的再用新兵來撥補，但早晚仍會被敲光。」

「仗果真這麼難打嗎？」王老實說，困惑的眨著眼。

「你想想嘛，鬼子是外來的，打掉一個少一個，老共是土生土長的，打掉了他們會就地取材，如今咱們佔城，他們佔野，野地的兵源多過城裡，長此以往，咱們耗不起。因此上，咱們都是消耗品，你懂嗎？咱們要是耗不光，該算天靈靈，地靈靈！」

抱著這種看法的，不只是老湯，李有吉也把這種情形看成一場噩夢。他認爲：凡是東北老鄉，十有八九都痛恨日本鬼子，他們屠村殺寨，兇狠到極點，國共打內戰，原本是雙方高層的意見不同，那些被打死的士共，同樣是不想遭受這種橫屍山野的下場，雙方的士兵，都是打著鴨子上架，把命和夢一道兒掠了，真它娘莫名其妙。

事實上，說一萬遍莫名其妙也不管用，仗還是持續的打了下去，翻大山，渡大河，白天黑夜的急行軍，有些兵，腳掌起了流漿泡，走起路來一歪一拐像跛腳鴨，疼得吱牙裂嘴，有經驗的老弟兄傳授了有效的治療方法，那就是用柴灰掩上吸乾水分，忍到內層新皮長老。

仗是經常在打，部隊和林彪的正規部隊碰上，雙方使用山炮互轟，又爲爭奪據點反覆衝殺，尤當暮色四合的時刻，雙方都吹衝鋒號，變了調的殺喊聲煮沸了整個山原，聽起來已不是人聲，而是些瘋狂的獸吼。每場仗幹下來，總要有些人掛彩帶傷，有些人挺屍陣亡的。有時爲爭奪一座山頭，今天你攻下，明天他奪回，像是木匠拉大鋸，究竟誰勝誰負，只有老天知道。

從初夏打到秋天，王老實這個部隊已經兩次接受撥補的新兵，那就是說：原有的人員損失至少在三成以上，但王老實所屬的這個連算是比較幸運，原先作戰只死了三個弟兄，五六個掛彩的，直到秋來時一次搶收搶割的戰事。

一個在右側方擔任警戒的排，遭到共軍意外的掩襲，排長當場陣亡，又損失了十一名士兵，不過共軍也沒佔到便宜，當大部隊猛然迴旋反擊時，對方遺屍近三十具，大批已收割的秋糧被截獲下來，趕車的被俘後叫苦連天，自稱他們都是附近莊屯裡的農民，叫強拉來趕車運糧的。

「地是咱們的地，糧是咱們辛苦點種的糧。」其中一個上年紀的老人說：「你們雙方面都派部隊過來搶收搶割，這算哪門子道理?!兵爺們該吃飯，老百姓該活活餓死？你們怎麼說啊?!」

事情鬧到團裡，團長也很臉紅，他立即吩咐留下三穀輪車的糧，其餘的全叫趕車的運回去，隨後他召集全團訓話，說明全師奉命出關，原想收復日寇侵佔的國土，如今百萬大軍困守幾個城市據點，所有給養全靠空運接濟，空運的運量有限，不得不下鄉和共軍爭糧，這樣一來，苦了老百姓是不爭的事實。最後他說：

「我區區一個團長，官卑職小，但我拚著不幹，也要向上級呈明，守城棄鄉，決不是長久之計，棄鄉就是棄民，這道理你們應該懂得！上級要是不聽，我們只有戰死殉國了！」

他這番言語，把全團官兵都說哭了。團長對師裡怎麼說，師裡對上面又是怎麼說，大夥沒人知道，不過，搶收糧食的戰事並沒結束，只不過是從甲地換到乙地而已。連長陸震川認爲團長是個憂國憂民的好人，但卻有點老天真，在長官部的整體戰略顧慮之下，分兵入鄉根本會被共軍分別殲滅，一時又改變不了戰爭態勢，搶收糧食自有其必要性，否則，一旦到了冰封雪鎖的長冬，敵人以飽漢來打咱們餓漢，那咱們會犧牲得更慘！

這些見解不同的話分別刮進王老實的耳朵，他也弄不清誰是誰非。不過，仗還是繼續打了下去，關東的秋來得特別快，片片的落葉都化成張張失落的人臉，連裡的弟兄又陣亡了十多個，連長重傷後送，連老湯也被炮彈擦傷了腰部，隊伍沒經整補，又調去戍守一座山城。

跟隨副連長的掛毛兒過來看望老湯，他說：

「這叫零敲麥芽糖，等到仗打完了，咱們這些人的骨頭早就生了黃鏽了！誰知誰看不見明天早上的太陽？」

「管得了那麼多？」老湯腰上裹著綳帶，還吱著牙笑：「這年頭，幹啥都活不安穩，爲啥打仗是上頭的事，咱們全是棋子兒，任憑人家怎麼捏，怎麼放，不就是這麼回事嗎？咱們做一天和尚就得撞一天鐘！」

「老實哥，如今你懊悔了罷？」掛毛兒說。

「沒啥，俺自願來的，死活也交了些朋友嘛！」

「老實真夠爽氣，」老湯說：「早先打鬼子，爽氣的漢子一籮筐，如今不嘍，長時沒替換，大夥兒都想家，師長有家眷留在瀋陽，有些長官把眷屬留在北平，飛機頭朝上一拉就到家，咱們呢，全不是那回事了！那些湖南、廣東、四川的部隊，家比雲還遠，就算給你長假，趕早回家也得年把年咧！來，咱們喝它幾杯罷！」

「這辰光，你還有酒？」王老實駭意起來。

「笑話，我這伙伕頭是白當的呀？」

「嘿嘿，只要老湯不死，咱們都有得喝呢！」掛毛兒說：「酒瓶是他的手榴彈！」

「我不是薛平貴那號料，——火頭軍封王，」老湯從軍服加裝的口袋裡，掏出一水壺老酒來，笑說：「這可是我的自殺炸彈，一掏出來，咱們就它娘『同歸於盡』啦！」

在生與死懸吊擺盪的感覺裡，酒使得人都豁達起來，管它娘的今天怎樣明天怎樣，這一群命定對上了那一群，該拚就拚，該殺就殺，這就是當兵吃糧的真理，王老實認定這個之後，反而有了該死不得活的心安。

從秋轉冬，換了冬季裝備的部隊仍在行軍的道路上，遇上大風雪，雪花像箭鏃般的直射人的眼眉，沒想到關東竟是這等冷法，人在積雪上跋涉，累的像爬大山，整天行軍下來，凍得四肢麻木，覺不出手腳在哪兒，雪野和天連成白茫茫的一片，隊伍也覆著碎雪，成為蠕蠕爬動的白蟲。

這雪野上看似死寂，其實處處隱伏著殺機，王老實想起連長當初講的話：作戰沒有道理好講，不是你死就是我亡。這支部隊就是自家唯一的依靠，人要是分散了，那就更沒活路啦！到夜晚，宿在荒廢無人的村落裡，師裡下令到處察看附近有沒有共軍挖掘的地道，有沒有預設的埋伏，因為很多友軍就因一時粗疏大意，弄得全軍覆沒的。

這種滴水成冰的酷寒天氣，部隊只有靠撿拾柴火，大夥兒圍在火堆邊，才能閉上眼歇息，而伙房的餘火整夜不熄，各排長弟兄輪流來分灌開水，算是暖和又熱鬧的地方。在一盞軍用煤燈下，老湯總是喜歡跟弟兄們聊天聒話。

這回出任務，主要是追逐共軍一支輕裝騎兵部隊，把他們驅離交通線，用步兵迎風踏雪去追擊騎兵，老湯認為長官部太荒唐，一路篤篤咧咧說是長官部裡定有匪諜，麻子不是麻子——活「坑」人！

其實，發怨聲的不只是老湯，這種盲目逐敵的行動，幾天沒見敵軍的蹤影，只見到幾撥留在雪地的馬蹄印子，而部隊裡業已凍傷了好些弟兄，手指和腳趾都變黑了。部隊精疲力盡的跋涉到太子河岸，還沒佈置妥當，共軍步騎聯合，從左翼背後發動了急速的掩襲，各種槍炮聲響成一鍋滾粥，左翼團立即陷入激戰。

因爲一時弄不清對方的虛實，師部不願意變更原定的佈署，只能堅令中央團和右翼團固守待敵，著令警衛營去支援左翼團作戰，更要山炮營以火力支援，雙方在風雪交加的黃昏開戰，足足打了兩個時辰，當時左翼團幾個第一線連已經接敵肉搏，情況相當危急，共軍卻快速撤退了。後來聽到遠處的炮聲，這才知道另一支友軍正在共軍的左側方，正巧幫上了大忙。饒是這樣，左翼團也損折了三十多個弟兄，重傷了一位連長、兩位排長。

這一仗打完，長官部總算發了慈悲，把部隊調回瀋陽郊區重新整頓，隊伍開進鎭街，地方上張掛了紅幅，寫著「慶祝遼南大捷」、「歡迎英雄凱旋」，長串鞭炮放得震天響。

王老實不識字，瞧那光景也夠樂乎，把兩肩聳了又聳，讓行軍鍋具碰得叮噹響，他悄聲問老湯是怎麼回事？老湯說：「只要沒讓老共吃掉，活著回來都是英雄。」

「笑話?!」王老實說：「咱們在中央團，你開過一槍還是我開過一槍?!」

「那不關緊，」老湯說：「這回咱們總是按時造飯，盡了火頭軍的本分，沒有功勞也有苦勞嘛！你瞧罷，勞軍的豬隻用車裝，今晚就有酒有肉，油油腸胃。」

這還是部隊出關以來，頭一回進駐像樣兒的軍營，殺豬宰羊大打了一頓牙祭，也真能睡了場安穩覺。

二天一早，全師集合聆聽師長講話，師長講話的大意是：慰勉這許多時各級奔波作戰的辛苦，所謂整頓，就是要強化編組，平衡各部戰力，限期完成規定表報，由師部統一檢討，如武器、人員、裝備的損失，俘獲人員物品的報交，這之後，各部要積極準備接受長官部點閱，發放薪餉，領取械彈和裝備補充，集訓和輪休，隨時等待新的出擊命令。

師長講話極爲簡單明瞭，講的全是實務，沒有感嘆也沒有誇耀，各部帶回營區解散後，團長又召集排以上幹部開了簡要的檢討會，規定一些注意事項，總結了過往一些作戰經驗和教訓，但這些都是上面的事，老湯和王老實、小楊、小李忙的是伙房，掛毛兒和李有吉跑去接傷癒的連長歸隊。連長臉色蒼白，也瘦了很多，但精神還是很好，回來見到連上的老弟兄，笑著笑著兩眼就紅濕了。

外面雖還是大冷的天，頭頂上有個不透風的屋頂，味道可就大不相同，夜來晚上，老湯特意爲連長打點了一份宵夜，一壺老酒，一盆羊肉酸菜火鍋，一碟豆干和豬耳朵小拼盤，一大包花生米，讓連長和連上的官長敘敘。他在伙房裡，也找了掛毛兒、李有吉幾個，取出他所謂臢菜的「私房」，大夥喝了起來。

「算著算著，就快到年根底啦，」老湯說：「這大半年，咱們拿腳底板數日子，關內的情形怎樣，誰也弄不清，在這兒，咱們要明槍，老共使暗箭，目前是出出進進，兩邊拉鋸，仗是越打越不輕鬆了。」

「你又在盤算個啥?」李有吉笑說。

「還有啥?我只是盼著能多留在後邊一些時，等過完年再出動，發了餉，出去找找樂子。」老湯說：「想到老家媳婦是怎麼熬荒過日子，我滿心結疙瘩，鬼子打完，還不能回家，這話怎麼說嘛?」

「當兵吃苦是命定的，你莫以爲開春出動就好，」掛兒毛說：「大河破冰開了河，四野一化冰，處處變成爛泥坑，三步一滑，兩步一跌，戰場上到處是血腥屍臭味，照樣是幅地獄圖。」

「這長官部是怎麼搞的呢?」李有吉說：「人頭、糧食都在四鄉四野，把一些美式裝備的精兵緊捏在手上不動，長駐在城裡耗錢耗糧，咱們衝來打去管啥用，到頭來變成『冷水洗屌——越縮越小』。」

「慢著慢著，」老湯連忙擺手說：「裝備好，不一定就是『精』兵啦!拿瀋陽的王牌軍新六軍來說罷，出去時，呼啦呼啦用車載，那些口袋插鋼筆的小不點，論讀書識字，他們強過咱們十個帽頭兒。但在襠底下，稀稀疏疏有幾根鳥毛?他們操作美式大炮，咱們一時學不來，但論起咬牙過硬的功夫，他們差得遠!你沒聽見街上的兒歌，他們唱：『新六軍，瞎胡鬧，沒開槍，先打炮，猛轟一場傳捷報。』這種花拳繡腿，拿什麼跟咱們比?」

「嗯，這倒全是實在話。」掛毛兒說：「像人家趙公武的五十二軍，裝備上跟咱們一樣，算是二級部隊，但論起戰績，卻是一級加番，可是最能熬硬仗的第二師。劉光頭又怎樣？有毛也被剃頭，沒毛還被剃頭！這叫做『精兵拿來耗，菜兵睡大覺！』」

「莫它娘越說越遠啦！」伙伕小楊說：「酒菜涼了凍牙疼，咱們吃罷。」

隊伍經過點閱，總算關下三個月的餉，腰裡有了銅，腰桿挺直臉不紅，老湯自有他的門路，很快就摸到當地的土娼窯，不管中不中，先去鬆一鬆，但陪他一道兒去的李有吉，回來把它當成笑話講，他形容那地方很污糟，火燒的土坑，劣質的脂粉，掀開老棉被，一股子貓騷味，老湯拎著水壺上坑，沒辦事先喝醉，結果全吐出來，糊在窯姐兩隻大奶子中間，賠上雙倍的價錢還挨了對方的嘲笑，——因爲一直叫他老家老婆的名字。

「這種事，也不是一回了！」李有吉說：「在河南，他也是這種德性，喝醉了，抱著窯姐兒痛哭流涕，直喊親娘親肉，到後來，那些窯姐乾脆叫他兒子！」

「我它娘兔子尾巴四指長，要掀傷就掀好了！」老湯笑說：「咱們沒吃肉沒喝湯，還加倍給價，名符其實算是愛民模範呢。」

說也怪的慌，部隊添了些裝備，整天操訓待命，整個春天好像被上面忘掉似的，沒奉派到出擊任務，當地的報上披露，主要的作戰區全移到北方的重要據點——長春附近，據說四平、鐵嶺打得異常慘烈，而這邊只有遼陽受到擾襲，大瀋陽地區仍然是花紅酒綠，一片升平景象。李有吉和掛毛兒兩個，不只一次拉王老實去窯子裡花錢耍耍，但王老實抵死也不肯蹚那渾水，他縫了條腰帶，把餉錢全貼身繫在腰眼，說是哪天真能回老家，他可要正正經經娶房老婆，哪怕跟他一樣是隻矮冬瓜。

「鴇子無情，妓女無義，俺不耍那個花槍！」

「人各有志，不必相強，」老湯笑得像喝熱湯：「人家青年軍二〇七師那些小把戲，進澡堂還不敢脫內褲呢！你們就多積點德，替本師留下最後一個童男罷！」

打那天起，大夥兒都戲稱他爲「二〇七師師長」。不過這個山東跟來的土牛木馬，一年多來也改變了不少，土酒也能喝了，煙捲兒也抽了，只是褲腰帶不放鬆。但他去看東北的鄉土戲——二人轉時，他兩隻眼珠子照樣掛在女角抖動的奶膀子上。

「你瞧東北妞兒那種勁頭兒，」李有吉用指頭使勁戳著王老實的腰眼：「臨到火頭上，她們浪得動嘴咬的。」

「笑話，咬過你來著?!」王老實沒好氣的說。

「咱們打個賭怎樣？」

「賭啥？」

「賭一瓶酒，兩斤紅燒肉！」李有吉說：「我就扒開衣裳，露出昨夜被咬的傷疤給你看！河南女人不咬，她們只會輕輕的啃人，啃不出這種傷來！」

「找個證人，俺跟你賭了！」

證人當然是焦不離孟的掛毛兒，李有吉解開胸扣，露出被咬傷的右肩，掛毛兒一瞧說：「我的老媽，再咬重些，你它娘真夠資格後送啦！」

王老實二話沒說的輸了東道，但他始終弄不懂，那些粗魯爽活的東北窯姐，怎麼會在那種欲仙欲死的辰光，咬人咬得那麼深，那麼狠，是愛極了還是恨極了，一排牙痕才會咬得破皮見骨？

請東道酒時，老湯直為王老實叫屈，他說他去窯子比李有吉更多，但他頭伏在對方兩乳間嚎哭，卻沒有一個窯姐猛咬過他，直抹著他的後腦杓勸他甭哭，他罵李有吉太恨窮濫命，花一文錢要耍十個花樣。

「換是我，我也會多咬他兩口！」他說：「河南老鄉花樣多，半生不熟窮囉嗦！」

「去你的，」李有吉瞪起眼說：「你它娘要是死在河南，只有翹著屁股讓狗啃，河南老鄉會每人踢你一腳，你它娘損人損到家了！」

「甭它娘亂嘈嘈，」掛毛兒笑說：「今兒是山東武大郎宴請西門慶，他只懂得賣煎餅，你們談這些風月，全是對牛彈琴，咱們喝酒吃肉才是正經。」

喝完這場東道酒，長官部的命令下來了，他們命令這個師朝遼陽地區開拔，去收復淪陷多時的太子河畔的城鎮，這些城鎮，原本是友軍攻占旋又棄守的地方，如今卻要再花上許多

血汗逐一去收復它。

師長在出發前召集全師訓話，他直指長官部疑人不用，但卻做不到用人不疑，幾十個團的日僞保安軍向中央輸誠不被接納，接著，長官部更撤銷了各地方團隊，弄得這些人都投奔林彪，想佔東北又不用東北當地人，根本是自剪翅膀，弄到於今咱們是跟東北老鄉在作戰。但伏膺中央決策，是軍人的天職，管它長官換了誰，咱們決心作戰到底！部隊立即出發，爲貫徹上級指示，不惜任何犧牲。

師長講得很悲憤，下面卻鴉雀無聲，管它娘二進宮或是三度梅，有仗咱們就打，生死由命，富貴在天，部隊就這麼開拔了。

太子河，是一條敵我雙方都傷心的大河，到了夏秋水漲的季節，它的水勢異常洶湧，共軍一直分出重兵阻斷遼南，它真實的目的，就是要截斷國軍的海運港口——營口，用時間扼死困守遼瀋地區的各師，所以，太子河爭奪戰，便成爲樞紐性的戰役。

這個時候，太子河南岸的遼陽已經岌岌可危，當年曾順利奪下的鞍山和海城都又重新淪陷，長官部動用了四個師的兵力冀圖匡復這些早已失陷的地區，希望進一步南下，打通國軍在東北重要的港口——營口的交通管道。

這次作戰，總指揮把三個師放置在一個寬廣的正面，控制一個師作爲預備隊，和早先一樣，以掃蕩方式進行，王老實所隸屬的師，被排在地形複雜的左翼，他們一開始就遇到共軍的節節抵抗，共軍分成許多散股，利用隱密處設伏，另在道路交叉點附近，構築許多假的據點，用來遲滯國軍的行動。

這一招充份發揮了他們對地理環境熟悉的優勢，也達到欺敵的效果。有些設伏點，其實只有一兩個放冷槍的狙擊手，或是一挺機槍，但卻具有意外的殺傷力，令人防不勝防。據連裡俘獲到帶傷的俘虜供述：上頭交代他們，要放過尖兵連，對付大部隊，開槍時打官優於打兵，打一個夠本，打兩個有賺，有些狙擊手帶了八顆手榴彈，要他們對付運載軍需彈藥的車輛，那些射口開得低低的機槍巢，則是就近潑火，大量殺傷敵方人員。

師部根據供詞研判，共軍預留下來擾襲的也只是一個連的兵力，這些兵力設在預先估定我方的行進路線上，最好的辦法，是突然改變路線，全師主力來一個外側大迴旋，而留下一個營來，仔細的捉樹猴、打地鼠，清除這些討厭的障礙後，加速歸建。留下的這個營，正是王老實隸屬的那個營。

個頭兒矮小的營長是老行伍出身，早年帶領過游擊隊，也曾用這一套對付鬼子，營裡弟兄們有多數是魯西豫東的挺進縱隊混編來的，對共軍戰法比較熟悉，所以師長才把這個任務交代給他們。

對方營長這個營來說，這回不是攻堅大戰，卻是雙方鬥智的死亡遊戲，營長本身身先士卒，規定各連的連長走在隊伍前面，排長走在各排前面，先用望遠鏡仔細觀察地形，找出一切可疑點，再決定行動。

「連長可召各排長會商，」方營長說：「找可疑點全靠經驗，比如村落、樹林、河岸、土丘、甚至草垛、田埂，凡是可掩蔽的地物，都要反覆查察。有幾個原則大家要注意，不要急於巴村入林，不要在開闊地上集結停留，否則會被火網鎖住。射樹猴時，要找有準頭的槍手，最好一槍撂倒，節省子彈；對付地鼠，用手榴彈和槍榴彈就有效；有俘虜，交連部、營部雜兵看管，儘量增強戰鬥員額，遇上特殊情況，隨時通報本人。」

遊戲一開始，陸連長就刨掉兩處地鼠穴，射落了三個匿在高樹和麥垛上的樹猴，另有一個小樹猴揹著槍跳下樹想逃跑，被掛毛兒追上捺倒，發現原來只是個半樁小子，頂多十五六歲。掛毛兒繳了他的械，把他押交老湯看管。那小俘虜一口魯東腔調，看樣子滿憨厚。

「你這奶腥娃兒，幹嘛跑來關東幹這要命的營生？」老湯說：「你老家是魯東不是？」

「俺是煙台鄉下人。」那小子低著頭，用上牙咬住下唇。

「你是怎麼到關東來的？」老湯捏著煙捲，一副審案的味道。

「前年寒天，林司令部隊開到東海岸，要各村響鑼，動員民眾，家家烙勞軍大餅，規定二天四更時送到港口去，說部隊乘大船過海要乾糧，咱們村裡烙妥了大餅，推俺二叔推車送，俺在前頭拉車繩兒，頸子上斜插燈籠桿兒，挑燈照路。大餅到港口，挑送上船，遠處聞得有炮聲，咱們許多送餅的沒來得及下船呢，船就開了。那些同志的都說，東三省地大土肥，很容易落地生根，你們走關東還省了船錢，到那邊再打信回家，把家小也接過去，可不是好？……橫豎船也開了，怨也沒用，海上風浪大，舊汽船晃得人暈糊糊的，吐得人苦水打鼻孔朝外冒。後來打遼寧、吉林轉到黑龍江，從俄國人那裡接收裝備，又編訓擴充，咱們全叫編進去，就這麼的嘛。」那小子說：「俺二叔參了軍，俺一個怎辦？入營受訓唄。」

「嘿嘿，」老湯淒淒的笑起來，噴出一口煙：「這叫瓦罐摸螺，走不了他們的手，比咱們強迫抽丁要巧妙些兒，但也夠詐的，至少，咱們部隊裡沒收容這號嫩雞！」

「這個娃子怎辦？」伙伕小楊說：「把他捆上？」

「捆個屁，」老湯說：「給他塊硬餅，留碗熱湯他喝，你沒瞧他餓得發抖嗎？等他填飽肚子，要他跟著老實挑鍋具，幫忙打些雜活。」他轉頭向那小子說：「你可願意暫時幫幾天忙？咱們可不動員你參軍。」

「俺願意。」那小子說。

「對了，你叫個啥？」

「俺叫章寶。」

「你可替我記著，」老湯說：「不論你是怎麼個來歷，你身上穿的是軍裝，肩上又揹有大槍，在戰陣上被俘，你就是個俘虜，我只是一個伙伕班長，沒權把你放了，但咱們長官不會欺侮孩子，你跟著這位王老實叔叔要乖乖的。人，活著才是寶，死掉爛驢屌！讓老天保佑你，讓你日後多子多孫，長命百歲罷！」

一個小俘虜剛安頓完，醫務士領著幾個弟兄，又押了六七個俘虜來，其中有兩個是重傷，用擔架抬過來的。

「對不住，湯頭，」醫務士說：「警衛班都跟連長到第一線去了，姜班長叫打傷手指，自行包紮沒下來，我留下一個看護兵處理這兩個重傷的俘虜，其餘的只好交你看管打發。」

「真它奶奶耍洋態！讓伙伕班長看管俘虜?!我看，全連要勒褲帶，甭開伙啦！」老湯嘴裡罵著，心裡卻透著得意，對那些俘虜訓開了！

「你們這些臭屁，碰上咱們這些屌蛋，也算有緣，你們奉命上樹打洞，無非想要咱們老命，但你們時衰運背，成了老子伙房的新菜單——樹猴、地鼠一鍋熬！手摸良心講句話，是咱操過你娘，是你們操過咱老妹來?全都沒有，並非咱們屌軟，只是那玩意長不了那麼長。咱們如今算是兩隻老山羊搶過獨木橋，角對角頂上了，看在全是中國人的份上，大夥兒不多計較。我的頭道命令是：先啃餅，後喝湯！……抱歉，這是我伙伕頭分內的行當。」

一番劈心的話，把老共被俘的傢伙全訓呆了。大餅和熱湯抬到面前是事實，他們也就吃喝起來。

俘虜把餅也啃完，湯也喝盡，老湯又來開講了。

「我姓湯，豎起兩耳記清楚了，你們倒蔣，咱們拔毛，都是窮扯蛋，弄成東北遍地人肥，誰它娘真懂得?!今兒你們叫俘的來，明兒，也許老子被俘過去是唄?但我老湯良心在中間，餓死俘虜我不幹，頭道命令就『開飯』，吃完了，替我乖乖蹲著，想跑照樣斃你。」

看護兵把兩個重傷患包紮妥當，老湯照樣叫小章寶替他們餵熱湯，還查看他們傷口說：「算你們兩個王八羔子命大，傷口再斜寸把就翹毛了!進了我老湯的伙房，包你們死不掉。」

「嘍，這位老湯同志。」俘虜裡頭有一個軍裝縫雙線，滿臉鬍渣子的傢伙，看樣子像個指戰幹部，說：「你爲人豪爽，政治水平挺高的嘛!窩在伙房不覺委屈?」

「去你娘，誰和你同志?!」老湯說：「少跟老子扯它娘政治!你再多講一個字，下頓飯你休想進嘴，人它娘要活命，要吃飯這才是政治，咱們全是猴戲場上的毛猴，是死是活，不在你我手上。」

老湯這一手，使王老實佩服得五體投地，無論怎麼說，他不用亮槍，就把這批俘虜治得服服帖帖，沒有誰敢亂動彈。他講的跟指導員講的全不一樣，他講的是人話，做的是人事，該怎的就怎的，那滿臉鬍渣子的傢伙是共軍連指戰，開口講黨話，被他整的老半天沒敢開腔。

夜來晚黑，老湯餵飽了俘虜，取出他的「私房菜」和老酒來，召王老實和小楊，當著俘虜的面喝上了。

「對不住，你們這些王八羔子！」他說：「滷豬耳朵、老酒和煙捲兒，沒你們的份，人不撈過河就是本分，讓俘虜吃宵夜，你們毛主席開過這個例嗎？如今咱們連長正領著弟兄，和你們那些王八羔子拚生死呢！……全它娘一窩昏鳥！不拚也得拚！要是沒那些頭頭，也許今夜我娶你大妹子，彼此成了親家，這酒可就是喜酒——大夥兒全它娘有份了！」

「我投降了！」滿臉鬍渣子的指戰員說：「我是向你老湯投降，絕不是向國民黨投降！」

「少來這套，」老湯說：「我它娘帶上這帽花，我就是國民黨，我是它娘孫中山的國民黨！你降是不降?!」

「我降！」那傢伙說：「咱們各級領導，沒有一個人反對過孫中山。」

「好！」老湯說：「開飯是民有，喝酒啃豬耳朵是它娘民享！你過來宵夜罷。」

連指這一投降，所有的俘虜都對天發了誓，以伙伕頭老湯歸降。老湯把他們摟了又摟，取出第二瓶私藏老酒，多切了一大盤豆腐干，和他們這些被罵爲王八羔子的傢伙喝上了。

第二天，通過連指用擴音器喊話，樹猴和地鼠投降了六十七，使全營破除了區域性障害，急帶歸連，連長陸震川，升少校副營長兼領第一連，而看管俘虜的老湯，仍然是一連的伙伕班長。唯一不同的是：小章寶暫時被破例留下來，成爲伙伕雜兵，使王老實的肩膀輕了許多。

不過，太子河爭奪戰，打得異常慘烈，共軍非常頑硬的據守南岸，使攻擊軍遭受到慘重的傷亡，除遼陽一座孤城外，其餘的地方，仍歸於共軍掌控。

在陸震川的連裡，老湯交出了那些俘虜，但他跟連長一再說項，使連長呈報上級批准，把小章寶以「原是未成年民伕」的名義留了下來，好等日後替他另行安排出路。

部隊在遼陽舉行作戰檢討，師長指出共軍在這次作戰中，出現了許多新的番號，若干效力僞軍的保安團隊，因爲國軍拒絕收編，都已投共，而經林彪編訓的新軍，挾著日俄裝備，也已逐次南下投入戰場，國共兩軍在火力方面已經到達平衡狀況，在地理環境和戰術運用上，敵方的靈活度應該是超過我方。不過，方營長這一營，在擔任清掃障礙的作戰中，確實達成師所賦予的任務，而且傷亡極其輕微，算是功績卓著，陸連長、秦連長也都受了表揚。

連長回來一點也沒有興高采烈，臉色凝重，悶聲不響，老湯又以拿手絕活，替他做了幾樣滷菜，又買到一壺土酒，端去供他宵夜。王老實送菜過去時，連長正在攤看地圖，用黑筆在圖上做記號。

「連長，您的宵夜來了。」王老實說。

「謝謝，擺在一邊罷。」陸連長臉也沒抬說。

瞧著連長那個樣，王老實不敢多說話，行個禮就退出來，回去告訴老湯，說連長好像心事重重。

「換我也是一樣。」老湯說：「你想想嘛，幾十萬大軍調來東北，頭一年指東打西，神氣活現，第二年就處處吃力打不動，到了第三年，就灰頭土臉老是吃人暗虧，整個東北，咱們只落幾個大的城市據點，鄉下全丟光啦！論打仗，咱們陸連長是好樣兒的，當年打鬼子，他帶十八桿槍就消滅了鬼子六部卡車的運輸隊，如今他再強，手上也只是一個殘缺的步兵連，龍困淺灘，他使不上勁，能不難受嗎？」

「上頭的事他既管不著，光難受有啥用？」王老實說：「像我，既來了就認命。」

「咱們這些全它娘是豬命狗命，認不認全不關緊。」老湯噓了口氣：「咱們的死活，只是戰報上的一個數目字，傷亡若干人。其實老共那邊也一樣，總歸是個慘字。古往今來，歷朝歷代的沙場不都是這樣?!無定河的五千貂錦，誰有個名字來?」

「照這麼說，咱們如今都困在關東沒出路了?」

「好像不太妙。」老湯說：「聽講長官又走馬換將了，換了個豬頭豬腦袋，他只懂用娃娃兵保住廟，能打的拚命耗，把老部隊耗光，氣數也就盡了。」

夜晚的伙房是人氣十足的地方，特務長、醫務士、軍械士、傳令和號兵，一聚就能聚上六七個，老湯總有辦法把吃賸的合炒，變成美食，弄壺土酒傳遞著喝，話話當年在老家如何，抒抒鬱悶，解解鄉愁。尤其在激戰過後，大家更珍惜這種夜晚的相聚，也許明天，後天，不定哪天，會有幾個掛掉，路死路葬，溝死溝埋還算有福氣的，那許多沒人清理的戰場遺屍，還不是挺在那兒讓狗啃！

如今這個夜聚又多了個新面孔，那就是被掛毛兒俘來的章寶。大夥對這個煙台的小子透著好奇，總是問長問短的，希望透過他所聽所見，多了解一點共軍的情況。

「林彪部隊頭一批過海到東北，裝滿十四船，頂多七八千人罷。」小章寶回憶說：「那些老兵，後來都成了擴訓的基本幹部，有的已升到連營級了。」

講到武器裝備，大部分都是日本關東軍留下的，經俄國佬接收再轉交的，有少數部隊配備了俄式的武裝，像大盤式機槍，歪把衝鋒槍，還有部分俄式火箭。講到人員素質，小章寶說：

「他們新成立的隊伍，戰鬥員都很年輕，有些也比俺大不上三兩歲，沒有什麼經驗，上陣時全靠老兵帶領，可是，經驗是磨出來的，仗打久了，光景就不一樣了。」

「你說的沒錯，老共的火力越變越強，各部隊都感受到這種壓力。」羅特務長說。

「火力強並不是大問題，」姜班長說：「問題出在共軍成員，多半是東北當地人，跟民眾關係緊密，耳線眼線多，地形又熟悉，進和退都比較靈活，許多友軍吃大虧，十有八九是吃在這上頭。」

「算了！」老湯說：「朝後咱們不再聊這個，話出咱們的嘴，都是屁話，誰會去聽！」

部隊在遼陽駐不多久，就把城防交給友軍師，隊伍開回瀋陽附近待命去了。這回倒是好，從夏季一駐駐到秋天，上頭並沒再下達出任務的命令，隊伍接收了一次兵員的撥補，補進來的人頭很雜，大多是被打垮的部隊，從戰場上逃回來，經收容站登記收容的，有的舊傷還沒全好，有的拉痢疾，弄的骨瘦如柴，無論怎麼說，有人員總比缺員要好，師長還是很樂意把這批人員接過來了。

儘管四圍的氣壓很低，但在大瀋陽地區，還是熱鬧得很，只是物資缺乏的情形很難掩飾，糧和菜的價格異常昂貴，周邊的部隊也多了起來，旁的部隊是怎樣三操兩點，王老實是不得而知，但師長卻堅持要趁這機會，嚴格整訓他麾下的部隊，每天一早，各團分別集合跑步，做晨操，完了再開飯，略事休息就出操，施行班和排的教練，他親自編寫了教戰的教材，用油印訂成小冊子，分發到各排，並且每週集合全師的軍官和士官上課。——連伙伕班長老湯也跑不掉。

有一天，師長召集全師訓話，他說：

「如今實在是時艱勢危的時刻了，大家不要怨師長待你們過分嚴苛，你們也聽說過，許多友軍部隊，出任務的途中，有一點疏忽大意，就整師整團被打垮，我要求大家好生鍛練戰技，隨時提高警覺！爾後，部隊任何行動，都要高度保密，在營區裡，嚴禁喝酒、賭博、行為散漫，人家友軍五十二軍就是個好樣兒的。」

老湯對師長一向很佩服，他跟隨師長打過不少仗，師長的心思細密，膽氣豪壯，從來不自誇，常在激戰時巡察第一線連營據點。唯有一點是老湯不能同意的，那就是營區的禁酒令。不過這點難不倒老湯，他陪著採買出去，選些做菜的佐料，油鹽醬醋之外，酒也是去腥調味的佐料之一，那是伙伕頭的特權。逢到假日，他和掛毛兒、李有吉、王老實一些死黨，偶爾也會找個小館，來上一碟鹹魚，一盆豆腐大白菜，揑花生喝上幾盅，──營區外並沒禁令嘛，臉就喝紅點兒也沒事，吐幾口大氣就像沒喝的一樣。

「不是我要違反師長的禁酒令，」老湯說：「上回勞師動眾拿下遼陽，轉手又丟掉，想要取糧，得要另派部隊去打，想想心裡就滿把疙瘩，不喝幾盅成嗎？」

「嘿，你不是老勸咱們甭去想這些的嘛。」李有吉反嘲說：「你怎麼又帶頭去想呢？」

「你沒瞧瞧如今這兒變成什麼樣兒，隊伍紛紛從四鄉抽回來，像它娘快乾的池塘，魚鱉蝦蟹擠在一堆，亂蹦亂跳，撩撥得人滿心不痛快，咱們開來關東也一年多了，打了不少仗，隊伍儘管有損傷，實力還在，有些部隊，一直放在城裡養著，一場硬火也沒熬過，要是大勢上不能打，乾脆都退到遼西守錦州去，不能光顧保面子，做縮頭的烏龜。」

甭看老湯只是個火頭軍，他腦袋裡真還有些玩意，他旁的不怕，只怕窩囊，連營官長不願說的話，他都能罵咧，像潑水般的潑出來。

「要沒老天幫忙，咱們大夥是休想脫出關東了！」他燃起一根煙捲來，朝桌面上噴著煙：「算啦，回營做飯去，我活一天就不讓大夥餓肚子。」

正在這個時刻，瀋陽地區有了不尋常的跡象：首先傳出林彪的大軍業已西移到錦州外圍地區，有窺伺錦州的意圖。錦州有范漢傑兵團和一些配屬部隊在駐守著，總兵力不足八萬人，按照東北戰局的情況，整個部隊分據在長春、瀋陽、錦州三個地區，好像天上的三星，長春孤懸在東北角上，瀋陽在中間，錦州在西南角。錦州的戰略地位，更要比長春瀋陽重要，因爲它是關東的咽喉之地，背倚著山海關，控制著包括秦皇島在內的長條海岸線，萬一錦州失陷，另外兩個據點就深陷在一種無形的大包圍圈中，成了甕中之鱉。長官部爲這事大感震動，召集各部隊師級以上官員舉行戰略會報，最後決定組成龐大的西進兵團，由副長官廖耀湘統率，去解錦州之圍。

西進兵團包括了五個完整軍、四個騎兵師、一個獨立旅和三個炮兵團，號稱三十萬大軍，這樣一來，瀋陽防衛部隊的實力已經十去其七，只留下一個城防軍和一些直接指揮的部隊。編入西進兵團的部隊，分別接受檢閱，整天車聲隆隆，馬蹄踏踏，這一去勝負雖很難料，但對受困已久的瀋陽軍民而言，確有很大的鼓舞作用。

這回長官部倒是表現出一絲靈活之氣，他們估量共軍把重兵集中在錦州外圍，遼南一線的兵力一定比較薄弱，而趁機派遣部隊南進，打通往營口的通路就顯得非常重要了。擔任南進主攻任務的，正是有鐵軍稱號的五十二軍，這個軍有一個師被留在錦州，只有兩個師的兵力可用。長官部恐怕兵力過分單薄，就把王老實所隸屬的這個師增派出去，要它在地形複雜的東路挺進，以掩護五十二軍的側面。就地理形勢而言，這條路線連一條南北縱向的公路也沒有，都是崎嶇的山徑和少數谷地，運載車輛根本難以通過，師長便決定把輜重放在公路線上，尾隨五十二軍南進，而戰鬥部隊全部輕裝，講求行進速度，以完成掩護友軍的任務。

無論當面共軍的軍力如何，這一帶都是陷落已久的地方，部隊在行動時略有疏忽，都會蒙受重大損失，所以師長始終走在隊伍前面，親自觀察地形，並且籌劃部隊的行動。

方營長的這個營，居於主力部隊的左前方，算是任務最吃重的一個營，但沒有誰再怨苦什麼，老湯這個火頭軍帶著炊事班踩荒走，一路上興高采烈，有說有笑的，有人問他樂乎個啥？老湯說：

「動了總比不動好，打通了去營口的路，總有些盼頭，我這把骨頭，還不願埋進高粱地作肥料呢。」

渡過太子河，隊伍小心翼翼的採戰鬥前進的態勢朝南進發，但並沒見到共軍的影子，西邊的炮聲像悶雷似的響著，聽起來是在鞍山那個方向，估量著友軍正在打鞍山，進撲海城，東線暫時變成空虛地帶，隊伍夜晚選擇有利地形露天宿營，忽然聽到槍聲，師右翼的警衛部隊截下一批俘虜，半夜的時刻，連裡也抓住三個共軍的散兵，他們渾身泥濘，有兩個連槍也丟掉了。

不用說，看管俘虜的差事，又交給了老湯。

這三個俘虜都是年輕的東北老鄉，他們是共軍獨二師的新兵，老湯問他們爲啥這樣狼狽？其中一個說：

「咱們原是守遼陽的，天不亮，你們的隊伍就乒乒五四打進來了，咱們建制叫打散了，拔腿扯荒朝東跑，跑了半天，找不到隊伍，摸黑過來，就又落到你們手上了！」

「不算啥，只是你們運氣背，」老湯說：「咱們沒架灶開伙，沒有饅頭和熱湯，我要小章寶拿點兒乾糧和水，先搪搪飢！」

露宿在丘陵地上，不准亮燈，秋夜的星網張在人頭頂上，勉強可看出人的影廓，三個俘虜並沒捆實，都只是斜肩拴了條繩子，由持槍的小楊監視著，雙方在氣氛上並沒有敵意，那三個忙著嚼乾糧。

「你們這回出動，要朝哪兒去啊？」一個俘虜說。

「上頭的事，我這火頭軍怎會曉得。」老湯說：「打到哪兒算哪兒罷。你們問這幹啥？」

「咱們想回家。」一個扁腦杓的說。

「咱三個都是吉林人，叫動員參的軍。」扁腦杓說。

「大夥都差不多。」老湯說：「我是因著打鬼子，才披上這身老虎皮的，咱們這位老實哥，是被咱們哄的來的，看山看海看關東，如今他也說看夠了。」

「俺可是自願的。」王老實說：「生死怨不到旁人頭上。」

「前頭你們的部隊多嗎？」老湯說。

「有些部隊經過這兒，全拉到西邊去了。」扁腦杓說：「咱們八縱隊、獨二師、長江支隊，還有些地方部隊，還守在海城——營口這一線上，數人頭要比你們多。」

「照這麼說，咱們都還在賭桌上，輸贏有得拚呢！」老湯說：「那也只有騎驢看唱本——走著瞧了！」

二天天亮不久，師部有消息傳過來，說是五十二軍業已拿下海城直撲營口去了，行動之快誰也料不到，使這個側翼掩護師只能加快速度，希望能多截留下一些共軍潰兵，但他們還是慢了一步，共軍朝東轉移的部隊快了他們一天，都已經橫越到東邊的山裡去了。

部隊到了一座谷口，遇上共軍的阻襲，方營拚命抵住，整團的兵力立即投入，攻下一座扼在谷口的圓形高地，這座高地上築有許多相當堅固的工事，團在鞏固陣地後，師長親自來巡察，根據形勢研判，這個谷口是共軍出入的重要孔道，谷口像張開的龍嘴，圓形高地就是龍口啣著的珠子，要是能用一支部隊死扼住這兒，共軍的大部隊一時就無法衝出來，這對友軍收復營口會有很大的幫助。師長原意要留下一個團，但方營長自告奮勇，他說：

「報告師長，多支援我幾挺重機槍，集中一些糧秣械彈，我願意率全營死守，沒有命令決不撤退！」

「好！」師長說：「本部主力和友軍在營口會師後，會電令你們轉移的。」

這一來，營接受了械彈糧秣，把俘虜移交給師部，就在荒山野嶺間留了下來。

方營長仔細查察，覺出原先由對方所構築的工事，在位置上、射口的方向上都有問題，因爲共軍是利用這座高地，俯窺南北西三個方面的低地和小徑，那些主要陣地構建在山腰朝西部位，和如今的封鎖山谷任務完全是反方向，因此，營最首要的工作就是重新構工。以他的經驗，他放棄山頂和山腰的守備位置，營建了一些無人防守的假陣地，把部隊都放在山腳，掘出一些相互通連的地道，構建出不同的交叉火網，更預留出向兩側伸展的通路，以便作戰時靈活的運用部隊。

「事情的變化很難講，」方營長跟弟兄們說：「這項任務也許是臨時的，也許會拖上很久，我們脫離了大部隊，凡事都得靠自己了，構工也許很苦很累，但到開戰的時刻，能保證戰力，減少傷亡，沒有好的工事，一個加強營根本不夠耗的。」

「營長這可是經驗之談。」陸連長也說：「如今天已轉冷了，轉眼就會霜雪齊來，如今不趕急構工，再過些時，不用對方來攻打，自家就會凍成冰棍啦！」

弟兄們也不曉得天外頭發生了怎麼樣的變化？西進兵團開拔到哪裡了？錦州如今開戰了

沒有？西側的友軍究竟進展如何？只有這一個營被留置在這裡，形成一個在感覺上完全孤絕的戰鬥體，對面並沒有固定的戰鬥目標，與其空等著，不如拚命找事幹，圓鍬、十字鎬和手推車就日夜的忙碌起來。越幹越覺得營長有頭腦，山腰和山稜上那些假陣地，分明是吸引共軍炮火用的，部隊的大部分都藏在兩側的山腹裡，面對谷口，建有很厚覆蓋的地壕，重機槍陣地構建得極爲隱密，而且每挺重機槍都建有好幾處預備陣地，隨戰況轉移而機動變換。

「乖傢伙！」老湯在構工時不忘開玩笑：「這哪是打仗？咱們好像要在這兒安家立戶似的，老共當年在延安老巢挖窯洞，他們如今出了洞，反而輪到咱們挖窯洞了！」

「雙方開了火，這玩意避彈很靈光，」小楊說：「班頭你有啥好怨的？」

「我怨過嗎？」老湯嘻皮笑臉的：「外頭儘管下大雪，這裡頭也暖洋洋的像是春天。人說：飽暖思淫慾，若說我有怨聲，就是有『窯』沒『姐』兒！」

晚黑歇工時，號手李有吉過來聽到這段話，笑他不知死活，到什麼辰光了，還把土窯跟姐兒想在一道。老湯反譏他是：臨死雞巴硬——多此一舉！弄得大夥笑得像喝了熱湯。

數算日子，轉眼過去半個月了，營部的發報機再沒連絡上師部，天外的消息可說是完全的斷絕了，營面對的山谷是異常寧靜的，野草逐漸枯黃了，樹木逐漸落葉了，大自然並不因著誰跟誰對敵就產生一點改變，它總是按照平常固定的輪移顯示不變的春秋，但對方營的弟兄來說，外間愈是平靜如恆，他們心裡愈是感受異樣的煎熬，每個人都有不同的老家鄉、老親人，如今都相隔得比夢還遠，按照里程計算，這谷地離營口港區，最多不過是五六天的步行路程，趕登一艘大的海輪，幾天就可到達煙台或是青島，但在這種辰光，一步就能見生死，誰都不敢那麼想了。

構工完成後，方營長督促弟兄出去找給養，覓水源，老湯能做的就只是餵飽全連官兵的肚皮，他的伙房地洞裡，整天灶火不息，煙霧迷漫，他們存活的世界，也就只是這幾丈方圓，什麼軍、師、旅、團、營，全它娘成了狗屁東西，王老實摟著小俘虜章寶睡覺，兩人也議論過這些：國共兩軍的弟兄天生有仇嗎？沒！有怨嗎？沒！但雙方的軍隊都它娘像鞭抽的陀螺，見面就得打，為啥打？——雙方的命令打。你俘我一個團，我俘你一個營，死了的沒人去管，死後都它娘成了雙方的「烈士」，真是混帳透頂，千百年也算不清。

「小寶啊，咱們真悔恨把你留下來，」王老實說：「但按當時情況，不留你，你也沒路走不是？你想找你叔叔，看樣子是婆婆死獨子——全沒指望啦。」

「俺只有認命啦，王大叔。」章寶說：「俺沒當時被打死，業已算抽中了上上籤，俺說直話你莫生氣，——也許有那麼一天，咱們又被老共俘了回去，那可是樂了俺，苦了你啊！」

沒想到小章寶會想到這麼遠，提出這麼個怪問題，王老實不知是怎麼答才好，他腦袋瓜子連繞很多圈，也找不出正當的答案來，最後他說：

「胡思亂想這麼多幹嘛?你也沒見過毛澤東，我也沒見過蔣介石，咱們睡飽覺才是最要緊的啦!」

說是這麼說，王老實的夢裡，可常夢到豎在村頭、野地的蔣委員長的肖像，嘴角上翹，篤定打贏日本鬼子的樣子，那時刻，他曾進入太多人的夢，那是決沒話說的。一個常出現在人夢裡的人物，忽然被另一方罵成「頑固頭子」，他夢醒後都很難信服，但他本身說不出什麼道理，至少，他跟小俘虜章寶之間，已經沒有這些隔閡，在戰與反戰之間，他實在已無法取擇了。

初冬來臨後，共軍有了不尋常的動靜，在谷地的山坡上，共軍設了喊話站，他們喊叫著:

「頑軍弟兄們，你們聽好!你們的西邊堡壘，——錦州，經過八天的血戰，業已被解放了!你們五個兵團組成的西進兵團，業已潰不成軍，大瀋陽的解放，指日可待!投降是唯一的生路，頑抗是全數殲滅，繳械不打，投降優待!你們自己選罷!」

對於這些真假未卜的放前喊話，方營長的命令是:置之不理。

兩天之後，共軍發動首次猛烈攻撲，他們用俄製的火箭，猛射山脊和山腰部分，落彈數百發，但方營毫無損傷。持續數天，他們仍用同樣的戰法，夾雜著不同的喊話，方營長已經瞭解到，他們是第八縱隊的主力，獨二師的大部隊，他們是要會攻營口，阻絕國軍的海運口岸。方營長立即下令：除非敵方發動衝鋒，我方不在一百公尺內，絕不准開火射擊。

「如今，彈藥就是咱們的保命金丹。」方營長一再交代著：「敵人消耗的彈藥，能得到後方的補充，咱們如今可是打一發少一發，彈盡援絕，咱們就沒得玩啦。」

老共的那些喊話是真是假，大夥全搞不清楚，但弄得全營滿頭霧水倒是真的，那怎麼可能呢？錦州城裡有七八萬守備部隊，南邊的秦皇島還駐有四個軍，再加上廖耀湘統率的西進兵團三十萬大軍，總合起來有五十萬之眾，絕不可能在這麼短的時日裡全部崩潰的，假若真是這樣，五十二軍劉光頭的兩個師能否守得住營口港？留在瀋陽的五十三軍、駐屯撫順的青年軍二〇七師又該怎麼區處呢？這麼多的大軍要是真的潰散了，那麼這個區區幾百人的加強營就像是秋風裡的一片落葉，再怎樣的盤旋，也終會落入泥塗啦。

「好兄弟，夥計們！」方營長說了：「不管它外界如何，咱們都是帶屌的漢子，死也要死得像個人樣，管它蔣贏或是毛勝，中國總歸還是中國，咱們兩邊的弟兄全它娘注定沒份了！咱們只能是『兵來將擋，水來土掩』！算是盡了咱們吃糧的本分，要死，我一定死在大夥的頭裡，我好臉不紅去見孫中山！我夠資格當你們的營長唄！」

方營長的這一席話，使全營激動得熱淚盈眶，大夥兒振臂齊呼：「方營長萬歲！」

方營長調侃說：

「夥計們，你們甭發高燒，萬歲是蔣主席專用的，你們這樣玩法，分明是逼我壯烈成仁，假如活回去，不進軍法處坐大牢才怪呢！」

什麼生死俄頃啊，彈盡援絕哦，對老湯來說，全是一場戲，外頭來了頭場風訊，真正的冬季還沒來到，就已經滿山大雪紛飛了，早先大家聽說過的「鵝毛大雪」業已無足驚怪，那些巴掌大的雪片，大過揩屁股用的草紙，招招搖搖的飄下來，飄成一片銀色的關東。

這場早來的大風訊，使方營長很是高興，他跟各連的連長說：

「嘿，這好，這場雪，暫時使雙方扯平了，他們的補給一時很難運過來，咱們也能多喘一口大氣。他們若想急乎衝出峽谷，就得付出沉重代價，雙方扯平的機會也就增加幾分。大夥兒奮力，活出去的機會可不是沒有啊！」

看光景，老共是急於拿下營口，他們不管天候怎樣的惡劣，俄式火箭早晚射個不停，而方營根本相應不理，一粒子彈也沒放過。老共安排了步兵，早晚吹響衝鋒號，連著發起兩波衝鋒，都在近距離之內叫方營打退了。戰況激烈到方營的八九挺重機槍有兩挺熄了火。而在老湯的伙房裡，還有三水壺的私房老酒還沒開罐兒呢。

「它奶奶箇洋熊的，真是生死一命的玩上啦！」老湯說：「真它娘渾球加一番！老子若是在關東翹屌，對不住我那新媳婦兒，全中國都它娘該替我弔孝！區區老湯不算啥玩意兒，我可是捨家打鬼子的好漢呀！」

「咱們全是在做噩夢。」一向沉默寡言的王老實說：「中國人打中國人，竟打到這種程度?正像老古人說的：『家門不幸』。它奶奶的。」

兩次激烈的衝鋒，營裡死了四個，掛彩帶傷的一十三，醫務官和醫務士忙得整夜沒睡覺，而老湯留著的豬耳朵業已帶了些酸味。

「我說，小章寶啊，你這小雞蛋揉的，咱們留下你是幹啥?!咱們翹屌要留陪葬嗎？對天發誓，絕沒那回事!你要找你叔，咱們全都有心成全，可是山遙路遠，兩邊都抓兵，你去不了哇！」

「班頭你甭哭。」小章寶說：「俺全怨不到你們頭上，誰教俺時運不濟，被你們擄來的呢!他們說：舊中國不好，新中國好，俺可沒見著，如今俺是生死由命，你甭擔心了!」

風暴延續著，染紅的血地轉瞬又變白了，在短暫的時間裡，他們的給養似乎也有了問題，但他們衝出谷口的決心有增無減，通過最後的喊話，他們提出了肉博分輸贏的挑戰。

那真是使人怵自驚心的慘烈場景，對方用一個連衝將上來，這邊用一個連迎將上去，齊聲變了形的殺喊，交織成一種非理性的悲慘的現實，十多分鐘之後，幾百個活生生的人，全變成幾百具殘缺的屍體，七縱八豎的貓在雪白的曠野上，鮮血和人體，構成一幅雪野上的紅花，像紅梅初綻一樣的展露在雙方弟兄的眼前。究竟誰是「頑」，誰是「匪」，業已難辨難分了。

「雙方都缺彈，刺刀拚著幹，」老湯喝完最後一口酒，拉著王老實的手說：「戰鬥兵打完，馬上就輪著咱們啦！生是冤家，死是對頭，只能認命啊。」

最後一回大肉搏，小章寶是跑在前頭的，他用刺刀扎進一個敵人的胸脯，對方的刺刀卻扎進他的腰脅，兩個人在陣中的中央部分，鮮血滴紅了雪白的野地。如果說，雪地是當時中國的背景，國共雙方的爭戰就成爲一朵紅梅，小章寶和敵人正是梅花的花蕊，而他的敵人，恰巧是他千思萬想的叔叔。誰是恩？誰是仇？誰是正？誰是邪？雙方說的全不能算數！

方營的殘部，是五十二軍的一個特遣營救回來的，方營長在最後決戰中重傷了左臂，老湯還餘下半壺老酒，而王老實毫髮無傷，做夢也常夢見那朵雪野上的紅梅，一個叫叔，一個喚兒，兩個全是站立著死去，恰如紅梅賁張的花蕊。

王老實所隸屬的這個師，在冬季撤離營口，忍受著海上的顛波，到達上海，師長羅將軍腿部負傷入院，全師殘賸不足兩千人，重武器傷失殆盡，很多人都以為要編散了，但上面仍讓它保留編制，限期整補重建，後來，幹部們才曉得：在北邊各個戰場上損耗過巨，撤過大江的部隊太多，有的只有官沒有兵，也在京滬線上招兵募勇，羅師長為能重建這個師，扶著拐杖出院，奉命帶領殘部擠上一列貨車到蘇州去報到。在蘇州停了兩天，好不容易弄到些洋麵和少得可憐的菜金，又被指配到丹陽，丹陽已經擠滿了各整訓單位，連駐屯的房舍也擠不到，最後又行軍轉去南京南邊的湯山，這才勉強粗定下來。

就一路上的情形看，京滬地區在表面上還算平靜，大北方滔天的戰火，一時還沒滾延到江南來，只是京滬沿線的交通非常忙碌混亂，北方很多地方單位、游雜部隊，很多由前線下來的傷兵、散兵、難民和流亡學生，把各個城市都擠得滿坑滿谷，黃汎區戰後不久，中原地區的大會戰又已展開，軍事重鎮徐州的外圍，不斷展開激戰，江南的民間總認為這裡的兵多，又有長江天險，一時兩時戰火還不至於延燒過來，但在久經戰陣的羅將軍眼裡，卻沒這麼樂觀。

「戰局變化之快，真令人想都不敢想。」他召集全師殘部講話說：「陷落在東北的，可都是精銳的部隊，咱們能夠活出來，全靠友軍幫襯，如今華北地區，太原被圍，北平變成一座孤城，徐州戰況也相當吃緊，徐州蚌埠若有險失，長江是保不了險的，咱們既然奉命整補重建，我就得盡力而爲，我這個做師長的，只能說跟老弟兄生死一命，旁的都不必再講了！」

師在等撥補，撥補頭一批只有六百多人，大部分是流浪江南沒飯吃的游雜部隊裡的散股，尖嘴猴腮，狗肚貓腸，放槍不懂看準星豎牌樓（標尺），連個立正稍息都做不出樣兒來，問問這個說是少校，問問那個報是隊長，把值星官方營長弄得啼笑皆非。老團長劉上校和陳上校都建議師長自行出動去招兵募勇，不必癡等上級撥補，像補來的這些破銅爛鐵，再加幾把火怕也煉不成鋼。

方營長也認爲主動募勇的辦法，在這個當口確屬可行，因爲遍佈江南各城鎮，到處可見散兵游勇，他們像無數驚惶的昏鳥，餓著肚皮亂飛亂撞，只要有番號，有軍械糧餉，納入大的建制之後，起碼在心理上有個依靠，第一，人多團在一起，心會放寬一些，第二，萬一戰局不利，找車徵船都會方便些，讓政工單位挑些能說會道的，四處去吆喝吆喝，不怕缺員補不齊！

誰也沒料到，全師裡頭，募勇募得最多的，並不是那些官長，卻是伙伕頭老湯，他抹下一隻金戒指，燒妥大鍋的肉，熬了大鍋的湯，帶著王老實他們出去，見到那些面呈菜色的昏鳥，就熱呼呼的打招呼說：

「噯，老鄉親，兄弟夥，我是湯山師的伙伕頭老湯，親不親，一家人，願去咱們單位混的，我可備的有酒有肉，先到伙房開飯去囉！」

他到車站、街廊嚷不到兩個時辰，跟他去營區的竟有兩百多，其中還有幾個真正的連級幹部。老湯跟王老實和李有吉他們說：

「我它娘真不知該笑還是該哭，咱們這一敗會慘成這個樣?!——一隻金戒子能買回兩連的兵來！」

師在湯山不到個把來月，就編足了所有員額，其中由老湯喊街招喚來的，竟然超過一團人，老湯的原名叫做湯克範，旁人替他取了個以諧音變成的諢號——湯開飯，因爲他一喳呼「開飯」就有人來。不過，他的損失也夠慘重的。——他腰帶上串結的金戒子，至少抹掉了一半，那可是他苦心積聚的老命根子，他是準備回海州老家蓋棟房子，跟他老婆生兒子，過日子用的。

人說：「一飯之恩，沒齒難忘」，在老湯身上可說完全用對了地方，老湯自誇他廚房的手藝，比黃埔證書還難拿，依照人是鐵飯是鋼的俗語，羅將軍這師的戰績，他不無火頭軍的功勞。跟他入營的官兵，對他安排的頭頓飯的滋味，直豎大拇指頭，背地裡叫他：「湯副師長」！

一向治軍嚴謹的羅將軍，對老湯也另眼相看，特別找方營長帶老湯到師部來，把在東北時的禁酒令也廢了，舉杯向老湯敬酒，並有意把他連升五級——當上尉營附。

「報告師長，酒我照喝，真話我也照說，您要是見怪呢，那我就不說了！」

「咱們真是共過生死的弟兄，我怎會見怪？」羅師長說：「你就是指著鼻子罵我，我也絕不見怪！幾個團長、營長都在這兒，有話，你儘管說！」

「老實講，中央軍打老共老吃敗仗，不是敗在咱們士兵的頭上！」三杯落肚的老湯就激動萬分的說了：「什麼子熊式輝、衛立煌，東北有幾個長官大頭咱們見過？能打的將領總在前頭疲於奔命，不能打的反在上頭耀武揚威！咱們打仗動走的，腳底下起過千層泡，夜夜都擔心能不能看見明兒的太陽！再硬的火，那場沒熬過？結果東北還是丟了它的娘！是咱們當兵的丟的嗎？呸！」

「湯老弟，你講得夠爽！」師長親自把壺替他斟上說：「這樣的豪爽話，也只有你敢講，咱們這些做長官的，心窩裡只有慚愧二字。你喝！」

「還要報告師長，在東北，您下過禁酒令，唯一沒遵令的是我伙伕頭老湯，我它娘是每頓必喝——我從沒打算過還有什麼雞巴子明天。」

「報告師長，這不能單怪老湯。」陳團長很嚴肅的站起來說：「廖兵團停滯不進的時刻，我也喝醉過。——我的軍事經驗，使我鬱悶不堪，古時關公半杯酒就斬了華雄，我空飲滿瓶卻斬了自己！」

「甭那麼緊張好麼！」師長扶著拐杖站起來說：「我當時下達的禁酒令，只算是一般性的『通令』。你們沒想想，當戰情最緊迫的時刻，要是咱們全師全喝醉了酒，把子彈朝天上放，咱們能幸運的脫困到今天嗎？我也要老實的招供，在最後關頭，我自己也違反過禁令，不過，我原有一瓶的量，卻只喝了半瓶。我留下那半瓶，一半是爲了孫中山，一半是爲了蔣中正，我不能讓人說：一個醉貓子指揮過一整師的國民革命軍！」

酒禁問題完全說開之後，就論到老湯大材小用，應該升官的問題了。對這事，老湯說：「師長大人，萬求你手下留情，我是什麼料兒，就是什麼料兒，我它娘天生是伙伕頭的料兒，升也沒處升，降也降不了，我倒是建議，咱們的方營長、陸連長全該升級，他們不是等閒人物！沒有他們，咱們底下這夥人，全都曬屌啦！」

誰也沒想到，老湯這一席「酒後真言」，竟使方營長升成了團長，陸連長升成師直屬營的營長，而老湯仍然是直屬營的伙伕班長，王老實升成中士副班長。

對於新募來的兵勇，師長下令照其所報的經驗軍階嚴加檢核，再加以整編訓練，師長根據老湯的話，加倍要求各級軍官，確實負起領導的責任，讓這個師再造勇於戰鬥的生命。

帶傷歸隊的羅師長，算是個盡忠責守的好軍人，三十七年的下半年，他每天夜晚都很少闔眼，他研究著太原保衛戰的過程，研究傅作義軍怎樣保衛北京這座形勢孤絕的城池？研究淮海地區漸趨不利的戰局，一張揉皺不堪的軍用地圖，被他劃滿了紅色符號。

部隊的整訓實在不是件容易的事，因爲各單位駐地分散，新來的人員素質差太大，光是一個基本教練，就鬧出整籮筐的笑話，而且在南京地區的各個單位，到處出條件挖角，也胡亂的抓兵，有些人在師裡被核成少尉的，跑到旁的地方轉眼就掛了少校肩章。有一回陸營長外出，竟被友軍硬抓去剃頭當兵，對方的連長來接兵數人頭，一眼看出陸營長來，趕緊立正敬禮說：

「報告老區隊長，全是手底下人弄錯了，學生這就請您喝酒壓驚去。」

原來陸營長是那傢伙在軍校時的區隊長。

「幸好當年你在我隊上，」陸營長說：「要不然，我不是又得從二等兵幹起了嗎？你們這樣的抓兵，實在太離譜啦，你看，蹲在牆角的這位大叔，頭髮都花白啦，你手下的人把近五十的人也給抓來，這算是哪一門子？你問過他的根底了嗎？」

那連長朝牆角瞄了一眼，果真有個穿一身藍布褂褲的半老頭兒蹲在那兒，樣子土土的，但好像被抓來當兵很不在意。

「你儘管去喝酒壓驚去，甭管我，我沒事的。」那半老頭兒對陸營長說：「他們的師長是我姪子。」

「哇，這下子漏子可捅大啦，你竟敢抓你們師長的叔老太爺來當兵，你還想要腦袋嗎？」陸營長說。

那個連長臉全嚇白了，膝蓋一軟就跪了下來，懇求叔老太爺高抬貴手。那半老頭兒笑笑說：

「沒事沒事，這頓壓驚酒，也該算老朽一份罷？」

「那還用說，您老人家一定坐首席！」

陸營長回來，感慨系之的把這事跟營裡弟兄當成笑話講，原來那半老頭兒竟是湖南地區的編練司令，黃埔五期炮科，掛中將銜，來看侄兒時逛街被抓來當兵。抓兵的排長還說：老是老了點兒，當伙伕還夠格！

「老司令雖放了連排長一馬，但他也講了不少傷心話，」陸營長說：「徐州、蚌埠業已十分吃緊，江南亂成一鍋粥，這怪得了底下的人嗎？做將帥的要改不掉聚人頭、保權位的毛病，江南轉眼會丟的，這成什麼個部隊啊！還能熬火打仗嗎?!」

儘管有了這樣的怪事，對京滬沿線的情況並沒有多少改善，江淮地區打得十分慘烈，軍事重鎮徐州東西兩面的重要據點相繼陷落，號稱最精銳的兵團，一個一個被逐次瓦解，鎮守徐州的各兵團緊急突圍，有的僥倖脫出一些殘部，有的中途遭遇阻襲，被困在一個袋形地區苦戰待援，當時華中的部隊自保不遑，江南的殘部都在重建，哪還有多餘的精兵去解圍反擊？各地動員民間烙送大餅，動空投去支援被困的大軍，那種杯水車薪的做法，連瞞老百姓也都瞞不過去了。

有一天，老湯，王老實和採買出營去買菜，遇上一個拉車的，那個打江北流亡來的漢子就說：

「徐蚌會戰，依我看，早晚是完蛋了！俗說：人是一口氣，佛是一爐香，真氣都散掉了，還打什麼打?!」

「你它娘真夠淆亂軍心。」老湯罵說：「你看老子們真的是氣全散了嗎？」

「噯，兵大爺，我可沒說你呀！」那漢子陪笑說：「我也是江北來的，難道我不想回老家?!」

一句江北來的想回家，使老湯沒了言語。回來那天夜晚，他做了些豬耳朵、豆腐干、滷蛋，約了李有吉、掛毛兒、王老實一干生死弟兄，在伙房喝酒宵夜。他說：

「咱們都是死生一命的老夥伴啦，好久都沒這麼聚過啦，咱們老中央，打鬼子打那多年全沒洩過氣，臨到如今，真氣果真這麼輕易的叫打散了嗎？你們扒心亮肺替我講實話，咱們的師雖說走運撤出東北，弄的羽毛零落，可是咱們輸人不輸陣，我不承認咱們敗過哇！」

「話也不是這麼說。」李有吉說：「在東北，新一軍和二〇七師，一直都是熬過硬火的好部隊，但他們運氣不好，最後全被老共吃掉了，咱們怎能說老共打仗根本不行呢？人家的動員組織，咱們根本沒法子比——就算罵它全是用騙的罷？咱們可連騙也騙不周全呢！」

「你們都該聽人講過，友軍劉光頭軍長講過的話罷？」掛毛兒說：「他講：『兵孬孬一個，將孬孬一窩！』咱們全它娘是孬在將上！甭看那些肩膀上扛星的，誰是它娘的青龍白虎、天罡地煞來著？依我看，十有八九全是它娘的馬屁精，油光嘴，摟粗腿，死到臨頭不知悔！」

「老實哥，你怎麼說呢？」老湯說。

「有酒有肉，甭涮油嘴。」王老實平素木訥，但到節骨眼兒上，他居然也很會說話了：「你們怎知在冰天雪地裡，那些拔槍自盡，高喊：中華民國萬歲的將軍，心裡是怎麼想的？老共能打仗是事實，他們日後怎麼治國是另一碼事！就說他們比老蔣強，還是言之過早。我老是忘不掉在雪地上肉搏，小章寶和他叔叔互刺的事，我覺得，國共內戰，根本是：人死雞巴翹——多此一舉，活著的沒得好誇，死掉的全夠倒楣！朝後怎麼地，全看老天啦！」

「哦呀，老實哥！」老湯叫了起來：「這些年來，老蔣老毛全都沒說過這麼爽的人話，誰曉得你這長工出身的魯西老土，會說出這樣的話來，來呀，咱們今夜醉死拉倒，咱們是死是活，誰也沒欠過中國呀！」

老湯也明白，伙房裡驚天動地的豪情，對於當時的軍政大局根本毫無影響，江南初雪溶化不久，徐蚌戰局已經以慘敗收場，蔣總統毅然宣布下野，李宗仁上台，展開了南北和談。基本上說，和談能成功，中國內部不再兵戎相見總是好的，南京的代表赴北平，民間還放鞭炮，軍營還放假慶祝呢！老湯在那一週還出去找個江南妓女，摸奶子親嘴沒幹事。——他忠於老婆的心，更勝於忠於什麼黨，只因他想過他想過的日子，什麼黨也沒保證他回老家去摟老婆，生個老骨兒子。

在徐蚌敗戰，北京局部和平之後，共軍的渡江戰役就已箭在弦上，不得不發了。這時候，京滬沿線在守備上更為吃緊，非戰鬥單位的閒雜機構，已先期紛紛南移，使鶯飛草長的江南平常應具的詩情畫意全消。

駐紮方山一帶的羅師，奉命先調滬西，鐵路已不遑載運，命他們由京杭國道行軍到達指定地點。因為這不是戰鬥行軍，部隊每天只走二十公里。在鄉鎮借宿，和江南的百姓們接觸的機會很多，江南真是魚米之鄉，屋前是水田和池塘，屋後有小溪流水，家家的後屋裡，都有大缸的醃菜醃肉，米糧也貯藏豐足，夠全家吃上一年半載的，師的各單位奉令不准擾民，一切用買的，那些百姓也很好，總是半賣半送，使部隊天天打牙祭。

老湯是個得樂且樂的人，就算有心事，從來也不放在臉上，但王老實不一樣，他夜晚睡覺老是翻身磨牙齒，連連做著惡夢，他常夢見東北那座雪封的谷口，國共兩軍連續的肉搏場景，一個排從那邊衝過來，一個排躍出壕溝迎上去，雙方都吼出：衝啊！殺啊！的怪聲，螞蟻似的絞成一團，槍桿碰著槍桿，刺刀撞上刺刀，飛濺的鮮血染紅了純白的雪地，說來只在轉瞬之間，七八十個人就躺在血泊裡，用他們的性命畫成一朵紅梅花！他不只一回夢見小俘虜章寶，那娃兒一笑就露出一口整齊的白牙，他怎會那麼巧在肉搏時遇上他的親叔叔，弄成骨肉相殘的場面?!如果說：中國人打中國人是最愚蠢的事，那說書人所說的：楚漢相爭，春秋戰國，隋唐大戰，五代十國……難道都是古人腦瓜子生了鏽？每一個朝代的興替，全它娘用人血染成的，這又該是誰的錯呢？

不單這事想不透，很多事他都想不透，心裡悶將起來，他也跟老湯走了一條路——離不開煙和酒了。

老湯是個很規矩的伙伕頭，他從不挪用一文公家的錢，他用買菜砍價的錢買點老酒當成做菜的佐料，再省些佐料澆澆他的肚腸。至於煙，你多買了誰的菜，誰都會主動塞上三兩包，古人早就說過：煙酒不分家，這可談不上貪贓枉法，多吹幾個煙泡泡犯的是啥罪？那是人跟人的交情嘛！至於部隊裡吃賸的東西，用大木桶裝成餿水，賣給人去養豬養鴨，那是伙伕頭特享的權利，隊伍裡早就流傳著那樣的俗語：「炊事班長有得賺，給他營長也不幹」。老湯對王老實算是特別有緣分，把他那一套全都傳授下去，怕王老實幹不好，還親自替他掌舵，讓他逐漸入港，因此，王老實的煙和酒也就不寄望在有一搭沒一搭的薪餉上了。

部隊走到青浦，奉到湯總部的指示，暫行在原地駐紮待命，當時的青浦是各處河道船隻的交會點，有太多的隊伍要從這裡登岸進入上海守備地區，沒有湯總部的命令是進不去的，暫時沒被編入戰鬥序列，對兵爺們來說是最舒鬆的時刻，再沒什麼三操兩點，天天都是放假，這裡走走那裡逛逛，口袋裡有幾文的，大可去吃吃喝喝，弟兄們在不同單位的也能藉機見見面，聊聊天敘敘舊什麼的。甭看老湯仍然只是個伙伕班長，早先被他吆喝來的官兵，可把他敬重得跟老長官一個樣兒。

「湯班頭，咱們可是好久沒吃著您開出來的飯啦！」一個被派到劉團的排長說：「這陣子伙食不錯，但總沒您那頓紅燒肉過癮吶！」

「我老人家盤骨酸痛，沒心腸掌廚啦！」老湯說：「江南這種地方，魚鮮蝦嫩，白水氽一氽都能下得飯，你們到水田下籠子捕鱔魚，去河溝裡摸小蟹子，一文錢不花也能打牙祭。可惜快到隆冬，時辰不對，等到它娘的春暖花開，咱們又不知跑到哪兒去啦?!」

部隊雖在江南，但大江北岸的風聲是掩不住的，最擅於打硬仗的胡璉兵團被耗光，只有少數殘部過江，又收容了一些歸隊的老幹部，被派到江西自行擴充重建去了，孫元良兵團果敢突圍，雖說沿途損失慘重，但總還沒落到片甲不留的地步，至於黃維、黃百韜、邱清泉各兵團，在慘烈的激戰後，都已經全軍覆沒。

這對很多人來說，實在是難以置信的事，當初小米加步槍的老共，怎麼會突然搖身一

變，變得這麼兇悍？整吞活嚥的，一傢伙就把大兵團給吃掉？無論怎麼說，徐蚌大會戰的慘敗是不爭的事實，轉眼之間，整個長江北岸都已經失陷，共軍的三野部隊正在沿江集結，準備大舉進攻。在這時刻，蔣公下野回鄉，中樞留下個有名無實的李宗仁，沿江防務全靠湯總部指揮提調，甭說實戰，在感覺上就夠單薄，只是人人都說不出口來罷了。

「噯，湯頭兒，我看江南暫時還不會有事。」一個江北籍的中尉說。

「你這話怎麼講？」老湯說。

「我對姓湯的有信心，不是嗎，你老湯也姓湯，湯老總也姓湯，一筆寫不出兩個湯字來，他要有你這個能耐，煮上萬鍋紅燒肉，隔江一吆喝，那些老共聞著肉香，不都高舉雙手過來了?!」

「你它娘真會尋開心。」老湯笑說：「他是豆瓣醬（將），我是豬八戒；他煮的是龍肝鳳髓湯，我煮的是青菜豆腐湯，全是兩碼事。我早些時吆喝你們回營房開飯，是看你們餓得可憐，就實行了『民生主義』，我這套用在老共那邊，保準不靈。——雙方的『主義』不同嘛，要不然，早它娘同桌喝酒，一鍋吃肉了，哪還會打成這個屌樣?!」

老實說，在百萬大軍橫陳的長江南岸防線上，一個雜牌部隊的重整師，在湯總部的賭桌上，只能算是一顆毫不起眼的小籌碼，在沒經評估過濾之前，還不夠資格進入大上海，編入正式的戰鬥序列，但就士氣而言，羅師長的這個師，還算是一個保有戰志的師，師的戰志不是靠什麼政治部，而是老湯這碗「青菜豆腐湯」，他的口號是：管它娘，橫豎是你死我活嘛，來了就得打！

若說老湯是匹千里馬，斷了腿的羅將軍就是伯樂，他跟劉、陳、方三個團長長談過，他直率的指出：國軍士氣衰敗在抗戰勝利之後那一刹，那時的部隊在抗日戰場上，沒有官兵拖家帶眷的，行動敏捷，戰力充沛，上下都有視死如歸的精神，若是有人在陣前結婚，那是要送軍法的。抗戰勝利後，這種章制首先亂掉了，有些部隊還好，大部分的部隊，駐到哪兒娶到哪兒，從高級軍官開頭，逐級降至連、排長，後來連班長也照娶不誤。

作戰的時候，家眷跟著部隊走，形成很沉重的大包袱，爲了不讓老婆孩子直接上戰場，就在後面的城市裡紛紛設起了「留守處」來，團長派幾個親信的兵留守，去伺候團長太太，營、連、排長也跟著學樣兒。這些脂粉附件，吸收了很多聰明能幹的士兵在身邊，更拿出私房錢，讓這些聽差的利用差假證，到大城市去辦貨跑單幫，老總們乘車搭船不要錢，運起貨來沒人敢要稅，跑單幫也算是「辦公務」，這麼一來，「留守處」就變成蝗蟲窩，這些戰地夫人們經常以「與夫同階」的姿態形成另一套管理系統，囤洋麵、買金子、打麻將，在穿著上爭奇鬥艷，把各城市點綴得洋洋大觀。當官的有了隨軍窩，當兵的看在眼裡會是什麼滋味？這麼一來，當官的無心應戰，兩眼老朝後頭看，當兵的滿心沮喪，士氣低落，開不了小差就拖死狗，論起敗戰的原因，這該算是頭一條。

「像老湯這種樣的，換在那些部隊裡，一定會調他到留守辦事處當副官頭兒，」羅將軍笑說：「他做人很四海，豪爽俠義兼有，不但做得一手好菜，還會打經濟算盤，這些還不算，他要是轉行搞政工，你們的政訓主任就沒得混了。從看管俘虜到召兵募勇，咱們可誰都抵不過他！」

「對一個伙伕班長這樣誇讚，師長您可算是頭一個。」新升的方團長禁不住流下淚來：「要是咱們能把師裡的成員都訓練成老湯那樣，至少，咱們這一師不會丟人。」

「想的是很好，」羅將軍說：「不過時機緊迫，咱們沒那麼多的時間了。」

「報告師長，」老成厚重的劉團長說：「咱們不妨請老湯來喝頓老酒，聽聽他對咱們敗戰的看法，鼓勵他該罵就罵，把所有各部隊的壞處都抖出來，人家犯的錯，咱們不犯，咱們的師就不怕挺不住啦！」

「這種做法有點冒險，」陳團長說：「大敵當前，上頭要求加強的是仇共恨共的教育，鼓勵下屬罵自己，若是被密報到上頭去，只怕連師長也揹不起這種大黑鍋啊！」

「你放心，我不怕。」羅師長說：「我傷了這條腿，只想早點兒移交，哪還在乎揹什麼黑鍋，由我出面請老湯夜敘，什麼政治部、政訓處免出席。——多聽底下的話去整軍，這付擔子我還挑得起。」

向下級取經的事，在共軍是司空見慣的事，但對國民黨軍而言，畢竟還是少見，羅將軍約老湯到青浦鎮一個臨河的小館頂樓吃宵夜聊天，是由方營長（老營長）把他帶來的，老湯見到這種場面，起初怔了一怔，當羅師長說了一些感謝的言語之後，他也就安然了，畢竟師長請他吃飯，早已不是頭一回啦。

三杯洋河大麴落肚，老湯就不再拘謹客套，扯開他的話匣子，大放厥詞。

「師長，您問中央怎會打敗仗不是？你們大多數部隊的風紀很敗壞，只懂得擾民，不懂得親民吶，」老湯說：「當年在河南，湯部隊是它娘天之驕子正牌軍，卸人門板去做工事，說過一個謝字沒有？湯部隊那種軍紀，不用我講，你讓所有的河南老鄉去評評講講好啦！害得我差點要去鑽進老鼠洞——誰教我也姓了湯呢！」

「噯，放開你姓啥不說，」劉團長說：「你不妨多說點旁的嘛！」

「嗯，說到旁的，那可多著吶！」老湯說：「咱們不親民，早已是個通病，做官的被嚇怕了，把所有老百姓都當成土八路看待，心理上就先『棄』了民！你先棄了旁人，還指望旁人貼心貼意的順著你嗎？——當初把你所有東北老鄉都疑成漢奸和順民，不讓人家投靠中央就是個例子！咱們政訓人員賣的那一套，民眾根本聽不懂，那些空頭大道理，越賣越糟。」

「老湯，你說得好！」羅師長擊掌說：「都說到咱們的心坎裡頭去了。你有什麼牢騷，你儘管發罷！」

「我先跟老長官們在這兒叩頭，」老湯說：「我決不是窮吐怨聲，我講的若不是事實，寧可被槍斃。咱們部隊的許多軍師長，都只懂得聽命行事，上頭叫朝東就朝東，叫朝西就朝西，自己的權限很小，上頭那麼一反覆，部隊累的沒處哭，小參謀指揮大將領，常把黑白給弄顛倒了，說句不中聽的話，參謀裡頭只要滲進一兩個老共的諜報人員，咱們不輸光才怪呢！」

「不錯，這果真句句是實話，」羅將軍點頭說：「其實，很多部隊長也都有這樣的顧慮，不過，多數將領都藏頭縮腦的缺乏個性，像光頭學長那樣的猛將真是太少了！我們在戰場上總是處於被動，總是有原因的。」

「咱們看老共的部隊，走到哪兒都沒拖累，他們在鄉下用飯票就換得到飯吃，平常只帶乾糧，打完仗，沒有咱們這些繁文縟節，要一個老粗連長塡這個表報那個清冊，那不害得他們頭大？」老湯說：「其實，這些話說了也沒用，上頭的規定嘛，改不了的啦！至少，薪餉核實總能做得到罷？師長該曉得好多部隊吃空缺吃得太不像話，名單上造的是一千多人，其實只有五六百，臨到上頭來點閱，就向其它單位借人頭來充數，你借過來，他借過去，點閱官大睜兩眼，只當沒看見，浪費國家糧餉到這種程度，想打贏仗，那可就難嘍。」

老湯是多喝了幾盅烈酒。把窩在心裡的話全都抖露出來，這番言語，講得師長和幾個團長的面色都很凝重，老湯自然明白，自己的部隊比較起來算是好的，各級部隊長都沒帶家眷，低級軍官也沒人在戰地結婚，吃空缺倒也有，連長不得超過八個，營長不得超過二十，以此類推。但營連長常把這些錢拿出來當做戰鬥犒賞，或當弟兄們的加菜金，很少盡入私囊的，比較起來，這已經算一等一的了。

「嗨，吃空缺的事，說來話長了！」羅將軍慨嘆的說：「遠的不論，單論明清兩代罷，它們在開國初期都認真八拉的沒這些毛病，後來日久生頑，各種陋規全冒出來了，就拿滿清末年來講罷，各地的八旗軍養在那兒幾十年沒打過仗，薪餉還是照發，花名冊上的兵勇，業已七老八十，連路全走不動啦，遇上點閱，就叫孫子去頂替，那些斷子絕孫的絕嗣戶，由參將、游擊、守備雇人應點，那就變成了吃空缺。打民國建立到北伐之前，是各路軍閥當令，他們貴官賤兵，仍按前朝的老規矩辦事，咱們真正的毛病，是出在統一的過程太快上，委員長領軍，不願意多打仗，多流血，只要對方投誠就一律收編，管它是軍閥各系也好，鬍子土匪也好，地痞流氓也好，帽花兒那麼一換，立即就成了『國民革命軍』，其實根本是換湯不換藥，軍閥還是軍閥，土匪還是土匪，在一個旗子底下各行其事，你要想改它的陋規，它立即就叛，中原大戰不就是這麼搞起來的嗎？中央要是有時間，有改革的心，沒有什麼陋規改不了的！問題是根本沒時間，蘆溝橋的炮聲就響了！有人大罵老蔣偏重嫡系，其實有些冤枉，嫡系當初確實是整訓過的，士兵們有主義，有思想，揹著『革命』兩個字不會臉紅，至少在抗戰期間，嫡系部隊的戰績還是很傲人的。臨到抗戰一勝利，什麼嫡系、旁系，都成了一鍋熬了，兩軍作戰，全憑一口氣，我們是敗在氣衰氣散上！歷史傳承的老毛病非但沒改掉，多年的積弊反而愈來愈加深！我說這番話，你該懂了罷?!」

師長這番話，把老湯說得哭了起來，他說：

「師長請伙伕頭吃飯，至少是早先沒有過的，我可以把心摘在桌面上。我老湯根本不是什麼好玩意兒，我是氣衰氣散的那種人，吃喝嫖賭全來，我用伙房的油水，買了一串金戒子，一心只想回家摟老婆，爲了成全你們招兵募勇，我的金戒子業已賣掉好幾隻了。我是個老粗，當兵那麼久，根本不懂得『革命』是啥玩意?今晚害您破費，您只當是餵豬的罷！」

「我的好兄弟，你千萬甭這麼說。」羅師長撫著老湯的肩膀，兩眼也濕濕的說：「單憑你這幾滴眼淚，您已經是洗了心，革了命了！如今我已是負傷半殘廢的人，我這師長還能幹多久呢?!咱們有緣共事，還講究什麼階級地位?如今，我在這個位子上一天，咱們就同心一意把這個師給帶好，至於日後的局勢，不是你我能夠預知的，至少雙方打起仗來就沒道理好講。作戰沒有不求勝的，我這個新編練的師，只求盡心盡責罷了！」

師長請老湯的事，老湯回來絕口沒提，連李有吉、掛毛兒都不知道，只有王老實知道有那麼回事，但老湯講些啥，說些啥，王老實照樣不曉得，他根本也不想曉得。營部駐紮在離馬路不遠的一座小廟裡，農曆新年前夕，馬路上擠滿了朝上海方面撤逃的車陣和人潮，由此可以想見北邊的鐵路車廂早已擠成人肉棒子了。

李有吉跑去打聽，逃難的人群說是：南京的中央單位，先走的已經撤往廣州，後走的也撤往上海和杭州，待機向南方轉移，同時，師部奉到總部的電令，要他們派出警衛部隊，攔截散兵游勇，就地收容或繳械遣散，沒幾天，師裡就臨時增編了一個營，沒時間訓練，光給他們吃飯，老弟兄們就戲稱這一營叫「吃飯」營。

「你們可甭笑，收容這個『吃飯』營，確實有必要！」師長說：「你們想想，這些攜械的散兵游勇，要沒飯吃，餓到急處，不到處開槍，弄得城鄉大亂嗎？臨到這種時刻，什麼教條都不靈光，只有吃飯第一啦！」

為了讓「吃飯」營能把飯吃得安穩，不要再雞毛子狗叫，師長打出老湯這張王牌，要他帶幾個人去挑訓一些伙伕，又把陸營長調兼那一營的營長，想把他們理得順當一點。陸震川和老湯過去一看，問題不是吃飯那麼簡單，幾百個散兵游勇，在籍貫上包含了十幾個省區，他們的破爛軍服裡，蝨子多得朝外爬，有的害一身嚴重的疥瘡，流膿淌血，腥氣逼人，有的人鬧紅白痢疾，不斷的脫褲子蹲坑，有的被炮彈震聾了耳朵，跟他說啥他都聽不清楚，有的發寒發熱的打瘧疾，有的得了恐懼症，渾身打抖，說話都口齒不清，這可是各個不同部隊的敗兵大會串，看得人怵目驚心。

「人畢竟是人，在戰場上耗久了不替換，就會弄得這麼狼狽，換咱們也好不到哪兒去。」陸營長說：「我要搖電話給師部，趕急找醫務官，多裝藥品過來，替他們消毒治病，臨到這辰光，更得要同舟共濟才成。」

「能逃出來的，都還算幸運哩，」老湯說：「那些死在溝邊野地、坑壕碉堡裡的，只怕連座墳丘也留不下來。」

電話搖過去，吉普車載來兩個醫務官，但藥品卻少得可憐，其中一個匡醫官建議，要那營的官兵集合到有太陽的廣場上，把外衣脫光曝曬，然後用竹片抽打，把蝨子打落下來，用掃把掃到盆裡，倒些汽油燒掉，老湯買了一口大水缸和幾斤硫磺來，用大鍋燒熱水傾進缸去，每個班分三次，輪流跳進缸去泡硫磺水，更把硫磺粉灑在衣物上搓揉，洗清除蝨子和卵，再調硫磺膏治疥瘡，這是花費不大的土法消毒，而且很有效果。

解決了蝨子和疥瘡，少數鬧痢疾和打瘧疾的就開藥給他們服用。但這個大拼盤的問題有一大串，有些人上報告，請求師裡協助他們找到原單位好歸建，有些有軍官身分，請求師裡列冊呈報總部，替他們核實身分，還有些哭哭啼啼，急著尋找失散在江南的親人。這還不提，在伙食上也讓老湯頭疼，山東人想吃硬的麵食，四川人要吃辣椒，廣東人想吃米飯加湯，結果老湯發火說：

「你奶奶個洋熊！這都臨到啥光景了，還想讓我替你們安排滿漢全席?!我告訴你們，咱們這兒有啥吃啥，嚥不下去，你們自己花錢去買！」

甭看這些散兵游勇一副可憐兮兮的樣兒，他們緊身兜袋裡，大都是鋼洋叮噹響，有的還有不少隻金箍子，老湯實在不願意伺候老爺似的伺候他們。

這些傢伙吃硬不吃軟，經老湯吹鬍子瞪眼這麼一吼叫，一個個都不敢再吭聲啦。

可老湯是閻羅王的面孔，菩薩的心腸，到了農曆新年裡，他還是抬了一條肥豬讓「吃飯」營去宰殺，油油他們的肚腸。

「你們這個暫編的營吶，亂七八糟像個豬窩，」老湯對那些人說：「這馬上說作戰就要作戰啦！拖著你們，對全師都是個負累，等過了年，你們得加把勁，多聽咱們陸營長的調教，三操兩點累不壞人，甭再萎頭縮頸的一副熊人樣兒。」

「湯頭兒，你說的是實在話，」一個姓趙的軍官說：「在這種大混亂的當口，大夥能聚在一起也是緣分，咱們不把建制擰緊了，那就是烏合之眾，槍一響大家搶著跑，那更是要自己的命。」

「三操兩點咱們倒不怕。」另一個絡腮鬍子說：「只是師裡沒替咱們換裝備，咱們自己攜帶的這幾根火燒棍，根本談不上火力嘛！」

「說來不怕你笑話，這裡有個楞小子姓佘的，也不知他原先是哪個迫炮連的預備手，在戰場上他和炮手跑分散了，他自己死揹著八一炮的炮盤，一直揹到如今還在揹著不肯扔，人家跟他講：傻小子，沒了炮筒，你空揹著炮盤有啥用呀？那小佘就一本正經的說：俺指揮官講的來，武器是軍人的第二生命，你能說炮盤不是武器嗎?!」姓趙的軍官還沒講完，把老湯笑得酒從鼻孔噴出來。

「天下有這種傻鳥！真夠嗆的。」他捏著鼻涕說。

「不不不，」這回王老實可講話了：「俺看這佘老弟算是好樣兒的，大夥兒想想，他當小兵不丟炮盤，要是他當上了部隊長，保證他一看戰況不利，把部隊丟開，只顧他一個人跑的這種事，他絕對不會幹的。」

「哈哈，」老湯說：「人說英雄惜英雄，你這是狗熊惜驢屌，日後臨到小佘當上部隊長，你跟他幹好了。」

「你怕俺不跟嗎？」王老實說：「我離了你老湯這支炮筒，不就是一塊炮盤嗎？」

說起中國人也真怪，眼看戰火就捲盪過來了，農曆新年還是照樣熱熱鬧鬧的過著，不論是城鎮和四鄉，家家仍然貼春聯，掛桃符，鞭炮聲此起彼落，部隊裡都是些離家奔命的漢子，爲了排遣那種說不出的鄉愁，也只能吃酒划拳，猛講些笑話，以嘲謔的喧鬧造出一些年景來。就連平素很少講話的王老實，也跟老湯扮成哼哈二將，一敲一答的調侃起來了。

過了年之後，陸營長全力整頓這個暫編的營，他費了許多精神，把魯、豫、晉、燕籍的編在一個連裡，把川、湘、鄂籍的編在一個連，把江、浙、皖籍的編在一個連，把兩廣和黔貴籍的編成一個獨立排，各連分伙，這麼一來，在伙食上可以各選各的口味，廣東佬也不必害怕遇上饅頭，江浙人也不必爲生蔥生蒜捏鼻子，而川湘那些傢伙，儘可用大盆的辣椒配上烈酒，吃得嘶嘶哈哈不亦樂乎！

建制確定，立即編造各冊呈報上去，然後按二級配備換裝，陸營長從早到晚緊急的操練他們，其實這些人並不是毫無經驗的新兵，主要是吃了敗仗，漏了氣，灰了心，有個壓得住的長官一整理，不到三週就弄得井然有序了。

陸營長恭請師長來校閱，羅將軍在校閱完畢後，對他們講了很簡短的話，他說：

「大家雖是『暫編』，日後也許各有出路，但目前隸屬本師，正是共患難的時刻，你們開差單飛，不如大夥兒聚在一起，師裡老弟兄全曉得，我這個人不是說空話的人，有任何危險，我都會擋在你們前面，陸兼營長經過考核推薦，選任了你們當中的趙少校擔任副營長暫代營長，這個營擔任師的總預備隊，你們好好幹罷。」

除了姓趙的軍官之外，營裡的各級幹部也都是從裡面挑選的，羅將軍這種不吃飛來食的作風，使暫編營的弟兄都凜然敬佩，當時就表明了願跟全師共生死。

「我自認沒有劉玉章學長那樣的膽識和才略，我們師的訓練素質，也不能跟五十二軍相比。」羅師長跟幾個團長說：「但比起其它的上海守備部隊，我敢說，我們毫不差池，問題是湯總部直到今天，還把我們放在外圍，並沒給付本師確定任務，那只有等了！」

事實上，根本沒時間讓他們等，駐守江陰的戴部出賣了咽喉之地——江陰要塞，共軍從那個缺口蜂湧渡江，佔領了江南規模最大的電廠，沿江的守備部隊紛紛後撤，使共軍使用巨大的木筏在多處渡江點搶渡成功，幾十萬大軍在極短時間裡就湧進了江南，南京、蘇州、無錫相繼陷落，這時候，總部才電令羅師向上海縣轉進，去守備黃浦江關港、周浦一線。

「它奶奶個洋熊，那許多沿江守備部隊都跑到哪兒去了？」老湯在行軍的路上，又忍不住的罵將起來。

從南京到無錫，幾百里地的駐軍根本沒對蜂湧渡江的共軍興起激烈抵抗，只有川軍楊幹才部打得有聲有色，至於其它部隊究竟朝哪兒「轉進」，師長和師裡的主要幹部誰也弄不清楚，唯一知道的就是局部性的任務，——把守滬東南的側面。

從表面上看起來，共軍渡江之後，如果集結重兵，企圖進犯大上海地區，他們鉗形的攻擊點，應該落在滬西和滬北，但羅將軍卻不是那麼想，他認爲，在京滬沿線城市紛紛陷落之後，共軍糧秣給養毫無匱乏，虜獲的軍械彈藥也相當充足，他們很可能有恃無恐的調度重兵，截斷滬杭間的連繫，採取北、西、南三面進攻的大攻勢，企圖把國軍防衛部隊逼得登船浮海，因此，大上海的側門——滬南的防禦戰，半點也不輕鬆。

羅將軍的料敵，可說非常正確，師在防禦線上加強構工，佈置粗定，南面就發現共軍小股部隊零星竄擾了。陽曆四月下旬，滬西全線正面接敵，整天整夜，炮聲沒停頓過，而在滬南，雙方爭奪每一條溪河也打得很吃緊，師長被召去總部開會，回來後，神色沉鬱疲倦，但他仍打起精神去巡視第一線。他只對跟隨他的方團長說起，虬江碼頭很早就海運繁忙，各類重要的物資和人員，不斷的運往南方的大島台灣，由這種跡象，看得出上海保衛戰很難持久，只是用時間換取空間的一種戰略運用。

「我們只是一個戰鬥單位，還輪不著我們去想那麼多。」最後他說：「死裡求生，也得咬著牙打下去。」

到了五月初，天落起濛濛的寒雨來，原先協助正規軍守備的兩個保安團來了個窩裡反，把大股的共軍引了進來，戰況立時就變得激烈起來了，共軍使用強勢的火炮，猛轟正面的劉團陣地，又連接著發動幾次衝鋒，第一線有幾個據點被突破，師使用警衛營頂上去，連夜把對方擊退，每當共軍在溪河架起便橋企圖搶渡，師就集中炮火把便橋給轟掉，雙方反覆鏖戰，互相都有中度的傷亡。

老湯的伙房總在夜晚之前，把伙食準備妥當，由團裡派公差用大鉛桶分別抬去開飯，仗雖打得苦，師裡的伙食還過得了關，鹹菜豆腐和大塊燒肉仍然吃得到嘴。老湯在地方上有路子，有人樂意冒險送菜給他。不論前頭打得多麼慘烈，老湯的日子可沒啥變化，遠處近處的大炮，轟嘩、轟嘩的使地面震動，每個人的耳朵成天嗡嗡響，半聾不聾的有些暈眩。

師部的傷患收容站就在伙房不遠的前街民房裡，至少擠了上百個掛彩帶傷的官兵，王老實被抽調過去負責傷患伙食，他過來找老湯說：

「掛毛兒也被炮彈炸傷送過來了！」

「怪了，」老湯說：「咱們方團守左線，那邊還沒有什麼戰事，他怎麼就傷了呢?!」

「他在回師部的路上，帶幾個出公差的弟兄，經過劉團的側後方，不巧遇上炮彈開花，幸好他滾得快，左腿還被彈片刮掉一大塊肉，他的一個班兵，當場就被炸死了！」

「還算他走運，沒它娘真的『掛毛』，」老湯說：「你回去告訴他，我帶給他兩包大前門香煙，一瓶老酒，他腿上叫刮掉多少肉，我割兩斤肉替他補一補，誰叫咱們是生死弟兄來著?!」

「瞧你這味道，可比師長還神氣。」王老實說：「你的大前門香煙打哪兒弄來的？那不是咱們抽得起的昂貴貨。」

「買黑市唄。」老湯笑笑：「要是有顆炮彈砸了咱們的『鍋』，咱們還不是全翹？這年頭，我全看開了，晚黑沒事，過來聚聚，我請陸營長過來吃我的醬豬尾巴，當然得喝上幾盅。」

到了晚黑，不但陸營長來了，李有吉也來了，他們是來探視單位傷患來的，王老實還炒了一大盤白菜端的來。陸營長指著老湯的鼻子，罵他是「逍遙王」，這是拚命的節骨眼兒上，你還要翹上二郎腿吃宵夜？

「噯，老連長，您甭忘記我只是個伙伕頭啊！老共打的來，好多將校都嚇的尿濕褲襠，我老湯怕過沒有？丟掉過灶房讓弟兄餓飯沒有？您不是老講『生活教育』嗎？我老湯就是活課本，我它娘是——有我無敵！一個人連死都不怕了，還有啥好怕的。來，我先乾爲敬，咱們喝了罷！」

「我只能小喝兩盅，」陸營長說：「上頭來了緊急命令，師要『轉進』了。」

「它娘的，就說『撤退』不就得啦！『轉進』這個詞兒，不知是哪個王八蛋發明的，咱們還要朝哪兒轉咧？」

「聽說是金橋，楊樹浦那一線，正好拱護上海外灘碼頭那一段黃浦江的南岸，使航路能夠保持。」

「說起道理來，總是官兒大的有理。」老湯又把各人面前的酒給滿上：「來，噹噹醬豬尾巴，噴香的絕活，等我老湯跳了黃浦江，隨它娘大江東去，進了龍王爺的伙房，這種當年丐幫幫主才吃得到的伙食，大夥可再難噹到嘍！有我無敵，安心的過今晚罷！」

酒香加上菜香，再加上儼若神明的老湯，祭出這一套伙房哲學，可把黃埔出身的陸震川搞得很迷糊了，老湯這一套，跟他所學的全不是一條路，他在想：老湯對國軍若干高級長官，一向出語輕蔑，完全不是那麼回事，但他對本師的長官又敬重有加，他不怕死又願求戰求死，那可是如假包換的，按正常規矩，他是出格兒的怪胎，他要是被老共的槍子兒炮彈捎上，如他經常形容的挺屍曬屌，那算是「爲國犧牲」、「壯烈成仁」？到底該算哪一門?!

「噯，我說老連長，你是怎麼啦？你有心思?!」

「你剛說要隨大江東去，我在想，送你輓聯該用什麼詞兒才妥當呢！」陸營長笑起來：「說你『馬革裹屍』，你根本沒騎過馬；說你『捐軀報國』、『盡忠黨國』？不成，都假兮兮的不對味兒！」

「哈哈，還是老長官最明白我。」老湯笑得連四周的炮聲都彷彿被盪開了：「您想起送我輓詞，真是有趣得緊，我自己業已想妥啦！」

「你想的是啥詞兒？」李有吉說。

「跳下黃浦江，還有旁的詞兒好用嗎？」老湯說：「——完全『泡湯』嘛！」

他這麼一說，連王老實都笑彎了腰。陸營長想想，這事看起來有點荒謬，兩軍對陣，槍炮響成一鍋粥，幾個人卻在這兒喝酒狂笑，再朝深一步去想，是驢就得推磨，是馬就得拉車，是吃糧扛槍的就得打仗，愁眉苦臉也救不活自己，老湯的生活哲學不如說成是一種戰場哲學，一種笑生樂死的自嘲，反讓人再沒了牽掛。

「你們哥兒幾個消停喝著。」陸營長戴上軍便帽說：「我可得趕急回營辦事去啦！」

「不敢耽誤您的正事，您好走。」老湯說：「在上海，咱們除了上船，可沒地方再『轉進』啦！」

按照戰局的推演，防線的後縮是必要的，因爲共軍一支繞經上海南方大迂迴的部隊，業已從奉賢、南匯、川沙的近海地區朝西北方進逼，很明顯是想鎖死黃浦江通海口的航道，假如讓對方得逞，那上海就變成一只大甕，所有部隊都沒有出路了！幸好共軍的大部主力都被牽制在滬西地區，劉光頭的五十二軍名氣太響亮，共軍四野在東北就大喊「活捉劉光頭」，可惜損兵折將沒捉到。四野沒捉到，這會兒換成三野陳小胖子來捉，陳毅當然想跟林彪賭上一把，——你只是聽張子，輪我老陳開胡！因此上，單是在五十二軍的正面，就押上了三個軍，先跟你人對人猛耗，耗光了你，再捺倒你剪毛！用五倍軍力硬耗你，看你能耗上多久。

這種人耗人的血戰，居然延續了五六天，五十二軍的陣地嫌過分突出了，不得不略加調整，但那堵牆，共軍還是沒能推倒，在滬西血戰的時刻裡，虬江碼頭的隊伍正在排長龍登輪，每天都運走上萬人，上海的棄守，大家心裡都很明白那只是早晚的事，拋開湯總部在指揮作戰方面的功過不論，至少在撤運物資人員這方面，做得可圈可點，故宮的文物，國庫的黃金，各類可用的人員，依照順序，都朝台灣撤、撤、撤，就算讓它娘毛澤東親自講評，他也不能不承認湯老總是：「敗戰中的英雄」，沒有他的運籌帷幄，新台幣根本就沒資格發行，——哪來的準備金?!

湯總部這臨去秋波，真恨得陳毅牙癢，幾十萬大軍以壓倒的優勢包圍了大上海，原想以雷霆萬鈞的一擊，奪取國民黨最後的珍寶，誰知讓劉光頭這種毛廁缸的石頭絆住了腳，眼看著金珠寶貝一船船的飛了它的娘，因爲黃浦江航道仍然加不了鎖，猛發從國民黨軍俘來的一○五重炮仍然離虬江碼頭一英里，影響不了撤運船隻的啓航。

臨到五月十八的深夜，在滬南激戰中的羅師長突然接到一通極爲特殊的電話，那是劉玉章將軍親自打來的，這位浴血的老學長對他說：

「老弟，沒想到你一個新編師這麼能熬能頂?!這可是最後的時刻了，你可以留下一個精銳營，故佈疑陣，奮力反擊共軍，就像諸葛撫琴退司馬，今夜在楊樹浦已備妥渡船，你師渡江後，以急行軍向虬江碼頭行進，緊急登上海輪，這艘船在天亮前趁霧起航。」

「學長，您的部隊怎麼辦？」羅將軍焦急的說。

「俺死不了！」劉光頭說：「俺會挺到最後，咱們台灣見！」說完他就掛斷了。

局勢已亂到湯總部的電話都斷了，羅師立即準備緊急撤離，至於留下哪個精銳的營用做犧牲呢?師長很屬意陸震川營，誰想到半路殺出個程咬金來，原由散兵游勇組成的那個一度被譏爲「吃飯營」的營，人人振臂，願意掩護師的安全撤離。更使人驚奇的是，跟他毫無相關的方團伙伕頭老湯，竟自動請命，願降調趙營主持伙房，老湯這一舉手，王老實、李有吉、負傷初癒的掛毛兒，全都願跟著老湯。

按照常理，這種打亂編制的請求，師長是不會許可的，但羅師長滿眼淚光，竟然毫不遲疑的點頭許可了。他過來緊握住老湯的手說：

「湯老弟，我有句酸話，不怕你見笑，有子龍（即三國猛將趙雲）在，吾心安矣！要真有奇蹟，咱們台灣見罷！」

老湯這傢伙，真是不通人情世故，師長緊抓著他的手不放，他並沒感激涕零，反而對趙營弟兄扮鬼臉說：

「你們這些老小王八蛋，儘管放心，有我老湯在，管保你們在死前一刻也不當餓死鬼！」

全師經激戰後還賸下的七千多官兵，就在彌江的夜霧裡分批搭上渡輪走了，只落下這個營故佈疑陣阻滯共軍，代營長沒主意，只得向老湯問計，區區一個營，究竟該怎麼打法？

老湯想了一想說：

「打是沒什麼好打的了，老共真的要硬攻，咱們決撐不到兩個時辰，咱們全師的部隊也許還沒登輪完畢，老共的炮就會把船打沉，如今之計，咱們也不妨暫充黃蓋，代表全師，來它一個詐降。」

「格老子，詐降究竟是怎麼個降法兒？」趙代營長說：「我可沒有你機伶吶。」

「詐降不外是談判嘍，舉白旗派代表嘍，多少談點兒不成條件的條件嘍，老共它娘的也是人嘛，誰願意雙方潑火多死一堆人呢？弄到後來，你討價，我還價，你拉我扯就能扯上三兩天，我料是老共打上海，部隊都集中在前頭，他們沒有那麼大的本領，在短短時間裡就鞏固新佔的行政區，咱們拖夠時間，趁夜打散了跑，從奉賢到金山衛聚合，花錢買船逃去舟山是最捷便的。究竟能逃出多少，我不敢講，那也只有生死由命了！」

「這是險中脫困的好主意，」趙少校說：「我估計地方團隊即使逼於情勢，降了共軍，他們也不會防得鄉下滴水不漏，咱們潛行穿越到金山衛雇船越海，不是太大的問題，除非命運不濟，至少有七成能脫險。但陣前高舉白旗，萬一有一個傢伙告了密，我這代營長的腦袋就保不住了，『陣前起義』的罪名，我扛得了嗎？」

「嘿，事在人為嘛，」老湯說：「你要真舉了白旗，還用逃到舟山嗎？誰要冤了你，咱們跟你一齊死！再不然，咱們先簽軍令狀，分開來帶著，全營捺指模保證，上頭要斃人，把全營都拖出去斃掉好了！怕什麼怕?!」

「好罷，湯頭兒，」趙代營長說：「咱們命全交在你手上啦。你說了，我照辦行唄?!」

「行！但我還有話沒說完呢！」老湯說：「咱們可都是些旱鴨子，不懂得海不懂得船，就算到了金山衛，能不能即時雇到漁船，也還在未定之天，不可能整營一船裝，咱們先約定好，誰先到達，有多少人算多少人，雇到船就走人，只留下一個等第二批，依此類推，多走一個算一個，我老湯跟這幾老弟兄走在最後頭，這總成了罷！」

老湯這條詐降計，果真派上了用場，他們拖過了一天一夜，雙方沒再開火，臨到落雨的夜晚，這個營各帶乾糧，開始繞彎兒跑路了。他們遠離公路線，化整為零，沿著海濱朝南跑，白天潛藏不動，專挑黑夜急奔，等老湯到了金山衛一打聽，業已走掉三四條漁船，也就是說，全營有半數以上業已脫了險了。

老湯和王老實他們六七個人，已經換上了民間裝束，等待收容最後一批人，但老共的少數民兵也已陸續出現，揚言查港封船，看樣子很難再雇到民船了。

老湯混到一個小飯館裡叫菜買酒喝，遇上一個穿黑湘雲紗的中年漢子，腰裡鼓鼓的，顯然藏有硬傢伙，那個人臉帶煞氣，滿臉都是麻子，有些像混世走道的。他在鄰桌一眼瞄住老湯，就發話說：

「噯，老總，你哪個單位的？如今也成了落水狗啦。」

「甭笑話旁人，」老湯說：「看光景，你老哥也好不到哪裡去！老實跟你老哥講，咱們從河南打到關東，又從關東打到上海，好歹算是正規軍。老共看人有他們的分寸，他們把國民黨正規軍的士兵，看成無產階級附敵的可憐蟲，抓到了也不會處死，可是像你老兄這一號，在他們眼裡算是土匪地霸，半點活路全沒有的，來罷，咱們爲今夜乾杯！」

「乖隆冬，我算遇上好對手了！」那麻臉的傢伙說：「在下朱四麻子，四下管打聽，我手下有幾艘盜船，打家劫舍不是一年了！我曉得老共絕不會放過我，想去舟山又怕被國民黨抓去槍斃，兄弟，你說我該怎麼辦？」

「嘿嘿，」老湯笑了起來：「不管國共雙方再怎樣打得不可開交，你這當海盜的，落在

哪一方手裡，都是老鼠下油鍋——死路一條。國民黨再敗，也不至於那麼沒品味，收容土匪強盜，不過，你要是自寫供狀，撥一條船出來，載運我營上的弟兄去舟山，我可以向師長保你不死，你認罪做監牢，逢年過節我替你送飯，這倒可以商量。」

「伊娘的，算我命衰，我寧願跟你去蹲牢。」朱四麻子沒路可走，顯出滿臉無奈的樣子。

「我是個大老粗，也不是什麼黨，」老湯說：「我是逃到河南，爲打鬼子才當的兵，兩個黨打來打去，爲的啥我也沒弄懂，不過對改過自新的，這邊的機會要大點兒，就憑『帶罪圖功』這四個字，我敢保險你死不了。」

就憑老湯這番四不像的言語，他收容到陸營二十七個散兵，搭乘朱四麻子的海盜船到了舟山。

朱四麻子被軍法處審問之後關了，老湯替他捺指模作證，判了多少年老湯不曉得，只知他並沒被槍斃。

老湯到舟山找到了趙代營長，才知道殘部已經編散到舟山防衛部各直屬部隊去了，趙本人業已轉任參謀業務。趙問他們都想幹啥？老湯的回答是：

「其餘弟兄想幹啥，聽他們志願，我跟王老實照樣蹲伙房，人說：『伙伕好幹，喝酒吃飯』，幹旁的，我全不會呀！」

「嘿嘿，你湯頭兒賴著不升官，真是怪事一樁。」趙少校說：「咱們可都是受你恩惠的呀。」

「過去的都甭提了。」老湯說：「如今弄的連國都丟了，升個芝蔴綠豆官，又有啥光彩？能幹我老本行，我們就心安理得啦，至於李有吉跟掛毛兒兩個，你多費點兒心罷。人說：沒有功勞有苦勞，有吉那把軍號，吹了幾千里地，也該當個號長啦！」

窩在舟山一年多，外島爭奪戰打得如火如荼，老湯和王老實在本島直屬單位伙房裡，日子卻過得有些淡而無味，老湯養了一窩雞，王老實種了一塊菜，也認識了五十二軍的一些新朋友，當時各部隊熱火朝天的搞政訓，抓匪諜，搞得震天價響，但伙房裡受到的波及很

少，——總不能讓伙伕不去買菜做飯，再說，以老湯過去的作爲，在資料上一路過關絕沒問題。

老湯心裡鬱鬱的，總想著老單位、老長官，他不知道老師長的腿傷怎樣？是否丟掉了拐杖，也不知方團長、陸營長、姜排長他們到台灣後幹了些什麼？他一個老伙伕頭，雖說是久經戰陣，卻一槍也沒放過，比起那些面對子彈的戰鬥兵，自己只是個半調子，頭上有帽花，全身沒傷疤，沒什麼好誇耀的。回想初到江南那個時刻，遠遠看過那條白練似的長江，他恨不得一步就跨過去，直奔他的江北老家，跟他平臉塌鼻的那口子緊緊摟上一摟，聽她哭訴久別的思懷。但那只是一場飄忽的空夢，像從江上浮過的一縷浮雲。

它娘的，講這些都不實在，在夜晚，他夢見老婆的當口，老二就會在襠下「立正」，挺得像根鐵棒，可當他花錢逛娼寮，臉伏在兩隻溫熱的肥乳當中時，他只會囈語和哭泣，下頭軟塌塌，像化掉的棉花糖，衝鋒號也吹它不起，人總不能活著槍斃自己的老二罷？這種秘密，窩在他心坎的黑角裡許久許久了，他本想把它當成毛病，找師裡他熟識的匡醫官、魏醫官瞧看瞧看，後來一想，連娼婦都治不了的毛病，找那些醫官有啥用？政訓部門有些官兒，個個能言善道，講主義，講領袖，講得口沫橫飛，煞有介事，但沒人講到他這種怪毛病，他相信部隊裡多少萬人，決不止他一個人有這方面的毛病，「整軍經武」，怎麼可以光整腦殼不整下頭呢？

到了舟山，他只是一個極尋常的火頭軍，假日出去喝兩盅老酒，也沒誰再注意他了。

有一天，伙伕們也被集合去聽政訓課，一個湖南籍的白臉小少尉，說他姓文，講起話來有些文皺皺的，但卻有板有眼很耐聽，他特別講起一堂叫「加強心理建設」的課，老湯一聽到這新鮮題目，精神就來了，他確定自己沒事空舉、臨陣不舉的毛病，準是它娘的「心理」上有了毛病，這個心理，非它娘好生建設建設不可。但那姓文的小雞巴子少尉，講了老半天，光把事情朝腦袋上扯，什麼反攻啊，反共啊，殺豬拔毛啊，老湯心裡可就煩了，他暗自嘀咕著：不反共，咱們何必九死一生來舟山？至於殺豬拔毛，你這小雞娃子，竟敢在伙伕面前講？這豈不是魯班門前弄斧？殺豬怎麼殺？拔毛怎麼拔？你它娘懂個屁?!旁邊涼快去！老子宰一頭豬，半個鐘頭之內就讓你吃肉喝湯的絕活，足夠你它娘學三年的。

可惜這個文少尉是個四眼田雞，沒見到伙伕裡頭的「總司令官」緊皺的眉毛，上完課，他還留下一刻鐘的發問時間，讓伙伕同志們舉手發問，這一來，老湯頭一個就高舉起兩隻手來了。

「噯，這位同志，舉手舉一隻就行！」文少尉說：「你有什麼問題，請講。」

「報告少尉，」老湯說：「你講的這套，咱們都懂，那些掛將星、拿高薪的王八蛋，有的被俘，有的投共，當年他們都對部下講過這門課，咱們吃敗仗不投降，千辛萬苦來舟山，是單爲『吃飯』來的嗎？講到『心理建設』，不光是建設腦殼殼！要它娘『上下貫通』才行，我是上硬下軟，硬是貫不通，該它娘怎麼辦吶?!」

他這麼一說，台下上百個伙伕都笑得前俯後仰，把那個年輕的文少尉弄得滿頭霧水，愣在講台上不知所以，直管嚷嚷說：

「哎哎，什麼事讓你們這麼好笑?!」

他不問還好，一問問得大夥兒板凳全坐不住，有的已經滿地打滾了！那個姓文的楞頭青，一定是個沒開叫的小公雞，還在追問爲啥笑成這樣。

有一個從地上爬起來，指著老湯說：

「咱們湯老大他帳篷搭不起來了！五指山也塌了！噯，這你也聽不懂嗎？他老人家鋼筆壞了！」

「鋼筆壞了找人去修啊！」文少尉說：「這跟心理建設有什麼關係？」

「哎呀，」另一個說：「鋼筆壞了，他還算漢子嗎？他就是找你做『心理建設』啊！」

「湯頭兒，你找錯對象啦，——你喜歡走『旱』路嗎？」有人越說越邪，簡直鬧得不像話了。

那個文少尉是提前下課，搗著臉跑掉的，他回去打報告，指老湯存心鬧堂，滿口三字經，弄得政工單位傳訊老湯。老湯一五一十把原委抖露出來，使那些問話的軍官也笑得直揉肚皮，最後以老湯在教官面前說粗話爲由，給他一次申誡處分。其實申誡根本是多餘的，但不能不給文少尉一點面子。至於老湯那種「上下不能貫通」的問題，根本就沒人替他解決過。

直到三十九年的五月下旬，舟山大撤退成功，老湯和他的夥伴們才踏上台灣的土地。老湯對這塊土地完全是陌生的，在基隆港，他吃過生平第一根寶島出產的香蕉，他聽一些耳朵長眼睛亮的軍官傳講，說台灣山地有些原始部落，住的都是些高山「野」人，有些還會出草獵人頭。他並不曉得那都是陳芝蔴爛綠豆的歷史故事。他也聽到台灣的阿里山和花蓮港，聽到台灣姑娘又美又熱情，只是兩條腿斑斑點點，被形容成「紅豆冰」。

一開始，老湯對這些並沒有什麼興致，他有暈船的老毛病，下船之後，他走在基隆街上，仍覺得兩邊的街道都在激烈的搖晃，他習慣了炮聲的兩耳，在聽不見炮聲之後，反而嗡嗡的響著金屬的亢音，使他腦門子幾乎像裂開來一樣的激痛。但他終於明白了一件事情，那就是台灣海峽不比長江，這個狹長的島嶼，至少是各部隊立定腳跟的地方。

從表面上看，中國共產黨打天下是勝了，但根據逃難南來的民眾口碑，老共的暴政使大家視如蛇蠍，實在可怕到極點。而老湯始終在自問著，這麼可怕的邪魔，為啥多數群眾竟會替他們挑溝挖壕，抬擔架，運傷兵，甚至主動的支援前線呢？這裡頭一定還有些一般人弄不懂的緣由？可惜自己腦瓜子裡紋路少，摸不透它！能來到這個聽不見炮聲的地方，也許上上下下都能多想想這些，會對日後的局勢有些好處。

初到台灣來，暫駐北部，趙少校公差到台北去打聽過，說是原師已經被裁撤掉，另行編配了，羅師長因爲腿傷未癒，請調了閒職，隊裡的官佐分散到各處，日後有時間也許能慢慢的連絡到，當時陸續來到台灣的部隊很多，番號也相當的龐雜，有些單位有官沒兵，有些單位殘缺不全，軍官們浮報階級的，冒名頂替的，都得要逐次的過濾核實，大體上說，海空軍建制上比較完整，很少有這些亂象，最亂的就算是陸軍，因爲有許多游雜部隊，各省區的地方單位都混在一起上船運過來，這些雜亂無章的部隊，有的也曾領過番號，有的新編，有的暫編，有的臨編，有的混編，有些地方的區長掛了中校營長銜，保安小隊長也掛了上尉階，問起他們操典教範，一問搖頭三不知，很多校尉官連扁擔長的「一」字也不認識，要不嚴加整頓，哪裡算是部隊，根本只能算花子堂。

「咱們晚了一年多才從舟山轉的來，如今各部隊業已整頓得差不多了。」趙少校說：「那些根本不稱職的地方官員，大多數都已被除名遣散，回到社會上去當老百姓了。台北諸多地方都是臨時搭建的竹屋，有錢的，沒錢的，官高的，位低的，全都擠在一起，日後你們要去找老鄉，只要到中華路那些『八陣圖』走上一圈兒，說不定連老家的姥姥叔叔都能找得到。」

「這倒好啊！」老湯的眼睛亮了起來：「真要能連絡到一些家鄉人，多談點家鄉事，心裡會舒爽得多，咱們這些人，也都好些年沒跟家鄉的鄉親見過面了。」

「不一定要去台北，」王老實說：「新竹、桃園，到處都有大陸來的難民，有難民就會有山東老鄉，只是俺那個縣的難找來！」

「這又不是參加同鄉會，」掛毛兒說：「只要遇著，就都聊聊聒聒罷。」

在新竹，李有吉遇上一個姓岳的河南老鄉，他在小街口擺攤子賣菜，李有吉和他聊過一陣子，姓岳的說，他是劉汝明兵團所屬第五十五軍的一個班長，在防守廈門時負了傷，廈門失守後，經小金門轉來台灣，一個軍只賸下幾千人，高級軍官全都被遣散掉了，受傷未癒的也除名自謀生活，他因為右腰脅還留著一塊沒挖出的彈片，彎腰很不方便，被醫官在一張表上蓋了個戳記，替他除了名。

「在咱那軍，河南老鄉不少勒！」姓岳的說：「剔下來沒人管了，啥都得靠自己！找旁的又不會，只好挑蔥賣菜，擺個小攤子。」

「其實幹啥都一樣，」李有吉說：「我可不敢說大難不死、必有後福的話，只能講，活著總比死的強！不瞞老鄉你說，我幹了多年的號手，我每吹一番衝鋒號，立刻就會送掉好多條命，如今定下來想想，我吹的衝鋒號，不就是弟兄們的催命符嗎？日子久了，我也麻木了，橫豎兩軍對陣，該死就不得活，換誰當號手，也是一樣。」

「在部隊裡當兵，真是噩夢一場，」姓岳的說：「只要槍一響，雙方就會立刻有傷亡，臨到衝鋒肉搏，只從軍裝不同去分敵我，打鬼子是另一回事，擺在一邊不談了，中國人打它娘中國人，味道就有些怪怪的，雙方究竟何仇何恨啊？弄成你戳我，我捅你，搞的肚破腸流，究竟是爲的啥？」

「他們都說是什麼來著？啊，對了！說是主義不同，思想、信仰都不同，所以才會打成這個樣子！」

「說啥來？」老岳說：「脫掉這身老虎皮，啥都和我沒關係了！我靠努力賺錢，維持我這一張嘴，這才算真的，至於過去種種，我已經不願再去想了。」

趙少校形容的老鄉見面聊天，在李有吉的感覺裡，並不是什麼樂事，不過是雙方都吐心窩裡的苦水，偶爾有一句半句提起遙遠的河南老家，年年不息的戰火，弄得田也荒了，家也殘了，遇上大旱、大澇和要命的蝗災、瘟疫，離人吃人的日子也差沒幾步。反過來說，老共打仗玩人海，死掉的人數更比這邊多，他們的作風一向是：路死路葬，溝死溝埋，人哪還是算得人吶？這種情形，他料想這邊的政訓官和那邊的政委都沒憑「人」的良心講過！——它娘的，雙方的「主義」都是要人死的嗎？真是王八蛋加你娘的三級！不過李有吉也明白，不論哪一方，懷有這種怨憤的人，都只能放在心裡，沒人敢挑明了去講！

李有吉歪打正著，無意中碰上老鄉，而老湯進菜場碰上的都是當地人，有少數人會講幾句生硬的國語，其餘的你跟他們講什麼，大多是「莫宰羊」，必得比手劃腳，搞上老半天才會弄出點眉目來，這一下子，老湯自比是「虎落平陽，龍困淺灘」，啥本事一時都顯不出來了。

有個在當地種菜的老蔡跑來看望他，又打躬又作揖，笑咪咪的遞煙捲，弄了半天他才明白，老蔡是種菜兼養豬，希望伙房的餿水能包給他挑去餵豬，難怪他對火頭軍要竭力巴結了，伙房的餿水倒也是倒掉，反而酸臭難聞又惹蒼蠅，有人按時來挑是宗好事兒，何況老蔡的家就在營區後門外，一聲喊得應，那是最方便不過了。

「好啊，那就包給你挑啊！」老湯說：「只是咱們初來這兒，伙食清淡，沒什麼油水，人吃不胖，豬能養得肥嗎？」

「你莫宰羊啦，」老蔡說：「你們阿兵哥吃的，比我們好啦，我們常吃蕃薯乾，很少吃米飯啦。」

當時常進營房的有擔餿水的，掏糞的，他們都只能走後門，衛兵們都認得他們，進出不用證件，沒有多久，老湯就跟老蔡變成了好朋友，老蔡來擔餿水，總會到伙房跟老湯聊上好一陣子，老湯留他最大的用意是想學台語，老蔡已經快上四十歲了，比老湯整整大上一旬，是個很老實憨厚的鄉下人，老湯和王老實他們都叫他蔡叔。

「叫叔我不敢當啦！叫兄都好哇啦！」

「好，好！那就蔡兄罷！」老湯說：「有些事，咱們弄不懂的，先得要請問你。」

「有什麼事，你儘管問，免客氣啦！」

「這菜市場裡，有雞有鴨，但肉卻只有豬肉，沒有牛肉，更沒有羊肉，我覺得好奇怪嘜，在咱們大陸上，回回是不吃豬肉的，但他們照樣吃牛羊肉，台灣不吃牛羊肉，信的是什麼教啊？」

「沒有的啦！」老蔡說：「鄉下播田人，很看重牛，牛價也很貴，牛一生幫人耕田，吃牠太沒良心，很多播田人的後代，都不忍心吃牛肉的。」

「嗯，這倒有些道理。那麼羊呢？」

「羊啊？」老蔡撫著頭說：「不騙你，我長了這麼大，還沒看見過羊長得像什麼樣子呢！」

「那你們爲什麼一開口就我們『莫宰羊』呢?!」

「哈，你全誤會啦，『莫宰羊』就是『不知道』啦，跟殺羊沒有關係啦。」老蔡不禁大笑起來。

「嘿，這真好笑，你不說，咱們做夢也想不到。」老湯說：「上頭老是要咱們親民愛民，語言都弄不通，怎麼溝通呢，人說：入境隨俗，我要第一個學會講台語，替它娘生活教育做個示範！我要問你，你國語怎麼學會的呀？」

「你剛剛不是講『生活』嗎？」老蔡說：「我們賣菜做生意，最大的主顧就是阿兵哥，不懂你們的話不行啊，我用心學了兩三年，講的不好，免見笑啦。」

「好。」老湯說：「兩三年內，只要咱們挺得住，不被老共趕下海，我就要把台語學到免見笑的程度！」

要說老湯是個「怪胎」，很多單位的官佐都有這種感覺，每到上政訓課，他不是公差就是拉肚，一到菜市場，跟當地百姓在一起嘰嘰聒聒，他就顯得興高采烈，他在舟山整小文少尉的故事，傳遍了五個軍，他是大夥兒的笑話人物。但真正接近過他的人，都會被他那種粗獷四海的氣質所迷，不能不認定他是真能反映基層士兵心理的豪俠，對於某些事情，他隨便講上幾句粗話都具見性情，比若干官長講話時前三點，後三點，外加一點，附帶一點……要爽上百倍。

不過，老湯來到台灣之後，那種豪爽的性格已經收斂了很多，放假時，他和王老實搭火車去了台北，台北雜亂的景象真夠洋洋大觀，火車站兩邊搭成兩條很長的棚屋街，北門和中山堂附近的空地，全是那種棚屋陣，有許多人家早就掛出招牌，做起各式買賣來，打燒餅炸油條的，賣麵點吃食的，修鞋扎襪底賣估衣的，拉黃包車和板車的，替人算命看相的，代寫書信文禮的，各式各樣都有，有些人總認為，因戰局不利嘛，暫時浮海過來避難，馬虎點先混些時，也許時局一轉就又回去了，滿街不都寫著那種標語嗎？「一年準備，二年反攻，三年掃蕩，五年成功」！看得人心裡熱騰騰的。

老湯跟王老實兩個逛進棚屋陣，不久就遇上了熟人，老單位的匡醫官。匡醫官一把抓住老湯，萬分興奮的說：

「噯，老湯頭，怎麼也沒想到能在這兒遇上你?!咱們師裡總認定擔任掩護的那個營出不來了呢！」

「咱們是化整爲零，雇船到舟山的，損失了很多弟兄。」老湯說著，兩眼有些潮濕，立即用袖子擦掉眼淚。

「難得遇上，有好多話要說。」匡軍醫說：「找個小飯舖，咱們好生談談。」

「我也急著想打聽老單位的消息呢，我同王老實兩個，就是爲這個來的。」

踏進了一家山東老鄉開的小飯舖，叫了盤紅燒豆腐、一盤滷菜、一碟花生和一瓶老米酒，邊喝邊聊。

匡醫官告訴老湯，師在滬南作戰損失很重，來到台灣後，部分幹部調南部儲訓，階級高些的大多解職自覓單位，醫務人員屬於技術官佐，分別被分配到各防區去。

「我原分去北防部，因爲我遇上軍醫學校的老教官，他在軍醫署，特別發文把我要的來，說是要另行發派任務，劉團的范醫官去了五十四軍，李醫官調聯勤單位去了，你們的老營長在陸總當了參謀，陸營長我還不曉得他去了哪裡。」

「那咱們羅師長呢?」老湯說:「前些日子,咱們暫編營那位趙代營長,好像說他掛高參的名,賦閒在台北,咱們很想去看望他呀。」

「賦閒在台北的,何止是咱們師長?!」匡醫官說:「什麼軍長、兵團司令、編練司令,總有一大堆罷,人說:將軍賤如狗,多得滿街走,也就這麼地罷了!」

「羅師長如今住哪兒,您知道嗎?」

「在南機場河邊那一帶,」匡醫官說:「前不久,我還去了他的住處,替他看腿傷呢!他的腿不單是槍傷,更患了嚴重的關節炎,膝蓋都浮腫變形,是很難醫好了。」

「能不能寫個地址給我呢?」老湯說。

「你說的全是外行話。」匡醫官說:「你看這些棚屋罷,哪一家是有門牌號碼的?除非哪天放假,你們事先約妥我在哪兒見面,我領你們去。如果你們想見你們老營長方公,那更好辦,我可以約他一起出來。」

聽匡醫官這麼一說,老湯高興得回到營區還在唱小曲兒。其實這些長官既不是同鄉又不是親人,但卻在一起行過伏,一坑睡過覺,人在到達一個陌生地方時,在感覺上,這些人真比親人還要親,他能夠九死一生逃的來,當然想見到他們。

靠了匡醫官的熱心幫忙,兩個星期之後,匡醫官果真帶了方團長,和老湯、王老實、李有吉、掛毛兒四個見了面,然後,匡醫官帶他們去南機場附近的河堤邊,找到了他們敬愛的老師長。

初見師長，老湯嚎啕大哭了一頓，他爲師被編散鳴不平，羅師長卻非常平靜的說：

「我們師的殘部直運台灣，從基隆直接轉高雄上岸，凡是到陸軍訓練基地的單位，一律要在港口解除武裝，入駐鳳山營區，聽候上級編遣，我很同意上面這種做法，軍隊不是個人的，打散了重編，按照步、騎、炮、工、輜的專長去分別作專業培訓，再行組合之後，戰力會更強，我跟這位團營幹部的去留，根本不算什麼啦。」

「這回來看望您，我特意帶來一些小菜。」老湯說：「我自己做的一瓶辣蘿蔔乾，一瓶醃嫩韭菜，幾種滷味，希望老長官還能吃得慣。」

「害你這麼費心，我很不安。」羅將軍說：「目前我是孤家寡人一個，住在這種地方，我的家眷聽說逃到了香港，還沒連絡上，我的飲食很簡單，一碗麵條就打發掉了，朝後不必再麻煩啦。」

羅將軍住的竹屋，一共只有兩間，一間是臥室，一間是書房兼客房，並沒有廚廁，空間雖然很小，但打理得還算乾淨，坐的是竹凳子，桌子是糊了厚紙的大木箱，桌角疊了幾本破舊的書，還好在屋頂上牽了一盞光頭電燈，使他夜晚不至於摸黑。

「您的腿傷有些進展沒？」匡醫官說。

「情況不很樂觀。」羅將軍說：「這裡的氣候熱濕交加，打針吃藥也消不了腫痛，我每天大早都拄著拐杖到河堤邊來回走動，希望能藉運動輔助，使它能早些好起來。我自比是一匹戰馬，多年奔馳疆場，一旦斷了腿，變成一匹離不了韁的病馬，這種滋味夠嗆的！」

「福人自有天相，」方團長說：「您看老湯跟王老實，他們要不是打心底佩服您，會這麼大老遠的跑到台北來看望您嗎？單憑這份情意，就夠安慰啦。」

「您在東北下達的禁酒令，今天可用不上了罷？」老湯說著，又從包包裡摸出四瓶結紮妥了的清酒來：「今兒歸我和老實兩個請客，請三位老長官盡興喝上幾盅。」

「哈哈，此一時也，彼一時也，」羅將軍說：「今天在這兒，咱們沒有什麼軍階，大家都是老袍澤，老弟兄，難得兩位老弟請老哥，我不興盡於酒，那就是對不起老祖宗杜康、劉伶啦！」

在一家湖南老鄉所開設的小餐館裡，羅將軍挑了個露天座，頭頂上雖也拉了條偷接的臨時電線，垂下一盞半明不暗的燈泡，但頭頂上星月交輝，眼前的溪水漾著銀波，幾個人舉酒，為一個已經不存在的師乾了頭一杯，所有在座的人都流下了不甘心的淚。這個不存在的師，在無言的愴然中仍然存在著，有怨苦，也有堅持，但都不是用言語能說得清的。

「噯，我說羅老，當年在青浦，你以師長的身分宴請伙伕，這種事，三民主義裡沒講過！如今，它娘的伙伕倒請師長，不醉不休，三民主義裡也它娘沒列這一章！咱們可以說，今晚這餐飯，我是爽透了，也樂透了！」

「獨樂不如眾樂，」方團長說：「死生不論，咱們爲全師弟兄乾杯！」

這場酒，喝到老湯和王老實在晚點前五分鐘才回到營房，而且舌頭捲得厲害，把「有」喊成了「油」。值星官笑話他們伙房幹得太久，總忘了伙房「缺油」。

老湯的神氣勁兒，沒到半年就又顯露出來，因爲他的台語程度，在各單位沒人比得上，他把擔餿水的老蔡的女兒收成了乾女兒，那女兒常替他爹來營房挑餿水，二十不到的年紀，梳兩條活蹦亂跳的長辮子，大胸脯，細腰身，屁股圓得像兩隻籃球，她擔著餿水走路的樣子，走一步要扭三扭，先就把一個姓曹的工兵連長扭昏了頭，再把通信排長扭亂了心，兩個傢伙都跑進伙房向老湯獻殷勤，想跟蔡家那大妞兒搭上一搭。老湯說：

「你們這些窮沒骨頭的小雞娃子，一個蛇腰大屁股就扭得你們死掉半截子，就憑你們這副德性，還想它娘的『兩年反攻』？你們有本事，去找她爹老蔡，找我？都它娘幹啥來著?!」

「誰不曉得您是蔡家丫頭的乾爹。」工兵連長說。

「有些話，只有您跟她爹說得通！」通信排長說。

「嗨，你們這些傢伙，簡直都是混帳加一番！」老湯說：「貓狗牛羊，都是母的先發情，公的才敢上，你敢說那蔡家阿美一步三扭就算『發情』了嗎？就算她發了情，你們又能怎樣，就憑肩上的三條兩條槓？那你們是四兩棉花——免彈（談）啦！當地人嫁女兒那份聘金，就足夠你們再來一個『抗戰八年』的。」

「沒料到一個挑餿水的姑娘，這麼貴啊?!」

「啊！不貴的也有啊！」老湯說：「鎮上的老娼，年紀也許大過你老媽！她們見人就拉腿，幹一火也只一斤豬肉的價錢！你們吃得，嫖得，可甭想在感情上玩真的，坑人累己，那是缺德帶冒煙！」

從那之後，蔡家那個阿美再來擔餿水，好些弟兄們被撩撥得兩眼瞪成大燈籠，但沒人再敢談什麼嫁娶的事，本來嘛，雖說國軍在金門前線的古寧頭打了個勝仗，台灣本島暫時挺住了，但舟山來的這些單位，多數還要整編，同時還有海南島撤來的部隊更形混雜，也都需要整建，老湯說的一點也不錯，還都泥菩薩過河——自身難保呢，一見到水靈靈的台灣姑娘，就想娶來當老婆，真它娘太不通氣啦！

要是講通氣，老湯可算是一等一的，他不但拚命的學台語，還把部隊裡的一個文書士陳仲玉請來當老師，每週兩個夜晚來教伙伕學認字。

「咱們這些火頭軍學認字，先要學認數數兒，」他認準這點，跟陳仲玉說：「先認幾斤幾兩，按照斤兩付錢，再就是學會加加減減，會算數兒，然後會認青菜，蘿蔔……各種菜和魚肉的名兒，我要大夥兒全會記賬。」

「我說，湯頭兒，你得馬虎點。」陳仲玉爲難的說：「我也去過菜市場，單拿魚來說罷，市場的魚有幾十種，那些海魚奇形怪狀，它也不認得我，我也不認得它，我怎能教你們是什麼魚呢？」

「好啦，魚它娘就是魚，肉它娘就一個肉，你它娘甭拿魚來將我的軍！」老趙說：「什麼『殺啦』、『甲媽』、『多珈』、『殺鴉』、『軋啦』，老子可不是齊天大聖，能拔下東海老龍王的鬍子，要牠只長一種魚！它奶奶，魚就替我一魚到底，『著毋庸議』！——烏龜王八全算是魚，其它免講了！」

要論起階級來，陳仲玉只是新上任的中士，差老班長湯克範一級，但論起聲勢來，差八級還帶轉彎，湯頭兒罵營長，營長立正，罵連長，連長鞠躬，一個中士文書哪敢跟他拗，也只能鞠躬如也，你說啥就啥啦！

話又說回來，晚黑陳仲玉來講課，老湯坐在前面，用坐姿立正到底，個把小時從不彎腰，陳仲玉講完課，他照例準備些小菜，花生米和酒侍候「老師」，一點也不馬虎。伙房旁邊的沙地，成了伙伕們練寫字的「大黑板」，用茅竹扁擔當成筆，果真把「一」字寫有扁擔長，而且不需花費一文錢。

「它奶奶個洋熊啊！認字也並不難嘛！咱們要是一天認上三個字，一年不就認上千把個，有千把字在肚裏，說出話都有墨水味道，寫個信什麼的也就不用求人啦！」

「你們真要這樣玩下去，不用一年就得換人教了。」陳仲玉說：「我肚子裡有沒有上千個字，我自己都不敢說，很快就會被你們掏光啦。」

說是這麼說，但不久之後，部隊有了很大的變動，有些軍官被分別調往新復校的軍事教育單位，士官兵也來了個大拆夥，王老實去了屏東的炮兵單位，老湯又跟上了老長官石將軍，被分到鳳山由南防部擴編成的第二軍團，在一個特種兵群裡當炊事班長，李有吉調到經過整編的部隊去當號長，掛毛兒去了步校示範隊。大夥兒分開之前，一道兒去台北看望過羅將軍、方上校和匡醫官。回來後，老湯自己做了些菜，買了幾瓶小高粱，算是彼此餞行。

「天下沒有不散的筵席，對唄?!」老湯感慨的說：「人人頭上一塊天，活著就得朝前走，這回除了有吉留在北部，老實哥和掛毛兒也都在我附近，有空還會見面的。」

「老實說，咱們平常靠你靠慣了，」掛毛兒說：「尤其是這張肚皮，不知分過你多少油水，一旦分開了，半夜腸子都會咕咕叫的。」

「那可沒辦法，——誰叫咱們是『酒肉』弟兄呢?!」老湯這麼一說，又把大夥兒給逗樂啦。

老湯到了新單位，覺得這是他半輩子住過的最好最大的營盤，他拎行李去工兵群報到，這才發現群裡就有舟山老單位的人，尤其是那位李副指揮官笑說：

「咱們算是有口福啦，總算把全陸軍伙房頭把刀接了來。朝後，逢山開道、遇水搭橋的士氣，還請你多多鼓舞，咱們群裡的伙食，得由你總調教囉！」

「嗳，中校，——哥哥不在家，你少（嫂）來！你這老廣吃得慣我的北方味?!」

「老實講，中國五大菜系，咱們的火頭軍都沒門兒，他們只懂得把生的煮成熟的，凡經你調教過的伙伕，每個人都足夠資格當炊事長，石先生要是知道你來，會馬上把你調進小廚房。」

「它娘的，嘴上抹石灰，您是——『白』說，我這個上士，調到總部也是上士，官階越高，我伺候起來越麻煩，而且『油水』越少，您要放我一馬，讓我留在『群』裡，我保證全群的伙食，全軍考評『優』等！」

說那是假的嘛，一點也不，在那種「物力維艱」的年月，當年軍威赫赫的湯恩伯上將黯然來台，遠不如渾名「湯開飯」（克範）的上士那麼吃香，可見餵飽官兵的肚皮，是它娘「民生主義」第一章，可惜的是，這一章並沒列爲當時很時髦的「政治大考」，否則，老湯真有機會升成「三軍伙食總監」呢！

老湯到群部三天，先它娘用各式菜餚征服了各級官長的肚皮，使他們到達「一飯飽三天」的程度，輕輕鬆鬆的坐定了全群伙房的江山，然後，他便以全群伙房總監的姿態，把那些半路出家的伙房菜鳥分批召訓，傳授了他的「武功秘笈」，讓全群上下的所有肚皮一致鼓舞起來，因此，群裡的駕駛班長，不久就變成他第一個乾兒子。

老湯對駕駛班長這個「小雞娃子」，並不完全欣賞，但對他「用車」的方便，卻有很大的益處。他以不經過市場，直接向高屏地區菜農低價購菜爲由，要「乾兒子」以此派車四處「出巡」，理由是尋覓菜源，改進伙食，這招一出，出車單上油表和里程的限制都沒啦。

但老湯確實是爲改進伙食挖空心思，找菜農直接批菜的價錢，只是市價的六成多一點兒，群裡的伙食改進，可說是收到立竿見影的效果。但老湯趁「出巡」的當口，偶爾也會讓司機小萬打個彎兒，到步校去見見掛毛兒，到屏東會會王老實，他這種「不失大體」、「公私兩便」的做法，該說是「順理成章」、「無可厚非」，至於中午進餐館油油肚腸，那可是老湯自掏腰包，憑誰也管不著。但老湯坐在吉普車前座，那種氣定神閒的架勢，看在旁的單位那些雞娃子軍官的眼裡，就夠納罕的啦。

「噯，王掛毛，來看你的，是哪個部隊長啊？」示範隊的指導員就問過他。

「沒有啦，那是咱們在東北老單位的伙伕頭啦。」

「哇，土地爺放了大屁，他神氣過火了罷？」對方說：「來來去去都猴在新吉普車上，嚇得我還先向他甩了個五百呢（敬禮俗稱甩五百）！」

「你跟他甩五百算啥?!」掛毛兒說：「好多上中校，都管稱他叫『老湯頭兒』呢，他要是一心想朝上爬的人，早就幹上團長啦！」——當然，掛毛兒逮著機會，不能不替他的老伙伴亟力吹噓一番，照樣把那些雞娃子上尉，唬得一楞一楞的。

老湯自己倒沒踐味兒，他只是覺得來到台灣之後，那些雜亂無章的部隊都已穩了下來，班是班排是排的，操操點點都有模有樣，他還沒機會見到海軍，但飛機是常見的，早先經常飛臨大陸戰場的「紅頭蜈蚣」——（P-51D野馬戰機），換成了噴氣的飛機了，飛得呼啦啦的像刮風打雷。新台幣很穩定，部隊有了薪餉手牒，每月定時關餉，早先當官的濫吃空缺的陋規，算是連根拔掉了，手摸心口講句良心話，抗戰八年，國軍從來也沒這樣進步過，只是物質上還很侷促，上頭喊出「克難」口號來，這倒是夠實在的。

對於某些事理，老湯算是比較明白，老古人說的沒錯：蛇無頭不行，鳥無頭必散，台灣要是缺了復行視事的蔣老頭，決擰不成這個樣兒，三十八年冷屁股朝人的美國，如今韓戰一爆發，老共發動百萬大軍入了朝鮮，他們這又轉過頭來，給台灣餵糖吃了！不是嗎？美援啊，協防啊，軍品啊，想得到都來啦。

老湯對好的一面，都沒話好講，只是對若干歌功頌德的馬屁精很是看不慣，平常要拍馬，你就一個去拍也罷，這些厚顏無恥的傢伙，硬是要拉著大家夥跟他一起拍，就拿蔣總統過生日做例子罷，生日就是生日嘛，非要引經據典弄出個「華誕」來，每到十月底，軍民人等到處張燈結綵，大肆佈陳的慶祝一番。好！一人有壽，萬民同慶也就罷了，還要教唱那些肉麻兮兮的祝壽歌。老湯相信這決不是總統的本意，全是馬屁精窮搞瞎搞出來的。什麼

「五百年前黃河清，中華民族出救星，救國救民救世界，領袖功德與天平。」什麼「十月三一降瑞祥，百花獻彩鳳朝陽，……」這是啥玩意，簡直是把前清眾「奴才」對待慈禧老佛爺的那一套又全搬的來了嘛?!

有人說老湯巷口扛木頭——直來直往的性子，一向是有話必說的，但對於這類的事，他可硬忍了下來，這玩意可不是一般的事，搞不好就會玩掉腦袋，因爲當時馬屁精的花招百出，不光是用在祝壽這一項上，部隊裡講思想教育，講政治訓練，每個士官兵都做了詳密的篩檢，什麼身家調查，服務考核，凡是過不了這一關，管你是什麼階級職務，撤職丟差還算走運的呢！由恐共而防共，一朝被蛇咬，十年怕草繩的心態，老湯也很明白，從扳倒孫立人到全軍肅諜，目的雖有不同，玩法可都是一樣，貓爭碟子狗搶盆子，就是這麼回事！

不管外面再怎樣雞毛子鬼叫，老湯是胸有成竹，穩坐釣魚台，過五關斬六將，毫無問題。

老湯的頭一招，是到鎮上書店去買紅紙，自己撰了一付對聯貼在伙房門口，字是親自請文書寫的，上聯是：「一心擁護領袖」，下聯是：「主義只講三民」！群裡的一些官兵看了都一頭霧水，搞不清不年不節的爲啥貼上這玩意?老湯說：

「這有啥好奇怪?咱們響應上級決定，宣誓效忠嘛！又不是耍把戲，沒啥熱鬧好看的。」

有一天，群裡一位政訓官遇上老湯，半開玩笑的問他說：「嗳，老湯頭，說說你爲啥擁護領袖來著？」

「這還用講嗎？」老湯說：「至少他領著大夥抗日，打勝日本鬼子，就憑這一條就足夠了。」

「那我再問你，三民主義講的是哪三民啊？」政訓官分明知道貼對聯的事，略帶調侃的意味，存心想考考他，掂掂他究竟有幾斤幾兩？

老湯也不得罪他，順口說：

「咧，民族本就有，沒它沒你我。民權大夥爭，都想多一分，老湯沒本事，只懂搞民生！」

他搖搖鏟子，指指大鍋，扮了個鬼臉，把那政訓官逗得笑不可仰，直嚷說：

「老湯頭，算你高竿！」

「什麼高竿？我伙房裡只有一鍋大骨頭熬的高湯，你喝一碗再走嘛！」

政訓官搖手沒喝，轉過身一路笑跑了。

老湯的第二招，是用在初級政治大考上，他跟陳仲玉文書學識字，學會不少字，總得要露上一露，就報了個「初級」應考。大操場上列出圖板陣（**軍中上課用，大小如棋盤，上課揹在身上。**），主考官掛出的題目是：「反共必勝論」。很多應考的士兵，在大太陽底下，有的埋頭書寫，有的抓耳撓腮，有的冥思苦想，有的瞪眼發呆，真可說百相紛陳，嘆爲觀止。

老湯不慌不忙，一路寫了三行半就首先交了卷。但這頭一堂國文卷，單憑他這份卷子，審卷官的頭就大了，因爲老湯的字歪歪斜斜，根本不是寫字而是畫字，三行半裡頭，有半數是錯字跟白字，他官卑職小，不敢做主，要求上面「會評」。幾個審卷的，包括監評的李副指揮官，連估帶猜的共賞了老湯的這篇「妙文」，大家都笑得前俯後仰，像是一群喝醉酒的猴子。

老湯那篇「必勝論」，開頭是照抄營區標語牌，作爲「開宗明義」。他寫下：「反共必勝，建國必成」，緊跟他寫：「殺豬（朱）拔毛，不如吹豬刮毛更快當。本伙房殺豬三字經，吹、燙、刮，十分爽利。打回大陸，滷豬耳配老酒，我請了！再打道茅廁坑，弄的它稀里花啦。完了！」

大家笑得揉了好一陣肚皮，才使腸子回歸原位，主考問大家有何意見，其中一位說：「他這篇根本不算作文，而且把神聖的反共大業跟伙房扯到一起，大談他的殺豬經，不明白此『朱』非彼『豬』，而且打回大陸，不先去解救同胞，卻要先喝老酒，孰輕孰重都沒搞清，莫斯科三字，錯成茅廁坑，太離譜，下面的稀里花啦怎麼解？是指咱們吃多了他的滷菜，鬧水瀉嗎？這樣的作文，能算及格嗎？」

「我倒不以爲然，」另一位審卷官說：「咱們條例上明明寫著『思想意識』佔百分之五十，就算他照抄標語口號罷，也證明他思想正確，毫無懷疑。這第二段，『殺朱拔毛』也是口號，原就有利用諧音的意思，『殺』和『拔』都有連根剷除的意思。因此，此『朱』與彼『豬』，並沒有明顯區別，至於他筆鋒，引用到伙房的經驗，這該是『理論』與『生活』結合，這『快』和『爽』兩個字，用得極奇極妙！……咱們被他逗得幾乎笑斷腸子，能說他行文不爽嗎?好，這一段加它十分，他就及了格了，再加上『打回大陸』四個字給他五分，我主張打他六十五分，讓他以丙等過關。」

「過關我看是要過的，只是最後這兩段，真有些……，我們上政訓課時，一向是把『反攻大陸，解救同胞』連在一起講的，怎麼這個混球，漏掉後面四個字，一心只想到喝酒上頭去了呢?!他要是多抄四個字，不就八十分了嗎?這真是『畫龍沒點睛』，列成丙等，多少有些可惜了！」

「我們的副指揮官，也是監試官在座，我們尊重您的意見啦。」另一位審卷官說。

「這份老湯頭的卷子，太不簡單了，」李副指揮官說：「他在一年前，根本不識一個大字，在北部他自辦『識字班』，帶著伙伕認字，如今居然能寫出這樣的三行半來，首先就得加他十分的鼓勵分。我們看他行文，大體上可分成五段，第一段照抄標語，表示他心志堅定，完全認同上級思想。第二段，他態度積極，一心求『快』。第三段，顯出他『君子務本』，始終不忘伙房的經驗，而且以小喻大，運用巧妙。第四段，打回大陸，痛飲黃龍，論氣勢之豪壯，大可與岳武穆公的滿江紅比美，至於莫斯科，憑他老湯哪知是哪兒？他沒寫成『摸死狗』已經算好的了！他寫成『茅廁坑』很生活化，反正是譯音嘛，音近就行。至於稀里花啦，就是『摧枯拉朽』嘛！綜觀全文，我給他評語是：『一氣呵成，氣勢雄莽』，應該是滿分。但有句老話說：光棍打九九不打加一，咱們扣掉他一分，給它打九十九，算是很公平啦！」

經過監審官這麼一分析，大夥兒恍然大悟，一致許爲壓卷之作，誰也沒想到一個粗識大字的伙伕頭竟能一鳴驚人，獨領風騷，以「稀里花啦上茅坑」得到獎賞，這傢伙，害得門生大宴老師，又抹掉一只金戒子。

能說老湯圓滑麼？那就岔了，他是個有性情的漢子，最討厭那些繁文縟節，忠貞光靠空口喊的麼？群部有個湖南籍的老戰士，他的渾身上下，至少留有六七處傷疤，人家問起他的那些傷疤，他會疲倦的靠在牆角，瞇起眼看著天邊，用重濁的鄉音回憶起那些傷疤的來歷，他左臉頰的一道長疤，是在長沙會戰時留下的，那是第三次會戰，他們的部隊埋伏在長沙東郊的山裡，趁著鬼子敗退，他們先打伏擊，再打追擊，有約莫數百個鬼子殘兵，被困在一處低窪的山溝子裡，還負隅頑抗，營長下令衝鋒，第一波已經衝進敵陣了，他是第二波，他先刺殺了兩個鬼子兵。在飛身跳過一道淺壕的當口，一個負了傷的鬼子把帶刺刀的步槍朝上一挺，正好戳穿了他的左臉頰，使他摔倒在壕邊的碎石地上，他忍痛爬行，脫出那柄染血的刀尖，翻身想去找那鬼子兵算帳，誰知那鬼子眼朝上斜翻，已經斷了氣了。他腿上那處傷疤是後來反攻零陵時，被鬼子火炮炸傷的，但那一仗，鬼子敗得特慘，他講起來還難掩當時那種興奮。

「嘿，十年河東，十年河西，風水是輪流轉的。早年鬼子打衡陽，圍攻了四十八天，趕盡殺絕那種打法，後來我們部隊一路反攻，也打得鬼子恨天無路，入地無門，那時刻，我們已換了裝備，有了美製的火焰噴射器，那玩意，真是一條活火龍，噴進碉堡的射孔，整個碉堡裡的鬼子兵全都報銷，我們在戰後清掃戰場，抬出那些燒焦的鬼子們的屍首，每個卵泡都鼓脹得像碗大。」

每個看來不起眼的老兵，都有一大堆動人的故事，他們身上的疤痕，才算是真正的動章，上面以他們沒學歷，欠經歷，缺少領導能力，不能以戰功晉升他們，只好拖帶著這些轉戰各處的大老粗，使時間把他們拖成「死狗」。據老湯所知，若干抗戰老兵只能算是第二代，還有一些北伐的老兵，鬍子全花白了還留在戰鬥部隊裡。連這些人的「忠貞」還要重複的「考核」？這在老湯的心裡，不能不劃上個問號。不過老湯心裡明白，這年頭，以他區區一個火頭軍，他配說啥?!

真臨到煩悶的時刻，他就會說一句口頭語：「凡事管它娘，且去找老鄉！」

若說大陸逃來的難民，留在高屏地區的也不比北部少，單就軍團所在地鳳山來講，除了各眷村擠得滿坑滿谷之外，軍團部門前的兩條馬路，就蓋滿了克難棚屋，那些難民，各省區的都有，其中魯、蘇、浙江省的，少說佔了百分之六十以上，連路名和村名都是難民們先取好了，順口先叫慣了，再報到鎮公所討個路牌牌，補編臨時里巷號頭。鳳山東郊，軍步兩校周邊，也都是同樣的棚屋雲集，一般來說，先到的難民佔地利之便，總選最靠營房的地段，成街成市，好做阿兵哥的生意，再不然就佔體育場空地，變成菜市兼雜貨市場，有些後來的，只能朝鳥松、五甲比較偏僻的地方擠，而且招朋引類，希望人氣越盛越好，因爲人多會把地段給炒熱，就不怕沒有生意可做。

若講品類，這些大陸難民可說是五花八門，異常複雜，其中有失意的政客，各地地方政府的人員，一時沒找到頭路的黨政幹部，若干離了職的軍官和士兵，也有許多是地主，富商，也有些是在家鄉混世走道的，幹過敵僞差事的，甚至也有青皮、流氓、強盜、毛賊夾雜其中，總而言之，在老共捲襲來時蹲不住身、站不住腳的，都像一盤大雜燴燴在一道了。

老湯和掛毛兒兩個魯、蘇「聯軍」，很容易就打進了這些棚屋社會，並且找到了許多老鄉，緊接著，在屏東的王老實也來了，軍團營區的「老韓茶館」，是他們假日經常聚會的地方，茶館是座很大的棚屋，放置一些竹桌和竹椅，除了賣茶，還賣些瓜子花生之類的茶食，如果要喝酒吃菜，隔壁就有小館，招呼一聲就能送過來。

茶館主人韓老爹，雖是一身老藍布的衣褲，但很有些跟常人不同的氣派，他跟老湯敘起來，算是蘇北大同鄉，他茶館裡有兩個幫忙招呼客人的年輕人，看上去像是流亡學生，又像是剛剃了毛的新兵。

「噯，小兄弟，你們這位韓老伯，早先是幹啥的呀？」頭一回來到這茶館，老湯就問了。

「抗戰末期，老人家是『挺進縱隊』司令官！」較高的一個說：「那時刻，他轄有八個團，當時的戰區長官讓他暫領中將銜，後來他據守蘇北一座孤城，血戰了四十七天，力抗三野陳毅的主力，直到部隊耗光，他隻身脫險，到蘇州的軍官團將官班受訓。當時的班主任王耀武點名點到他，問起他的階級，他報說：中將銜！卻被王耀武甩了一巴掌，並指著自己的鼻子說：『你它娘什麼中將?!這兒的正牌中將，只有我班主任一個，你核降爲上校！』王耀武這一巴掌，把一個游擊戰將打退了伍，你說可惜不可惜？」

「嗯哼！」老湯說：「王耀武這一巴掌，真打得錯到天上去了！他日後若真是它娘的『揚威耀武』，戰死沙場，這位韓老伯也許會服氣些，但他派出十七萬大軍，一日夜覆滅在山東吐絲口，變成『將孬孬一窩』，就算十七萬隻鴨子放在黑夜的山窩裡，讓老共的部隊去抓罷，怎麼樣也抓不完呢！早知自己這樣丟臉，何必當初胡亂摑人？我雖是個粗魯的伙伕頭，也不得不爲韓老叫屈了！」

「哼！你們這些孩子，不准替我亂吹噓！」韓老躺在後面的竹躺椅上，聽說些什麼，趕急過來揮手，像趕蒼蠅似的把小夥子揮開。他過來彎腰陪笑說：「對不住啊！老鄉，這小子爛賣膏藥，打擾諸位喝茶的清興，老朽這廂陪罪啦。」

但俗說：紙包不住火，韓老頭再怎樣自謙阻擋，總是阻擋不住的，老湯是個有十足經驗的「老兵油子」，他首先看出這茶館老頭的年紀，要比軍團司令大十歲以上，資歷一定很老，究竟老到啥程度？他得先弄清楚！

有一天，趁著韓老頭兒在躺椅上睡午覺，老湯又向那年輕人「挖寶」了。他問說：

「你們老伯，鬢毛都白透了，比咱們司令官至少要大上一旬，他是什麼時刻才入伍吃糧的啊？」

「你問這個，去問隔壁飯館的老王，他最清楚。」高個兒的年輕人說：「他跟隨老伯很多年啦！」

老湯他們去飯館吃飯，找到老王問起，老王笑笑說：

「黃埔一期的招生廣告登在上海的報上，那時候，韓老在上海滬軍裡當班長，他當時就暗中糾合了有志到南方去革命的年輕朋友二十多人，湊合了錢買票登輪去廣州，誰知有人向北洋當局告了密，那艘船在舟山群島附近被警艇攔截下來，二十多人全被押回去蹲了大牢，後來還虧一位徐知縣出面作保，才把他釋放出來，但獄裡的拷打弄傷了他的腿，出獄後還拄了一年多的拐杖。北伐之後，他擔任過鄉隊長，臨到鬼子攻打上海，他又志願到孫良誠部隊去投軍，還是幹班長。淞滬那一戰，他重傷昏迷被擔架抬離火線，算是撿回一條命，鬼子打蘇北，他毀家招募人槍，投入保安旅，幹過營、團長。要論資格，他該算『黃埔校門外的老一期』呢！」

單從老王嘴裡聽到這前半段，老湯他們就打心眼裡佩服了，但這位韓老伯卻從沒當著他們誇耀過什麼，只是幫他們三個找到不少的小同鄉。跟老湯老家相距不到六里路的一位賣豆腐和做豆芽的唐老太太，也住在這條協和路的中段，她還知道一些老湯家裡的事。

「你是蘆材汪湯家的那小廝啊！」唐老太太說：「你的媳婦，不是周家後莊周老掛搭家的二閨女嗎？」

「哎喲，您怎那麼清楚啊？」老湯真有些傻眼了。

「你曉得老掛搭太太是我什麼人？」唐老太太說：「我這就告訴你，她是我堂房妹子，我是你丈母娘的堂姐，你們辦喜事，我有去吃過喜酒，你老婆喜妹，自小是我抱著長大的，你該叫我一聲大媽罷？」

老湯這一下忽然變成了小湯，也不管地上髒不髒，撲通一聲就跪倒下來，對唐家大媽叩了三個頭，他叫了一聲「大媽」，就哭得眼淚鼻涕像曬化了的糖人。

「您快講，喜妹她…她……怎樣了?!」

「你離家之後，喜妹她懷了你的孩子，你知道嗎？她託咱們當地團塾館的古先生，前後寫了三封信去河南，告訴你快做爹了，但你卻連片紙隻字也沒回過，你村裡的人都猜你是變了心，愛上河南的小妞了！」

「冤吶，冤吶！」老湯說：「我連一個字也沒收到，我這兩位弟兄全可作證，咱們轉到山東，又去了東北，我可沒有一天沒掛念喜妹呀！……您快講，喜妹後來怎樣了？她究竟……怎麼樣了?!」

「輪她臨盆啊，還是我找了汪大歪嘴家裡的，冒風踩雪去替她接的生。」唐大媽說：「她生下個男的，你老婆迷迷糊糊的只叫著『死人啦！你回呀！回呀！』後來，塾館的古老先生叫鬼子清鄉掃蕩打死了，沒人懂得取名字，你族中長輩就替他取名叫『湯回』，算一算，他也該是四整歲了罷?!」

「您離開大陸的時刻，她們母子又怎樣啦？」

「活是還活著，」唐老太太說：「因你幹中央，家被金四帶人給抄了，她回唐莊挨日子，以她一個守活寡的帶一個半孤兒，我想她是死不了罷！」

那一回能夠「就地會親」，老湯足足流了半碗眼淚，但他也確實的「樂透」，沒想到迷迷糊糊的就有了後代做了爹，他特意買了四瓶老酒去感謝茶館的韓老伯，要是沒有他幫忙，他怎能得到這樣的鄉音，這樣的鄉訊，非但知道他已做了爹，而且知道他兒子名叫「湯回」?!從此之後，他對「反攻大陸」這四個字，就再無半點猶疑，在他的想法裡，什麼國共之爭都不是重點，一個做老子的，這一輩要是不能回去摟摟老婆，抱抱兒子，那豈不是「遺憾終生」?!當然嘍，當兵吃糧就是要打仗，是好是歹，生死由命罷。

一座小小的克難茶館，竟像是一部無字天書，喝茶時聽人大擺龍門陣，你就能聽到五花八門的事，包括大陸各地區大潰敗的經驗，關卡重重、九死一生的逃難經歷，各種家破人亡、生離死別的故事，許多都是報上不敢登，書裡沒能載的。部隊常說：「軍民一家親」，在棚屋社會裡，體現得最爲深刻，這些棚戶大多在軍隊裡待過，還有些校尉級官佐的眷口，因來的晚，擠不進眷區眷舍，就擠進棚屋來，形成軍民雜處，這裡面，有黃埔一二期的，有五六期的，有司令、師長級的，也有伙伕、傳令和二等兵，如今都成爲脫掉軍裝的難民，各憑本事混口飯吃，整個大陸丟光光，大夥都擠到這個島上來了，誰是英雄好漢呢？當年勇也沒啥好誇的了。

大家日久變熟悉了，端茶的高個兒年輕人，才說出他過去的一段經歷來。

「我姓岳，在老家唸過高中，三十七年，蘇北就亂成一片，家鄉小鎮淪陷又收復，到處是殘磚碎瓦，小學也關閉了，鎮上孩子想唸書，家長們硬把我拖出來，當了臨時小學的校長。」小岳說：「開學不久，共軍逼過來，我離家逃到縣城，不久，縣城又撤守，我一路逃到江南，參加了新編的第一二三軍，軍裡都是各地的地方團隊，到了台灣下船，聽說要打散開來重新整編，許多人就換了衣裳不幹了，我下來就到韓老伯這邊幫忙，想找機會再唸書。誰知有一天夜晚，突然有警察、憲兵和部隊軍官一起來查戶口，說是抓逃兵，就硬把我抓去了。到了營房才曉得，在鳳山地區被抓去的有一百多人，也不管你是不是逃兵，二天一早就被剃了光頭，每人發套軍衣，編班操練，很快我們就知道被編進了青年軍第二〇一師，我心裡反而很高興……當初二〇一師在大陸招考，我就想去投考的，因爲年紀不夠沒去成，如今歪打正著，求我來當兵，當就當罷！訓練了幾個月，一調就調到了金門。」

「嗯，有意思！」老湯說：「照這麼說，你是參加過古寧頭大戰的嘍？」

「是啊！」小岳說：「我被編進迫炮連的第一排，就駐守在古寧頭最靠海邊的村落裡！離海岸的第一線碉堡不到八百碼。」

「那一仗，你們是怎麼打的？能說說嗎？」掛毛兒插口說：「聽咱們學校的教官講，古寧頭打了勝仗之後，各單位都互相爭功，究竟怎麼回事？咱們局外人都不清楚，你能說說嗎？」

「戰局大勢，我們不曉得啊！」小岳說：「我只能說說我們的師。在當時，守備金東金南的二十二兵團，番號是有兩個軍，但實際兵力只有一個師，我們師調來的兩個團，在人員裝備上比他們都強的多。我們的一個團防守海岸線，碉堡都築在沙灘不遠的地方，而且射口多半朝海開的，朝南的射口因爲用不著，都堵死掉了，這種橫著擺一字長蛇陣，好處是在敵軍登陸初期，可以發揮殲敵於沙灘的火力，壞處是：一旦敵軍突破之後，我們的第一線團就陷到敵軍的窩裡去了。

老實講，我們怎麼也沒料到共軍來的那麼快，我們守在那棟民房裡睡覺，天還沒亮就被驚天動地的槍炮聲吵醒了，槍炮聲密得幾乎分不出點兒來，外面天還黑暗得很，看不見什麼，排長急忙搖電話，準備接受指示，進入屋後陣地，誰知電話根本搖不通，線路被人暗中剪斷了，排長懷疑當地小學裡有匪諜潛伏。電話既然搖不出去，排長就當機立斷，要全排進入陣地，我們還沒出門呢，門被踹開了，一些兵端著槍，帶頭的大喊：不准動。我們全沒穿軍裝，心全涼了！原來都是共軍，我們連八一炮還沒架妥，就已經當了俘虜，說起來真夠窩囊的。」

「這倒很新鮮，」老湯說：「戰場上的事兒千奇百怪，在咱們戰史書裡，根本看不到的，朝自己臉上貼金的事，大家爭著寫，朝自己頭上潑糞的事，可沒人願提。」

「老湯兒，你甭打岔。」掛毛兒說：「聽小岳講下去嘛。嗳，小岳，後來怎麼樣了？」

「它媽的，後來，他們的排長指揮我們的排長，要我們揹炮進陣地，調轉炮口的方位，開炮打我們自己人。我挨到排長身邊，悄悄問他怎麼辦？他只說了一個字：『拖』。於是乎，咱們就心照不宣的『拖』起來了！」

照小岳的形容，他們排長的「拖」字訣，足夠唬得住共軍的老土排長，二〇一師排長最初表示願意交出重型迫炮和彈藥，由他們去使用，但立刻發現這個步兵單位，根本沒人會使用八一炮。這一來，青年軍的排長心裡就有了底了，全排揹著迫炮和彈藥箱，摸黑被押到炮陣地，架了炮之後，青年軍的排長就提出來：原先炮陣地的坡度，是朝向海岸傾斜的，如果不修改陣地的斜度，單是調轉炮口，只是像放沖天炮，說不定射出去的炮彈會落到自己的頭上！共軍的排長沒辦法，只好答應，准許被俘的炮排修改陣地構工角度，這一拖就拖到上午十點，幾門被俘的八一炮，根本還一炮沒發，但「拖住」了共軍一個班端槍監視，根本不能動彈。

臨到十一點左右，守軍開始反攻，一波接一波的朝上壓，共軍的第一線，正好處在青年軍被俘炮排的落彈點上，被俘排長反在催促共軍排長：要不要發炮？共軍排長卻不敢答應，因為一發炮，打的是他們自己人。也就是說：打仗就像打麻將，沒離牌桌就不能斷定誰輸誰贏！青年軍這個炮排，東風東是輸了，南風南卻轉成平局，因為俘虜沒被利用，六七個小時沒發過一彈，而且老共並沒把他們押離戰鬥地域。

而且，仗打到末尾才可笑呢！我們被逼到山溝和沙灘，戰車部隊和十八軍衝上來，把共軍和我們都當成俘虜，孰不知我們海岸碉堡裡的部隊，先衝出來俘虜了共軍，我們炮排也俘虜了那個步兵排，但十二兵團一湧而上，把我們全當俘虜，——有自己人俘虜自己人的嗎？」

小岳說：「我們承認，新到達的十二兵團打得好，但二〇一師的兩個團也不差，老共開始登陸的時候，我們海岸第一線碉堡就立刻反擊，重機槍的槍管打紅，要換槍管時，老共的部隊已經躺在我們碉堡頂上講話了。——他們沒時間清掃戰場，我們沒時間去消滅敵人，等他們後繼無力，我們先來個反俘虜，十八軍卻來個『總俘虜』，我的腿中了不知是哪方面的流彈，憑符號才算是『有功』傷兵，被韓老伯具保退了下來，你們說：我是英雄呢？還是狗熊呢？——連我自已都弄不清楚了！」

談話談到很激動的辰光，鬍子已花白的韓老伯出場了，他說：

「我既不是胡璉也不是鄭果，憑良心說句話，當時如果沒有第十二兵團，金門戰役的結果怎樣？誰也不敢說。其餘各單位若說有任何戰功，其實都寄託在十八軍捨命的反攻上，假如是陰錯陽差，十八軍不在那晚上登陸，你們有『反俘虜』的機會嗎？」

「老前輩說的，可都是經驗之談。」掛毛兒說：「打仗就好像推開一扇大鐵門，力道差池一點兒就推不動它，十八軍上來加把勁，那扇門就被推開啦。」

「仗總是打贏了，」韓老伯說：「爭功諉過，其實都用不著，比起中原大敗，這場小勝又算什麼？依我看，青年軍在這場仗裡，得一個『智』字，二十二兵團的殘軍，該得一個『仁』字，而十二兵團，該得一個『勇』字，戰爭的成敗，全繫在一口氣上。甭看金門只是小勝，這一勝，足使台灣有十年安穩日子好過呢！」

「唉，老伯，照您這麼說，咱們還要在這島上待上十年八年？」老湯心像鉛墜似的直朝下沉，不覺嘆氣說：「咱們拚死拚活的抗戰打鬼子，前後也不過五六年呀！」

「這跟打鬼子不一樣囉！」韓老伯說：「拿國共雙方比起來，一個是呆子，一個是流氓，想讓流氓變成好漢，確實不容易，想讓呆子變聰明，那可更難嘍！」他說完這段話，深深的嘆了一口氣，微翹起臉，抬眼看著南台灣無雲的天空，他嘴唇嚅囁著，彷彿還想講些什麼，但搖了搖頭，把話又嚥回去了。

韓老伯這番話，對老湯他們幾個來說，算是一記當頭棒喝，因為他講的很平易，很實在，和軍中那些緊握拳頭的將領們講的都不一樣。當然嘍，全面潰敗後，心裡不服氣是宗好事，講些鼓舞士氣的話，也是做長官的本分，但俗話說：「旁觀者清，當局者迷」，這些拚力求勝的現役將領，都只是一些當局者而已，說起話來，難免有些意氣用事，不像年歲較長的韓老伯，已經在局外旁觀，看事情自然看得深透。人在不停的戰亂裡，活過黃葉打頭的年歲了，他即使不說話，一聲廢然長嘆中包納的感受，也不是老湯他們能弄得懂的，老湯只迷迷糊糊的弄懂一點點。晚黑他在東區「光明路」一家小飯店裡，請掛毛兒和王老實喝酒，他說：

「老實哥，你年紀雖比我大些，但你和掛毛兒都還是打光棍，若照韓老伯那種說法——咱們還有另一個『八年抗戰』在等著，你們兩個，有空就得想想成個家了！」

「咱們在一起這幾年，凡事全是你帶頭的，」王老實說：「你要先做個樣兒，咱們才好

跟上。」

「屁話屁話，」老湯說：「我老婆是你弟媳，你是要慫恿我『陣前叛變』嗎？你們倆誰先娶，我送一隻四錢重的金戒指，不送就是王八！」他一面說著，一面還疊起手來，做出一個八腳爬的樣子，逗得那兩個笑彎了腰，但「笑中有淚」這四個字，可不是空口說說的，老湯所說的話，總讓人「百感交集」，每天都擔心看不見明早升起的太陽的人，還夢想「成家立業」在台灣？那它娘真是「天方夜譚」，誰也不敢那麼想的呀！

二十好幾的掛毛兒，仍是個如假包換的處男，他心裡想的八個字是：「反攻大陸，娶妻生子」，其中前四個字和國民黨當時的政策不謀而合，而後面四個字，各級政訓人員卻從來沒提到過。在步兵學校做「示範」工作，可說非常辛苦，一次又一次的排連實戰演練，跳壕溝，翻障礙，低姿通過一層層的鐵絲網，標準動作搏得串串熱烈的掌聲，總使他產生了一種「物盡其用」的快感，但在「耍猢猻式」的演練完畢之後，他總有著一股莫名的悶鬱和無奈，參觀的人不是高級班就是初級班，這些個營、連長，即使把部隊訓練得像「示範」一樣好，就反攻得了大陸嗎？他可不敢說。

不過，來到台灣之後，國軍的飛機對大陸的偵察，對沿海重要港口的轟炸一直沒停過，馬祖地區的海上游擊隊也不斷突擊沿海地區，在中共建國初期，他們海空軍的力量非常薄弱，因此，在台灣的海空軍就顯得十分活躍，透過新聞媒體的報導，看上去頗有一些氣勢。有些人認爲：大陸上久經戰亂，民不聊生，老共不該蹚渾水，把百萬大軍驅進北韓，跟老美對上，在韓戰打得如火如荼的辰光，它東南沿海的防務單薄是可以想見的，韓戰在這當口開打，帶給台灣很大的好處，首先老美需要「盟友」，把冷屁股調轉過去，換成笑咪咪的熱臉，他們要穩住這個島嶼，因爲符合他們長期的利益，但美國總統杜魯門面對老共，顯然有些畏首畏尾，比當年羅斯福打日本時的氣魄差得太多，若是依聯軍統帥麥克阿瑟的戰略觀點，讓台灣方面參戰，也許大夥兒還有機會打回老家去，即使個人運氣不佳，臨死嘴裡也要塞一把大陸的泥土。但杜魯門沒這個膽識，他拒絕台灣參戰，是不願意擴大戰爭，再陷到中國全面內戰的泥沼裡面去，也就是說：南北韓是賭場，老美和老共在那兒對賭，台灣不准上桌，只能在一邊買嘴插花——小小的耍上一耍，這樣一來，使老共分神，便增加他們進帳的機會。

又有人認爲，假如中共拿介入韓戰當幌子，把百萬大軍分爲兩股，五十萬拉過鴨綠江，煞有介事的擺陣，另外五十萬用來攻打台灣，一邊是頭，一邊是尾，看你老美能顧得了哪一頭？這麼一來，台灣的危機就大了。

掛毛兒把許多聽來的話，轉對老湯和王老實講，講得口沫橫飛，老湯對前一派的看法點頭，他說：

「大老美錢是花得，人可死不得，人一死得多了，就會罷戰撤兵，咱們有句俗話說：穿皮鞋的不跟穿草鞋的鬥，穿草鞋的不跟赤著腳的鬥，日子過得愈好的人愈怕死，你們甭看韓戰如今打得熱火朝天，我敢說到後尾準定是不了了之。」

對後一派的看法，老湯就罵說：

「它奶奶的，全是自作聰明，亂開黃腔，老共把五十萬旱鴨子放到海邊，能要他們游水過來打台灣?!游到這邊全它娘變成『鹽水』鴨子！」

「照你這麼說，台灣是不會有危機的嘍？」王老實說：「俺老是在夜晚做惡夢，夢見站在懸崖邊，像下餃子似的跳下大海呢！」

「你的神經繃的太緊啦！」老湯說：「這兒可不是東北，也不是上海，炮聲總是跟著人走。老實說，咱們這一回算長期耗上了，前線各島，也許還會有些仗打，本島不會有事，有這片大海隔著，中共無拘用什麼樣長程大炮，也打不掉你一根屌毛！你只要這麼想，被逼得跳大海的惡夢就不會再纏住你啦！不信你就試試看！」

「老湯頭，你連老實做惡夢都能治，那不是比軍醫官還神了嗎？」掛毛兒說：「你這一套又打哪兒學的？」

「老實哥這個病，分明是『心』病，古人不是說：『心病還得心藥醫』嗎？我給他下的這帖心藥，可說是完全對症，沒有治不了的道理。」老湯說：「你們也甭把軍醫官估得太高，那些軍醫官是外科很行，內科不太靈，——我不是說他們學藝不精，而是根本缺少藥品。有一回，咱們群裡派出部隊，協助海防構工，司令部康樂隊去慰勞海防和構工單位，從八一六調了兩個軍醫，隨著去做巡迴診療，順便替海邊民眾義診，他們卻沒帶藥品，車子開到鳳山街上，找到一家西藥房，臨時下車去買幾大包藥，在開車的路上分配起來，外科用的是紅汞、碘酒、繃帶，內科用的只有兩樣……。」

「慢點兒，」掛毛兒笑說：「你真會用風涼話胡亂糟蹋人，兩樣藥就能開義診，去治百樣的毛病，那豈不笑掉人的大牙嗎？」

「橫直你牙多，愛笑掉幾顆是你家的事，我說兩樣藥，他們就沒買第三樣——因爲買藥的預算只那麼多！」

「你說說，到底是哪兩樣仙丹妙藥？」掛毛兒不肯放鬆，硬要打破砂鍋問到底。

「一樣是『阿斯匹林』，一樣是『小蘇打』啦！」老湯說：「後來是那個沈醫官親口講的，他說：『上面要我們順便替海邊民眾義診，又沒撥充足的經費，我事先和王醫官商量過，我們帶了兩箱各式各樣的瓶子和許多包藥紙，在車上，我們把阿斯匹林和小蘇打分別裝進不同的藥瓶裡去，開義診的時候把它擺出來，一樣琳瑯滿目，海邊的漁民、農民來看病，我們照樣掛起聽筒聽診一番，是頭疼，我們用藍瓶子裡的阿斯匹林；是感冒，我們用白瓶子裡的阿斯匹林；是發燒，我們用圓瓶子裡的阿斯匹林；是風寒，我們用扁瓶子裡的阿斯匹林。總而言之，凡是上半截的毛病，全用阿斯匹林，凡是下半截的毛病，比如肚子發脹，消化不良，小兒積食，老人厭食，一切腸胃的毛病，全用各種不同瓶子裡的小蘇打。』我們從潮州、枋寮，翻山看病看到台東的太麻里，可說是一帆風順，我們回程經過那些村落，村落裡還敲鑼打鼓感謝我們呢！當時我也不相信，心想哪有這回事？我問沈醫官是什麼道理？他就說：『這是想得出來的，當時海邊的漁民、農民，住的是低矮的茅屋，窮得可憐，他們平常生病，多半都去廟裡抓香灰討符水，有幾根腸子裝過西藥的？我們的康樂隊跑去一跳，一唱，先來個軍民同樂，他們的病先就好了三分，你甭小瞧阿斯匹林和小蘇打，對於不常吃西藥的人，效用可真不小，——至少也比香灰符水管用得多，無怪他們吃了我們開的藥，十有七八的毛病全都吃好，有些人還把我們當成神醫呢！其實，我們只是在做心理治療而已。』軍醫官能做心理治療，我老湯還不會嗎?!」

「乖傢伙，老湯頭。」掛毛兒好不容易止住笑說：「我發現你是越變越厲害了，我們哥兒幾個一直跟著你混，根本不是辦法，有你在，咱們總是跑龍套的角色。」

「兄弟，快甭這麼說，」老湯說：「我旁的本事沒有，只愛胡扯亂拉，只因我的滷菜做得很拿手，容易招惹那些尖嘴貓腸的軍官老爺，聽來的事情就多了些。人說：人人頭上都有一塊天，我跟老實哥實在沒有多大混頭了，你跟小姜、有吉他們多加把勁，前頭的路還寬得很呢。」

「俺可不敢跟你比，」王老實認真八拉的搖手說：「俺是兔子的尾巴，也只——四指長哎！」

「甭專長他人志氣，滅了自己的威風，」老湯說：「當初是我把你哄來當兵的，你知究竟爲啥?因爲咱哥倆是爹兒倆比屌——一個樣兒，你要說你是兔子尾巴，我可就是塘灰地上的螞蚱——跳也跳不高！我說：掛毛兒，你日後要是有了長進，無拘是它娘長的槓槓還是圓的梅花，可要漱口刷牙，不要跟咱哥兒倆學樣，滿嘴粗話！」

「我不忍心罵你霸道。」掛毛兒說：「假如我一旦當了軍官，我該講啥來著？」

「你這混球，人家長官怎麼講，你又不是白癡，跟著講就是了嘛！什麼赤膽忠心，國家至上，偉大勝利，革命到底，你它娘講的越多，升的越快，你懂嗎？這叫：到啥箇辰光說啥話，真到那個辰光，你怎麼講，我們都不會怪罪你。打個比方說：我跟老實哥是裝在圓瓶子裡的阿斯匹林，你它娘只是裝在扁瓶子裡的阿斯匹林，——貨色一樣，包裝不同嘛！」

「這比方打的有點不恰當，」掛毛兒說：「爲什麼你們要圓，我跟有吉他們要扁呢？」

「嘿，這你可問對了！」老湯說：「咱們爲啥佩服茶館的韓老伯呢？因爲他是裝在方瓶子裡的阿斯匹林，他如今將軍不幹了，過去的功勞捐掉了，他說話就變得四方四正了。我跟老實哥，雖說只是部隊裡的伙伕頭，但軍裝沒脫，糧餉照拿，凡事只能兜著點，『圓』著點，要不然，一點餿水的油水錢也會泡湯，媽特箇巴子，它娘的腦袋瓜子，是伙伕頭的專利，饞嘴的長官絕不會因爲三字經修理到咱們頭上，因爲粗話跟『政治』無關，他們身爲將校，自然懂得『小不忍則亂大謀』，修理了伙伕頭就是吃不飽飯，吃不飽飯就沒勝利可言，不放咱們『粗話』一馬，就會影響他們的升遷。但你們做了低級軍官的不同，你們的壓力太大，分明是圓的，也要壓成扁的！這年頭，想當官的人太多了，做長官的可以大聲疾呼『誰它娘的最扁，誰它娘的就先上！』你它娘的不『扁』，你行嗎？」

「哎呀，湯頭兒，你可說的太神了！」掛毛兒吐出的舌頭，半晌才縮了回去：「原來連方、圓、扁裡頭，都有這麼多的學問？」

「這當然嘍，」老湯說：「旁的不論，單拿腦殼殼來說罷，當年張作霖大帥在東北一把罩的辰光，不是睡炕長大的關東扁腦殼，休想出將入相，我把它顛倒一下，在官場上，最好是扁、圓、方，扁是一等，圓是二等，方是三等。古今中外，誰它娘最方，誰就先掉腦袋，哪朝哪代的忠臣烈士有過好下場的?!」

「嘿，話到你老湯頭兒的嘴裡，好像怎麼講都有道理，可我這山東人的性子，只怕想扁也扁不來。」掛毛兒半開玩笑說：「也許如你所說，我日後成了家，多生幾個胖小子，自小就替他們揉揉捏捏，也許等他們長大，早就叫揉扁捏扁了罷?!」

「你提到成家的事，這倒是個正經的話題，」老湯認真的說：「不論怎麼講，咱們這夥人，總是被它娘老共趕出海才跑到台灣來了的，反攻大陸，單靠舉起拳頭空叫喚，屁用都沒有！當兵打仗究竟是年輕人的事，咱們在營當兵，總有個年限，誰也不能讓整個部隊全它娘變成老將黃忠！最多熬過四五十歲罷，這身老虎皮早晚總要脫掉的，鐵打營盤流水兵，該走的時候誰也賴不住的，獸有穴，鳥有巢，人更理當有個自己的窩嘛！」

「那『匈奴未滅，何以家為』，漢朝名將霍去病的話，又該怎麼講呢？咱們每次週會，長官都講這些啊！」掛毛兒疑惑的眨著眼。

「去它娘的卵蛋！你聽這些，」老湯說：「你是霍去病，還是我是霍去病?!統帥的算盤甭打到小兵頭上，史書上除了霍去病，又載過他帶的那些兵沒有？他們路死路葬，溝死溝埋，誰曾留下一個名字?!萬一到那天，政府能給你口飯吃，不用沿街乞討，那你就算中了特獎啦！」

老湯真不敢想，假如沒有星期假日，沒有這種扒心亮肺的窮聊，他會鬱成什麼樣兒？在他們三個人裡頭，他和掛毛兒兩個算是比較穩定，不屬野戰部隊，不必要擔心朝夕無常的調防，只有王老實分在炮兵部隊裡，隔岸交鋒，炮兵才真的是第一線吶。當年的炮三團、炮八團，七五換裝成一○五，不就趕急調到前方去互轟賭命了麼？如果說三股人能編成一條辮子，兩股人只它娘能搓一條繩子啦！他深深感覺到，任何一個戰鬥單位，如果不經過生死頃的血戰，團隊的精神和死生一體的情感，決不是靠政訓人員的那些嘴皮子能捏得攏的！什麼「戰士授田」、「以軍作家」，也並非全沒道理，但總比血淋淋的戰鬥隔了一層，兩軍對陣時所喊的「大陸同胞」、「台灣同胞」，更它娘狗屁至極，難道相互廝殺的就不是「同胞」?!究竟為啥？雙方砍殺的人都未必它娘的真懂，充其量只是軍裝不同，說哭是孬種，說笑，實在笑不出來！手摸胸口說句良心話，老共從「小米加步槍」，能搞到今天這樣的地步，不光是用一個「匪」字就能打發得了的，老共當年稱中央部隊叫「頑軍」，後來改叫「蔣匪幫」，同樣是瞞心昧己，——我老湯爲打鬼子從軍，這些年，究竟「偷」過誰，「搶」過誰？兩岸老百姓不會死絕掉！咱們全被馬屁精給耍啦！霍去病當年不肯成家，也許是沒遇上「對眼」的，拿一時的爽氣騙過漢武帝，就它娘「永昭青史」，咱們不是那個料。但這些話，他根本說不出口來，國共這場仗業已打了很多年，究竟能拖多久，沒人敢說，這是另一場長期抗戰，那邊的士兵怎樣想，他不敢說，但在這邊，抗掉了的，不光是戰死沙場，而是幾十萬大軍有限的青春。

那天夜晚，他一個人用小鋁盆切了兩斤最辣的羊角辣椒當菜，喝乾了兩瓶小高粱。單從外表上看，誰也看不出這個平素嘻嘻哈哈，有時有點吊兒郎當的火頭軍老湯，心裡頭埋藏著多少苦楚，這些苦楚，連跟他十分相知的掛毛兒、王老實都不曉得，老湯這傢伙生性很拗，決不把他家裡的事跟旁人講，他老婆周巧，兒子湯回，把他的心全繫住了，他根本猜不出這母子倆在共區的生活會是怎樣？按照過去的生存經驗，每一年當中，最難熬忍的就是長長的荒春，一秋收得的餘糧，一粒粒的數著熬過寒冬，糧食吃完了，借無可借，貸無可貸，總不能把明年要用來點播的糧種也吃掉，那可跟吃毒藥沒有兩樣！在一般務農的人家，強壯有力的男人就像一把撐開的大紅傘，若果缺了這把傘，柔弱無力的女人和孩子就七折八扣，餘下的不多了！假如仍是在打鬼子，全家死絕了他也沒話好講！但中國人自己內鬥，他相信雙方當兵的都不會那麼心甘！自家的事，原本該由自己一肩挑，愈是跟自己要好的朋友，他愈不願意吐他的苦水，就算拖旁人嘆氣，全是不應該的。

事實上，老湯的自吞苦水是搞對了，掛毛兒的處男賣在鳳山後街的娼戶什麼「園」裡，那個園的大茶壺，居然還是個「里」長，當選過敬軍模範，那窯子的客廳就是里長辦公室，正面的木板牆上，就懸的有總統的戎裝玉照，神采奕奕，兩肩上佩有光閃閃的五顆將星，兩邊的牆壁上，還懸的有當地極負文名的老縣長親筆寫的字「救世活人」，議長寫的賀匾「服務周到」，這些話用在窯子裡，倒也挺實在的。

「你該去逛逛那個窯子，你就知我沒說假話，」掛毛兒說：「那邊有一長條的房子，隔成許多小房間，最妙的是掛著總統玉照的板壁背後，就是一號小姐接客的地方，每進去一個客人，板壁就格吱格喳的響，總統肖像也就跟著發抖，你說這像話嗎？」

「肖像嘛，又不是真人！」老湯說：「你想想，每張鈔票上，不都印有國父的像，那些窯姐兒拿了錢，不是揣在襪子裡，就是塞進奶罩，一點也不稀奇。讓我覺得稀奇的倒是那個老縣長，怎麼會願意給窯子題字，又它娘想出『救世活人』這種字眼兒來，這太好笑了！」

「有些老嫖客告訴我，說是大茶壺有錢，就是缺點兒文化，他一心想要老縣長的題字去裝點門面，可是他開妓女院，怕老縣長不肯寫，他有個遠房的表兄是開診所的醫生，大茶壺就去央託他，又送了一筆厚禮，俗說：吃人家嘴軟，拿人家手軟，那位醫生就出面請老縣長喝酒，喝到酒酣耳熱的辰光，就提起討幅字的事來。醫生求字，老縣長當然樂意，當場就題了『救世活人』四個大字，本來還要題上醫生的名字，但醫生說免了！這『救世活人』四個大字，本來是寫給醫生的，但轉手後掛到妓女院，好像更有味道。」掛毛兒這麼一說，把老湯笑的像生了蛋的雞，一面擦眼淚，一面揉肚皮。

「那它娘『服務周到』又怎麼說呢？」老湯說。

「那是議長題字送給里長的啊！」掛毛兒說：「議長怎知大茶壺兼任里長？他對里民『服務』周不周到，我們不曉得，但那些姑娘們對阿兵哥的『服務』倒是挺周到的呢！」

「你這隻小公雞，總算開叫了！」老湯說：「你是進一號房，害得總統發抖的嗎？」

「不是啦！」掛毛兒說：「我輪到的是六號！她說她叫仙姿，是美濃鄉下的養女，被賣出來的。」

「床上的事，普天世下全它娘一樣，我也不必再問你了。」老湯說：「只是這總統肖像，也未免發的太濫了，幾乎家家戶戶都發，把他像門神一樣貼在牆上，妓女戶還把它裝裱起來，加框掛在木板牆上，實在有些不倫不類，帶你去的那些老淫蟲他們怎麼說呢？」

「有啥好說？在脫褲子之前，先立正，敬禮，每人捧它一個五百，然後再對號進房辦事麼？」掛毛兒說：「旁人怎麼感覺，我不知道，我是老半天翹不起來！——影響情緒嘛。」

「哼！這筆帳，全該記到馬屁精的頭上，文官文拍，武官武拍，拍出這許多笑話來，我敢說：只有總統本人聽不到這些笑話，——因爲沒人敢跟他講。」老湯說：「哪天得空，我真的要去一趟，我有辦法修理那個大茶壺，讓他把肖像放到旁的地方去！」

「你老湯頭兒真有那個本事?!」掛毛兒說：「我才不相信呢！」

「我敢跟你打賭！」老湯說。

「賭啥？」掛毛兒眼睛都亮了起來。

「我要是輸了，我自己下廚滷些好菜，多買幾瓶高粱，在老韓茶館擺上一桌。你要是輸了，我逛窯子的錢全由你出，只是一次爲限，我可沒想多佔你的便宜。」

「好，咱們一言爲定。」掛毛兒說：「你說你哪天去，我陪你到底。」

「人說：揀日不如撞日，」老湯抹起袖子，看看他的老破錶：「離收假的時刻還早，咱們現在就去，你替我帶路罷。」

當時很流行什麼什麼「園」，連它娘公賣局的香煙，也有「新樂園」、「老樂園」，妓女戶也跟著滿園春色起來，他們搖搖晃晃的去到那裡，園裡的姑娘們至少有十多個擠在門口大喊：郎客來啊！老湯這回可沒先喝酒，他到里長辦事處，大模大樣的翹著二郎腿，在太師椅上坐了下來，正好茶壺兼里長在屋裡，哈著腰，陪著笑，先遞上一支「新樂園」，一邊說：

「這位老鄉，你早先來過嗎？」

「沒來過！」老湯說：「這兒小姐卡水啦。」

「水，水，水噹噹，」對方瞇起眼說：「價錢莫細沒高，卡便宜啦。你愛選哪號，叫伊來陪你啦！」

「一號！」老湯用台語說：「哇做啥米攏愛第一來，哇嗳小弟伊愛六號，這攏愛這莫烏銀麼？」

「烏銀，烏銀，伊攏唉攏烏銀，」對方說：「一號，六號，接郎客哦！」

「來啊嘍！哇是一號。」那聲音比油條還要油膩，老湯抬眼一瞧，心裡暗叫一聲：我的老鴇！原來那個姑娘至少有三十七八歲，肥得像懷孕的大蟑螂，老湯用廚房選豬的經驗，把她掂了一掂，毛重起碼有百十來斤，真夠大尾的。

跟著一號過來的六號仙姿，長得倒真白淨纖弱，她一來就用手臂圈住掛毛兒的脖子，又搓又揉的。一號雖是塊頭特大，也想東施效尤，老湯連忙擺手說：

「慢恰，慢恰，牽手就好哇啦！」一面故意抬起頭，望著總統肖像說：「哈，里丟，你把偉大總統放在木板壁這兒，真沒丟啦！這一號房蚊帳上有鐵絲，我動，他就會動，我要不動，幹嘛白花錢？」

「這款像，是規定里丟要放唉啦！」對方說：「哇尊敬總統，他把足多阿兵哥運來台

灣，我們園裡生意才卡好啦，大貪錢啦！你跟一號進房，只要輕一點，伊就沒呆記啦！一號打八折，好麼?!」

「哇跟你講，哇可鳥力，時間可長！」老湯牽住一號的手，兩腳三步就進了一號房間，那隻大肥鵝拿起洗臉盆就要去打水，被老湯一把抓住說：

「統免，攏總免啦，妳宰羊麼？免吞衫吞褲，瓦塞錢，哇加倍和妳，錢安賺算？」

「二十分鐘十五塊啦。」大肥鵝說。

「沒要緊，一點鐘哇和妳一百塊！」老湯立時取出十張十元的紅票子，塞到一號手裡，把她捺倒在榻榻米上，穿著衣褲，玩起騎馬的遊戲來，猛聳猛搖猛晃，弄出天崩地裂的架勢，一面唱起當時最流行的幾首軍歌來，先是「保衛大東南」，保衛完了，再來「保衛大台灣」，然後是「反攻大陸去」。這一來，木板那邊的總統肖像，不單是發抖而已，簡直砰里乓湯，打起鞦韆來了，嚇得龜公兼里長不得不站到太師椅上，用雙手去扶著，一面說：

「阿兵哥哦，你能不能輕一點，免唱歌了！你搗得太兇，外面的總統像要掉下來啦！他跌碎了可不好啊！」

「不行啦，」老湯說：「哇美死愛死啦，停不下哦，你在扶著嗎？」

「哇不扶，早就掉下跌碎啦！」龜公的聲音帶著哀懇的哭腔。

「這款像，你掛錯地方啦！」老湯說：「朝後我每星期攏來一次，早晚會把它弄掉下來，把玻璃跌碎的啦！你把老縣長的字換到這邊，就沒代誌啦！」

「哇換哇換！」那龜公說：「等你出來，哇就換！」

老湯這一手果真靈驗，他跟掛毛兒出來時，老縣長「救世活人」的題字，業已換到中間來了！不用說，老湯贏了他和掛毛兒打的賭，一號大肥鵝白賺進一百塊錢，她根本不用打水，因爲並沒褪去衫褲。

老湯的哲學是：人不能總鬱著，光靠醃辣椒配高粱酒一味痲醉自己，當年在戰場上不停的奔波，日子很苦，但苦得很有滋味，如今仗不打了，成天編練，整訓，構工，使日子像風般的流走，心裡真是空空盪盪的不落實，心裡的鬱，原先只是小小的一個黑點兒，像一滴醬油落在清湯上，慢慢的擴散開來，整個人就有些鬆垮懶散掉了，爲了振奮自己，有兩宗事他很願意做，一宗是幫助別人，另一宗是修理旁人——凡是他看不慣的人，比如那個龜公，他都會出出對方的洋相，使自己心裡舒爽，大夥兒也都跟著樂乎。

這個月，老湯出乎意外的收到好幾封信，頭一封是當年在東北時當警衛班長的小姜寫來的，說他已經考進了通訊兵學校。第二封是乾親家老蔡寫來的，說他女兒蔡阿美就要結婚了，對象是一個上尉副營長，河北人，姓邊，請他無論如何要以乾爹的身分去喝杯喜酒。那封信是夾在大紅喜帖裡一起寄來的，老湯一邊樂一邊咒罵，樂的是乾女兒終於有了人家，罵的是姓邊的乾女婿不知好歹太騷狂，一個屌熊上尉算個啥？憑他那幾十塊錢就急著想成家？

萬一一紙命令調去外島，再讓阿美去擔餿水？好歹她總是堂堂國軍副營長的太太呀！

不管怎麼說，乾女兒結婚，做乾老子的一定得到場，而且要送一份厚禮，這才像乾爹的樣子，老湯決意要請幾天的假，去祝福這對新人。

第三封信是老長官匡醫官寫來的，說是羅將軍的腿傷惡化，已經坐了輪椅，現在住到淡水的三總小病房，他身體很虛弱，但非常想念你老湯，希望你能北上，和老長官見上一面。

這三封信，除了小姜的信較爲平常，後面的兩封信，一喜一憂，都使他有充足的理由到北部去一趟，他本想請一位粗通文墨的軍官，幫他寫一張請假條子，後來他想到一向對他很照顧的李副指揮官，何不弄幾樣小菜，買兩瓶老酒，把信給他看過，請他親手動筆寫「請假報告」，然後再由他親自批准，把假期准得長些?!讓一個副指揮官，創下一個「自簽」、「自批」的例子，因爲士官請假不超出兩週，副指揮官就有權批示「照准」！

老湯這一招，可說是效力驚人，李副指揮官在看完這幾封信之後，聳然動容，他說：

「老湯頭，我不能不佩服你，你初到台灣，就能認了這麼個乖順的乾女兒，我們都不如你。其次，羅將軍是抗日和勘亂的前輩名將，他在重病時還能念到你，可見你有多麼大的親和力！你的請假報告，我替你寫，然後呈上來讓我批，我還能批示個啥？——照准吶！」

「哈！先甩你一個五百，然後咱們就能喘口氣了！」老湯立刻挺胸舉手，正經八拉的行了個軍禮，然後就替副座斟起酒來：「嗳，我說副座大人，您准我的假，我可是放下心上的一塊石頭，您也成就了一宗功德。」

「少跟我耍貧嘴，什麼大人不大人的，准你幾天假也算是『功德』？什麼跟什麼嘛。」

「您先乾杯，再聽我說嘛。」老湯說：「羅老將是我老長官，如今孤苦伶仃，殘疾纏身，做他的部下就是他的兒女嘛，老子翹毛，兒子不嚎，那算啥?!這是對上講，再看阿美拜我做乾爹，她結婚還能想到我這老丘八，這就是做人的情分，我能不去嗎？我這一去，上上下下全顧到了，這叫什麼來著?!」

「倫理！」李中校說：「無拘是軍中倫理或是社會倫理，你都顧到了。我這兒有兩張快車票，你拿去用罷！」

有了李副指揮官鼎力幫忙，老湯的差假證很快就發了下來，老湯算好了日子，他先去台北找到匡醫官，然後去會合方老營長，由他們帶領自己去淡水看望老師長，他打算在台北待上四天，然後搭公路局的車下鄉，去參加阿美的婚禮，婚禮完了第二天，他就回南部營區銷假。

當時的快車，幾乎都是軍公人員的天下，省籍民眾搭乘的很少，而出公差的軍人，多半是校級軍官，尉級官已經很少見了，像老湯這樣的一個炊事班長，大模大樣坐上了快車，真還是絕少見到呢。

老湯劃位劃在右側的窗邊，他把他所帶的大包小包安頓妥當之後，來了一位海軍中校，就坐在他身邊靠道的位置上，對方有意無意的瞄了他一眼，並沒流露出什麼樣的表情，只把他的軍帽摘下來，掛在廂壁的掛鉤上。老湯也有意無意的瞄了對方一眼，他對海空軍一向很尊敬和感激，雖說在東北戰場上，空軍助戰的機會並不多，但老共很憚忌俗稱「紅頭蜈蚣」的野馬戰機，至於海軍，可說是救命的恩人，在東北的營口，在舟山港，若沒有海軍船艦接運，大批陸軍弟兄根本來不到台灣，陸海空一家，一點兒也不假。

當然嘍，台灣島不大，但在感覺上也不小，自己來到台灣，轉眼一年多了，只是從北部轉往南部時，坐過一次運兵的貨車，當時只覺得車外的山在旋，路在轉，綠色的野地像一匹抖開的錦緞。不斷朝後閃過去，一路有些什麼站，根本搞不太清楚，一年多來，這算是頭一回能氣定神閒的瀏覽一下車窗外的風景。

車到大站停車時，月台上擠滿賣食物的小販，主要是叫喊著賣飯盒、賣水果和當地的土產，由於當時的車窗都是朝上推著的，小販們你爭我搶，紛紛把拿著貨物的手伸進來搖動，招引客人購買，老湯搭乘的這班列車，是清晨開出的，車到嘉義站，鄰座的海軍中校要買兩盒土產，他很禮貌的跟老湯打招呼說：

「對不住，同志，麻煩讓我一下。」

老湯不但讓了，還先伸手轉進了他要買的土產，海軍軍官不斷向他道謝，這一來，老湯就抓住搭訕的機會了，他笑笑說：

「長官，聽您口音，我猜您是青島人罷？」

「哇！了不得，」海軍中校說：「你是完全猜對了，我奇怪的是：你怎會猜的那麼準呢?!」

「其實也沒啥，」老湯說：「咱們部隊裡，山東、河南人特多，蘇北人其次，山東各地的口音我都聽慣了，比方說：魯中的官話，是在濟南到泰安那一帶，大碼頭嘛，話音穩厚平實，土語也不像魯南山區那麼多，青島人講的話，是標準的魯東官話，口齒清晰，尾音甜脆。至於魯西平原的官話，可用諸城縣做代表，紮實厚重，鼻音比較濃一些……要說比較難懂的，首推魯南話，尤其是摩天嶺、南麻那一帶人，捲舌音特重，幾乎無字不捲！」

「哇，真是太失敬了！」中校充滿驚訝的說：「沒想到我在火車上能遇上您，您真可說是山東的語言學家！你的職務是?……」

「我啊？我是軍團下屬單位的伙伕頭！」老湯說。

「伙伕頭坐快車?!」中校兩眼瞪得大大的。

「噢！快車票是單位副長官送我的。」老湯說：「副長官只是名目，咱們是好朋友。」

「真是太神了！」中校說：「憑您的知識，決不止只幹班長啊！」

「若講知識，我根本沒有，」老湯說：「若講生活經驗，我勉強還算有一些，比如說：單憑長官剛剛買的土產，我判定您不但有家，還有剛長齊奶牙的小孩，您是從基隆軍區調去南部基地不久，您的家，目前還安頓在基隆，是不是呢？」

「哦呀！」海軍中校說：「真正是了不得！你在老家，敢情是學過多年醫卜星相的?!我確實有家，有個三歲半的孩子，這回我太太要生第二胎，我急著趕回基隆去，你說的一個字也沒錯，我確實是從基隆軍區南調左營不久，說句真話，台北中華路棚屋裡那些鐵口半仙，沒有誰比您算得更仙靈的了！」

「噢，您說那些大陸來的難民，他們裡頭，藏龍臥虎的人不能講沒有，但他們按照老古人的書本推算，未必真靈，我呢?全是憑經驗看出來的。」

老湯這個人，就是有這麼大的魅力，無拘你對方官大官小，只消話匣子一打開，階級觀念立刻就消失掉了，因爲對方即使想搭架子也搭不起來，老湯在許多方面，懂得的都比對方更多。

到了中午前，海軍中校想買兩個便當，他自己留一個，另一個送給老湯，老湯一把扯住他袖子，說是免了，他從置物架上，取下一個小包包，打開來，裡頭有四樣滷菜，兩瓶小高粱，他遞了一瓶在中校手上說：

「噯，長官，您不妨嚐嚐我的手藝，我自己滷的，十二種香料合成的滷包，若果缺一樣，味道就不夠地道了！有這些滷菜配酒，保證強過飯盒多多！」

「多謝多謝！」中校說：「我招呼服務生拿杯子來倒酒！」

「免了，免了！」老湯說：「您不覺得嘴對嘴喝酒，更夠爽麼？杯碰杯，不如瓶碰瓶，來罷，咱們喝上了！」

海軍中校和老湯開瓶碰杯，一嚐到老湯特製的滷味，更是直豎大姆指誇讚，認爲他自出娘胎也從未嚐過這種世間美味。

雙方互道姓名時更妙，中校姓佟，老湯姓湯，兩個人碰杯聲不斷，形成了佟佟湯的交響。兩人聊天時，佟中校講了許多關於海上生活的事，老湯這隻旱鴨子很專注的聽著，這等於是替他上了一課，在早先的日子裡，許多地面上的爬蟲類——陸軍，都曾羨慕空軍的英挺、海軍的神勁，佟中校卻不這麼想，他說：

「三軍各有各的好處，也各有各的難處，比方說罷，我有些朋友是飛官，外面看他們，吉普來吉普去的，神氣十足，但在備戰的時候，他們只能整天窩在中山室裡，翻翻書報雜誌，下下棋，打打橋牌什麼的，警號一響，就得衝向停機坪準備起飛，一個月難得有幾天的假，而且每次升空作戰，在心理上就有赴死的準備，這種日子好過嗎？我們幹海軍的，許多弟兄常年在海上，說大海很美，很浪漫，嘿，只有騷人墨客才會那麼形容！你要是在海上過上幾年，恐怕你只會有一種感覺，那就是世界上的水太多了！」

「哈，講的真有味兒！」老湯說：「連咱們手上的酒也是水做的嘛！來，我陪你喝『水』罷！」

「我幹海軍也快二十年了罷，上過戰鬥艦，也上過運輸艦，老實說，我最怕上運輸艦，運作戰物資倒還好，若是運到你們撤離戰場的陸上部隊，那可慘透了！那些官兵不單服裝不整，武器不全，每個人的五官都歪七扭八的，好像不在原來的位置上！有的失魂落魄，有的愁眉苦臉，受傷掛彩的，斷腿缺胳膊的，有些半昏迷的弟兄，還以爲他在戰場上，人躺在艙裡，還不時的大喊：衝啊，殺的，殺光那些王八龜孫啊！通常潰兵上船，沒有個數限，只要不把船壓沉掉，艙裡擠得不能翻身，甲板上擠的不能插腳走路，連吊在半空的救生艇裡，都擠得像疊羅漢，我們沒有那麼大的伙房，能充足供應那麼多人的伙食，起航時，一天一餐，每人供應半碗菜飯，及後只能供應飲水，每人一天一杯，事實上，你們這些陸上土蛙真不行，風一搖，浪一顛，你們吃進去的還沒有吐出來的多，我獨記得最長的一次運程，是從東北營口運兵到上海，經過秦皇島、青島去添補給和油料，哎呀，那些爬蟲冤家，可把我累得五馬分屍哩！」

「慢點兒，長官。」老湯緊接著說：「人說：不是冤家不聚頭，我可就是您說的那批爬蟲『冤家』！」

「你？你也是營口撤退的那一批？」

「如假包換！」老湯說：「咱們的師，可比不得正經主兒五十二軍，咱們搭軍艦先撤，他們最後撤，結果都到了江南。」

「抱歉！抱歉！」佟中校說：「我這是指著和尚罵禿驢，喝了你的酒，嘴還不軟，但我講的不是假話罷？」

「確實不假。」老湯說：「暈船嘔吐，也怪不得咱們那些旱鴨子，當時我在底艙，人擠的太多，空氣不夠，我親看到身邊的弟兄，一張嘴還不夠吐的，要從兩隻鼻孔朝外噴！大小便無法擠出去，只好就地解決，飯廳、臥房兼茅坑，說嘔吐，倒沒我的份兒，我可痾了三泡稀屎撒了七泡尿，害得你們海軍替我打掃！」

「說到打掃，你們可害得我們只有一個『慘』字可以形容啦！」佟中校說：「上千人的穢物讓我們去沖刷打掃，即使沖刷完了，那艦上幾乎半個月都留有屎臭味兒，有些得不到休假的水兵，每想到你們，就會說：哼！那些偉大的陸軍，遇上風暴罵船搖，遇上烈日嫌船慢，陸上的仗根本沒打好，吃喝拉撒吐，卻不比旁人少！」

「抱歉抱歉！」老湯說：「咱們狼形狽狀，可都落到你們海軍眼裡去了！」

「我從來也沒有過訕笑陸軍的意思。」佟中校說：「當時在大陸作戰，你們陸軍最辛苦，這可是真切的事情，海空軍，大多只是支援性質，在兩軍戰陣上，死的最多的還是你們陸軍嘛，咱們海空軍替你們拭拭屁股，也是該當的嘛！」

「既是三軍一體，這本誰是誰非的賬，也就不必算了！」老湯說：「論起喝海水，我喝不過您，但論起喝辣水，嘿嘿，咱們還有得比哩！」

「應該說：沒得好比。」佟中校搖搖酒瓶說：「咱們兩個，應該像戰史上所記的『彈盡援絕』了罷？酒沒了，火車上的服務生，他們是當不成援軍的。」

「子彈我沒帶，但酒彈沒問題！」老湯站起身，取下一個較大的包包，裡面還藏有四瓶小高粱，他笑說：「這四瓶，原是我送給老師長的酒禮，權且可以借用一下，到了台北，我可買了再補上，只要您有這麼大的酒量，您儘管喝，大不了我把您送回基隆眷區，等到夫人生了孩子，哪怕您睜不開眼，也能用摸的，有雞雞的當然是壯丁，那些沒雞雞的，只好當她們全是『花木蘭』。咱們總司令將軍可是提倡男女平等，有雞雞沒雞雞，上秤並沒扣掉下面的斤兩啊！」

「啊，我說老湯頭，你朝後只要說『男女平等』就好了啦，不要總在突呀凹呀上面多去計較，男人的老三件不過四兩重，何必再去『斤斤計較』呢？」

兩瓶剛喝完，快車正好穿過苗栗一帶的山區，佟中校指著窗外說：

「你看！這兩座紅色的斷橋，橋上還開著黃色的野花。咱們乘火車南來北往，每次都可見到它！我敢說，咱們來回不到一百次，只怕鬍子全會變白啦！若說打日本是『長期抗戰』，咱們國共之爭，打的會比抗戰更長，說不定轉眼就是一輩子！」

「長官的想法，其實我們當兵的早就想過了。許多各軍種的軍官，有些已有了家小，他們就是把這一生全都耗掉，他們的第二代還會接棒，而那些一路光棍打到底的弟兄，他們就不能不『斤斤計較』的數算時間了！咱們可全是把青春當成手榴彈，扔出去只聽一聲『轟』！等咱們一倒，戲幕一落，咱們只有等到『全體謝幕』，才能重新出場一鞠躬啦。」

說是惺惺相惜也罷，說是萍水相逢也罷，總而言之，有緣人就在火車上遇上了，半打小高粱剛喝完，車子就停靠在台北車站，佟中校要留在轉車的月台，而老湯必須下車，在出口等著約妥來接的匡醫官了。

匡醫官不但親自來接他，連旅館也替他訂好了，他看到老湯走路的樣子衝衝倒倒的，便說：

「噯，你在火車上喝多了酒啦！」

「不多，只喝了三瓶小高粱。」老湯說：「我碰上了當年在營口接運咱們的海軍佟中校，便取出酒來，跟他邊喝邊敘，不知不覺，兩人就喝了半打。」

「還好你能摸出站來，我陪你去旅館洗把臉，你可先躺一陣子，晚上還有一頓酒好喝呢。」匡醫官說。

「是醫官您做東？」

「是你老營長做東。」匡醫官說：「師裡陳團長由總部派到馬祖前線協助訓練救國軍和海上突擊部隊，他剛從馬祖趕回來，劉團長離職了，和幾個朋友在烏來那一帶合夥挖煤礦，這麼一來，老師裡三位團長都到齊了，當然得熱熱鬧鬧的聚聚啊！你們老營長請客，也聽說是替陳團長接風，替劉團長祝賀，咱們倆個順邊溜——免得他們饞菜嘛。」

當天夜晚，還是在中華路邊棚屋的山東小館子裡，炒了七八樣菜，也到了八九個人，熱熱鬧鬧的聚在一起，除匡醫官所算的五個，又多來了三四個，也都是師裡的老人，在熱鬧背後，也免不了多一份感慨和唏噓，想當年烽火彌天，全師同命，不管是官是兵，大夥兒都是一鍋吃飯，一坑打滾，拚著活過來的，如今什麼關東，什麼上海，都已成過往雲煙了，一盞暈黃的光頭燈泡在人頭頂上搖晃著，幾年的工夫，大家互看時，都覺得有些蒼老沉鬱，原先在戰場上的那股勇銳之氣，已經不復見了。

也許陳上校剛打前線回來，談到協訓的事，話就說得多些，他說：

「那是個什麼樣的部隊？我幾乎沒法子形容，番號是亂七八糟一大堆，你是大隊，我是支隊，他是總隊，各級軍官的階級權限更是混亂，一個發橫的班長，居然能指著隊長鼻子大吼：『老子要槍斃你這龜孫王八蛋！』」

「這就叫它娘『救國』嗎？」老湯忍不住說：「水滸傳裡，豹子頭林沖殺王倫，不就是這樣的？這簡直是一群水寇嘛！」

「你甭那麼急。」匡醫官拉了他一把說：「也興是他們窩裡雞磨牙鬥嘴，說的只是氣話呢！對長官不敬，是要送軍法的呀！」

「送軍法？」陳團長說：「當年根本沒有那回事，那班長真的把隊長給斃了，他自己自封成了『隊長』。他槍斃隊長的理由是：他根本不反共！他自封『隊長』的理由是：老子最反共！……以反共爲名，行亂紀之實，這種情形實在太可怕了！」

「這個班長怎會如此橫暴啊？」匡醫官說。

「因爲他是四條機帆船的船主，那隊長原是他的得力夥計，他以幫會首領的地位槍斃他的下屬，這跟國民黨中央的委任狀根本是兩碼事，而且當時國防部根本沒承認他們。嗨，那時刻，我們的黨和政一樣是亂七八糟，——有些船，根本是臨時收編的『海盜』船，船主根本就是登記有案的罪犯，聽說他當初在舟山還蹲過牢，他就是浙東有名的海盜頭子——朱四麻子嘛！」

「王八大蛋還要加一番！」老湯大聲的開罵了：「不瞞長官們說，我領著二十多個弟兄突圍去舟山群島，就是搭乘四麻子的船，那傢伙蹲大牢，是我送他進去的，怎麼一轉眼，他又混到馬祖去了呢？」

「哎！黨魂銷盡國魂空，這豈不是整個全亂了調了嘛？」老營長說：「像這種地方，甭說老長官你去協訓訓不成，派個一等一的上將去，也得要花上許多工夫，要是派咱們老湯出馬，嘿！管包『馬到擒來』！」

「哎喲！方公，方老太爺，您甭挖苦我了，我哪兒成呀！」老湯說：「我要真去那兒，四麻子他早就把我給做了！那些『放虎歸山』的人，難道只看中『反共』這兩個字眼兒嗎？

輸急了，猴了頭，竟想收編『海盜』去『救國』，我看，要是一直本著這樣的存心，這個『國』簡直沒法兒『救』啦！」

「倒也不必那麼灰心。」陳團長說：「我到那兒之後，查明這宗抗上殺官的老案子，已經先沒收了四麻子的船，並把他綑送軍法，至少，勒令他退役是最輕的懲罰，至少可以證明一點：『幫會』不能影響我們的黨！」

「當年中山先生鬧革命，借用過幫會的力量是不爭的事實，但那時刻的『洪門』、『青幫』、『天地會』、『三合會』，甚至四川一帶的袍哥，卻都是四麻子他比不了的！」已經請長假解甲的劉團長說：「縱容惡性重大的海盜，擅自釋放他出獄，這才是問題的核心呢！」

「有一點，趁我還沒大醉，要問各位老長官說清楚，」老湯說：「四麻子那四艘船，有兩艘是加大馬力的動力船，跑起來的速度，一般帆船根本不夠看的，問題是，像四麻子這號罪行重大的人，不該再起用他，——靠土匪強盜去打仗，即使打勝了也沒啥光彩嘛！」

「來來來，咱們吃飯第一，吃酒爲先。」方老營長說：「等吃完飯，咱們換個地方再好生敘敘罷。」

「像這樣的聊天，真比吃酒聊天更過癮。」陳團長感慨系之的說：「惟有打過很多場血戰的部隊，才會有這樣的感情，大夥都能敞開坎兒來說話，再沒什麼顧忌，尤其是湯老弟，你可說是咱們師裡的一塊『寶』啊！」

「爽歸爽，我還是勸大夥兒喝酒要留點量。」劉團長說：「匡醫官業已約妥，明天下午兩點，要去淡水看望師長，宿醉沒醒去見老長官，似乎不夠禮貌。」

「好罷。」方老營長說：「您這番話，算是替我省了酒錢，每人只准再加一瓶小高粱，再要多喝，自己付錢，——這是我最新版本的禁酒令——多喝自付，民主而不失『禁』意，當年咱們老師長在東北下達禁酒令，連我也沒能遵守過，——全是老湯害的——他是『伊甸園』裡的那條蛇啊！大夥評評理，吃了他親手滷的好菜，沒酒行嗎？」

「羅師長要是飲者，他的禁酒令也許更有用。」劉團長說：「但他平素滴酒不沾，根本不懂酒的妙用，他怎能理解咱們『痛飲赴死』的心情呢？」

「噯噯，咱們究竟是談『正』經，還是談『酒』經呀？」陳團長說：「到了國破家亡了，正經不談，反而三句不離一個『酒』字兒？」

「不不不，」資歷較深的劉團長說：「老實說，酒是戰鬥力的代名詞，當年曹操『對酒當歌』奠定魏滅吳蜀的基礎，關羽以一杯熱酒沒冷，飛馬出陣斬了華雄，都是酒力的發揮，宋太祖以『酒醉』爲名，斬了他的繼承人鄭恩，使大宋歸爲趙家天下，明太祖『炮打功臣樓』，死的又都是『貪杯』之士，可見酒在正反兩面，都有它的作用，爲何法院槍斃人犯，都給他滷菜、饅頭和高粱酒呢？不外是讓他們平安上路嘛！無論中外古今，酒官司是永也打

不完的，如果咱們都是『斗酒詩百篇』的李白，豈不是喝得越多越好嗎?!」

「管它娘李白還是李黑，」老湯說：「我是絕對贊成劉長官，沒有『酒』經，哪來的『正』經?!按老營長的規定，我自費三瓶。不瞞諸位長官說：我離家參軍抗日，我老婆替我生了個兒子，取了個刁鑽古怪的名子，叫做『湯回』，看光景，我這輩子很難回去了，痛飲不了黃龍，只好痛飲台北罷！『有湯無共』回去，當然是爽，要是『有共無湯』回不去呢？當然是痛，我它娘『爽』也一杯，『痛』也一杯，想它娘不喝啊，只有骨頭燒成灰！」

被老湯這番話一說，在座的全願意自費加上三瓶，形成「欲罷不能」之勢，害得山東籍的掌櫃出來好言說項，他說：

「諸位長官兵爺們，求你們『口』下留情罷！有些長官兵爺來小舖飲酒，十有八九全是喝過了頭，人趴在桌面上，自以爲是回了老家，又是嘔又是吐的，『反攻大陸』沒成，害的咱們半夜起來替他們披氈蓋被，打掃那些嘔吐狼藉的穢物。說得自私一點，我贊成你們留量，因爲你們既不是李白，又不是李黑呀！」

掌櫃的這番語言，總算替大夥開了點竅，大夥兒加了些菜，喝到半白半黑就煞住了車，分乘五輛黃包車，拉去第二現場——螢橋露天茶座，在哪兒以茶醒酒了。

河邊的彩色燈泡和星月爭輝，涼風是最好的醒酒劑，管你是上校還是上兵，新店溪上的長風一兜，就把你兜成一個赤裸裸的人，此生究竟是「衣錦榮歸」？還是「終老他鄉」？任誰也做不了主，那種無力感是任何個人難以左右的，任憑你多大的英雄豪傑。你也很難脫出那一頁歷史的軌跡。在半醉的情況下，有人認爲孫總理當年鬧革命，本就是抱著「泛民族主義」的心理，認爲只要是「驅除韃虜，重建中華」的勢力都是「同志」，使革命陣營的「純淨」化，受到很重的影響，臨到蔣元帥誓師北伐，又成功過速，藏污納垢在所不計，造成一種派系依舊的統一假象，等到抗戰時期，各個派系一致槍口對外，但等抗戰一勝，各派系便又搶著分大餅，造成最嚴重的「內戰」，這是要從根檢討的。

有人認爲國父沒錯——至少蓋棺論定，因他死的早，他一生沒曾貪贓枉法，享受「特權」，至少臨死也沒抱有「家天下」的觀念，他所寫的「天下爲公」，毫無虛假。但自從中山先生辭世之後，蔣王朝的作爲，就難免可議了。

陳團長和方老營長卻力排眾議，他們認爲：派系觀念，自古即有，蔣公決意把它打消，原則上並沒錯，但他這大半輩子，英雄的性格害了他，使他身邊圍繞的再不是英雄，而是一大堆狗熊！他反對包括舊惟物和新惟物的意念，連他寵愛的高級將領都不明白他恨鐵不成鋼的心理，又引發了派系的障害，使他陷在杜甫詩裡所說的「落落盤據雖傳地，冥冥孤高多烈風」的境界裡，難以自拔！

他們這些看法，都是火頭軍老湯一時無法弄懂的，他的思路，仍徘徊在湯回與湯不回之間，他這種醉後的思想飛升，可不是精於醫道的匡醫官有辦法控制的，有許多難題，還只有讓老師長羅將軍去解答啦！

二天下午，他們終於在淡水軍醫院的小病房見到老師長羅將軍了，老師長面容很清瘦，但精神仍很瞿爍，他在病中能見到師裡主要的構成幹部——三個團長，心情的愉快是可以想見的，尤其是對身在最基層的老湯更爲關切，他請匡醫官幫忙，把他的輪椅推到院後的山原上，在一棵老榕樹下面，他和幾個老部下圍坐著聊天。

「你們甭看我精神還好。」師長說：「其實我是外強中乾，餘日無多啦，所以上回匡醫官來看望我，我才託他通知大家，儘可能的見上一面，在我大去之前，能見到你們，我是『死而無憾』啦！」

「師長快甭這麼說。」劉團長說：「戰國時刻，孫臏不是坐輪椅打勝龐涓的嗎？前有古人，如今難道沒有一個『輪椅將軍』嗎？」

「嗨，時代不同囉！」羅將軍廢然長嘆說：「你們知道我得的是什麼病嗎？是白血球過多症（骨癌）。據醫生說，他們目前沒有任何醫品，能治得了這種病！我已經在六張犁山上買妥了墓地，你們的大嫂，如今還滯留在香港調景嶺，沒能入台呢！我的後事，只有麻煩你們辦了！」

「除了師長親口說出來，我是不敢講的，」匡醫官說：「這種病，確是絕症，目前台灣最好的醫院，也拿它毫無辦法。」

「人嘛，生老病死，都是常態，沒有什麼值得驚怪的。」老師長說：「你們三個團長，都是黃埔系的，而我，只是粵軍老行伍出身，我當了你們的長官，起碼沒有毀令亂政，若不是余漢謀將軍亟力保舉，我怎能當到你們的師長？我當年也是吃狗肉，喝老酒起家的，跟老湯一個德性，但我這師長並沒白幹，——我總算把你們帶到台灣來了！依我看，黃埔系裡確有人材，但不是黃埔系，也未必沒有人才！嗯，人同此心，心同此理嘛，不必光靠什麼陽明山，什麼圓山地下大學，那只是一種外殼子的形式嘛！蔣先生何止是不用我，連鐵軍老軍長張發奎也容不下，我相信那並非蔣先生的本意，而是左右讒言太多，我再怎樣兢兢業業，也抵不過那些讒言，什麼粵系，桂系，那些軍閥頭子並不能代表我啊！」

「老長官請放心。」資歷最深的劉團長說：「我們能夠追隨您，是我們的榮幸，我們這些中級軍官，還談不上捲進高層的人事風暴，更談不上嫡系和旁系的問題，當年中央在裝備上不盡公平，大夥兒在心裏也都有數，但比起戰績來，沒接受美式裝備的反而打得更好，五十二軍就是個最好的例子，兵孬孬一個，將孬孬一窩！這話是劉玉章將軍說的。」

「我沒什麼好抱怨的，」羅師長說：「蔣先生他不再用我，我絲毫沒有抱怨，撫心自問，我的學識才能，早已跟不上時代了！不用我是理之當然！更何況我的病情，小病房會簽報上去，——一個只能再活幾個月的病人，我還能對『反共大業』做出什麼來呢？！」

「在這些老部下裡面，除了劉團長是下來開礦了，我們都還在現役。」方團長說：「我們想請教老長官，朝後的日子，我們該怎麼走呢？」

「你們很快就會擔任更高級的職務了。」老師長說：「持志養氣，日進新知，盡力把兵給帶好。早先帶兵，講『恩威並施』，那是有問題的，什麼小恩小惠囉，殺一儆百嘍，這種恩威都是故施的手段，爲將帥的人，首重『誠德』二字，馭氣率眾，才算革命的真精神！可惜我當兵太早，學識底子不夠，只落得一個『拙』字罷了！」

「抱誠守拙，太不容易了。」陳團長說：「像咱們的孫老總，可說就是這種人，顧問團的那些大老美，在旁的地方趾氣高揚，進他的門可就沒皮調——非喊報告不可！這可是國格與氣節的表現，你它娘大老美不能靠美援就目中無人，咱中華民國軍隊的階級倫理絕不可亂，他雖不是黃埔出身，我一樣的敬重他。」

「嗯，孫先生是個好將領，但我可斷言他幹不久。」老師長說：「他做人太方正了！在當今的將領裡邊，凡是突顯個人性格和氣質的，一樣幹不到總長，像胡璉、劉玉章、劉鼎漢、鄒鵬奇、闕漢騫，空有才華，沒有手段，也都沒有什麼幹頭了！但他們都有許多我們值得學的地方，拋開個人的進退，我們能做的，只是『無愧』兩個字罷了！劉鼎漢和鄒鵬奇是新舊詩人，闕漢騫是好樣兒的書法家，劉鼎漢能結交小朋友木刻家方向，我不才，能交上火頭軍老湯，這都是可以入史的事，我說死而無憾，絕不是假話，我們做『國民革命軍』，絕不能犯形式主義嘛！」

他這麼一說，先把老湯說得痛哭起來。老湯說：

「老師長啊，您還不滿五十，您怎能老把死字掛在嘴上？您要不願死，我寧願開差跑來伺候您，用好酒和上等滷菜奉養您十年二十年。」

「嗨，老湯啊，你這番情意，我是心領了！」老師長說：「閻王命你三更死，誰能留得到五更?!我走後，三位團長都能照顧你，跟我在世沒有兩樣，吹糖人的把戲是小孩子玩的，你玩不嫌肉麻嗎？」

師長說的話就等於命令，老湯不敢再流淚了，他打開大包包，把滷菜滷蛋、滷豬肚和滷牛腱全取了出來，還有四瓶在台北補買的小高粱，全都取了出來，他連酒杯和筷子全都預備妥當了。老師長一看，笑說：

「哇，這些真是一頓豐美的野餐嘛！」

「怕天熱悶壞了菜，我是買了碎冰鎮著的。」老湯說：「管保新鮮啦！」

「報告師長，在這兒不必下達禁酒令了罷？」方營長說：「說實話，您的師裡有這麼一個老湯，您在東北戰場上下達的禁酒令，一遇上他就泡了湯。他帶有五六隻水壺，只有一壺裝的是水，其餘都是酒呢！」

「嗨，此一時也，彼一時也！」老師長感慨說：「我早先確實滴酒不沾，唯恐貽誤戎機，但來台後，隻身賦閒，兼之病痛纏身，不知不覺的也成了酒客啦！真所謂：『打頭黃葉落，天地酒人寬』！……不小飲又待如何呢？」

「好一句『天地酒人寬』！」劉團長說：「就讓咱們借老湯的酒，一起舉杯來敬師長罷。」

浴在夕陽光裡的老師長，臉上顯出異樣的光采，看來一點也不像身罹絕症的樣子，他很高興的乾了一杯說：

「咱們這些年在戰場上共生死，在生活上同甘苦，有多少弟兄都變成了蟲沙，活到台灣來的，都算大難不死，你們都很忙，卻能想到來看我，我真的……真……太感動了，人嘛，本就像佛家所說的『成、住、壞、空』，咱們只求活得無怨無悔，心安理得也就夠了。千萬不必爲我難過，人生不就是這麼一回事嗎？」

「來，一切不愉快的全免談了！」劉團長說：「今天咱們陪老長官喝酒，權且都做酒人，專門就談一個『酒』字罷！老湯，你這傢伙成天不離酒，你先講個喝酒的笑話，讓大夥開開心罷！」

「我只會喝，哪會講?!」老湯說：「我喝了這些年的酒，還沒鬧過什麼笑話，就算有笑話，我喝醉了自己也不會曉得，是麼？」

經他這麼一說，倒把大夥逗樂起來。

「其實，軍中有不少海量，鬧出的笑話倒真不少，」匡醫官說：「我們做醫生的人，遇到的特別多。有一回，有個上尉出了車禍，肋骨斷了三根，幾個弟兄把他架到醫院來，經過檢查，要送開刀房動手術把它接上，正好輪我主持手術，我對他說：『你把這塊紗布咬緊之後，聽我數數，數到十二、十三，我就替你動手術，把肋骨接上，你放心，不會覺得疼的。』他說：『好。』……我把上了麻醉藥的紗布塞進他嘴裡，讓他咬上，然後開始數數，數到十二、十三……他兩眼睜著看我，一點也沒有被麻醉的意思，我只好接著朝下數，數到五十五、五十六，他兩眼亂眨，我問他感覺怎麼樣了？他把紗布拿掉說：『好像喝了一瓶小高粱，你也甭用這種勞什子麻藥了，乾脆再替我來上兩瓶，你開腸破肚我不會喊一聲哎呀的！』」

匡醫官這一說，老師長和三個團長都笑得前合後仰，唯獨老湯沒笑。師長說：

「怎麼啦？老湯，你感覺怎麼樣啦？」

「我啊！」老湯說：「我感覺那傢伙的酒量太小，只須三瓶小高粱就把他拉平在手術台上，哪能算得海量？」

「換是你，得要幾瓶才能不喊哎呀呢？」匡醫官說。

「換我？我根本不用麻醉，也不喝酒！」老湯說：「酒醒著開刀不喊哎呀才算真箇兒呢！當年關雲長刮骨療毒，他也沒喝過酒，上過麻藥罷？……不過，那得看替我開刀的是什麼樣的醫生？要是遇上蒙古大夫，我喝八瓶小高粱也照樣會喊哎呀呢。」

「我在大陳島督訓的時刻，倒遇上一個狠角兒，」陳團長說：「他是海上游擊隊的一個班長，有一天，腰背閃痛，痛的他咬著牙，冷汗直流，送進了軍醫院，軍醫檢查，斷定他是腎結石，而且摸出結石很大，非要開刀不可，但軍醫院根本沒有麻醉劑，主治軍醫也顧不了那麼多了，只能交代看護兵，用酒精擦他的肚皮，用布簾子擋住他的上半身，把他手腳緊綑在鋼絲床架上，主治軍醫一咬牙，就替他開了刀了！」

「喝！這哪兒是開刀?!」方團長說：「這簡直是殺豬嘛！」

「嗯，確實是有那麼個味道。」陳團長說：「一刀下去，那個班長痛得亂掙亂挺，他沒喊哎呀，但卻破口大罵，主治軍醫他祖奶奶，他媽，他姐，全被他口舌操遍了，主治軍醫伸手一摸，刀口太小，結石太大，根本拿不出來，就把刀子朝上豁一豁，再朝下豁一豁，把刀口弄得有八九寸長。他越豁，對方罵得越兇，簡直是鬼哭狼嚎，已經罵到軍醫的祖宗八百代了！看護兵聽不過去，就說：『醫官這是在救你的命，你罵個什麼勁?!』『罵的好！』醫官在布幕後面說：『至少證明我這一刀還沒把他開死！啊！掏出來了，掏出來了！』他果真從病人肚子裡取出那塊結石來，在牆上敲得砰磞響，反罵對方說：『你這王八蛋，你罵夠了罷，你這塊結石比鵝蛋還大，刀口不豁大一點，能拿得出來嗎？』他說著，叫看護兵把結石放在磅秤上去秤，看護兵報告說：『十二兩四錢！』醫官把那塊石頭塞到病人的手上說：『都是它娘的酒精和煙草酸，你留著做個紀念罷！……剛剛你罵我罵得那麼兇，你怎麼說?!』那班長沒詞兒啦，苦著臉說：『全當罵我自己的好麼？』我說老湯，你肚子裡的酒精和煙草酸，應該不在那傢伙之下罷？」

「嗨，我在河南就患過結石病了！」老湯說：「是我自己開的刀。」

「自己開刀拿出結石？」匡醫官兩眼驚呆了：「這簡直是荒天下之大唐嘛！」

「嘿，老湯這一說，我倒記起來了，那時他還在游擊隊裡，駐防在黃河邊上，他們部隊裡傳說有個傢伙自己開刀取出結石的事，大夥都把它當成笑話講，我可沒料到那個傢伙就是你老湯啊！」

「不是我怎麼地？」老湯說：「我在家就喝酒，跑出來後，喝的更多，打鬼子時，日子過得更艱苦，我行軍時覺得腰背閃痛，有經驗的人告訴我，十有八九是患了結石，隊長曉得了，找我去說：『這種病死不了人，有機會多喝些米湯就把它沖出來了……』哼，他倒說得輕鬆，我們那時糧食極短缺，我們駐防在第一線，爲防鬼子突襲，補給點放在後方十多里外，每頓飯吃的糧，都去派出一個班長去揹，一來一去要老半天，揹來紅薯就吃紅薯，揹來黃豆就吃黃豆，揹來高粱、玉蜀黍，業已算是打牙祭了，哪來的米？又哪來的『米湯』?!……我的病沒人看，腰背痛得人咬牙打滾，那時正逢著冬天，外面天寒地凍，我們駐守在一座破舊的古廟裡，我出去解溲，尿的全是血，又疼得受不了，我用手一捏老二，覺得裡頭有些硬硬的玩意，心想：敢情是腎裡的碎結石沖了下來，擋在尿道口了?!我用手指

去擠、捏、搓、揉，想把它擠出來，誰知我那老二不知死活，不是玩意，我越搓，它越硬，像它娘擀麵杖似的，我不得不發狠先拿它開刀！那當口，我只有刺刀好用，我先把刺刀磨了一天，到夜深時分，我把刺刀插在火堆裡燒紅（消毒），我又傾出半碗老酒，把老二泡進去（麻醉），等它也喝醉了，我就咬牙殺『醉雞』！我把老二剖開，取出大小七粒小石頭，然後取針線自己縫合刀口，後來，傷口一痛，我就拿它去泡酒，不用多久，它居然好了，不瞞諸位老長官說，人家酒鬼都只一頭喝，我可是兩『頭』喝！直到如今，它的酒癮還戒不掉，我在上頭喝，它就在下頭跳，這不是奇哉怪哉嗎？」

老湯粗魯不文，可他說的句句都是實在話，也惟有他才會有這麼鮮活的形容，這一說，可把三個老團長笑得酒都從鼻孔朝外噴。匡醫官直是邊笑邊搖頭，嚷說：

「這是醫學界的全新金氏紀錄！一、自己開刀拿結石。二、兩『頭』喝酒，『首尾呼應』，今古奇觀要是出續集，都能列得上去呢！」

這一回，老師長居然沒有笑，等大家笑完了，他才微微嘆噫說：

「人在什麼艱苦的環境裡面都能熬得過，古時候民不知兵，才有『秀才遇見兵，有理講不清』的錯誤觀念，就擱在今天來講，當兵人的苦處，文人又哪會了解？社會上的人，又有幾多人了解？拿老湯磨快刺刀剖開尿道取出結石來說，你要讓一般人那麼幹，他們嚇都會嚇死掉……——那不是常人能幹得了的事，我們在戰場上，長年過的都是非人的日子，這是魄力，是大勇，更是軍魂所繫，在抗戰的當口，這種『軍魂』隨處可見，臨到國共相搏，就江河日下了！我們來到台灣，要是不能記取敗戰的恥辱，誠心正意的徹底檢討改進，就沒有前途可言，我這番話，也許是『人之將死，其言也善』罷?!」

邊喝邊聊，不知不覺的，業已到了夕陽西墜、晚霞滿天的時刻了，師長轉動輪椅，和來訪的部下逐一握手，並緊抓住老湯的手，感謝他帶來的酒菜。師長的兩眼是濕潤而明亮的，他嘴唇噏動著，彷彿仍有許多言語，想說又沒說出來，倒是方團長鄭重的說：

「老長官保重，您說的話，我們都會謹記在心，但願老天能夠出奇蹟，保佑您康復出院，有一天再能領導我們衝出困境。」

「謝謝你們給我的安慰。」老師長說：「這怕是……很難了！」

拜別老師長回台北，老湯和三位團長也在車站道別，由匡醫官陪他回到旅館，匡醫官問及他的行程，老湯算了一算說：

「台灣雖然不大，但老單位的人想多聚上一聚可也真不容易，這回全靠您幫忙，讓我能見到老師長和老團長，我算是心滿意足，我打算明天就搭公路局的車去參加阿美的婚禮，這一回，要不是單位的副指揮官幫忙，事假是很難請得准的。」

「這我知道，」匡醫生說：「尤其在戰鬥部隊，士兵請事假，是馬尾毛串豆腐——根本甭『提』，但對你老湯例外，你走到哪兒都能團得住人，你那招『民生主義』哲學，倒是萬

靈丹呢！」

「你就說是『伙房秘訣』還乾脆一點。」老湯說：「人常講：賭是越賭越薄，酒是越喝越厚！我老湯以酒會友，彼此見性情，三杯下肚，肩膀上的啥槓槓花花又算個啥?!」

「我看重你的，就是一個『爽』字。」匡醫官說：「我要有階級觀念，就不會交你這個朋友了！明天你動身之前，我來送你上車。」

在阿美結婚前兩天，老湯就來到老蔡的家裡，老湯所送的重禮，讓老蔡瞠目結舌，因爲當年的餽水費再加五倍也沒那麼多！老湯卻談笑自若的說：

「女兒出嫁嘛，乾的和親的有什麼分別？我要是不來，怎能對得起阿美？」

蔡阿美收了禮，哭著跪下來抱住乾爹的腿，在這一刹之間，老湯突然覺得時空大挪移，使他天暈地轉，哪還有什麼本省和外省，還分什麼地位的高下？她這個伙伕頭的乾爹，真跟親爹一樣的親。

二天中午，老湯扯住老蔡，到中壢的飯館，又喝了一肚子酒，帶醉回來，遇上了準女婿邊副營長。邊的年紀比老湯大了三歲，初見這個伙伕頭，頗有些傲慢，竟然不肯跟著阿美叫「乾爹」，也許他覺得這個伙伕頭乾爹，會使他在婚禮上丟盡面子，老湯對他這種舉措，一點也不以爲意，他說：

「邊上尉，你馬上就快升中級軍官了！你可要記得，想娶年輕的小妞兒，就得要降班輩！我是她乾爹，絲毫不假，要不然，我幹嘛請了事假，來參加你們的婚禮?!你要怕丟面子，我明早就劃票回南部去，絕不爲難你！」

「乾爹，你千萬不能走。」阿美在一邊紅著眼圈說：「婚禮上要是沒有你，我寧可不嫁給他。」

阿美這一來，邊上尉只有低頭認輸的份兒。

老湯絕沒料到，阿美婚禮上請來的客人，大多是當初菜市場上賣菜賣肉的，他們沒想到這個阿美的乾爹還會跑的來，一下子就團團圍上了，當地的鄉鎮民代表、縣議員，也都紛紛過來敬酒，並且央老湯講幾句話，老湯一再謙辭，當地一位蔡姓的議員特別介紹，說他是：軍民關係搞得最好，省籍關係搞得最親善的人物，大家一起鼓掌，硬把老湯推上台去。老湯手裡端著酒，上台後連鞠三個大躬，高高舉起杯來，敬眾賓客的酒，他把酒杯邊緣啣在嘴裡，一仰脖子就乾了杯，大家鼓掌後他說：

「阿美有三美啦！伊做人實在，是『真』啦！伊心肝卡好，是『善』啦！伊腰小屁股大，走路屁股會轉圈，轉的好多校官尉官都頭昏，這是『美』啦！邊上尉能追上她，算伊嘴甜，光是嘴甜沒落用啦，朝後阿美生伊郎，會像雞生卵，咯嗒一個，咯嗒又一個，黃口呀呀，看你三條杠杠怎樣養活他們？愛美就得『扛枷（家）』，那時再講『頭昏』是沒行唉

啦！」

老湯這段話，是用標準台語講的，講得二十多桌賓客，竟有人笑得在地上打滾。

最後老湯說：

「哇來這，來陪各位呷酒來啦！到明年，伊兩人生伊郎，再請諸位呷紅蛋，我們祝賀新郎新娘團圓美滿，百子千孫，我也祝賀大家貪大錢起大厝，永遠健康快活喲！」

雖說老湯只是伙伕班長，但他講台語一點也不含糊，他那種天生就具有的俠義江湖氣質，在下里巴人群中特別具有魅力，他講話三言兩語，莊諧兼具而且非常得體，比起當證婚人的部隊長和當地某議員的致詞，第一點，第二點，第三點，最重要的一點，順帶一點，外加一點，最後一點，還有一點……那要高明百倍，何況他替新郎擋酒的架勢，簡直比得上斬顏良除文醜的關公——一瓶小高粱一口乾，嚇得有「菜場酒王」稱號的賣豬肉的老廖也丟盔棄甲，只有伸著舌頭「落荒而逃」的份兒。比較起來，兩個證婚人都淪爲配角，相繼舉杯向他敬酒，老湯卻說：

「這兩杯酒，我可要我的乾女婿替我代喝，有你們福證，是他的光彩，我這個飛來客，已經替他擋酒一百盅了！在這種節骨眼兒上，就讓他『有事弟子服其勞罷』！我說兒子，你替我連乾兩杯，喝！」

乖傢伙，上士竟然命令上尉，做副營長的上尉連屁都沒敢放，接連乾上了兩杯，這才說：「乾爹，你行行好，有始有終，替我一路擋酒擋到底罷！否則我摸不著洞房啦！……」

「長官，您瞧瞧，虧好他還是個副差，今晚他可是『原形畢露』——只見小我，沒見大我，什麼『主義，領袖，國家，責任，榮譽』，全它娘不見啦，一心只想著『洞房』。」老湯笑著說：「還好，他是請了婚假，罰他多生幾個壯丁，將功折罪罷！」

「這是特殊情況嘛。」部隊長也笑說：「他請了婚假，要是不進洞房，那才該打屁股呢！生兒育女，原就是民族主義第一章啊！」

這晚上，老湯以酒會友，算是讓所有參加婚宴的親友大開了眼界，婚禮一完，他就搭車前往新竹，第二天乘快車回到鳳山，他根本不會想到，就在他請假的那幾天，他那伙房裡就鬧大笑話來。

伙房的習慣是：每天凌晨四點左右起床升火熬稀飯和蒸饅頭，指揮和直屬單位是六點起床，參加司令部聯合升旗典禮，各單位帶開做完晨操或跑步活動，七點左右用早餐，那天跑完越野，大家吃粥時，覺得這粥煮得美味香甜，都拚命搶著吃，誰知吃到最後，發現桶底有幾隻帶毛的老鼠的屍體，毛也煮脫了，肉也煮化了，只賸一大堆骨頭，這一來，弄得上上下下都噁心反胃，當場大吐特吐，幸好那天指揮官去巡視兩個構工營，沒吃到「鮮美」的「老鼠粥」。

副指揮官大發雷霆，把伙房的伙伕都找來問話，老湯的副手老杜也搞不清這些老鼠是怎

麼落到鍋裡去的？副指揮官親自到廚房去查看究竟，原來大灶上面有一道木梁，正處在熬粥的大鍋上方，熬粥的香味，驚動了屋簷裡的老鼠，在橫梁上跑來跑去，熬粥的特號鐵鍋太大了，每熬一陣子，就得要有個炊事兵赤著腳站到鍋台上去，用木柄大鐵杓去攪粥，不能讓它沉澱起鍋粑，鍋蓋那麼一掀，一陣熱霧朝上衝，正巧有一隻老鼠媽媽帶著幾隻小老鼠路過，被熱霧衝得驚慌失措，紛紛跌進鍋裡，炊事兵也看不見，才會產生老鼠粥事件。

「我並沒處罰他們。」李副指揮官對老湯說：「這只能說是老鼠和喝粥的都倒楣，但這種事情可一不可再，你總是一廚之長，無論如何要想出個妥善的辦法來！」

「嘿嘿，有趣，真有趣！這可是有趣極了！」老湯笑得像生了蛋的母雞。

「你發了神經啦，一股勁的笑什麼？」李副指揮官說：「我跟你說正經的，要是你拿不出辦法，讓指揮官再吃到一口老鼠粥，朝後你休想請准一天的假！」

「我笑我在做孩子的時刻，聽老兵唱：『打倒列強，除軍閥，除軍閥！』——那是國民革命軍的第一期任務，後來，我們唱：『大刀向鬼子們的頭上砍去』！——那是國民革命軍的第二期任務，後來我們又唱：『打倒俄寇，反共產，反共產！』——那是國民革命軍的第三期任務！」老湯說：「第一期我沒趕上，第二、三期我是親身參與了，但，打仗的歸打仗，我這做飯的只管做飯，我混了多年，始終是靠邊站的龍套，這一回，您命令我披掛上陣，擔綱去滅除老鼠，我忝為國民革命軍一份子，這國民革命軍的第四期任務，我保證打贏……我笑的是：我這火頭軍，終於有了『打仗』的機會，儘管對象只是一群『老鼠』。」

「嘿，老湯，你損人可也不能這麼損啊！」李副指揮官說：「廚房滅鼠，只是『微不足道』的個案，小腦袋戴什麼大帽子?!你滅鼠，跟國民革命的任務有什麼相干？你跟我說清楚！」

「嗳，副座，」老湯說：「你帽子上長草，又是黃埔出身，你算不算國民革命軍？」

「我當然是嘍！」李中校答話時，還特意把他長了草的大盤帽整了一整。

「好！」老湯說：「帶兵打仗你算是好樣兒的，你們唱『保衛大東南』，只保衛了三幾個月，大東南被你們保衛掉了，接下來又唱『保衛大台灣』，如今本島沒仗好打，只好打老鼠。我敢說：咱們廚房的老鼠，全都是台灣老鼠，沒有一隻是大陸跑來的老鼠，打老鼠也算是『作戰』，如今當地『鼠輩』造反，要打是全群的事，這種第四期革命任務，你怎能推在我這燒火煮飯的頭上?!」

「嗳，老湯，耍嘴皮子我承認耍不過你！」李中校說：「咱們是朋友，就算我央求你幫忙如何？」

「嗯，這倒好說。」老湯說：「你是長官，你要我滅鼠，究竟是怎麼個滅法？」

「我看是要用『滅鼠靈』，把牠們毒死。」李中校說：「我願撥出特支費幫你去買。」

「嗯。」老湯眼珠子轉了兩大圈，搖頭說：「此計決不可行！你想想，你們上回吃的老

鼠粥，是沒有毒的老鼠，所以你才能站在這兒跟我講話，假如掉進粥鍋的是吃了『滅鼠靈』的老鼠，只怕你早就躺在醫院上氧氣了！你怎能保證中毒的老鼠不下粥鍋？——老鼠沒滅盡，先毒殺一堆人，這種笨事，我決不會幹的。」

「啊！你說的確實有道理！」李中校說：「換成鼠籠、鼠夾怎麼樣?!」

「可以，」老湯說：「但那也只是治標，老鼠決沒那麼笨，每隻鼠夾打死過一隻老鼠之後，第二隻嗅出同伴的血腥味，牠就不會再上當，鼠籠也最多用兩三次，就要用火燒過再用。」

「哇！沒想到你對老鼠懂得那麼多?!」李中校說：「依你，該怎麼辦呢?!」

「我呀，我用全面圍剿法，」老湯說：「我一方面用鼠籠鼠夾誘捕，一方面盡力尋找廚房附近的老鼠洞，用灌開水和煙燻的方法，把牠們逼出來擒殺，一方面到中藥房去配『春藥』，讓雄鼠吃了發狂。老鼠和人不一樣，母鼠沒發情，雄鼠根本『進』不去，雄鼠得不到宣洩，就會亂追母老鼠，一心想『霸王硬上弓』，軟硬都不行，牠自會七孔流血，死翹翹！雄鼠沒了，母老鼠生不了鼠仔，到了第二年，鼠患至少就去了七八成。咱們老總統說的：『一年準備，兩年反攻，三年掃蕩，五年成功』，要是用來打老鼠，那才靈光呢！」

「哈哈，讓老鼠吃春藥，我倒是頭一回聽說過。」李副指揮官簡直樂歪了：「不過，要是咱們吃到那種吞過春藥的老鼠，那又會怎樣呢？」

「能怎樣？——只當進補囉。」老湯說：「人跟老鼠不一樣，大不了花錢消災，去出溜出溜就沒事啦！」

經過這番「滅鼠戰」的討論，李副指揮官完全贊成老湯的「全面圍剿」法，而老湯則找出當年家鄉土財主用過的春藥單方，親自跑到中藥舖去配藥，回來用藥汁焙蝦仁做爲誘餌，這一來，使老鼠紛紛聞香而至，搶著品嚐老湯的手藝。

他配的這藥也怪，公老鼠吃了會發燒發狂，而母老鼠吃了只會肉麻皮癢，指揮部房舍的天花板上，不管白天黑夜都聽見老鼠追逐聲，滾鬧聲，吱吱的尖叫聲，放置在廚房附近的鼠籠夾也大有斬獲，火攻和水灌鼠穴，把貓大的老鼠王也灌出來被伙伕們生擒活捉到了！老湯請駕駛兵上街買了一隻鐵絲籠子，把這隻碩大如貓的老鼠裝在裡面示眾。

過不了幾天，吃了春藥的那些公老鼠開始翹毛了！牠們的死狀很淒慘，兩眼充血突出，光閃閃的很像紅豆粒兒，牠們的耳朵眼、鼻孔、眼眶和嘴都在流血，可見那些火性的藥物，簡直燒透了牠們的五臟六腑，老湯要伙伕們把死老鼠剝肉留皮，用繩子串起來晒乾，好計算數目。

老湯滅鼠的戰役進行了一個多月，果然不負眾望，他向上面繳交了鼠屍一千貳佰伍拾壹頭，活捉老鼠兩百柒拾陸隻，可說是戰果豐碩，指揮部正式記他大功一次，還送了他獎金三百元，外加小高粱一打。

指揮部更把老湯滅鼠的方法寫成詳細報告，報到司令部去，由參謀長批示發交各直屬單位，全面配合滅鼠，各野戰部隊鼠患也很猖獗，也可參考老湯的經驗，分別運用，這一來，老湯的名氣更加響亮，想不出鋒頭也不成了。

「噯，老湯，這回你可夠光榮啦！」李副指揮官跑來恭賀他說。

「長官，您甭消遣我啦！」老湯說：「人家武松在景陽崗打虎，也好冠上個『打虎英雄』的稱號，我好歹也在戰場上混了這些年，如今竟淪落到只能打老鼠，指揮部還要小題大做的給我記大功外加頒獎，我打老鼠有什麼光榮可言？……咱們還是喝酒消夜罷。」

「嘿嘿，我正有此意，」李中校說：「有滷菜嗎？」

「我會讓長官乾喝嗎？」老湯對老杜說：「請把滷菜切好端的來，外帶一碟油炒花生米。」

在老湯的感覺裡，早先的部隊過分嚴肅死板，那可真是官大一級壓死人，來到台灣後，官與兵之間在感情上普遍都比較融和得多，就像李副座論公是長官，論私卻是相知的好友，自己所跟的長官，都可說是好長官，這不能不說是自己的運氣好，要是跟上極少數臭擺官架子的，不氣得人腸子打結才怪呢！

把酒斟上之後，李中校首先舉杯說：

「來，老湯，我該先敬你，你剛回來，就遇上老鼠粥這個插曲，這段日子害得你沒出過營門，假沒休，酒也沒喝好，你這春藥煮蝦，真箇是殺鼠一絕，值得乾杯！」

「老實說，這藥方原是家鄉土財主進補用的玩意兒，」老湯說：「它的全名叫『陰陽蝦』，它的全方分兩種，一種叫『陽蝦』，是補腎壯陽的火性藥，另一種叫『陰蝦』，可說是『陽蝦』的解藥，那個土財主身子骨孱弱，偏偏性好漁色，娶有好幾個水花白淨的姨太太，成天掏弄他，精力不濟，全靠『陽蝦』助陣，事後吃兩粒『陰蝦』調劑安神。你一逼我一急，就想到把這玩意兒轉用到老鼠身上，我用的全是『陽蝦』，讓那些鼠公猛蹦狂跳，牠們沒有『陰蝦』定神降火，我就估定牠們必死無疑。嘿，這只算是歪打正著，談不上是什麼絕活。」

「哎呀，原來有這麼一說?!」李中校說：「如今老鼠雖然殺的差不多了，但你那陰陽蝦的單方，實在還可以大派用場！來，咱們乾杯！」

彼此仰過脖子，老湯笑說：

「怎麼著，你們這些老革命，也都上實下虛，要靠這玩意助陣啊！」

「還沒嚴重到這種程度罷？」李中校說：「我們有個過去的老長官，他娶了個年輕的外蒙籍的姑娘，那姑娘挺喜歡騎馬，每天拿他當馬，早操晚點，累的他直不起腰桿，他要是不應卯，婚姻眼看就會破裂，你算行行好，幫他各熬一罐陰陽蝦，讓他重振（雄）風，這不是救人的好事嗎？」

「要是暫時救救急呢，倒也無可無不可。」老湯說：「這種火性藥物，可不能長期依靠它，咱們北方的農地，爲了催收猛下大礬之類的火肥，一季豐收過了，地氣被拔盡，得要兩季廢耕，人和田地是一個道理嘛，這類春藥，催人精氣，損人元神，家鄉俗語說：一邊補，一邊耗，閻王催你去報到。您再想想，可不能郭呆子幫忙——越幫越忙啊。」

「好，那就只當救急罷。」李中校說：「男人不自量力找來的麻煩，局外人根本沒有幫忙的餘地，我保證只麻煩你這一次，下不爲例。」

「一句話，說了就算。」老湯說：「喝酒喝酒！」

酒這玩意兒最能撩撥人的心事，喝到半酣之後，許多陳年往事都像隨風飄動的雲霧，從心窩的黑窟裡朝外飄，把人給纏著，繞著，李中校談起嶺東的山窩子裡的老家鄉，那兒的民風極爲蠻悍，隔著一條河的兩個聚落，原本多代互通婚嫁，有著骨頭連筋的親屬關係，但兩個聚落一旦反目成仇，雙方興起大械鬥的時刻，就六親不認了。

「中國有出了名的七大械鬥區，」李中校說：「像江西的鄱陽湖地區，粵東的梅縣，閩西的隘口，台灣地區……由於官府人謀不臧，民間爲爭山產、湖產、水權，商利得不到合理解決，只好彼此訴諸武力，其實這種風氣，在全國多數省分都很盛行。」

「照這麼說來，中國打內戰就沒什麼好驚怪的了！只是由小鬥變成大打嘛！從它娘黃帝打蚩尤，一路打了幾千年，還沒把人給打醒，也真怪的慌啊。」

「也可以這麼講，」李中校說：「鄉與鄉鬥，縣與縣鬥，省與省鬥，哪朝哪代沒有造反，平亂的戰事？械鬥的風氣不除，就是星星之火。我們家鄉的械鬥，論起那種陣勢，跟大部隊開戰幾乎沒兩樣，機關槍、迫擊炮照樣大批出籠，各方一出動就是上千口人，論起殘忍野蠻來，那可要比軍隊更兇得多哩！」

「嘎？竟有這種事啊？」老湯瞪大眼說：「比當兵打仗更殘忍野蠻，我可沒想到過。」

「我們那兒起械鬥，凡是出陣的男丁，都是願死不願被俘，若說投降，那是沒有的事。因爲雙方都已經架妥了好多口大鍋，堆積了乾柴，他們俘到對方的活口，就先剝光了沖水，洗刷乾淨了，成排綑在大木柱上，活活的剜殺——跟殺豬宰羊沒有兩樣，挖出腑臟扔下河去餵魚蝦，再把屍首放在長案上，剁成兩三寸見方的大肉塊，下鍋去煮，這種俘虜的肉，就當成出陣丁壯的飯食。」

「哇，這真夠恐怖的，您可把我渾身的雞皮疙瘩都嚇得暴起來了。」

「當年岳飛寫『滿江紅』，裡頭有『壯志飢餐胡虜肉』的句子，後世有些文縐縐的傢伙，說它很美，也有點野蠻，其實岳飛只是心懷悲憤，寄詞托意，我敢說他就算抓住胡虜，也不會真的去吃人肉的。——他總是正規軍嘛！你在東北也俘虜過老共，你拿他們的肉做過滷菜嗎？」

「媽的，哪有啊！」老湯叫說：「我讓他們啃饅頭，喝肉湯，——全是一等傷員的伙食，

只差沒讓他們喝我的『私房』酒，有個年紀小的，我把他疼的像兒子呢！」

「就是嘍！」李中校說：「正規軍就有正規軍的規矩，像戰國時代的秦將白起坑趙卒四十萬，那就是千古罪人，太殘忍了嘛?!可不是！但在我們家鄉，全沒這一套，外甥俘了舅舅，照砍，小舅爺俘了姐夫，照殺！把大鍋的人肉煮得噴鼻香，不單出陣廝殺的丁壯排隊領肉，每人吃上一碗，凡是我們聚落裡的男孩，八歲以上的，也都被逼著去排隊，每人至少要吃一大塊人肉，大人說是吃了人肉，朝後會膽子大，長大後遇上械鬥，殺身衝陣（不是成仁）會更勇猛！」

「這麼說，您八歲就吃過人肉囉！」老湯說。

「可不是?!」李中校說：「我輪到的是第一鍋，那裡頭煮的是我舅舅、遠房姐夫和我堂房的姑丈，他們是先被打斷了腿被俘的，自殺來不及就叫一鍋煮掉了，我吃了三塊，想吐居然沒吐出來。你知我爲什麼要進軍校？——我要逃出那塊不是人的夢魘之地，我想要『民國』再不要『人吃人』！我不願殺人，才選了『逢山開道，遇水搭橋』的工兵科，我幹了這許多年，中國人還在殺中國人，只差沒有活剮下鍋，再逼著我兒子沒有再去吃『人肉』，我它娘的又甘心嗎？——噩夢還是沒了啊！」

「嗨，內戰何止害的你和我？」老湯長嘆說：「暴君、奸臣、貪官、酷吏是一組：暴民、凶徒、歹人……又在一組，殺過來，鬥過去，就變成中國雞娃子歷史課本，我老湯當年沒啥過這些勞什子書是走了狗頭運，都是些什麼跟什麼嘛！來啊！咱們喝酒啦！」

當然囉，憑他老湯，打出娘胎開始，也沒讀過「何以解憂？唯有杜康」這樣的詩句，只知道酒後吐真言的李中校，把他幼年的惡夢壓到他的頭上，要是不喝酒，又何以解憂呢？那就喝罷！喝罷，轉眼之間，指揮部賞給他的一打小高粱，業已開了五瓶啦！

「來！喝！」他聲嘶力竭的喊著：「為我們這麼王八蛋的祖先乾杯，我們這些小王八蛋，青春抗戰究竟要抗到哪一天？朝後又何去何從？大王八蛋們，說話唷！」

醉態可掬的老湯，以滿嘴三字經舉杯過頂，他心裡想說的，決不只是這幾句，只有像古人詩裡所形容的「無語問蒼天」差堪比擬。李中校明白對方的悲憤，但他一樣是官卑職小，逃出一場噩夢，又掉進一場更大的噩夢。這情境，很像「西遊記」裡的美猴王孫悟空和如來佛祖鬥法，儘管孫猴子一個觔斛翻有十萬八千里，臨到最後，仍逃不出如來佛的掌心！李中校在半醉中突然領悟到：如果自己是孫行者，那老湯只能算是憨厚老實的沙僧，至於誰是笑話不斷的「豬八戒」，也許這個大耳朵的傢伙「宿酒沒醒」，到如今還沒見他出場呢！

按理說：以大師兄孫悟空的道行，想三言兩語拉平沙僧，並非是一宗難事，但老湯在現實環境裡，絕非易與之輩，決非三言兩語就能拉得平的，就算李中校以孫悟空自比，也只有陪他喝酒乾杯的份兒。

「我說老湯，你不必那麼怨懣。」李中校說：「你不是口口聲聲說要長期抗戰麼？」

「是啊，是青春抗戰啦！」老湯說：「咱們總不能熬到鬍子變白了還賴在軍營裡吃糧罷？這種不打仗的日子流水過去，轉眼之間，咱們都會老的，那時咱們也都沒什麼好怨的啦！時代像一盤磨，咱們都是些蒙上眼罩推磨的驢子，要怨，只能怨生不逢辰，偏偏做了亂世人罷！來啊，咱們再喝啊！」

「你不是說你是匹驢嗎？你等一歇還得去熬稀飯、蒸饅頭呢！這就叫牽驢上磨，」李中校說：「沒喝完的，留著改天再喝，咱們的日子還長著啦。」

「好！一句話，咱們的日子還長著啦！」

依平常的酒量，兩人喝半打小高粱，老湯自覺根本不算一回事，也許是這些日子起早睡晚的，打老鼠打得太辛苦，也許是心裡有一種莫名其妙的悶鬱，使他說話時舌尖有些打捲，兩眼看東西也有些搖晃，也許是李中校的話刺激了他。——人居然爲了私鬥，把至親都綁來下鍋煮肉吃？中國啊！你究竟是怎樣的一個國呢？我它娘賣掉了青春，又爲的是啥?!

那一夜，他是被兩個伙伕抬到床上去睡的。

經過整編、整訓，貫徹了薪餉制度之後，在社會人的眼裡，阿兵哥錢多多決不是假話，當時台灣鄉下絕大多數人家都很貧苦，除了過年過節、婚喪喜慶和大拜拜的場合，平時常吃蕃薯乾、醃冬瓜、醃蘿蔔干、筍干，難得見到肉食，鄉鎮的商業若是不靠三軍的消費刺激，根本活躍不起來，許多古老的店舖，不講裝潢，不會宣傳，不懂什麼成本會計，只會記流水賬，夜晚的街頭見不著七彩霓虹，陰黯的老店舖，櫃檯上躺著打瞌睡的貓咪，囡仔的搖籃，就放在賬桌的前面，但凡阿兵哥一進門，店主的兩眼就會發亮，擺下笑臉迎接這些「活財神」！只問阿兵哥們喜歡什麼，社會上就會出現什麼行當，因爲有錢可撈嘛！

若說當丘八的都是些大老粗，倒吊他三天，他也滴不出半滴墨水，那可真是門縫看人——把人給看扁了。中國大陸這一回全面的大動亂，從根改變了軍隊的體質，除了抗日後期的青年軍有了較高的文化水準之外，單是三十七八年這兩年，文化、新聞、教育各界，年輕人投軍來台的那可多得很，大學教授當了文書官並不稀奇，學士當了二等兵的也比比皆是，這些人遇上較有見識的長官，鼓勵他們投考軍校，或送去接受短期養成教育，轉眼就變成準少尉軍官，若論帶兵打仗，這些人還待磨練，但對軍人形象的提升，那是沒話說的。

有了美援的滋潤，各軍種的制服都顯得英俊挺拔了，正如俗話所說：「人是衣服馬是鞍」嘛！尤其是老湯常掛在嘴邊的「那些鳥雞娃子軍官」，他們可成了台灣社會上領導流行的尖兵。

當時台灣各部隊，軍車到處跑，可騎單車的沒有幾個，校尉官上街，都是兩條腿騎大路——用走的，後來截住俄國大鼻子的貨輪，沒收了許多寬輪胎的單車，平均配發到各部隊，軍人騎單車上街才逐漸的被人習慣，早期的國產單車「伍順牌」，用優惠加分期的辦法，向各部隊作強力推銷，軍官們騎單車的人數便有了急驟的上升。

那些鳥雞娃子買了新單車，出奇制勝的打扮他們的「胯下之物」，簡直像打扮新娘子一樣，兩邊車把加裝毛線鉤織成的「把套」，還垂下彩色絨球，在前後輪裡，更裝上通電的七彩小燈泡，夜晚騎出去，雙輪飛轉，華彩紛陳，像一條飛舞的彩龍。這些年輕又有相當知識的小軍官，既英挺又文雅，使當地姑娘們頗為風靡，到了「一見你就笑」的程度，把他們看成「肥馬輕裘」的佳公子。

從城市鄉鎮開始，商人們紛紛把腦筋挖空，鼓勵這些阿兵官掏腰包，清涼冰果店，高級理髮廳，音樂茶座，露天歌廳，路邊彈子房，風起雲湧般大量出籠，至於吃摸摸茶和若干半開門的妓院，也跟上了大溜，緊跟著，賣春藥的花柳病科就成為「下游商業」，等著坐收

「漁色」之利，一剎時，大有「江河日下」之勢。

其實，老湯一向瞧不上眼的鳥雞娃子軍官，他們仍保有他們的格調，他們外出旨在於散心解悶，碰上合意投緣的年輕姑娘們，聊聊天，說說有情有趣的話，使雙雙產生那麼一點「初戀」的情緒，能黏上那麼點兒軟性的「情調」，就已經「踏花歸去馬蹄香」了。他們不像一般「成家無望」的老兵們，沒有那多的閒錢去泡不切實際的「蘑菇」，因此，官與兵之間，走的是兩條路線，軍官們是「點到爲止」的理論派，而士兵是「真砍實殺」的行動派。這麼一來，替「下游商業」收拾爛攤子的頭一關，就變成軍醫院了。

上行下效效過了頭，老湯那個伙房便它娘「首當其衝」，八個伙伕，四個病號，三個患了流膿淌血的「魚口」，一個全身都是楊梅痘，哼哼唧唧住進軍團的醫院去了。

爲了這事，李副指揮官又來跟老湯開了「酒桌會議」，問他這事怎麼辦?!

「怎麼辦?!你幹嘛跑來問我呀！」老湯說：「我它娘何嘗不覺得窩囊透頂呢？那些政工人員，天天講『精神教育』，光它娘教育『大頭』，把它娘『老二』放著不管，咱們這些哥兒們，錯把革命精神全用到下邊去了，變成『上頭沒事幹，下面扯卵蛋』。你問我，我問誰？——我要有那麼大的學問，我它娘早就當司令官去啦！」

「嗨，這事要放在旁的單位，還有時間去『研究辦理』，偏偏發生在伙房，咱們明天還是吃稀飯饅頭，這件事，嚴重的影響到『民生主義』，你好歹幹了這些年，總不成做『三民主義』的叛徒罷?!」

副指揮官這麼一說，嚇得老湯連喝酒都不敢乾杯，只能「淺抿」了，原來「三民主義」無所不在，竟能用到伙伕們的花柳病，而花柳病又能轉用到稀飯饅頭上，一牽涉到它娘的「民生問題」，嚇得他不敢再推了，他說：

「報告長官，官兵如今可都是血氣方剛，你不給他們打仗，再怎麼演練，對抗，進基地，裝檢，全沒有用，當年大禹治水，跟他爹的治法不同，——水是止不住的，光靠爬『五指山』，是它娘『陰陽不濟』，越爬越光火，我要向長官先開口，借調戰鬥兵四個，暫時『維持民生』，至於怎樣教育『下半截』?你看著辦罷！」

對李副指揮官而言，跟老湯喝的這場酒，可以比得上「鴻門宴」，老湯本人並沒惹上魚口大瘡，但他轄下的伙伕放不放假，並非伙伕班長的職權，那些炊事兵出去幹了啥?並不是老湯的職責！影響「民生」的責任，根本和他無干！反過來說，上面標明了軍官二十八歲可以結婚，合乎程序就能報領眷糧，而士官已婚，由大陸攜眷來台者，亦可報領眷糧，這種軍方單面施行的婚姻條例，對有些老丘八的照顧，就有些照顧有欠周延，不能因著某個伙房的花柳病過半，就查辦伙伕班長，真這麼辦，就將變成「歷史性」的大笑話，自己這個區區的中級副職，能做的，只有寫報告一途了。

李中校的這篇「報告」，撰寫之前可說是準備周詳，他跟軍團所屬的真理醫院院長面談，又到第二總院訪問過院長和主治大夫，更調查了台灣各地醫院軍醫院有關診治花柳病的實際情況，嘔心瀝血寫成了「軍中防治花柳病」的報告書，文長共達兩萬八千字，由軍團部核轉三軍總政戰部，成爲「提升戰力」的「歷史性文獻」。

在當時的政治生態大環境當中，「提高戰力」無異是處於「首要」地位，決不容許「革命精神」從下面跑掉，因此上，加強「軍中衛生教育」、「防範性病」，就成爲「上下均衡」的教育重點，對於「優化民族」、「樂利民生」，都具有極大的貢獻，至於「一黨獨大」的民權，卻隻字不提，因爲在「民智未開」的情況下，「著毋庸議」也並不是什麼樣的罪過也。

單就伙房的現實而言，老湯自有他的「教育」體系，伙伕們從真理醫院出院之後，老湯就把他們綑起來，每人賞給他們三扁擔，先打紅他們的屁股，然後把他們集中上課，由他罵罵咧咧的詳述「身體髮膚，受之父母」的道理，老二是「子孫堂」，傳宗接代全依靠它，當然不可「輕易毀傷」。他們因花柳住院，既有損軍譽，又造成伙房的人力不足，造成「民生」的損害，可說「罪莫大焉」。

老湯最後總結說：

「你們沒想想，你們一面抓腿襠，一面揉饅頭，那沾膿帶血的饅頭哪個敢啃？醫官講啦，從今爾後，要採『保險套至上』主義，沒那玩意，就『高掛免戰牌』，不許出戰。人講

『忍字頭上一把刀，能忍才是大英豪』，你娘哎，在咱們兵敗如山倒的時刻，有誰想過那種事來？噢，三天飽飯一吃，就它娘激激翹的不安分了！真它娘死八次都死不透，總括一句話：『沒用保險套，千萬不要操』，你娘哎，都聽懂了嗎？」

好不容易擺平伙房的性病問題，老湯總算喘了口大氣，他搭了他的買菜專車去找掛毛兒，掛毛兒演習去了，他去屏東找王老實，王老實居然也不在，他只好都留下紙條，約他們下個禮拜天，在老韓茶館見面。

那個禮拜天的一早，老湯就坐進老韓茶館，韓老爹剛從外面做晨間運動回來，遇見老湯笑說：

「噯呀，湯班長，這有好久沒來了罷？」

「可不是！」老湯說：「我去了一趟台北，回來就忙著打老鼠，打了老鼠，又要解決我伙房那些笨蛋的魚口大瘡和楊梅豆，把人都累毀了。」

「啊，你提到打老鼠，咱們這條街也都是老鼠爲患，你瞧，後面就是甘蔗田，家鼠、野鼠、田鼠、盲鼠，都在這兒大會串，還有一種當地人叫鬼鼠的，簡直大的像條狗，牠們橫行霸道，膽敢爬上桌子跟人爭食，簡直是太可惡了！」韓老爹說。

「你們是用什麼方法打老鼠的呢？」老湯說。

「沒有旁的法子。」韓老爹說：「要想長時間滅除鼠患，只有養貓養狗。」

「養貓是當然的事。」老湯說：「但養狗跟捕鼠好像扯不到一起去嘛。」

「到了一個地方要說一個地方的話。」韓老爹說：「這裡的貓，你餵牠太飽，牠就瞇著眼整天睡懶覺，好像很願意跟老鼠『和平共存』，有些小貓不自量力，偏要去捉大老鼠，結果反被老鼠咬傷了！」

「老鼠咬傷貓，可是天下奇聞啦。」老湯說。

「說起來並不稀奇。」韓老爹說：「台灣的老鼠反而比較怕狗，咱們家鄉的俗話不是說：『狗拿耗子，多管閒事』嗎？換到這裡，該換成『狗拿耗子，原是本行』，而貓捉耗子，只算副業了！……你捉鼠，用的是啥法門啊？」

「我啊，用的是『人拿耗子』，我用煙薰，灌水，用鼠籠，鼠夾，還用秘製的春藥！」老湯說：「讓公耗子發狂死掉，鼠患一下子就敉平了。」

「嗯，這不可靠，不可靠！」韓老爹說：「人畢竟是人，沒法子整天去專一對待老鼠，就算你的春藥很靈，也殺不掉所有的公老鼠，這就像古詩裡所說的：『野火燒不盡，春風吹又生』！到了明年，你非得再滅鼠不可！如果你養貓養狗，那可不同了，只要貓狗活得比老鼠久，牠們就是老鼠的天敵，可保你『高枕無憂』！」

「啊，千算萬算，我可就漏算了這一招！」老湯叫說：「我這就回去，發動各伙房養貓養狗去。」

「至於你伙房老鄉患性病的事。」韓老爹說：「那也不足驚怪，當兵的人，十有八九打光棍，到了歲數，不嫖妓得不到正當的宣洩，魚口、楊梅還算是輕的，要是得了下淋，治起來可是更麻煩了！台灣這地方，四季如春，又熱又濕，穿脫那麼方便，妓館的價錢又那麼便宜，要想禁絕，那可是難上加難，一般說來，軍官比較容易自制些，很多老兵是『無孔不入』、『有洞必鑽』，不靠現代醫藥，幾乎是毫無辦法了。考究起台灣的性病，可說是：『老太婆的棉被——蓋有年矣！』……從紅毛番子荷蘭人，到西班牙人，到鄭成功，到滿清，到日本，何止是土地被佔領，那些兵勇誰不播精？這兒的性病，早就『國際化』了！你那伙伕們患的，也許是第九十八代的毒菌，治起來怕沒麼容易斷根呢！」

「哇，韓老伯，您甭再講了。」老湯說：「這種青春抗戰，看起來咱們準輸無疑！」

「那倒未必。」韓老爹說：「你們若能謹遵古訓，娶得到就娶，娶不到就守，不要去『亂點鴦鴛譜』，那不就沒事了?!性病不入良家，只有濫交才會搞出來的呀！」

「嗯，果真薑是老的辣！」老湯豎起大姆指說：「上頭竟把個『中將』核成『上校』，咱們退到台灣，是沒話可講，是上頭有些傢伙奴才，太菜了！」

「老湯啊，你把我捧得天高也沒用。」韓老爹笑呵呵的說：「我如今只是個開過氣茶館的老頭，看樣子，這種純喫茶的老茶館也開不久囉！」

聊到早上九點多鐘，掛毛兒騎了一輛新單車到了，在金門當過炮兵的小岳也來上班了，又等了幾十分鐘，在屏東營的王老實總算趕的來了。

王老實一坐下來，就雙手抱頭，顯出一副愁眉苦臉的樣子，老湯說：

「你是怎麼啦？老哥，咱們好久沒聚了呀！」

「俺，完啦！」王老實幾乎要哭出來：「俺被一個姑娘纏死啦！」

「嘿，怪事年年有，沒有今年多！」老湯暴笑說：「剛剛韓老伯還在講『老鼠咬貓』的故事來，就有隻母老鼠咬傷你這隻公貓了！快它娘說說看，那隻母老鼠怎麼會咬著你的罷？」

王老實說起，他當伙伕班長，常帶著弟兄去屏東的大菜場買菜，旁人瞧他人很老實，眾口相傳，都很誇讚他，菜場口有家香燭舖，兼賣些五香中藥，他也去買過一些滷味用的五香料，那家香燭舖裡有個長頸子白臉的獨生女兒，也不知怎麼地就看上他了，每個星期假日，她一早就來登記面會，送給他大包的五香粉，要他做滷菜給全團的弟兄吃，弄到全炮兵團的弟兄把滷菜全吃膩了，一致反映要換吃蒸，烤，炸，炒的，弄的他又不敢向女方明講，而他的床舖下面，已經堆了大箱的滷味包了。

「五香滷味包送多了，決不是問題，」老湯說：「我們軍團的直屬單位太多，我幫你分送掉毫無問題，問題是那姑娘送了滷味包之後，她又跟你說些啥？」

「她也不多說什麼啦。」王老實說：「她只說：你是好郎，你做人卡好啦。」一股勁的黏住我，左邊奶子擦到右邊奶子，我被她擦的發昏。她講她老爸要請我去呷酒，我講有空再講啦。」

「王老實，這你還訴啥苦來？」掛毛兒說：「這已經是鐵板上釘釘——跑不了的啦！娶獨女，沒有遺產糾紛，你老岳丈一死，你就是香燭舖的老闆啦！不像我，大演習駐紮林園，認識了一個渾名『黑牡丹』的退役校官太太，她也不知看上我哪一點？拚命的纏我，幸好當時我看上了一個在茶室的大寮姑娘。她叫蔡阿寶，我就甩脫了『黑牡丹』，和蔡阿寶看了幾次月亮！」

「看月亮？你發神經吶?!」王老實說：「咱們打東北一路撤來台灣，有多少夜晚不是頭頂著月亮過的?那玩意白白冷冷的，有啥好看！」

「瞧你這個『魯』男子說的啥話！」老湯笑說：「老話不是講『花前月下』嗎？孤男寡女看過一次月亮就會暈暈糊糊的，好像喝了一瓶小高粱，你要不信，你就帶香燭店的丫頭去看幾次試試！」

王老實坐在竹椅上，聳著肩膀把頭一縮，活像一隻大蛤蟆，咧開肥厚的嘴，笑得嗨嗨的，月亮還沒看，臉就紅得像喝了一瓶小高粱。

「嘿，湯頭，全叫你說中啦。」王老實沒說話，掛毛兒卻搶著說：「我頭一回跟蔡阿寶看月亮，就看得醉裡馬虎的，輪到第二回更兇，何止像喝老酒，簡直像咱們撤退時坐海輪，遇著了大風大浪，暈得天旋地轉哩！」

「這好啊，」老湯說：「晃眼之間，你們兩個都有了些苗頭了，朝後有機會，能不能帶來給我瞧瞧?在咱們老家，買匹牲口都還要找人多端詳幾眼，何況娶老婆是人生大事。」

「瞧你神的噢！」掛毛兒說：「你又不是算命看相的，又能看出個啥苗頭來？」

「哈，憑經驗吧！」老湯說：「人娶親，得先看你本身是塊什麼料兒，你是武大郎就不該娶潘金蓮，你是癩蛤蟆就吃不上天鵝肉，人說：歪鼻子配斜眼，漏屋配個破燈盞，這檔子事，總是旁觀者清，當局者迷，你剛說你像在暈船，你能看得見個啥?!」

「這倒是實在話。」王老實總算又蹩出一句話來。

「老實哥，你少替他幫腔。」掛毛兒說：「這年頭，興戀愛自由、婚姻自主嘛，父母都管不著的事兒，幹嘛要湯頭兒替咱們操這份閒心？」

「慢著慢著。」老湯喝了口熱茶：「嗳，掛毛兒，咱們可是患難好友，生死弟兄，你說我操閒心，那可就太不憑良心啦!我當初就講過，你倆誰先娶老婆，我就送四錢重的金戒指，這話不假罷！」

「沒錯啊！」掛毛兒說。

「就是嘍，要是不操心，你們娶老婆，我幹嘛要大掏腰包?」老湯說：「這好比咱們合夥開店，你進貨好歹，我能漠不關心?娶老婆是門大學問呢！」

「好，有啥學問，你就說來聽聽罷，」掛毛兒說：「我曉得，你要是有話不說，喉嚨管準會長痔瘡！」

「去你的蛋！」老湯說：「在咱們老家，城裡人挑媳婦，把女人分成三等，頭等的女人肥、白、高，二等的女人瘦、小、嬌，三等的女人黑、麻、騷。可到鄉下，抹牛尾巴踩大糞的人家可不是這麼看了！」

「呵呵！」掛毛兒笑開了：「你它娘真是：邪有邪門，魔有魔道，那鄉下人娶老婆是怎麼挑揀的呢?!」

「鄉下人很實在，他們重黑輕白又很厭黃。」老湯說：「鄉下人有俗語說：『蘆一千，黑一萬，白雞好看不下蛋！』他們把女人比成雞，那意思是說：蘆花雞能生一千個蛋，黑雞能生一萬個蛋，細皮嫩肉的白雞光是好看，卻不太會生蛋！又有人說：『白鬆，黑緊，黃蠟塌』，那意思是說：太白的女人骨架太鬆，吃，喝，玩，樂都很在行，你叫她擔水，推磨幹粗活，她們都沒有！黑些的女人骨架緊，渾身有力，什麼莊稼活她們都能做，勤勞刻苦，定是好媳婦，那臉黃如蠟的女人，病病歪歪，心有餘，力不足，誰要娶到她，家裡只好亂糟糟的，蠟蠟塌塌，理也理不乾淨，我雖沒有成家的打算，可我成天替你們著想呐！咱們兄弟夥，離家在外，飄流浪蕩，沒有誰是它娘高官顯爵，咱們若是娶老婆，自當按照鄉下人的標準，娶個有名有實的，能吃苦，能耐勞，又能猛生兒子的，這才是正理正道嘛！」

「哇，真是大學問！」掛毛兒肅然起敬說：「咱們早先窩在一塊兒，從沒聽你講過這一套。」

「嘿，我老人家何止是三招兩式？」老湯兩眼瞇瞇的，一副莫測高深的樣子：「日後你老婆生男生女，我都能替你出出主意。——要男就得男，要女就得女，信不信由你啦。」

三個都笑得好開心，也說不出爲啥那麼開心，王老實舐舐嘴唇，縮著肩膀，半瞇著兩眼，像隻吃飽了的貓。說是邪也好，魔也好，王老實總覺得不打仗的日子過得刻板、平常事情很忙，但內心卻很空洞，能到星期假日出來，跟老湯和掛毛兒聚在一道，心裡立時就踏實得多了，尤獨是老湯，天南地北，古往今來，他總能扯得上，躺在竹椅上，泡上杯熱茶，二郎腿這麼一翹，彷彿這才像個人樣兒，老湯的舌頭上好像掛了一把鎖匙，能打開人心頭的鎖，聽他講話，就像喝了一大碗熱湯，渾身透著舒坦。

「老湯頭，」王老實說：「找個時間，你幫忙去一趟屏東好不好？」

「唷，去屏東幹嘛？」老湯說。

「那丫頭，我怕她不肯跟我跑到鳳山來。」王老實說：「她見了旁人會很怕羞。」

「這什麼個怪娘們？」老湯笑說：「只會跟你熱乎，見著旁人就扭扭捏捏，這種女人，日後很難纏呢！你說，她既然怕見旁人，不肯來鳳山，那我去屏東又怎麼瞧她呢？」

王老實居然想出兩個辦法，一個是要老湯去菜場口的香燭舖，藉口去買香燭，和那閨女搭話，這樣也能瞟上幾眼，另一個是由他自己約對方去逛公園，老湯假裝不認識，在一邊冷眼旁觀看個究竟。

王老實這麼一說，惹得老湯大搖其頭說：「虧你那腦瓜子還能轉出這兩個餿主意來?!不年不節的，我幹嘛要跑那麼遠去買香燭?再說，假裝不認得你，要搞『偷』看，日後拆穿了西洋鏡，她會罵我鬼頭鬼腦不正經，這種走小路的事兒，豈是我老湯幹得的?你就省省罷。」

吃老湯一頓搶白，王老實頓時紅著臉說不出話來，老湯把眼珠子滴溜溜的一轉，笑拍王老實的肩膀說：

「老實哥，甭往心裡去，剛剛只是開玩笑，我老湯哪能當真欺侮你這『老實』人?!下個星期我就去屏東，先瞧瞧你那『貨色』去。」

對老湯來說，這種老袍澤所面臨的「鳥」事，真使他比營區滅鼠更累十倍，怎麼說呢，人到某種年紀了，按理就該有個窩，若是沒有海峽隔著，還是在兩軍戰陣上，那就沒話好說，於今擱在這兒乾耗著，光喊「以軍作家」也沒啥大用場，人的上半截空的慌，下半截又會作怪，既不能「霍然去病」，倒不如及早成家，猛生些娃娃好充後備軍，這種正經事，怎能用「事不關心」推掉呢?掛毛兒比較精明，他的事不用旁人多費心，但王老實不同，自己非得插手料理不可。

老湯的忙碌又何止這一端，營區推動植樹運動，他那伙房出力最多，種的都是木麻黃和尤加利樹，因爲這些樹種長的很快，對風砂日曬都有相當好的作用，另外，他聽了韓老爹的建議，要伙伕們養貓養狗，好跟老鼠長期抗戰，不許那些鼠輩「死灰復燃」。

說起養貓養狗，在營房裡是輕而易舉的事，伙房裡大鍋大灶的，只要掀開鍋蓋來就能香聞十里，那些窮貓餓犬不怕不聞香而至，只要關照衛兵室略放一馬，伙房再略作施捨，就不怕不貓狗成群了。

忙了一個星期，老湯就下屏東去找王老實了。

屏東跟鳳山不同，鳳山是陸軍的天下，屏東則是以空軍和部分特種兵爲主體，像王老實這樣一個矮冬瓜，能在陸空精壯小夥子們的夾擊之下，找到一個黃花閨女做老婆，真可說是「異數」，老湯心裡盤算著：這檔子事，也不能挑肥揀瘦的窮挑剔，只要馬馬虎虎過得去，也就能湊合了。他決定採用王老實的第一個主意——讓王老實先去約女方出來逛公園，坐冰果店，讓他幫著邊，不聲不響的飽瞧一陣，不過，他把王老實原先定妥的主意改了一半，他可不願意一直偷看到底，他交代王老實等逛過公園進冰果店的時刻，自己便要現身，假裝碰巧遇見。

「老夥伴又是好朋友嘛，你們吃冰果，順便請我，我不就順理成章，屁股一歪就坐下來了嗎？」

「啊，你真要當電燈泡哇？」

「你岔到哪兒去了？」老湯說：「我要看她大不大方？臉對臉的端詳她的面相，看她旺夫不旺夫？看她會不會替你多生幾個小壯丁？……免收你的看相錢。」

「老湯頭，這可不是亂唬的，你是真懂還是假懂？」王老實疑疑惑惑的只是眨眼。

「嗐，眼下沒功夫跟你講這些。」老湯推了他一把說：「咱們依計行事，你先去約她，我到公園溜躂，等著你就是啦。」

公園座落在市區，門前的小街很熱鬧，有冰果店，彈子房，各種吃食舖子，阿兵哥休假外出，和朋友約會，若不是在電影院附近，就是在公園了，說是看風景嘛，實在也沒啥風景好看，阿兵哥到東到西，什麼風景沒看過？而且他們也沒那種傍花依柳的心情，和老朋友見面，不外是看場電影，吃頓小館子，單獨出來，到撞球場戳上幾桿，到娼寮去掛個號，或者壓馬路，逛公園，有啥看啥，路邊擺象棋攤子的，四邊都會圍上一堆喜歡下棋的阿兵哥，這不單是在屏東，在哪兒都是一個樣兒。

比較起來，約會女友就不願在大街上擠，若不能去郊外，也只能選公園了，在樹蔭底下，草地上坐坐，一雙一對的，旁人也知趣，不會過來打擾，南台灣的天高高的，風軟軟的，加上彼此的情絲一黏，多少有點夢的味道。究竟是哪個長官半醉時說過：「革命就是浪漫」老湯早記不得是誰了，生是浪漫，死是浪漫，愛當然也要愛得熱火朝天，仔細想來，革命跟浪漫搞在一道，又彷彿真它娘有些道理。

按天時算，秋已經很老了，但逗上南台灣晴和的日子，草叢上仍可見到些戀花的蜂蝶，點綴般的追逐著，倒是年輕的阿兵哥們，顯出冒泡般的青春活力，尤其是穿著挺拔又長得帥氣的空軍，他們走著都有飛著的味道，這使老湯覺得非常舒服。為了要等王老實，他不敢逛得太遠，只在公園大門附近閒逛盪，約莫等有一頓飯的工夫，這才看到矮墩墩的王老實和那個小女人走了過來。

遠遠看過去，王老實像個香爐，那小女人卻像一支蠟燭台，一個矮胖另一個瘦高，香爐配燭台倒是相映成趣，王老實的那副德性自是不必看了，老湯把注意力全放在那小女人的身上。她留著一頭清湯掛麵式的長髮，扣掉高跟的木拖板鞋，也應該要比王老實高出一截兒，她身子扁平，穿在橘色的洋裝裡照樣看出一身排骨，兩隻半露的手臂，也細得像擀麵杖，算是毫無肉感只有骨感型的。

兩人再走近一點，老湯閃在一些張著篷的攤位後面，可以仔細的看清那小女生的神情和面貌，她生就一副瓜子臉，尖下巴，臉色有點蒼黃，兩眼沒什麼神采，但小鼻子倒是很堅挺，使她有兩分秀氣，但她走路的姿態有點僵硬，看不出半點扭動和飄搖，她算不得是天鵝，至少也是一隻黃鶴，和她一比，王老實只能算是癩蛤蟆，要是兩個配對的話，王老實半點也不委屈，人要公平水要流嘛，萬不能偏心硬貶低別人。

公園裡有很多對軍民搭配的情侶，在綠湖般的草地上倘佯，別的人有的相偎相倚扭麻花，有的黏成橡皮糖，有的手牽手有那麼一回事，只有王老實和那個，兩人各走各的，女的略微靠攏點兒，王老實就趕緊讓開。對這個，老湯看得很自然，一點也沒有責怪王老實的意思；本來嘛，像王老實那麼個在鄉角落裡長大的人，決沒有城裡人那麼開通大膽，他是山東葡萄——土氣特重，沒沾過一絲洋腥味，怎能跟那些出過國的飛將軍比呢。

兩人走在一起，靠不靠攏是另一碼事，只要雙方談得攏倒也好說，那兩個在前面走，你看東邊的樹，她望西邊的雲，老湯跟在後頭聽著，聽了好一晌，沒聽見兩人講一句話，真是兩隻沒開過口的悶葫蘆，老湯急的恨不得用擀麵棍敲打他們的腦袋。

又過了好一會，那女的先開口了。

「你要我來公園做唏咪？」

「沒唏咪，踢拖踢拖罷！」

「這也沒啥咪好踢拖！好多目宄看人，不好意思啦！」女的乾脆停下腳步，不肯再走了：「我阿爸講請你呷崩，你講沒陰，這嘛踢拖攏有陰。」

「妳老爸目宄可大，哇！怕怕。」王老實說：「妳不愛踢拖，就轉去呷冰果，有話慢慢講。」

在他們轉身之前，老湯閃開了，心裡嘀咕著：它娘的，王老實這種談戀愛，真是活受洋罪，把一鍋雞湯煮成沒滋沒味的白水，虧得他還會「暈」船！

在背後瞟著他們進了一家冰果店，找個靠牆的坐位坐下，女侍正問他們要點什麼？王老實要一客四果冰，女的要一客香蕉船，老湯就搶一步過來，一巴掌拍在王老實的肩膀上。

「哎呀，老實哥，我找你找的好苦，沒想到會在這兒遇上你呀！」老湯說著，瞟了那女的一眼，呵呵笑說：「原來你這頭老實驢也會偷麥子吃，怪不得把老朋友全給忘到瓜哇國去了？你還不替我介紹介紹。」

「啊，啊，這是當地香燭舖洪老闆的女兒，她叫洪瑞玉，人都叫她阿玉。」王老實結結巴巴的說。

「好！阿玉，好貴重的名字。」老湯說：「人常講，黃金好買，美玉難尋，偏叫你給揀著了。讓我來自我介紹罷，我姓湯，叫湯克範，老弟兄們都渾稱我叫『湯開飯』，因爲我是鳳山一個部隊的伙伕頭，專管『開飯呷崩』，我跟老實哥早先是一個部隊的，我們是要好的老朋友，今天難得遇上你們，吃冰果，吃飯，全歸我會賬！」

「這叫啥話！」王老實說：「哪有客人請主人的。」

「嗨，什麼主呀，客呀的。」老湯一擺手：「都坐下，我這老班長說了就算，賀你們倆

個成雙作對嘛！」

三個都坐下之後，老湯叫了一客西瓜，就一徑嘻嘻哈哈和阿玉交談起來，老湯的台語不是蓋的，他一向能言善道，說起話來又幽默詼諧，用不上三招兩式就把氣氛煽熱了，他講他當初怎樣學台語鬧的笑話，逗得阿玉笑得吱牙咧嘴，老湯把這個約會當成一盤象棋來下，他先胡扯八拉講些不著邊際的閒話，每當阿玉笑過之後，又套問一兩句彷彿漠不經心的家常，問她的家庭情況，家裡有些什麼人？香燭舖的生意怎麼樣嘍？這麼一鬆一緊的來回走上幾遭，對阿玉家庭的情況，已經像攤開巴掌看紋路一樣的清楚了。

阿玉笑歸笑，吃起冰果來卻半點也不含糊，一條堆什錦般的香蕉船，轉眼之間就化爲烏有，老湯勸她再點，阿玉也不客氣，她點了紅豆冰，吃完紅豆冰，再點木瓜、西瓜，第二條香蕉船，又加上檸檬汁、四果冰……幾乎把所有各種名目給吃遍，直吃得老湯暗自吐舌頭，這可是頭一回，他領略到原來女人吃冰果比他喝酒更有海量，真不知她看來平平的肚皮，怎麼能裝得下那麼多的水，而且沒跑過一次廁所！

噯呀媽媽弄的咚，韭菜炒大蔥，吃冰果是這麼個吃法，王老實就算有賣餿水的油水好賺，也吃不住她這麼氣吞河嶽的吃法，十萬家財恐怕也只有化成她襠下的「流水」呀！老湯偷偷捏捏自己的荷包，幸好自己這番是它娘「有備而來」，要不然，午飯請不起事小，自己真會當眾出醜——根本回不了鳳山啦！

老湯究竟不愧是老湯，哪能在這種小事上「馬失前蹄」?!他是「有始有終」把事給擺平了，中午在只有空軍軍官上得起的館子，吃了一餐不實不惠的午飯，卻再也不敢戀戰，趕快托詞「打道回廚」，逃過這一場「桃花」旁劫，回來之後還直抹胸口。

若依老湯的個性，很想把王老實找來，告訴他這門婚事最好告吹，人說：嫁漢嫁漢，穿衣吃飯，一個看來「弱不禁風」的女孩，竟然有這麼大的肚皮，就算把「穿衣」拋在一邊，單只吃飯，王老實就根本「抗不住」，甭說八年抗戰了，不到三年就能把他吃垮！

不過，在他猛喝了一瓶小高粱之後又轉了念頭，虧好阿玉她是洪家的獨生女，由香燭紙馬賺得的錢，可以舖得比三江五河還長，她老爸怎忍獨生女餓肚皮？自會作一些貼補，王老實既做了他家的女婿，老岳丈怎忍看他抹脖子或是上吊？這種事，不是他能管得的，那只好靠天緣罷！最後，他只能用「樂觀其成」的態度，去面對這種非常棘手的問題了。

世上究竟有沒有一個「亂點鴛鴦譜」的喬太守？老湯永也不想去弄明白，但老湯卻抱著一種「現實爲先」的看法：凡事不能寄望他人，總擔心王老實是「迷途」而不「知返」，對撮合這兩難的婚事，老湯自承他是以「事出意表」，又它娘「免受糾纏」，整整動了一夜的腦筋。

「我是它娘天生的勞碌命！」最後他長嘆了一口氣：「哪天不爲這些屌事窮忙，我大概就沒啥好活了！」

正如他所料，過不到兩個星期，王老實夥同掛毛兒就跑來找他了，王老實悶著沒開口，掛毛兒卻先氣呼呼的罵開了！

「我說湯頭兒，王老實這樁婚事，我看是要吹了！你知道，那洪家閨女爲啥咬住王老實嗎？他們家不是急著嫁女兒，是要招贅婿，倒它娘八輩子窮楣！」

「哎，皇帝不急，急死你這太監。」老湯說：「獨女招贅，不但是人之常情，而且立意太好，咱們北方不也是常見的嗎？王老實把頭生的兒子從洪姓，後來的子女仍從王姓，這麼一來，洪王兩宗就都有了後嗣，有哪樣不合情理，用得你罵？」

「問題不是出在招贅，」掛毛兒說：「是出在那份雞毛子『協議書』上頭。」

「協議書又怎麼啦?!」老湯不斷抓頭皮說。

「哪是協議書？」王老實這才開了口：「是要俺具結的保證書啦！」王老實來台後，好不容易才把土腔特重的俺字改成我，他一急就「忘我變俺」啦！

「慢慢較，慢慢較，」老湯說：「那保證書是怎麼寫的？」

「是他們寫好的，叫我簽字蓋手模，還要找兩個保證人，我迫不得已才來找你們。」王老實說：「這種保證書一棍打殺我我也不會簽的，比『賣身契』還慘啦！」

「嗐，你們兩個說了半天，根本沒幫上邊，弄的人一頭霧水，那保證書上頭，究竟說了些啥？害得你們兩個都這樣光火？」

「開頭兩句就不是『人』話，後頭的什麼條款，我就根本不要再聽了！」掛毛兒說：「你聽聽罷：具切結人王老實，茲因『祖宗無德，小子無能』，甘願入贅洪××門下爲婿……換是你老湯，你肯爲這事出賣祖宗嗎？」

「嗯，」老湯一聽這話，臉色就變得凝重起來：「這一招像它娘水滸傳裡的流犯進了軍門，還沒發監就先打一百殺威棍，當做見面禮，太挫辱人了！就算那小娘們花心有糖，我也不願當蜜蜂去採啊！」

「說得是！」王老實說：「若單講『小子無能』，我也沒話好說，我本來就是沒什麼大出息的人，但總能自食其力，不會靠吃軟飯過日子，但『祖宗無德』這四個字，我斷斷不能接受的。」

「好，下面的條款又怎麼說的？」老湯說。

「下面有好些條，頭一條，是所有洪家財產，日後都歸在阿玉的名下，留給姓洪的繼子承受，王姓不得染指。第二條，是頭生男孩必須過繼洪家，遵洪姓，第三條，是贅婿必須遵守洪家門規，爲奴爲婢，刻苦耐勞，否則依門規處置不得異議，第五條，是凡出遠門經商作賈，必須先徵求洪家同意，還有……」

「還有個屁！」掛毛兒跳起來，指著王老實的鼻子罵說：「你要簽了這個，咱們就沒有你這個朋友；當年咱們勸你換裝入伍，當兵吃糧，是指望你做個漢子的，你也飄洋過海，打過不少仗了，難道要爲一個騷物娘們遞上降書，獻上降表，讓它娘三莖陰毛把你活活吊死?!」

「嗨，你急個什麼屌態勁兒?」老湯說：「人說：沒下牌桌不算輸，判了死刑還准人上訴呢！何況那一張破紙頭上寫的一些屁話，咱們開談判，討價還價去改嘛！天掉下來也砸不死人，這是它娘的『愛情作戰』咧！」

「這種一塌糊塗的仗，該怎麼打法?」掛毛兒說：「這可不像你打老鼠那麼簡單。」

「我沒說簡單吶。」老湯說：「在台灣，有獨生女要招贅的，決不只屏東洪家香燭舖，是不是呢?他們這種招贅的文書，根本是前朝前代的老文酸寫的，可說是：老太婆的棉被——『蓋有年矣』！我老湯不通文墨，但咱們部隊裡多的是高人，這事包在我身上，決不讓老實哥受一點委屈就是了！」

胸脯只消一拍，麻煩立即上身，老湯也心知肚明，他的勞碌命就是這麼惹來的，他能去找誰呢?他先去找李副指揮官，把這件麻煩事攤開，問他該怎麼辦?

「這種民間的法律事務，老實說我也不懂。」李副座說：「你準備點酒菜，我約軍法官來跟你聊聊，軍法跟民法雖有不同，但軍民糾紛事務，他們總有些處理經驗，再說，軍方和民間的法界人士多有來往，也可以轉問一問。按常理說呢，這『祖宗無德』、『爲奴作婢』，實在都是羞辱人的詞句，擱在現時，根本站不住腳的。」

「好罷！」老湯嘆口氣：「我它娘也算『小子無能』上陣，只好找人幫襯了！」

李副座對老湯拜託的事真是熱心熱腸，替他找來德高望重的曹老軍法官，曹老法官一嚐老湯親手做的菜，真是自願連降九級，和老湯交個終身朋友。

「說句老實話，我走南到北，可說是吃遍五大菜系，沒有哪家大館子的滋味，有你的菜那麼好的，你日後若是退了伍，『致美齋』和『厚德福』你都是頭把刀的料。」

「嗨呀，老法官大人，您饒了我罷！」老湯笑說：「上回害得全群部吃了我伙房的『老鼠粥』，雖說我請假不在，若是認真追究，只怕我早被送軍法，等您判決啦。」

「我判你為『超級大廚』，」老法官說：「前有譚廚，後有湯廚，都該是『御』字號的人物。」

「我跟譚廚怎能比，山珍海味我連見都沒見過，我只是開小館的粗胚子罷了！來，我敬老法官一盅！」

三杯落肚，談起正事，老法官說：

「你為朋友兩脅插刀，實在夠義氣，許多事，李副座都已跟我說過了，台灣的民間習俗一向很保守，這也怪不得他們，咱們民國以來的法律，認真說來只是急就章，大雜燴，粗疏浮陋的地方太多，民國以來，內外交煎，戰爭不斷，那些法條，該修的沒修，該改的沒改，太多應增補的沒能增補，什麼永樂法典、大清律，什麼大陸法系、海洋法系，都拉扯進來混

絞在一起，你說的贅婿切結，就是前朝老掉牙的玩意，約定成俗，比照辦理，一拖就是幾百年，老實講，咱們部隊裡愛上當地獨生女招贅的，那王老實並不是頭一宗，只要男方女方兩廂情願，文字是儘可以改的。」

「老法官講的，你可都聽懂了?」李副座問老湯說。

「我哪懂那多?」老湯說：「我只懂能改，能改就好啊!」

「你先找你那朋友，把『祖宗無德』的老文書弄的來，讓老法官過過目，再看怎麼個改法。」李副座說：「就是要開談判麼，也得要有個底子才好談嘛。」

「這些文墨事，我是一竅不通。」老湯說：「全仰仗兩位高人幫襯啦。」

爲這事，老湯兩次去屏東，總算把招贅契約弄來，交給了李副座，李副座和老法官一再斟酌研究，最後修改成一種新的版本，開頭是：「祖宗有德，未蔭子孫，小子無能，卻知勤勉，今願入贅洪家，與瑞玉小姐永結鸞儔，入門後，自當以女家爲家，對尊長克盡孝道，與妻室相敬如賓。」把原本的「無德」，改成「有德未蔭」，把原本的「無能」，用「勤勉」相輔，真算是妙文；至於下面條文，把什麼爲奴爲僕，也改成自願操勞家務，不謀洪家產業；至於經商貿易遠離家門須經洪家同意，則一字沒改。

老湯問起原因?老法官笑說：

「經商貿易是私人事務，可沒說是出征調防，這是公務，洪家壓根兒管不著，改它做什麼？你不妨就拿這個版本，跟香燭舖的洪老頭去談談：他要肯就肯，不肯就算了，豬八戒還能入贅高老莊呢！我不信你那朋友找不到好對象。」

「老法官說的沒錯，」李副座說：「你愈是不在乎，他愈拿不起翹來！你不是當事人，自然好說話嘛。」

「就是啊！」老湯說：「對這種雞雞歪歪的事，應該來個快刀斬亂麻，儘快把它了結掉，誰有精神爲它窮耗?!下個星期天，我就去屏東，磨光那老傢伙的頭皮。」

老湯辦事，可真半點不含糊，他先去找王老實，打聽那洪老頭生性脾氣，平素喜歡什麼？當他曉得洪老頭喜歡喝酒時，他就已經胸有成竹，估量這場談判他已經勝券在握，沒啥好顧忌了。談判前兩天，他就讓王老頭通知瑞玉，他自己先下廚，把菜肴做好，又買妥一打小高粱做送禮之用，另加半打留著當場喝，他借用了李副指揮官的吉普車，帶了駕駛小張和掛毛兒，開車直放屏東，接了王老實就去香燭舖，會見了那個洪老頭。

論年紀，那老傢伙並老不到哪兒去，也不過五十出頭，但他小頭細脖子，彎腰駝背的像一隻被冷雨淋濕的病雞，還留著兩撇三叔公式的細鬍子，而他的老婆卻是隻肥白的油淋雞，只是鬆軟邋遢了一些。

「阿伯，伯母兩位好。」老湯說：「我是老實的老長官，今天帶他來談入贅的事情。我姓湯，這是我的部下掛毛兒和小張，我曉得老伯愛喝幾盅，所以先奉一打酒做見面禮，又特意準備了一桌菜，就在家裡擺酒，老伯要是有什麼客人，儘管請的來，當面把入贅書簽妥。我保證老實將來一定是個好女婿，您打著燈籠也找不到的。」他說著，便吩咐小張把酒菜取出來，擺滿了半個櫃台，包紮妥當的一打小高粱，拎著送到老洪的手裡。

老洪不懂得軍中階級高低，只見老湯是坐著吉普車來的，又備了豐盛的酒菜，又送了這般厚禮，當時就叫老婆泡茶待客，準備擦抹桌椅，等到菜肴放列出來，老洪嚇得連放三個響屁！

台灣當時辦桌，即算是最盛大的拜拜，菜肴也沒有那麼豐盛，十六樣菜肴，至少有一半他根本都不認得，他沒想到，縮頭矮個子王老實會有這樣體面大方的「長官」，替他出頭理事，他原本趾高氣揚的氣勢，立刻就弱了三分。

洪太太泡好茶，老湯大模大樣的入座，催他去請必要的客人，老洪說：

「也沒啥米郎啦，入贅書是瑞玉表舅託人寫來的，寫書狀的蔡叔就住這條街啦，我這就叫他們來，陪大家一起呷酒都好。」

正午開的席，老湯先不談正事，一味敬酒勸酒，等那個簡表舅、蔡老爹喝到捲舌搖晃，老湯便掏出他的新版本，對他們說：

「我對入贅書研究過啦，有些詞句太古板，需得改上一改，我請法官過目，稍爲改了改，其實，意思是差不多啦，只是說得好聽一點，你們同意呢，就簽，不同意呢，就算！你女兒看中老實，可是事實啊，再拖下去，未必是好，這是改過的文書，你們看看，成與不成，你們決定，我老湯決計不來第二回了！」

新版本攤開，那表舅沒有話講；倒是老蔡，搖頭晃腦的唸了又念，最後他說：

「新改的，有新學問，其實沒錯，只不過話說得略為好聽一點，主要的是洪家財產他不分，頭生男孩一定姓洪，男方都肯答應，我覺得可以簽啦！」

「你說可以啊？」老洪說。

「沒錯，我講可以啦！」老蔡說：「對方保證各條，攏總沒改動，只是寫法跟老古人不一樣。」

「好，就照這個簽罷。」洪老頭說。

「慢點慢點。」老湯靈機一動的摸摸腦袋：「依洪老伯這種年紀，洪伯母的身體，你們再生個男孩，也並非不可能，這契約尾巴應該加上一條：如果阿玉有了弟弟，這入贅書就應作廢，你們看如何呢？」

老湯石破天驚的來上這麼一招，把洪老頭夫妻倆都問呆了，他們彼此互看一眼，又禁不住的笑了起來。

「我講，湯先生你真會問啦，我們生了瑞玉之後，二十多年就沒見動靜，那有可能再生？」

「都對嘛！」洪太太說：「我們也到處求神拜廟，大把燒香，希望生個男孩，可就是不靈驗，要真是有了男孩，瑞玉自當出嫁，哪還要招贅呢?!」

「求人不如求自己啦，」老湯說：「我看，把這一條列上，討個好采頭，說不定很快就會得孕，當真生個男孩下來，接下這間香火舖，那時候，豈不是皆大歡喜嗎？」

老湯說起話來，就像他做菜一個樣，總是摸得準對方的口味，要香的就香，要甜的就甜，輕輕一句「好采頭」，把老洪夫妻倆弄的見牙不見眼，哪有不願意的?於是乎，在契約書上加了一條：「如洪家爾後一舉得男，繼承家業，贅婿所簽各條得以廢除，准其獨立另立門戶。」

這個契約書，除雙方當事人，蔡老頭和老湯都作了見證，辦完事，告辭出來，老湯要小張把吉普開到一家冰果店，大夥坐下來談談，他對王老實說：

「好啦，這事我辦得漂亮不漂亮？」

「沒得話講，」王老實：「全靠你大力成全。」

「老實哥沒得說，我可有得說。」掛毛兒說：「入贅就入贅了罷，你幹嘛又臨時起意，畫蛇添足來那麼一條?你是在戲弄洪老頭嘛!你沒瞧他精瘦乾癟的樣子，腰駝得像蝦米，還能播得下種嗎？」

「嘿，掛毛兒，我說你欠學你就是欠學，甭它娘不服氣。」老湯說：「在台灣這種暖和洋洋的地方，花繁葉茂，在大陸不孕的那些太太，到這兒沒幾年，一個個都挺起大肚皮，滿街搖晃啦。協和路上有個太太，來了三年就生了三胎，像它娘連號的鈔票，叫什麼台龍、台鳳、台生，這不就是個例子嗎？」

「噯，話不是這麼講啊！」掛毛兒說：「阿玉她媽田地再肥，洪老頭播不下種也是空的。」

「笑話了，」老湯說：「你憑哪點看扁洪老頭，那種乾瘦蝦米腰的男人，莫講他只五十出頭，就算年過七十，照樣能生下大頭寶寶，我只消把滅老鼠用的『陰陽蝦』送他一大包，我敢保證他會得子，精力發旺了，再辛勤耕地，哪會沒收成？你敢跟我打賭嗎？」

「我沒什麼好跟你賭的，」掛毛兒說：「我就是不相信，你能拿我怎樣？」

「你是存心嘔我。」老湯說：「那只好等事實來應證了！其實，我加這一條，是替老實哥預留一條退路，萬一洪家得子，老實哥幹嘛要留在洪家一輩子？加上這條，好歹也有個巴望，不是嗎？」

「嘿嘿，」司機小張說：「湯頭兒，你日後退伍，乾脆就開個店鋪，專賣『陰陽蝦』算了，包管台灣人口大爆炸，你老人家也會大發利市。」

嘻嘻哈哈的吃完冰果，開車回鳳山時，老湯特別交代王老實，下個星期天，不要忘記去鳳山取回陰陽蝦，這對洪老頭有莫大的用處，他說：

「老哥，俗說：中不中，猛一衝，我可是爲你盡了全力，你日後會不會多出個小舅子來，真箇是：烏龜爬門檻——就看這一番（翻）啦。」

老湯替老袍澤辦事，不單卯足勁，而且無怨無悔，這些事經過李副指揮官一傳揚，軍團很多單位的官兵都知道了，許多人都很感動，認爲老湯真是古道熱腸的人物，不過，老湯並不承認他有什麼好，他說：

「這全是胡扯蛋的事兒，我真正關心的，只是老單位那少數幾個人頭，很多不熟識的，我想管也管不了那多，很多我沒遇上的事，我也懶得去過問，誰願吃飽飯撐的慌，沒事去找事幹?!」

若說老湯故作謙虛，那可就褲襠放屁——弄到兩岔去了，他不懂得謙虛，只曉得實話實說，正因爲這樣，軍團裡的許多年輕軍官都樂意來找他，和他在一起吃喝論交情。其中有些軍官原是貨真價實的大學生，有些除了會玩槍，還會耍筆桿子，文文雅雅的，多少帶點兒騷人墨客的氣習，李副指揮官笑話他們，說他們是一群「不務正業」的「軍中作家」，他們喜歡舞文弄墨，高談闊論，上起班來像條蟲，下班之後變條龍，但這些人除了比較聰明調皮之外，都沒有什麼大過錯。老實講，在革命行列裡講究一點浪漫，在普遍嚴肅刻板的軍中生活裡面，有了他們的調劑，可真是生色不少。

這些原被老湯看作「小雞娃子」的軍官們，大都是流亡學生被編入伍的，談不上有啥戰鬥經驗，但他們懂得許多老湯根本不懂的東西，他們對老湯這個老士官異常的尊敬，有人叫他湯公，有人稱他湯老，有人更戲稱他是「湯子」，老湯搞不懂，反問他們說：

「你們這些小雞娃子，為啥把一個老湯，弄出這許多狗屁不通的名目來?!」

「有何不通，請湯頭多多指教。」一個叫周鐵梅的軍官說，他戴著一付深度的近視眼鏡，說話老是伸著頸子望人，若不這樣，他就看不清人臉，另一個朱中尉稱他為詩人，他到底寫些啥詩，老湯根本沒見識過。

「我說不通就是不通，」老湯說：「我老湯本來就是『公』的，難道叫『湯母』不成，把男女搞成公母，至少是不雅嘛。叫我湯老，更不倫不類，我分明不老也被你們叫老掉了。叫我『湯子』啥意思?我是誰的『子』呀?」

「不是啦，」朱中尉說：「講公講老，都是尊稱，至於稱你為『子』，是咱們把你看成『今日聖人』，你沒聽過老子、莊子、孔子、孟子嗎?你日後留名，湯子可也算是一子呢！」

「我的蒼天、菩薩、老娘親，你們這個玩笑可開不得，這會損我陽壽的，」老湯說：「朝後只准叫我老湯，不准舌頭翻花，我還想多活幾年呢。」

「好啦，」四眼田雞的詩人說：「那咱們不分什麼湯頭、湯尾的，一湯到底罷。」

結果他們當著老湯的面，都直呼老湯，但在背地裡，照稱湯公湯老不誤，而且朱中尉還寫了一篇文章，叫「湯子別傳」呢。

這一年原本是「反攻年」，但在柳營裡面卻成了「戀愛年」，許多鐵馬輕裘的小軍官，都學會了吹口哨，從貝多芬吹到流行曲，有些敢於「冒險犯難」的，已經填報了結婚申請表，準備印紅帖子了。

李副指揮官來找老湯，跟他商議，說群裡有三個軍官業已找妥對象，準備在開春後成家，由於這些傢伙都是窮光蛋，沒錢籌備婚禮，結婚打算用公證方式，請客打算就在群部飯廳，辦喜宴的事，委託老湯代辦，當然伙房拿個大紅包是應該的，自己辦，總是省錢嘛。

「好啊！」老湯說：「我家裡有老婆，沒有結婚的命了，但替同事辦喜宴，沾沾旁人的喜氣，也是好事，您只消叫他們開列菜單出來，我去估估價，包管比館子裡的菜做得豐厚，而且用不到一半的價錢，至於紅包大可不必，咱們吃白吃不必上禮金，已經有賺頭啦！時間還早，開了春再說罷。」

老實說，老湯對旁人正經八拉的談戀愛，成婚，都很樂見，但對有些人發燒發的暈頭，卻有些看不習慣，不論你在軍隊裡是梅花還是槓槓，你畢竟只是吃大鍋飯的流浪漢，論私產，人人都它娘上無片瓦，下無立錐，能找上個溫厚單純的寶島姑娘，跟你築個小窩，一起吃苦過日子，業已算是一等一的，有些人偏愛騷狂，一見到略具姿色的姑娘就口角流涎、兩眼發亮，更有些好事的，用個筆記本把附近城鎮的漂亮小姐都編上號，好像他們是選美會的委員，無怪人說：當兵三年，老母豬賽過貂蟬。

他聽人口沫橫飛的說起：一號是三角窗冰果店的，二號是菜場的豆腐西施，三號是電信局的接線生小李，五號是戲院邊賣獎券的小洪，六號是某某理髮所的阿惠，七號是戲院的售票小姐小洪，八號是露天歌所的新歌手小美……另外還有好幾十號，包括了書局、醫院、電料行、西藥房……各類行業裡的妞兒，有人把這些傢伙命名為「泡妞派」，但老湯卻另有看法，他說：

「算啥『泡妞派』？說得美呀！他們只是兩眼吃冰淇淋——過過乾癮，連邊都幫不上，泡個屁喲！」

「不是『泡妞派』，那他們算啥？」

「狂蜂浪蝶，一堆臭狗屎罷。」老湯說：「你發騷不要緊，花錢去出溜出溜不就消火了?!若說談戀愛，你就得找個中意的，彼此情願，一本正經的去談，像沒頭蒼蠅一樣的亂飛亂撞，還以為自己是風流才子，去它娘的蛋！」

就算老湯被那些「軍中作家」奉為湯子，他的「湯子曰」顯然沒人聽得進耳，在台灣各地，到了及婚年齡的阿兵哥們，仍然是狂蜂照飛，浪蝶照舞，一時之間，真箇是「無邊春色罩柳營」，只要沒出現「違法亂紀」的案例，這種事並不列入「考核」，也就是說，誰也管

不著。

在這種情況之下，「反攻大陸」便成爲留駐外島第一線弟兄們的專業，比較倒楣的海軍有時候還得冒險配合，空軍在必要時扔些糧彈，來點兒「嚇阻」，而駐留本島的陸軍，雖說「整編」、「整訓」並不輕鬆，但沒仗可打確是不爭的事實，紅帖子滿天飛，把聯勤總司令推到補給第一線，不結婚，養一個，結了婚，養兩個，生了孩子，養三個，聯勤的作業看法，正好和「湯子」相反——那些「狂蜂浪蝶」一時之間不會增加「眷口」預算，一本正經踏上紅毯，才是現實上的大麻煩呢。

在這一年裡，老湯也約略知道，仗還是在前方打著，浙江、福建、廣東沿海的許多島嶼仍還在國軍手裡，究竟是哪些部隊在那兒吃苦？決不是他一個伙伕班長能知道的，若說勞逸不平均也是人各有命。大老美的顧問團來了之後，作爲後方的本島暫時不會有戰事，社會人心也都寬了下來，可是老湯不能安靜，一閒下來就會覺得飄飄蕩蕩，渺渺茫茫，老家的平坦沙路，搖成一片雪海的蘆花，經常出現在夢裡，湯回那個小不點，不知長有多高了？平臉塌鼻的女人，拉拔著一個沒見過爹的孩子，日子倒是怎麼個過法？一想著這些，眼淚就會打鼻孔裡滴下來。

在前方守島的那些弟兄，其中一定有不少老單位的夥伴，編散之後就再也沒連絡過，生死存亡都成了謎，甭看東南這個角落不大，分散了的老夥友想再聚可真不容易，若說人人頭上一塊天，自己頭上這塊天實在也太小了。

自己猛喝悶酒和別人騷狂，其實都是一回事兒，現實既像一張彌天蓋地的大網，無法逃遁，只好找找樂子排遣排遣，好讓自己活得略爲舒坦點兒，中國這場仗，也許要打一輩子，有些人想成家，團個熱窩窩，倒是很實在的好事，海的兩岸都一樣，邊打邊生兒子，百年之後，中國還是個中國，李副座要他代辦喜宴，他很樂意接手，打仗歸打仗，總是打不走春天的，怨不得連妓女戶都叫「滿園春」呢。

卷之六・將軍夢斷

那年的冬末，老湯接到老長官方上校的信，說是老長官羅將軍病逝，並寄來了訃聞，老湯傷心得一整天沒吃飯，光是灌酒。羅將軍眷屬沒來台，若說他有親人，就是全師的官兵，到他靈前叩個頭，這是理之當然的，他必須在將軍出殯之前趕到台北，幫助幾位長官料理將軍的後事。

他把這事向李副指揮官報告，說他一定要請假，李副座說：

「這還用說嗎？假條我替你寫，我自己批准，來回快車票，我負責送給你，這夠意思罷？」

「我離開伙房，也保證你們不再吃『老鼠粥』。」老湯說：「若再有這種事，你可以連降我三級，——我寧願再幹上等兵。」

老湯上火車奔赴台北，心裡充滿悲傷也充滿感激，羅將軍帶領這許多部屬來台，他老人家病歿了，全師能有幾個人接到訃聞呢？掛毛兒和王老實想必都還不知道，時間很緊迫，他也沒法子通知他們了。一個伙伕頭能跟師長和各團長結上這份緣，可不是容易的事，雖說南北相隔，不能經常見面，但在心理上，就好像有幾個長輩在台灣，使人不至於感覺那麼孤單。

真實說來，師長和團長們，都算是有學問的人，真是見多識廣，他們懂得的，自己多半不懂，彼此很熱乎，完全是老情分，感覺上還有什麼情感比共死同生更真摯呢?!老湯在車上一直對車窗外旋轉的原野發呆，他很想大哭一場，但這幾年來，他的兩眼早就乾涸了，有淚也只能從鼻孔朝下滴上幾滴。

到了台北，還是匡醫官來接他，拉他出站，招呼一輛黃包車到螢橋那邊羅將軍生前的住處去。老湯記得這間克難房子初蓋不久，他曾來過一趟，也不過兩年的辰光，房子就破損了，裡面有多處風痕雨跡，還有一股霉濕的味道。但這屋子裡，擠了六七個人，老團長劉上校、老營長方上校也都在座，大家圍著一張方桌在忙碌著。

老湯進門，就立正行了個軍禮喊說：

「報告各位長官，湯克範前來報到！」

「不必再拘禮，」老劉團長站起來拍拍他的肩膀說：「這一路辛苦你了。」

「本來不想再煩勞你的。」方上校說：「老師長臨終前，還一直念叨著你，所以我才寄信去，請你來一趟。羅夫人在香港中風癱瘓，不能親自前來奔喪，他的子女留在大陸，只有一位堂姪羅文友先生，明天會趕到基隆港，他的後事，只好由部下權作處理。老師長有交

代，他作為一個軍人，沒能死在抗日戰場上，業已愧對死難弟兄，後來拖進內戰，又喪師失地，帶著殘部出來，根本無功可表，他死後，一切從簡，最好火葬寄骨，等有一天，能把骨灰帶回老家入土，那就是他最大的願望了！」

「老師長對他的遺物也有交代，」匡醫官說：「其實他的遺物不多，大部是他的書信、一些書籍和他的字畫之類，他的帳戶裡存有少數的錢，他要我們把錢匯去香港給他的夫人，書信文件，包括日記和文章略加整理，交由方上校保管著，日後能有機會，就交給他的後代。」

「甭楞站著，坐下說話。」劉團長說：「再有兩天就要出殯，先檢討一下辦理的情形，整理遺物的事，放在下一步研究。」

冷風從門縫鑽來，把光頭電燈泡吹得搖搖晃晃的，有人在摺放各地寄送來的輓聯輓幛，那些白布也被風絞得飛舞起來。趁著方上校站起身說明處理後事的情形時，老湯放眼溜溜在場的人，被派到前線島上去的陳團長沒來，老號兵李有吉卻來了，還跟他點頭打招呼；匡醫官的夥伴宋醫官、老師長的副官黃上尉、師部傳令兵王衡也都在座，他們都在摺著紙箔。

「一切都包給極樂殯儀館辦的，」方上校說：「租個小廳開弔，費用還沒付，總之，火葬費用極省，不需棺木和墓地以及建墓等項開支，骨灰罈取得之後，就只有寄靈的費用了。」

「於今局勢粗定，一切講克難，這些都是遵照老師長遺願辦的，當然沒問題。」劉老團長說：「這一切喪葬費用，不能從老長官那點存款裡挪用，要是數目不大，可以歸我全部墊付，老長官留下的那點錢，加上祭弔的禮金，結清後一次匯去香港，癱瘓的羅夫人也需得錢用。」

「劉公這般講義氣，我們也不能不盡點心。」宋醫官說：「大家各憑能力湊上一些，我們也比較安心啦！」

「宋醫官說得極是。」方上校說：「我想，大夥兒的心意是一致的，咱們也不能讓劉公墊出太多的錢。我們按各人薪餉所得，各捐半個月的餉，費用就足夠了。遠道來的弟兄，總得管管飯食罷。」

「也好。」劉老團長說：「那就這麼定了罷。」

大家忙到夜晚八九點鐘，匡醫官說妥一家小館子送了宵夜來，匆匆忙忙填飽肚子，有幾位長官要趕回營區去，方上校已經借來些軍毯，老湯，李有吉，王衡幾個，就留在當地打了通鋪，寒風在屋簷口打著哨子，盆地的冬天有些冷濕的味道，三個人都很累，可卻都睡不著，老湯心裡空茫茫的，有一些抓不著的、混亂的愁緒，他想說些什麼，李有吉卻先說話了。

「人都是賤皮子，你說是麼?老湯頭。」

「你怎麼沒頭沒腦的？說啥來著？」

「我說當年咱們在東北，零下三十多度，凍得死人的日子，咱們也不就裹著大衣，睡在壕溝裡?!那時也沒覺怎麼地，如今蓋著大老美的軍毯，還覺得脊背涼溜溜的，不是賤皮子嗎？」

「敢情咱們都慢慢朝老字上走了！」老湯說。

「是啊，」王衡也搭上了腔：「本島的日子流水過，兩三年溜走了不覺著，韓戰從開打到互相拉鋸，如今都已經收攤子了，咱們前線也在拉鋸，老共零敲麥芽糖，拿走不少小島去，咱們也打了南日島和東山島，雙方都死傷不少人吶。你們還能挺著幹，我因爲鬧嚴重風濕症，已經先退下來啦。」

「退下來幹啥呢？」老湯說。

「說起來不好意思，我在桃園大楠開狗肉店。」

「生意怎麼樣？」李有吉說。

「倒是挺旺的，」王衡說：「老師長發病前也去過，給了我一些本錢，還親筆寫了付對聯送給我，若說生意興旺，那付對聯至少有一半功勞哩！」

「說得好鮮，那付對聯是怎麼個寫法？」老湯問說。

「啊，上聯是：『濟公和尚天天來作客』，下聯是：『樊噲將軍夜夜必光臨』。」

「哇，兩個都是最愛吃狗肉的。」李有吉說。

「還有橫披更妙啦，」王衡說：「是『且掛羊頭』四個字，我真的用木頭雕了個羊頭掛在門口，橫披和對聯，根本找不出一個『狗』字，但各營區的官兵弟兄都曉得我是賣什麼的。老師長的文采，沒人不誇的，儘管那只是遊戲筆墨，卻幫了我大忙，如今他老人家走了，我已經把他的墨寶框裱起來，永遠留做紀念。老將軍的心地好，能這樣關心一個小傳令兵，我一想到就要哭……。」

「人走了，哭也哭不回來的，」老湯說：「大家既都睡不著，不如起來喝喝小酒。」

「你少神經，半夜三更的哪來酒喝？」李有吉說：「再說，外頭已經戒嚴了。」

「關外頭什麼事？」老湯說：「跟我在一道，能沒有酒給你們喝嗎?!」

他一面說著，爬起來扭亮燈，從拿當枕頭使的帆布包裡掏出兩瓶小高粱，幾個冷饅頭和大包切好的滷菜，好在吃宵夜的杯盤碗盞都沒收走，三個傢伙便就地喝將起來。老湯把在南部的王老實和掛毛兒的情況，跟李有吉詳細說了，李有吉也把跟他有聯絡的小楊、小史等人的情況跟老湯講了。那兩個原本是跟老湯幹伙伕的，如今小楊在馬祖，小史在金門。小史還在七月裡隨隊打過東山島，被打掉了半個耳朵，還是活著回來了。

「他們還有仗打，咱們只是乾耗。」老湯笑得有點沙啞：「離開戰場越久，回想當年在戰場的日子，就像是一場黑沉沉的噩夢！」

「算來還是我最糟。」王衡說：「人家狗肉將軍樊噲是先殺狗後從軍，我它娘全倒過來，先從軍，後殺狗，他是越混越大，我是越混越小，你們想想，我還有什麼混頭？除了賺幾文錢糊口，沒什麼好玩的了！」

「嗨，大哥別說二哥，大夥都是差不多！」李有吉說：「無拘官大官小，敗戰不死，耗在這島上，都算是賴活，創不開局面，誰都沒啥意思。來罷，喝酒喝酒！」

老湯明白李有吉講的是實話，俗話說：人上一百，形形色色，這句話拿來比一比國軍的將領和部隊，也是八九不離十，在國軍眾多的將領裡面，有一些在抗日戰爭當中驍勇善戰，表現得非常出色，一到戡亂戰場上就變了樣兒。有一些真的是優秀的將才，無論什麼樣艱苦的仗都能打，可惜這類的將領十有八九都已捐軀了，留下來的寥寥無幾。有很多是頭腦冬烘，不學無術，根本不能適應現代戰爭，全靠一路鬼混晉升而上。要他們自己承認是「賴活」，那比登天還難。來到台灣之後，國防部也擬妥計劃，左整編，右整編，不斷淘汰冗雜人員，但拿高薪沒事幹的高階人員仍然一大堆，寫寫意意的賴活著，弄成「將軍賤如狗，多的滿街走」，誰能攀得上「中央直系」，誰就有重新任用的希望。對官是如此優容，對兵就沒有那麼寬待了，自從建立各級管區，有了充員入伍，汰換老弱就加緊進行，一部分轉到警備單位去守橋樑，守海防，一部分轉到聯勤單位去服雜役，一些傷病不堪任用的就逕准離職，一般老兵，究竟能在野戰部隊留上多久，誰也不敢斷定，「以軍作家」，也只是在口頭上說說，有幾個人認真相信的？老湯堅信：像羅將軍這樣的帶兵官的猝逝，實在是國家很大的損失，如果讓時間這麼耗下去，耗到師老兵疲，那又將是什麼樣的光景？

酒在盞裡搖晃著，那就仰脖子喝罷！醒著又能怎樣呢？他經過台北街頭，到處是反攻的標語，坐著新型吉普的大老美得意洋洋的飛馳著，不禁使他懷疑，咱們這個國，非得靠大老美的保護就不能穩得住麼？

心裡這些嚕嚕切切的浪花水沫，老湯並沒有跟李有吉和王衡說出來，他曉得他們三個，只是三隻沒頭蒼蠅，在一張看不見的大蜘蛛網裡亂飛亂撞，誰也掌握不住下一時刻的命運，除了喝酒，還是少說爲妙。

他不說，李有吉的話可是越講越多。

「噯，老湯頭，你是累了？還是怎麼地？平素咱們喝酒，就數你的話最多，今晚你怎麼一直喝悶酒？」

「沒什麼好講的，」老湯悶悶的說：「老長官死了。咱們今夜睡在他的空屋子裡，心裡不打一處反潮，真是難過透了！」

「既然這樣，那就早點睡罷。」王衡說：「明天一早，長官們就會過來整理老師長的遺物，咱們沒有懶覺可睡，等人家進門，咱們還躺著總不像話。」

李有吉收拾了殘酒剩菜，老湯捻熄了電燈，重新倒下身子再睡。說起來也怪得慌，早先在戰場上，槍炮打得乒乓響，倒下頭來也能照睡不誤，如今裹著兩層毛毯，居然翻來覆去的睡不著，腦袋瓜子胡思亂想，像掛下千萬條蛛絲，揮也揮不開。人這一輩子，好歹也只有幾十年光景，好活歹活都只在熬這一口氣，哪天一口氣不來，也就挺屍翹毛了。當年在血肉橫飛的戰場上，應算距離死亡最近，人在屍堆上踩過，可也從沒想過這些問題，如今想來，麻麻木木的衝殺，不知不覺的中鉛丸或是挨炮彈死掉，還算是有福氣的，有些過氣的敗戰將軍，不死不活的在半空裡吊著等老、等死，那才真不是滋味呢！至於像自己這號當老丘八的，無所謂有什麼樣的大志業可言，大命運大環境也都不是掌握在自己手裡，只好像鞭抽的陀螺跟著打轉，比較起來，老師長死在這個時刻，雖沒能「死得其所」，也總算「死得其時」，自己不應該再為老長官難過了。

這樣一轉念，他才朦朦朧朧的迷頓了一會兒。

二天一早，匡醫官先到，方上校也開了吉普車來了，劉團長路遠，來得晚些，沒見宋醫官和黃上尉，匡醫官說他們兩個到基隆接老師長的姪兒去了。

「老師長的遺物不多，」劉老團長說：「就是房裡百十本老書，最重要的是他一箱信札、一大疊詩稿、文稿和厚厚幾大本題名為『征程手記』的筆記，這些詩文和筆記，也是他最看重的東西，我們要先把它分別整理，日後用油印多留幾份副本，由我們分開來保存，再把原本寄到羅夫人那邊去，如果有機會出版紀念文集，這些資料是少不了的。」

「油印的事，我可以找人幫忙來辦。」方上校說：「詩文稿和信札，由我和匡醫官分別帶回去整理，白天事務忙碌，我們可利用晚上的時間，儘快把它整理妥當，老匡，我們這就動手來分類裝箱罷！」

「有需得咱們三個幫忙的，長官儘管吩咐。」老湯說：「文墨事，咱們老粗插不上手，跑腿打雜，扛扛箱子，咱們行啊！」

「白天還沒你們的事，有吉可以帶你出去走走，」方上校說：「老湯難得上來，你們趁機會多敘敘，下午六點之前回來，一道吃晚飯搬東西。」

三人敬了禮出來，在棚屋如海的克難街上閒逛著。在這條沿著河堤外側窪地迤邐的小街，簡直就是很大的難民營，各個不同省區、不同行業的人都擠在這兒，看起來比南部的棚屋區更簡陋粗糙，有些屋頂竟然是用罐頭皮拼成的，餅乾罐，奶粉罐，美軍的食物罐，花花綠綠，像一塊雜亂污髒的花布，至少它還是個擋雨遮風的屋頂，要比在狼狽奔逃的浪途上好得多了。

羅將軍窩在這種地方年把年，定會有許多感觸罷?!

「湯頭，」李有吉說：「要到遠處走走，就到那邊街口招呼兩輛黃包車。」

「我看免了。」老湯說：「你看，天色陰陰的，黑雲低低的壓在人頭頂上，就快要下雨啦！咱們最好找一家克難茶座，泡壺熱茶，弄份早點吃吃，中晌就在附近小館吃頓飯，傍晚早點兒回去幫忙打雜去。」

「也好，」王衡說：「學校後面有個茶座，羅將軍也常去那邊坐坐，茶座的主人聽說是在大陸南方某個大學教過書的教授，跟將軍很談得來，因爲我一直跟在將軍身邊，就是去了桃園之後，每個星期也都過來看望他，所以對這一帶的情形就比較熟悉一點。」

「那可是最好不過了。」老湯說：「老師長生前雖說很關心下屬，但他心裡都想些啥，咱們也都弄不清楚，也許那位茶座的老人家還知道得多些，咱們也好去聽聽。」

王衡帶著老湯和李有吉到了那個茶座。那個茶座主人正在門前灑水掃地，一眼看見王衡就說：

「兄弟，你們將軍聽街坊說是病故了，真是太可惜啦。他既是戰將又是儒將，惜乎有才難以爲用，挽不了大局，他英年早逝，夢斷海隅，也是造化弄人啦！」

「可不是，」王衡說：「這兩位，早先也是咱們師裡的老戰友，他們都是趕來料理後事和送葬的。這是老湯，李有吉，這是孟教授。」

「算啦，我這失了業的教書匠，不提也罷，」孟老先生說：「來來來，裡面請。」

三人進屋落座，孟老親自泡壺熱茶上來，一面說：

「沒吃早點，屋裡有饅頭稀飯，要老伴端的來。」

茶座築在一座小土丘上，地勢略高一點兒，放眼窗外是一片縱橫參差的屋脊，儘管老湯一再謙辭，一頭灰白頭髮的孟師母還是把饅頭小菜和稀飯端了上來。

「我們夫妻倆，比你們師長大了一循，」孟老說：「但我們和羅將軍是一見如故，十分投契，他在發病之前，幾乎每天都來這兒，每來都坐這個靠窗的位置，寫他的筆記和書。」

「老師長都寫些什麼書呢？」李有吉好奇的問說。

「啊，有好幾種性質不同的書呢！」孟老說：「有一本叫『後期戡亂戰爭的檢討』，全是軍事論文性質的，另外有一本我的印象最深，那是叫『從力的哲學看國民革命』，你們羅將軍在這本書裡，見解精闢獨到，意境卓絕高遠，誠所謂見人之所未見，言人之所未言，我曾經看過一些章節，不能不打心眼裡佩服。你們先用完早點，我們有時間慢慢的聊。」

對孟老說的話，三個人都覺很不習慣，老湯總覺他文乎文乎的，總脫不了孔夫子放屁——文氣沖天的味道，說是聽不懂罷，又彷彿略略懂一點，完全跟媽巴子腦瓜子不一樣，要不然，人家憑啥教大學呢？

老人家爲了不打擾三人吃早餐，又拿起掃把去灑掃庭除去了，直到孟師母收拾了碗盞，他才又拐回來繼續他的話題。

「你們老師長是明天出殯不是？」

「是啊。」王衡說。

「我們這一帶的街坊，都沒收到訃聞，」孟老說：「可我們有許多人都會去靈堂行禮。」

將軍平易近人，鄰居們都很尊敬他，這半條街，單凡有人生病，他都會請匡醫官、宋醫官來幫忙診治，真難得喲！」

「他一向都很關顧民眾的，」王衡說：「在戰場上也是如此。至於沒發訃聞，是他臨終前的交代，除了一些老部屬，儘量不要打擾人家。」

一陣風搖響竹編的窗格子，外頭真的落起小雨來了，孟老替他們添了一壺熱茶，他的話題仍繞在羅將軍的身上，話音低沉傷感，充滿一種無奈的追懷。

「唉，你們老長官不單是個軍人，也是個哲人，天不假年，哲人其萎，如之奈何！如之奈何也！」他說話時，不停的搖晃著白髮蒼蒼的腦袋，搖著搖著，搖出一串眼淚來，滴在他的衣襟上。

「老人家甭難過了！」老湯說：「您是有學問的人，您講將軍的哲學，對我們三個講，我們根本聽不懂，那算是對牛彈琴，雞同鴨講，俗說：人吃五穀雜糧，難免疾病災殃，生死本就是無常的嘛！您保重身子要緊吶。」

「抱歉，抱歉之至！」孟老這才舉袖子擦起兩邊眼角來說：「我是個酸腐的老迂儒，自小讀經話典訓，大半輩子被困在『之、乎、也、者、矣、焉、哉』裡頭脫不出來，說話也酸溜溜、文皺皺的總愛搬弄書袋，我老伴都常笑話我，讓我多去河堤上吹風曬太陽，我說是『去酸氣』，她說：何止是酸，簡直就是霉爛掉了！」

經過他這麼一說，原本沉重的氣氛立刻又輕鬆起來。孟師母過來取茶壺去添開水，對孟老說：

「你教了多年的書，靠賣嘴養活全家，吐沫早就該講乾了，還不曉得歇一歇，不拘見到誰都纏著人講個沒完，狗皮膏藥都封不住你的嘴，也不讓三位老總耳根清淨一下?!到後面換煤球去！」

「沒事沒事，」老湯說：「教授正講起咱們老長官羅將軍的事，咱們正聽的津津有味呢。」

「太座吩咐的事，得先辦。」孟老說：「要不然就接不上火了！」

孟老一離座，黯黯的茶座立刻就沉靜下來，只留下窗外一片沙沙的寒雨聲，老湯忽然領悟到，台灣仍只是瀚海裡的一葉孤舟，暫時脫出漫天烽火，將軍住棚屋，教授入茶爐，什麼過去的喧赫全成了一場空夢，只有少數擺在檯面上的人物，還在那兒使勁的吆喝唱和，丟失掉整個大陸那種悲涼透骨的感覺，恐怕只有在午夜夢迴時，手摸自家的胸口，冷暖自知了。

「人它娘沒有程度，最是窩囊！」老湯忽然拍著大腿說：「孟老講了老半天，什麼力的哲學，我還是擀麵杖吹火——一竅不通。」

「你急個什麼勁兒？」李有吉說：「猛火燉不了牛肉，人家孟老只提了個頭，還沒有開講呢，他不講，你怎麼懂法啊?我也搞不懂你，你想懂得那些玩意幹啥？」

「我連自己都還沒搞懂自己呢！」老湯摸著腦袋說：「一個人在世上白活這些年，終不成一輩子都像我如今這樣子，做個如假包換的酒囊飯袋罷?!」

「對於孟老剛剛所提的事，我也略略聽將軍提過一點，」王衡說：「那幾本書，早在他駐守黃河岸的時刻就斷斷續續在寫了，我想，方上校會把它整理出來的，孟老講的咱們不懂，方上校一解說，那就容易懂了。」

好不容易熬到中午，茶座上來了不少客人，老湯起身告辭，才擺脫了孟老文縐縐的糾纏，換到另一家飯館去，喝了三瓶酒，吃了五個菜，這才把一身的酸氣抖掉。下午走路過川端橋，一身淋成落湯雞，到永和去逛了一大圈，這才趕回老師長生前的住處和長官們會合。

這時候，到基隆港接人的黃上尉、宋醫官，也已經把老師長的姪兒羅文友接來了，羅文友高高瘦瘦的個子，頭髮又長又亂，身上穿著破舊的灰布夾克，看上去疲倦憔悴，像一隻羽毛零落的灰鶴。

晚飯是由劉老團長做的東，羅文友被當成主客，雖說就在左近的克難館子，但菜還是比較豐富一些，客從遠方來奔喪，老師長的部屬怎能太淡薄對待呢?!

席間談起來，才知羅文友原是在家鄉教書，一九五〇年，家鄉變色才逃到香港，最先住過籠屋，後來才到調景嶺寄居。

「國共鬥爭，把我們害慘，老共佔了大陸，因著上一代人背景的關係，把我們當成垃圾一樣的壞分子，我不走也會被鬥死。」他沉痛的說：「老共口口聲聲說反封建，滅三門誅九族的手法也太封建了罷？這跟漢朝新莽政權滅『劉』三千里的手法一個樣兒！當然嘍，為了保持政權，徹底改變舊有的社會結構，他們不得不燒一把『猛火』，可是，根本上他們仍是『蠻不講理』，就拿我叔叔來說罷，當初他是因抗日打鬼子才從軍的，他也希望中國強盛，希望中國人人都能安居樂業，依我的看法，打鬼子的功績應該兩邊統算，兩方面都不能抹煞，至於後來捲進內戰，雙方的立場有差別，下面的人都是奉命行事，這跟家族眷屬有什麼關係？他們以這個來定成分，分類別，實在太恐怖了！」

「為鞏固政權不擇手段，他們是要徹底的剷除所謂『階級敵人』，至於他們要打垮國軍，只是剷草皮，草根還留在大陸社會上，不拔光，他們怎會安穩？」方上校說：「手段太野蠻，太殘酷，終究不是好事，這一類的大劫難，日後還會有的。」

桌上有菜，杯裡有酒，但周圍的氣氛顯得寒冷又沉重，一桌的人都沒人出聲。過了好一會，劉老團長才接著說：

「我們老師長生前，常用『盡其在我』這句話，要我們把帶兵打仗的本務做好，特別要把軍隊風紀整頓好，所到之處決不准擾民，至少我們部隊沒出過那些『狗屁倒灶』的事情，如今，老長官在不該走的年歲走了，至少他可以走得安心瞑目，於心無愧。」

「是啊，你看過他住的草屋。」方上校說：「他手上沒有金條、銀錠子，也沒有攢著現大洋，自始至終，他都是一貧如洗的人，作爲一個將領，像他這個樣子的人可說是爲數不多！他留下的都是些書畫詩文，這在一般人眼裡，根本不值幾文錢的。」

「說老師長是個標準的革命軍人，決不爲過！」匡醫官說：「他的作風很保守，個性卻十分耿直，半句假話都不會講！他在他留下來的幾部書裡，說的句句都是真話，我跟方團長只略略翻一翻，就嚇出一頭冷汗來。在這種政治環境裡面，他能以病終，算他有福氣呢！」

「怎會有這回事？」劉老團長都驚訝起來。

「匡醫官倒沒有言過其實。」方上校解釋說：「有關於大陸全面的失敗，蔣先生在訓詞裡面，一再要求大家要『痛切』檢討，他老人家並且指明：共匪的『教戰力』、『動員力』，與民間的『契合力』，軍事行動的『敏捷力』，都遠超我方，達到『戰爭藝術』的高點，原因究竟在哪裡？但在圓山受訓將領的論文，有幾篇是『實話實說』的?!我們中級軍官裡，流傳著一句笑話，說著：真正懂得並敢說檢討反共失敗的，只有蔣先生一個人！旁人的檢討，有的只能淺耕淺犁，有的是故意『不著邊際』，有的是『虛應故事』，根本沒拔出根來。而我們師長這本『從力的哲學看國民革命』這本書，從中山先生逝世後檢討起，把國民黨的毛病連根拔出來，假如他把這本書當起論文，只怕蔣先生看不到，教務當局就把他簽送軍法了，理由可以找出一百宗，單就『爲匪張目』、『淆亂軍心』兩項，就能把他送去馬廠町啦！」

「真它娘的荒唐透頂！」老湯這才有機會亮出他的三字經：「檢討反共，讓老總統一個人去檢討，這反共究竟是怎麼反法？」

「靠口號唄！」黃上尉說：「滿街都是口號，營區全是口號，人人腦子裡也只賸下口號，口號英雄、口號烈士並非沒有，但究竟爲啥要反？他們回答的仍是口號，結果是咱們反，咱們不懂！」

「這就是嘍！」方上校說：「咱們老師長就指出：國民黨在革命早期，就呈現出一種特殊而微妙的兩極化的過程，一種是高層的知識分子的覺醒，——要救亡圖存，非推翻昏憒的滿清腐敗政體不可；一種是地方力量和幫會力量，他們是基於生活上的不滿和民族基本意識要推翻滿清，但這兩種力量雖然在大勢上結合了，卻並不諧和，——高層知識分子的建國理念和幫會人士的想法有很大的參差，所以中山先生特別著重『喚醒民眾』。等到中山先生病逝之後，南方革命軍北伐，一路上招降納叛，不論對方是軍閥、土匪、流氓，只要歸順，就給番號，換帽花，這在軍事上雖是順境，但狼吞虎嚥不加消化，革命陣營的純淨度就受到嚴重的影響。軍中有系，系裡有派，風風雨雨一路鬧了很多年。這樣一來，軍事變成一頭大，自然影響了政務的推行。當然嘍，以當時內政外交的情勢，委實也沒有辦法消化這些問題，咱們失敗的病根就是從這裡起的。」

「嗯，」劉老團長點頭說：「總括說來，革命進程太快，難免藏污納垢，物必先腐而後

蟲生，爲免大傷民國的元氣，這邊安撫，那邊妥協，就結成這麼個怪胎。所謂仁政，變成冬烘，蛆蟲啃爛肉，才弄成今天的光景。」

「兩位老長官，不用光顧著講話，菜都涼了。」宋醫官說：「遠客還餓著肚子哩。」

「啊，晚輩覺得聽講話比吃東西要緊得多。」羅文友欠身說：「尤其是講到家叔的想法和看法，晚輩怎能不聽？我總在想：中央政府栽了這麼大的跟頭退到台灣，應該痛下功夫，全面檢討失敗的根由，徹底改革改造，這可是任重道遠的事。」

「改革改造都是經常提的。」方上校說：「事實上，在整軍經武這方面，也確實做得很有成績，過去因循很多年的積弊，大體上都改掉了，只是對老共部隊的戰力檢討上，很多人都有顧忌，在戰史上也都爭功諉過，很不容易擺得平。像老師長書裡的檢討方法，可說是絕無僅有，有些章節，目前是很犯忌的。」

「這些事，也不便在席上講。」匡醫官說：「總之，這些資料，我們還是會慎重保管，老師長愛國的熱忱是無可置疑的，他所列論的道理，終有一天能公諸於世的。」

有關老師長的遺物，話說到這裡也就自然的打住了。沒有人再朝底下追問，有關「力的哲學」，方上校也沒有再提過，倒是這間克難房子，幾個人會商一陣，結果是交給前面難民戶老王代管，日後要是用不著，就送給老王。至於明天將軍火化後靈骨安置的問題，黃上尉說是看了兩處六張犁的納骨塔，在山邊上的紅磚小屋太寒傖破舊，松山有個寺廟環境尚好，業已陪同方上校去看過。

「這年頭，骨灰能有個遮風擋雨的地方，已經很不錯了。」劉老團長說：「日後能把羅夫人接的來，那時候再研究罷。」

這餐飯吃了兩個多鐘頭，外頭的雨越下越大，黃上尉和兩位醫官都要趕回營區，方上校，劉團長要陪羅文友去住旅館，老湯、李有吉和王衡三個還回將軍的棚屋打地舖，人就分成三股頭散了。

二天仍是陰雨天，一早匡醫官就來接他們去殯儀館靈堂，幫著懸掛輓聯輓幛，面對著放大的將軍遺照，老湯百感交集，當年在戰場上的情景，一幕一幕的在腦子裡浮現出來，這張老舊的遺照，還是將軍出關前在北京照的，頭上戴著軍便帽，一雙隱在濃眉下的眼炯炯有神，微凸的雙顎和清瘦的臉廓，映出他雄鷹般的形象，那是在抗日戰爭中血與火熬煉出來的神采，若干年來，在馬燈光影下，在隆隆的炮聲中，將軍曾和全體弟兄們一樣，熬過太多不眠的長夜，在披星戴月的長路上輾轉跋涉，如今，這一切都已被無情的歲月掏空了，變成一場抓不著撈不著的空夢，夢斷海隅，壯志難酬，和外面天地濛濛的雨景相融，真是太難堪啦！

開弔的時刻，由方上校、黃上尉接待，一時間來了不少人，大都是將軍的舊部屬，接續也來了好幾位將領，各個軍種的都有，最難得的是光頭將軍也親自趕來，在靈堂前默哀良久

才黯然離去，由於隔天才能撿骨，老湯執意要多留一天，但劉老團長認爲他們都該趕回駐地去，老湯只好結束這次北部之行。

他趕夜快車，上車時，雨還落個不停，他擦拭著臉上的冰寒，分不清是雨水還是淚水。

自打參加羅將軍葬禮回來，老湯沉悶了很久。伙房的例行公事是推脫不掉的，除此之外，他啥也不想幹，營區四面的木麻黃樹都竄得很高了，南台灣的冬季是一串晴朗的日子，太陽遲遲緩緩的推動樹影，繞著伙房打轉，沒波沒浪的日子像一盤旋轉的石磨，就那麼在原地打轉，把人轉得暈暈糊糊的，有些近乎無聊的痲木，他只能用小高粱去塡補心上的空洞，不它娘又是一年了嗎？

李副座升級了，兩邊肩膀上多壓了一朵梅花，群裡有些同仁湊份子替他道賀，老湯事先根本不知道，李副座臨時指明要請老湯做白吃的貴賓，到鳳山「厚德福」去吃酒，後知後覺的老湯去了之後，才弄清是怎麼回事。罵說：

「噯，你這副座怎麼當的？咱士官不算人啦？你吃膩了我的滷菜，該早說嘛，你升官不早告訴我，真不夠味，請我來當貴賓，我算是哪顆蔥啊？」

「嗨，老小子，你全弄左了。」李副座說：「你以爲我稀罕升這一級？這可是我要調離軍團的預兆，我貪戀你的滷菜和老酒，先請你來話別，我不夠朋友嗎？」

「對啊，老湯頭。」那些軍官都說：「這些時，咱們可都是吃你的飯長的肉，你要再升一級，咱們跑斷腿都未必追得上呢！尉級的廚師，恐怕只有當年的北洋大帥府才會有罷?!」

「少損我啦，」老湯說：「下輩子，我它娘刻苦修行，也許能修到個尉級！只不過論起喝酒，你們這些大小雞娃子，只夠在一邊涼快涼快，咱們杯上見個高低！」

那晚上，演的全本三國演義，老湯先演喝斷壩陵橋的張翼德，再演百萬軍中救阿斗的趙子龍，三演三英戰呂布，四演馬超挑燈夜戰，使八九個校尉軍官全部落馬！他變成「眾人皆醉，唯我獨醒」，把那些醉漢像扛豬肉一樣丟在中型吉普車上。這一場酒國大戰，使老湯的威名大振，使全軍團稱許他爲太平洋的「洋」量，「海」量在他面前，已經「不足道焉」！

事後，老湯冷靜檢討，根據他平常的紀錄，原不該有如此「豐碩戰果」，這全是他多天氣悶藉此發洩出來，故爾能像黃河決堤，一瀉千里，使那些土木砂石莫之能禦。

他酒量之宏，連軍團司令也爲之咋舌，對屬下將領感慨系之的說：

「咱們反攻大陸，要能像老湯拚酒那樣的一往無前，那就是貓捉耗子，——順理成章啦！」

天可憐見的，伙伕頭老湯壓根兒沒想會出這種鋒頭，若早曉得，殺了他他也不會逞這一時之勇，他喝一杯，眼裡見的是老家搖白頭蘆花，他喝兩杯，眼裡見的家鄉平坦微凹的沙路，他喝三杯，眼裡見的是他懸掛在牆上的犁耙，他喝四杯，眼裡見的是他親手修築的豬欄，他喝五杯，眼裡見的是他平臉塌鼻的老婆，他喝六杯，眼裡見的是他從沒見過面的兒子湯回。再沒有濺血的惡戰，再沒有在壁上半夜作響的龍泉，他只能在酒的河流裡飄回去。在晃蕩的醉感中，配合上「反攻大陸去」的音節，誰擋住他，他就用心漿把誰盪開。老師長，他心裡最敬服的、一個「上應天心」的好將領，也不過在一夕之間燒成一捧骨灰，我老湯算啥?!流罷，流罷，處處無家處處家！反攻大陸要真像喝酒，那敢情好，一夕之間就它娘回到老窩啦！

可惜的是李上校並沒馬上調離，那夜酒後也沒來個「壩橋折柳」，過春節時，他又來提老話，要他準備群裡同仁結婚的酒席。

「我說的話，一定算數，只要把日子定下來，一共有多少桌，每桌打算多少錢，我完全負責辦妥。」老湯說：「同仁辦喜事嘛，我哪能不盡心呢！」

「為了響應克難號召，我也是狗拿耗子——多管閒事。把麻煩找到你頭上來。你要曉得，解決部屬的困難，是我一貫的作風，那些窮哈哈的傢伙，偏要一頭栽進愛情的墳墓，我拿他們有什麼辦法？只好從『節省』二字下手嘍。由你辦喜宴，至少省他們半年的生活費，對你可是宗大功德呀！」

「為了我那兒子湯回，賺一毛我都不是人養的。」老湯大拍胸脯，一口承應下來了。

陽曆三月裡，正是桃花含苞待放的時節，就有七對新人成其佳偶，他們白天去法院辦公

證，晚上借營舍擺酒請客，省下大筆的生活費，美其名曰「克難婚禮」，其實，熄燈上床的故事，還是外甥打燈籠——照舅（舊），這可把老湯忙得腰酸背疼，而且真的沒賺一毛。

辦喜事的當天，報章上刊出消息，在浙東前線，老共以護漁爲藉口，在大陳島東北方的海面上，和我海軍起了激烈的海戰，老湯心裡想：人說，十年風水輪流轉，當年陸軍倒大楣的時刻，海軍一帆風順，無往不利，如今陸軍在它娘紅綾被裡「興風作浪」製造娃娃，海軍卻在前線的惡浪中「捨死忘生」，真是此一時也，彼一時也！打罷，老共，海峽兩岸，邊生邊打，邊打邊生，這就是咱們中國！再打一百年，再死一千萬，還它娘是一個中國！什麼英雄？全是你娘的狗熊！什麼跟什麼嘛！

那天夜晚，錢他是一文沒賺，酒可是白喝了半打。

他沒想惹事，可是事卻橫過來惹他，二天一早，他背部痛得像打閃，只顧翻身打滾，卻起不了床，伙伕們嚇得趕緊向群部報告，驚動了李副座過來，把他立即送到八一九「真理」醫院，軍醫院的汪醫官、魏醫官立即會診，斷定老湯是腎臟結石進入輸尿管，經X光照射，判定無誤，需要開刀治療。

「它媽媽老子娘！我怎麼那麼苦命！」老湯哼叫說：「滿天飛的子彈沒打著我，如今卻要白白的挨上一刀！既然是它娘命定的，你們就挑個『黃道吉日』幫我開罷！誰叫我心眼兒邪，想到七個新娘子要被『開苞』呢?!」

送進開刀房的那天，老湯非但毫無恐懼，還在輪床上談笑風生，主持開刀的魏醫官要看護兵替他刮光陰毛，他還笑說：

「老二，你它娘也臨到刮鬍子了！好像教官考試上講台，不刮鬍子先扣五分！」

偏巧一本正經的開刀醫師魏醫官不懂幽默，叱呼他閉嘴，並且對他說：

「任何小手術可能都是大關口，你最好少說笑，等一會兒，我叫人拿個紗布捲兒，你用嘴啣住，聽我數數兒，大約數到十三，十四，十五……我就替你開刀取石頭！」

「好罷，數由你數，我遵命行事！」老湯說。

魏醫官開始數數，數到十三、十四……二十三、二十四，老湯還在眨眼。魏醫官說：

「現在，你感覺怎麼樣?!」

「早著啦！」老湯說：「到唇不到嘴，只像喝了半瓶小高粱！」

魏醫官無可奈何，只好繼續朝下數，數到五十七、五十八，老湯在床上說：

「不錯，有兩分醉意，比照我的酒量，三分多一點兒了。要開刀你就開，甭窮泡蘑菇好吧！」

「麻藥加量！」魏醫官大聲喊叫著，緊接著咚的一聲，他就先倒在地上了。

老湯肚皮上那一刀，是汪醫官接續著開的，麻藥加量後，又數到一百零八，老湯才被放倒，除掉尿路上的碎石。他左腎那一顆，足有鵝蛋大，足重十二兩四錢，敲起來咚咚響。據

汪醫官講，結石之巨，足可列入金氏紀錄。而且他忍受麻藥的耐力，使開刀醫師駭得暈倒，也是世上絕無僅有的事例。事後，院方把碎石拿去化驗，是肉酸、菸草酸的混合結晶，而酒精是催化結石的罪魁禍首。

老湯在出院之後，送給兩位醫生的禮物，正是香煙、滷肉和酒，他並且說：

「這些西醫，全是半瓶不滿的鬼扯蛋，老子修煉半輩子的舍利子，全教他們給拿出來，讓我日後回西天，跟如來佛祖怎麼交代呀！」

老湯怎麼想「藏於九天之上，遁於九地之下」，根本就行不通，他這輩子注定在悲劇當中要當上主角，儘管他只是國劇五類中的末類——丑角。

剛拿掉體重中十二兩四錢的人，應該是休息養生了罷？偏生那些打著文藝旗號的「小雞娃子」軍官又纏上來了，他們要窮打猛追，要弄清一百零八是否是天罡地煞的總和？還是另有異數？老湯的回答是：「少它娘的煩人，我哪懂得什麼天罡地煞，酒喝多了，神經麻木，你們甭要筆頭子，把它當成笑話。」

開刀前他數數數得多，並不能代表健康無慮，腎臟開刀之後，他的體能已經被悄悄的列爲「丙」等，早先總領陸軍的孫立人將軍，立法如山，凡是不適任的國軍官、士、兵一律精簡淘汰，老湯雖然是笑話連篇，但依他的身高，體重各項資料，一時卻成爲「漏網之魚」，反而在屏東炮兵裡服役的王老實，卻被正式的淘汰掉了。

被老湯千方百計弄成「祖宗有德，難蔭子孫」的王老實，竟然被在單位奉調金門前又刷下來了，夫妻倆佮了大包禮物，到鳳山營區來探望老湯。王老實苦著臉說：

「湯頭兒，當年承蒙你們拉拔，把我哄離山東，我才有機會來這兒，成了這麼個家，可也是到此爲止，我即使想幹，上頭也不讓我再幹了。」

「你甭難受。」老湯說：「早早晚晚，咱們總會脫掉這身老虎皮的，你首先退伍離營，我的金戒子賀禮仍照送不誤，你猛生兒子，當壯丁入伍報國，還不是一個樣?!用不著哭喞喞的，擺出一副熊人樣兒！」

「我當兵，沒能陪你們一路當到底，心裡不安啦！」王老實說：「我的這場婚事，還不是靠你一手拉拔成的?!對方要是堅持『祖宗無德』，殺掉我也不願意招贅到她洪家呀！」

「總之，算你不該死在戰場上。」老湯說：「人各有命，不可相強，遇上阿玉，是你的機緣造化，我不過是順水推舟，在旁加一把勁罷咧。」

「這回我們結婚請客，日子訂得不巧。」王老實說：「正遇上老單位調防，喜帖都只能發給女方的親友，我根本請不到什麼客人，想想真沒面子，好像我真的是被賣給洪家了。」

「這倒是個難題。」老湯說：「這樣罷，空白帖子印妥之後，拿幾十張來給我，我替你去吆喝吆喝，至少也弄它三幾桌，過去湊湊熱鬧。」

「不成不成，哪有吃喜酒也要『拉客』的?」王老實說：「用拉的，不但不盡人情，反而大傷感情，那又何必呢！」

「唷！你全弄左了。」老湯說：「我老湯哪天做過那種事？君子一言，快馬一鞭，到時候，我包你風風光光的做新郎倌。」

兩人相處這麼久，王老實還是摸不清老湯的底，弄不清他葫蘆裡賣的是什麼藥，但老湯這個人答應別人的事，一定會做到，而且都做得刀切豆腐——兩面光，從來沒出過糗，這一點他是信得過的，因此，他也就不用再朝下講了。

五月裡，屏東的炮兵部隊調駐金門前線去後，浙東前線的零星接觸，明顯的在增加，空軍的F-86軍刀機，經常在藍空下列隊飛行，使沒打仗的人也意識到前方的情勢可能會很吃緊。

前方吃緊是一回事，王老實的喜帖還是提前印妥，送來了幾十張，老湯最先動員的是群裡各伙房的炊事弟兄，王老實也是伙房出身的嘛，在高屏地區許多單位裡，伙伕成家他算頭一個，這樣的大事，伙伕同仁哪能不幫襯？——伙伕也要團結團結嘛！三湊幾湊，兩桌就搞定了。老湯第二個目標，就特別請了曹老法官和李副指揮官，托說這是王老實感謝他們成全，請他們去當男方的主婚和貴賓，弄兩個帽子上長草的軍官去充場面，那要比一窩子炊事兵有氣派，主要是讓洪家老倆口心裡有個底，日後也不能太欺負王老實。

另外，他聽了茶館韓老爹的指點，找了幾位有頭有臉的山東同鄉，以臨時同鄉會的名義，送了喜幛，聯勤小港被服廠裡，居然有幾個跟王老實小同鄉的人聞風跑來找老湯，說是要參加小同鄉的婚禮，這麼一來，老湯只用兩天就把三桌男方的賓客湊齊了。

婚禮挑的是星期假日的晚上宴客，李副座商派出兩輛小吉普、兩輛中吉普載滿賓客，載欣載馳的一路殺向屏東。

香燭舖的洪老闆佔街坊之利，加上三親六故多，一共請了十二桌客人，老湯一個人就包辦了三桌，而且來了四部軍車，兩位校級大員，使他覺得面子十足，他不由得對老湯打心眼裡佩服，他佩服老湯不僅是替他賣力充了場面，更因他送來的「陰陽蝦」，他吃了之後，腰桿朝上一挺，整個人就高出三公分以上。老湯這種由秘方製成的藥物，對他而言，真可說是「靈丹妙藥」，這種藥的妙處，實在很難說得出口，只有他們老倆口「心知肚明」，他太太認爲：有了這種藥，再生個三胎兩胎她都樂意奉陪，他挨了老婆多年的白眼，忽然換得這樣一份「青睞」，怎教他不對老湯死心塌地呢！

做新郎的王老實爲維持「乾剛不墜」，特別在皮鞋店裡訂做了一雙厚底加高跟的皮鞋，再加上挺胸踮腳的「人工彌補」，使他看上去真是「男女平等」，紅暈暈的龍鳳電光蠟燭，乒乒乓乓的長串鞭炮聲，使他不可及的童年夢，一朝都到眼前來。他瞇著兩眼看賓客，再斜眼去看他長頸如鶴的新娘，他不由得就想縮頭暗笑。

他這縮頭挫腰的老毛病改不掉，立刻就會顯得「女權高漲，鬚眉盡失」。老湯明察秋毫，馬上發現這項弱點，便悄悄交代客串男儐相的掛毛兒，每當王老實一有這種縮頭動作時，便拍他的肩膀，悄聲喊一聲：「立正！」王老實只要懂得聽「立正」口令，保證會比新娘高出一公分。

老湯這一招果然很靈驗，掛毛兒一步一趨的緊跟在王老實身邊，讓他像遇上總統親校——一直「立正」到底，當然不會當眾出「醜」了。

臨到老法官和李副總講話，老湯以台語翻譯，隨意加油添醋做好軍民關係，要大家「儘量呷酒」，並動員軍方這三桌「人人奮勇」，發揮「以寡擊眾」的精神，要把所有男方親友全部「擺平」。

可憐這些「從不知兵」的男方親友，哪裡曉得這些老兵油子的厲害，他們先集中兵力圍攻少數會喝酒的，用划拳、行令、車輪戰術，先把他們灌醉，然後「虎入羊群」，實施「各個擊破」，用「狂風落葉」的姿態，使他們忘記身在何處。好一場「軍民聯歡」的酒場大對決，直打得男方親友嘔吐狼藉，鼻孔變成噴泉。

「啊！阿兵哥，厲害多多！」一個說。

老湯心裡暗笑：不是所有阿兵哥都這麼厲害，做我老湯的手下，哪裡會有「弱兵」?!甭看王老實是個武大郎，他身邊可有一大堆打虎的武二呢。那天晚上，整整喝掉八打紅露酒，外加四打小高粱。

香燭舖的洪老頭，也被灌得七葷八素，送老湯上車時，腰彎得像蝦米，但他居然還沒忘記陰陽蝦，他說：

「真多謝，那蝦再一大包就好！」

「沒問題啦，」老湯曖昧的把手搭在洪老闆肩上揉捏了兩下：「只要你講好，要多少都有，日後真的生下兒子，甭忘記請我吃紅蛋啊！」

老傢伙笑得嗨嗨的，像一隻吃了鹽巴的蛤蟆。

安頓了王老實，老湯心裡踏實多了，再怎麼說，當初行軍經過他的魯西老家，硬把個帶路的鄉下老土哄出來當兵吃糧，掛毛兒和李有吉是罪魁禍首，可是自己也算是幫凶，人說：「狼行千里吃肉，豬行萬里啃糠」、「人善被人欺，馬善被人騎」，王老實就是這號人，把他送進家窩，小天小地小日月讓他去過，大家都沒有內疚，至於自己日後的死活，坦蕩蕩的像陣煙，飄到哪兒算哪兒，還管得著那許多！

生死的事可以放在一邊不管，老湯的毛病就是不能閒著，要讓他空翹二郎腿沒事幹，他就會悶得直嚷：

「這算它娘的什麼跟什麼嘛？成天低著頭找屌算賬？豈不是白來人間走一趟?!」

不過，老湯從來也絕少有機會這樣閒過，他只是怕閒先嚷罷了。每到星期假日，他就固

定到韓家茶館去泡茶，在茶座裡，經常碰到那些愛搞文藝的軍官：朱中尉、周鐵梅、易嶺他們。有一天，他竟然遇到曾經教過他們認字的文書士陳仲玉，相詢之下，他才知道陳仲玉早已調到高港部，目前還是做文書。

聊天的圈子擴大了，所聊的範圍也就更廣啦，有些年紀大些的軍官，愛聊在大陸戰場慘敗的往事，更愛聊當初在家鄉的一些趣事，有人剛從浙東的基地調來受訓，所聊的話題比較新鮮些，這一座竹籬茅舍看起來很矮小，但它的談話世界卻十分的廣闊。

老湯覺得這和一般的擺龍門陣並不一樣，聚在這小小茶館裡的，有不同省區、不同年齡的人，在相同的時代背景當中，每個生命的經歷卻各不相同，通過每個人的吐述，匯成一條墨色的河流，其中有火，有血，也交織回憶的歡笑和淚水，它反映出這個時代最深一層的真實容貌，意思是這個樣子，但他卻沒法子說出來。

「湯頭，你認字到現在兩年了，進步很多了罷？」陳仲玉對他說。

「沒有你這個小老師指導，怎會有什麼進步呢？」老湯說：「若說半途而廢，那倒不至於，只是停擺著，我的雜務太多，光是乾著急。」

「這不要緊。」陳仲玉想說什麼，卻被一陣劇烈的咳嗽打斷了，過了好一會才說：「好在我們相隔很近，日後需得著我，我會盡力幫點小忙的。再說，我也快退伍了，退伍之後，我一時還不會離開高雄，時間多著吶。」

「退伍?!你年輕輕的，學問又那麼好，幹嘛急著要退伍呢？」老湯很關切的說：「憑你，只要在任何軍種的訓練班報上個名，經考試過關，很快就當得上軍官，你退下來又能幹啥？」

「哪是我要退?!」陳仲玉說：「前些時，高港部全面體檢，查出我患有開放性肺結核，到二總院去覆檢，證明沒錯，單位認定是會傳染，就給了我住院期限，過了期便勒令退伍。我不能怨老單位不講人情，把病傳染給旁人，我心裡也不安，也許退下來比較好一些。」

「會嗎？」老湯說：「這種肺癆病是要長期治的，部隊裡有療養院，吃公家飯不用花錢，你要是退下來，這一大筆的醫療費，你哪能花得起？我看，你能多拖一天就多拖一天，能轉院去療養是上上策，部隊還是要用人的嘛！」

「嗯，你說的很有道理。」李仲玉說：「我的身子本就很單薄，幹不了重活，退下來拿什麼混飯吃還是問題。再說，沒有錢拿什麼治病?是我的算盤撥錯珠兒了。」

「我跟這兒的韓老爹挺熟悉。」老湯說：「你有事要找我的話，只要跟韓老爹打聲關照就行了！」

剛剛安頓了王老實，這回又遇上了李仲玉，這些事都是義不容辭的，他根本沒有推托的意思，這不比在家鄉，人人都有根有底，如今飄流在外，凡事全靠同事們大夥幫襯，尤其是遇上急難的時候，更顯出人情可貴，人哪有不求人的呢。

仗雖還沒打到本島上來，但浙東島嶼的戰爭，卻讓本島各駐軍指揮單位顯得忙碌，不斷舉行較大規模的演習，各野戰師的調動也很頻繁，但這對老湯生活圈子裡的一夥人，都還沒有什麼影響，老韓茶館的聊天會，每個假日也都照常。一個姓陳的少尉講起當初在家鄉娶親的事，笑得大家肋骨都疼起來。

「我不懂，那個時候的鄉下大閨女，怎會那樣怪氣?嫁到人家當新娘子，明知會有破題兒的第一遭，她還像防賊似的，來那種『玉門深鎖』。」陳少尉說：「我成婚當天，被一群鬧房的人灌了不少的酒，等到雞叫頭遍才進房，洞房裡的兩支紅蠟燭已經燒掉了一半，新娘子業已倒在床上睡著了。我上床去脫了她的外衣，她沒有動，當我脫她內衣時，她半真假的推拒我，我這才發現，她竟然穿三層肚兜，至少六七條褲子，我試著解開她的肚兜時，她抵死護著，我又轉手去解她的褲帶，這才發現慘哉。——她的褲帶繫的鐵緊，上面至少打了五六道死結，我解下面的死結，她抵死抗拒，我只好聲東擊西，換手去解上面肚兜的死結，我又趁虛而入，去解下面褲帶的死結。……就這樣上下其手的解到五更雞叫，她還有三層褲子的褲帶沒有解得開，最後我情急了，抱住她亂扯一通，就聽轟——的一聲，床板塌掉，我們都滾進了床肚。」

他這麼一講，老湯是頭一個爆笑出聲的。他說：

「怎麼會那麼巧啊!我跟我老婆初夜，也玩的是這一套。不過，到頭來，她還不是褲子照脫，兒子照生！女人怕男人，恐怕只怕在那一晚上，一等到見過了陣仗，男人就軟塌塌啦！」

「正因爲有過那麼一段，咱們才會日夜的想她！」陳少尉說：「講到嫖妓的經驗，從北到南，我也有過很多回，那種付了錢就拉腿的行當，就像喝白開水一樣的沒有味道，拿錢去鑽肉洞，缺少一個『情』字。」

「唉，這就是咱們在大陸上有家眷的悲哀。」另一個方上尉說：「結髮夫妻的恩情，一輩子也忘不掉的。」

「咱們單身漢，可沒有那種悲哀。」蔣上士說：「拿我來講罷，我可是真真假假、假假真真的耍了這許多年了，我把這多年風流賬，都記在日記裡面，管她是春蘭、秋菊、夏荷還是冬梅，管她是阿花阿美、阿英阿惠，我們的恩情緣分只在那一夜，我從不戀舊，沒有第二回。想念偶爾會有啦！卻談不上有什麼悲情……我和妓女，反正都是這世上的悲劇嘛！我是隨俗，有什麼過錯呢？」

「說啥『振聾起聵』啊！都不是咱們這號人做的。」方上尉說：「聖人是天上的雲，咱們是地上的爬蟲，咱們究竟怎麼一路敗退到台灣來的？誰真的弄得懂過呢?!」

所謂閒聊，可就是這麼地，話頭兒像旋轉的陀螺，不停的打轉，方上尉這麼一說，談話自然又變了方向啦。

「咱們弄不懂的事，不妨請教韓老爹啊。」老湯說：「老人家是行伍起家，民間的情形他最熟悉。」

當大夥人正在聊得起勁的當口，韓老爹正躺在屋角的斑竹躺椅上閉目養神，老湯說話的嗓門兒大，全叫老人給聽見了，他坐起身來說：

「老湯這是瞎奉承我，我一個土老頭兒，哪懂得那麼多？咱們抗戰打了八年，許多部隊一再整補，大都是師老兵疲了。有很多老兵長年在戰場上苦熬，吃不飽，穿不暖，綁腿打了多年，兩條腿瘦得像雞爪，人也落得皮包骨，一心只想回家。老共的部隊，大都是二十郎當的小犢子，他們一夜之間能奔行百十來里，咱們行嗎？老共的政治手段很血腥，但他們部隊的民運做得好，軍隊風紀也沒有話講，你們在戰場上待過的，怎能說不知道呢？他們攏絡『泥腿』，打擊『油嘴』，在當時，中國人裡頭，十有八九都是『泥腿』，有錢的富家只是千中一二呀！窮人腦瓜子紋路少，他們一煽火，就把大陸給燒紅啦！勤勞刻苦發了財的，都被當成剝削，要惡分惡鬥搶回去，你分了田，佔了產也就罷了，還要斬草除根，要改變社會體質，這把猛火確實是把國民黨燒垮了，但用新階級代替舊階級，問題就擺平了嗎?!我敢說早著呢！……咱們當時太托大，一堆驕兵悍將鼻孔朝人，自以爲是，才會被人打得頭破血流嘛！」

「老爹，您講這個都是事實。」方上尉說：「這也是咱們都懂的，還有更多咱們不懂的，您能否多多指教呢？」

「呵呵，」韓老爹笑說：「我這兒不是政治課堂，只是賣茶糊口的地方，有許多事，只要多去揣摩，慢慢總會明白的嘛。」

韓老爹把話勒住不講了，這使老湯實在感到納罕，他想到在北部參加羅將軍葬禮的時刻，將軍遺著的內容始終是個謎，回來遇上韓老爹，說話也只開了個頭就勒住了，大陸全面潰敗的癥結究竟在哪兒呢？如果連這個都弄不懂，前線上經常打仗豈不是都在打糊塗仗嗎？當然嘍，各部隊來台後都加強了政治課，那些課程的內容倒很能「化繁爲簡」，清一色的是口號教學，什麼「以仁擊暴」啦，標榜出「仁者無敵」啦！完成「國民革命第三期神聖任務」啦！怎麼個「神聖」法，只怕連講的人也不懂。

「真它娘的，朝後再也不談這些啦！」

七月裡，陳仲玉託人捎信來，說是他並沒退役，醫院給他轉院療養的證明，讓他轉到斗南鄉下的療養院去了，這時候，老共隔海大肆叫囂要血洗台灣，全面解放。這些消息經常出現在報章上，真有點山雨欲來風滿樓的味道。

茶館的韓老爹對這事有他的看法，他說：

「老共這全是嚷給美國人聽的，他們認爲要不是美國人出面作梗，台灣當局業已很難支持下去了，其次是浙東各島留在國軍手裡，使他們沿海許多港口進出不便，等於廢港，魚刺梗在喉管，他們處心積慮要拔掉。總括一句話：他們打台灣只是放放空氣，舟山撤守之後，他們首要目標就是大陳島和相關列島，這些島，早晚會被一塊一塊的吞掉。」

「這些島真的很難守嗎？」方上尉問說。

「確實有難處。」韓老爹說：「這些島離大陸很近，離台灣很遠，攻與不攻的主動權，全操在對方的手上，早兩年，我們的海空軍處於絕對優勢，但去年這一年變化很大，老共取得了蘇俄供應的米格機，也有了小型的炮艦和魚雷艇，他們極可能以小蝦米圍擊大鯨魚的戰法，和我們的艦隻纏鬥，當年海南島的海戰就是個例子。要是海上的長期運補有了困難，守島的負擔就太沉重了。」

事實證明韓老爹的預料一點也沒錯，大陳島攻略之前，他們卻先集中炮火，在九月三號猛轟金門島，到了當月二十二號又猛轟了一次，國軍的空軍也大批起飛，去轟炸對方沿海的軍事據點和炮陣地，一時之間，各家報紙都用大篇幅報導前線戰鬥的消息，使島上的人隔著海都能聞嗅到一股嗆人的火藥氣味。

老湯整天忙著伙房的事，但他仍會抽空到群部中山室去看牆上張貼的報紙，其實他也只能看一些大標題，看到的大多是「戰果輝煌」的那一面，他當然擔心駐守金門的那些官兵，最擔心的是在那兒當班長的小楊和小史，這兩個在伙房裡當過他的助手，後來轉到戰鬥單位當上了班長，那都是他的好弟兄。炮彈不長眼，不曉得拐到他們沒有？而這些雞毛蒜皮，在報紙上很難看得見，——兩方開炮互轟，哪邊不死人呢？但金門被轟死了兩個大老美，卻被報紙炒得很熱，它娘的，美國人的人命要比中國人的人命值錢得多，他們翹毛的事鬧進國會，連總統艾森豪都光火啦！這倒是很有意思。

陽曆十一月裡，老共的空軍大舉出動，空襲了上下大陳島，正如韓老爹所料的事，轉眼就來了。那天夜晚，李副指揮官到伙房來，請老湯準備點滷菜，說他要約幾個朋去餐廳喝兩盅，臨走他說：

「你等會兒一起來罷，咱們只是聊聊前線的情況。」

「多我這個伙伕頭，方便嗎？」老湯說。

「笑話，夜晚喝小酒，講什麼階級。」

那晚上的聚會，有好幾群的副指揮官，主要是談前線的情況和他們可能調差的事，他們很關切海空軍的處境，因爲台海一有任何戰事，海空軍都是最辛苦的單位，比較起來，空軍是轟轟烈烈，海軍則是日夜苦熬，海軍的艱苦尤勝於空軍。

「分兵守浙東，在戰略上不是沒有意義的。」李上校說：「只是從南麂北麂到上下大陳，這條補給線太長，太難爲了海軍弟兄，三萬多人的補給可不是小數字，經常運補就會累死人，再遇上戰鬥情況，那就更苦了。」

「單就陸軍來說，短期應該穩得住，」一位張中校說：「新任司令官劉將軍是位戰將，他一向指揮若定，調度有方，決不是白菜蘿蔔——任人擣的。」

「老共最恨的並不是陸軍，而是那些海上總隊，早兩年，他們經常打突擊，和裡面的反共勢力聯絡，造成浙閩地區的內患，要是他們不拿下浙東各島，他們就無法安枕啦。」

「如今的問題，不在於守島部隊，」李上校說：「據守上下大陳，有兩萬多兵員已經足夠了，問題就在於制海權和制空權的掌握，大老美協防台灣，並沒指明那些小島，靠他們是不行的。」

「這倒是實話。」一位孫中校說：「大老美不怕花錢，就是怕爲中國人的事情丟命，他們是不願幹的。」

「如今老共是急著要打開大陸東面的窗子，多吸幾口新鮮空氣。」張中校說：「至於閩海對面的金馬兩島，還放在後一步，拿下浙東各島，再增強福建前線海防，讓你上不去，他們就會放心多了！」

「在態勢上，大體是這樣，」李上校說：「不過，金馬兩島也決不可掉以輕心，按照目前防禦構工的程度，老實說還差得遠，要是我有機會調到前方去，只怕有得忙啦。」

「那倒不一定。」孫中校說：「構工全是材料問題，材料不運到，你老兄也只有乾瞪眼的份兒。」

對這些官兒們的聊天，老湯只能在一邊聽著，根本插不上嘴，這些官兒們也許情緒繃得很緊罷，酒是不停的喝，可沒一個誇讚他的滷菜做得好的。在這點上，老湯倒是能夠體諒，甭看這些官兒們上起班來挺神氣，回家照睡克難的鴿子籠，那些眷舍房子比火車廂更窄，傢俱多半是用子彈箱子釘的，馬馬虎虎窮湊合，主人留在後方，每週有幾天回家的日子，雖說過得清苦一些，大體上還像個家的樣子，一旦家主人調到前方，就全不是那麼一回事了。前不久，一個工兵連的連長調差去了前線，他太太只有出去給人家洗衣煮飯維持家用。老湯的哲學是：講它娘革命，就最好不要養活家眷，若想養活家眷，就它娘最好不要革命，若想兩般兼顧，最後只好先革掉自己的半條命。

當然嘍，仗沒打到自己頭上，還能將將就就的圓乎圓乎，仗一打到自己的頭上，有個三長兩短，就是鬼號神嚎的悲劇一樁。海峽兩岸當官當兵的，全它娘一個熊屌樣兒，事後來撫卹，送什麼榮譽狀，全是沒用的馬後炮，爲啥嘛？活著沒懂，死了照樣不懂，有老婆兒女的人，麻煩可大了！

話講到末尾，老湯終於弄懂，這幾個身居副職的中級軍官，主要是爲本身可能調動職務，去到前方，怎樣在沒去之前擺平家小的事，交換一點意見，彼此在飲酒之間，沒有人表現出一點畏縮，因爲身處絕地，再沒有第二個台灣好逃，退上一步，只有跳大海，所以只好緊鎖眉頭，來它一個「半革命」，希望保身保家，面面皆顧。但這其中的意思，沒有一個人是挑明了講的。

苦哇！這些長官們，當年達摩祖師一葦能渡，你們這些帽子上長草的，只怕十葦也渡不了大江，何況乎反攻渡海?!但這些話他決計不能說，被套上「反攻無望」的帽子，那還了得。結果是他們喝一杯，老湯就跟著喝一杯，怪不得他們沒誇讚自己做的滷菜，原來自己做的滷菜，嚼在自己的嘴裡也都沒有什麼味道了！

湯回呀，我留在老家的兒呀！靠大陸最近的浙東各島，如今也戰火彌天，你它娘這輩子，能不能見到我這不爭氣的老爸，恐怕只有老天曉得啦！在這三軍六七十萬人裡頭，多我老湯少我老湯又算個啥?!只不過是一莖屌毛灰呀！有酒不喝，我它娘又能幹嘛?!

反過來想想，還是當官的比較慘，官越升的大，肩膀上的責任愈重，調差換位的機會愈多，像我這種從沒打算成家的伙伕頭，不動點人事，想調還調不了呢；自己大不了多養隻貓，幾條狗，萬一調防，可以立即辦理移交，這麼一來，自己「永不升官」的哲學，倒是挺實惠的。尤其是臨到有戰事的時刻，一大堆眷口成了沉重的拖累，人在戰場上也很難安得下心來，若說「公而忘私，國而忘家」，這種漂亮話人人都會講的，心底下如何，恐怕只有自己明白啦。

大陳的戰事一直在持續著，老共集合了多艘魚雷艇，趁夜偷襲，竟然把海軍的主力艦之一——太平號給打沉了，一時之間，成了舉國驚震的大新聞，緊接著，登陸艦中權號被炸沉，炮艦洞庭號又中雷沉沒，對方的那些小蝦米也有相當的損傷，留在本島的官兵，只能從報紙上感染到戰爭的氣息，在心裡邊暗急，伸胳膊蹬腿也無法搆得那麼遠，根本幫不上前線袍澤的忙。

老湯嫌報紙的消息不夠快，很想去買一台小收音機來收聽電台的廣播，但部隊規定不准在營區擅購收音機收聽廣播，李副座也幫不了他的忙，這害得他每夜喝了酒也睡不著覺，人心都是肉長的嘛！

他夜晚睜大眼盯著床舖上空的屋梁，都彷彿看得見在漆黑夜空裡，海戰的炮火像大雷雨中不停擦亮夜空的閃電，橘紅色的爆炸火球升起，鋼鐵的艦體迸裂，在這一瞬之間，又撕裂了多少生命，平添了多少寡婦和孤兒？他往往會在這一刹間驚起，神經質的向海空軍死難弟兄舉手敬禮。半醒半睡的第一感，決非是「三軍一體、袍澤情深」那一類的口號，而是「幸與不幸」之間，「同是天涯淪落人」的悲愴。

趁著兩天年假，他買了點補品，搭平快車去斗南，摸到鄉角落去，去探望在肺病療養院的病患陳仲玉去了，療養院的環境倒是很清幽，四野遼闊，空氣很清新，但醫療設備實在很不夠看，那只是鄉村農舍般的設施，多了一些藥物和看護兵，讓你在不勞動的環境裡緩慢復原罷了！

老湯想了一想，這總比當初拿阿斯匹林和小蘇打替人包辦各病要好。

陳仲玉身體原就清瘦，加上這一病，人在院方所發的青色病服裡，更顯得空空蕩蕩，飄飄搖搖，彷彿一陣大風就能把他吹跑，但陳仲玉的精神還算不錯，一見老湯進屋，更顯得高興。

「你沒想到我會來罷？」老湯說：「說著說著就快到新年了，我想到你就趕過來看看。」

「老湯頭，你能來看我，我可真沒料到。」陳仲玉緊緊抓著老湯的手不放，兩眼淒淒的濕潤起來：「我轉院半個月了，你是頭一個下鄉來看我的人。」

「也許大夥兒都很忙。」老湯說：「浙東前線的戰局繃得很緊，後方都在搞演習啊。無論如何，你得安下心來調養，我也許不能常來看你，我帶來兩大瓶乳白魚肝油，兩百塊錢，你想吃什麼就自己買，肝和蛋之類的營養，還是要緊的。」

「我怎能受這筆錢呢？我並不停薪啊！」

「嘿，男子漢，幹嘛女人兮兮的，給你你就拿著！」老湯說著，硬把錢塞到對方枕頭底下，陳仲玉沒辦法，只好接受了。

他們坐在簡陋的木屋裡聊了一陣，陰天的下午，窗外的光景很沉黯，冬天的南部平原，野地還籠著一片鬱綠，這種冬季衰老的綠，缺少盎然的生意，看在人眼裡，反而會引起人一種慘淡的愁情。他因爲還要趕到斗南車站趕車回鳳山去，就起身告別。陳仲玉執意要送他一程，老湯婉拒說：「不必啦，你身子單薄，外面風大，留步罷。」

「不要緊，我只走一段，到路邊客運車招呼站。」陳仲玉說：「你難得來這一趟，我也沒能招呼你。」

「你這樣說就太見外了。」老湯說：「咱們朝後甭來這一套。」

兩人沿著水塘邊的小路走向鄉間的公路，水塘邊的小土丘上，是一片相思樹林，一陣風來，游魚般的落葉就在風裡飛舞，紛紛打在人的頭上和肩上，陳仲玉一面走，一面輕輕的說著他的想法：要是能把病治得好，他最好報退伍，到高雄找份差事，再利用夜晚補習，好去投考師大。

「我的興趣是在教育工作，」陳仲玉說：「就算結核病能痊癒，也不能太勞累，要是日後能到鄉下教教書，那是最好不過的了。」

「世上無難事，只怕有心人。」老湯說：「路總是人走出來的，首先要把病給養好。」

跑鄉下線路的公路班車，四十分鐘才有一班，但陳仲玉把時刻拿捏得很準，他們剛走到招呼站不久，車子就來了，老湯上車，陳仲玉還站在路邊朝他揮手，看著這個患肺癆的文書士的身影，老湯的兩眼禁不住的濕潤起來，那哪還像個人，像一隻飄蕩在半空裡的風箏，只見到青布的病號衣裳在風裡飛揚，幾乎看不見他的骨肉了。人只要有一口氣在，就會抱有夢想，以陳仲玉眼前的景況，他的夢真能實現麼？唉，那只能靠老天幫襯啦。

也許是一路上感受了風寒，老湯回來後患了重感冒，他沒有去醫務室拿藥，自己熬了一鍋薑湯當茶喝，又猛灌小高粱出汗通氣。

元旦假日，王老實和掛毛兒和他在老韓茶館見面，王老實結結巴巴的告訴他說：

「噯，老湯頭，沒想到你那陰陽蝦那麼管用，我那岳母娘真的懷孕了！不但他們全家歡喜，菜場口附近，都在傳揚這宗事呢。」

「嘿嘿，」老湯笑說：「我這是餵飽了老牛耕田，有耕才能下種，下種才能收成嘛，老實說，我下這番苦心，全是爲著你，只要洪家得子，你那張入贅的契約就變成一張廢紙，由你遷出戶口，自立門戶，你們生養的孩子，也都姓你家的王，那你豈不是樂乎了嗎？」

「當然嘍，洪家能有後代，我們夫妻一直都在盼著，」王老實說：「問題是我那老岳丈，好像他並不單爲求子嗣，卻是對你那陰陽蝦吃上了癮，又託我來求討啦。」

「乖傢伙，老頭的火性叫撩上來了！」掛毛兒說：「這種藥要是長年吃，他不但要變火牛，就快變成『瘋牛』了！日耕夜耙的，不累死他才怪。」

「你回去跟你老岳丈講，這種藥像是火肥，吃多了會把地氣拔盡，朝後就沒辦法收拾了。」老湯說：「既然他老伴已經得了孕，就好比田裡業已種了莊稼，理應休耕放牛去吃草，牛都要養息，何況他是人呢！」

「我想來想去，總覺得這事有點不妥，」王老實說：「上回你交給我一大包陰陽蝦，總有兩百來隻蝦乾，他一天兩粒，也夠吃上好幾個月的，怎麼轉眼就吃光了呢？」

「這事你得回去跟我摸清楚。」老湯說：「要是把他弄成七孔流血的公老鼠，咱們可都吃不了兜著走哇！」

「我一定回去問清楚就是。」王老實說。

一周過去，王老實把事摸清楚了，原來洪老板吃了陰陽蝦，雄風大展，又使他的牽手得了孕，他的族人和街坊湊錢擺酒替他賀喜，大家都很好奇，追問他到底有什麼秘密？洪老闆起先還吞吞吐吐的不肯講，臨到後來，鬧酒鬧得他醉裡馬虎，他也許太得意了，嘴一鬆就吐露出秘密來，並且當場取出大半包陰陽蝦亮相。這麼一來，許多半老頭兒都向他索討，你分幾顆，他分幾粒，一傢伙就被分光了。

「哇，原來男人跟公老鼠一個樣兒，」掛毛兒說：「他們都喜歡用那玩意拔精提神，增加子嗣，幸好人跟老鼠不一樣，他們有出路，要不然，豈不是一窩老鼠都下了你這『湯』鍋了嗎?!」

「要是過兩年，那條街成了娃娃國，老湯頭可是『功德無量』吶。」王老實說：「到那個時辰，也許他們會放鞭炮抬匾額上門來呢。」

「匾額抬了放哪兒？」老湯說：「放它娘的伙房門口嗎?單憑『功德無量』四個字，那些老鼠就會恨得把我活生生的啃掉，再把我拖上閻羅殿，告我『滅鼠造人，處事不公』，閻羅王准了狀，會罰我下半輩變老鼠，也嚐嚐陽蝦的滋味，那豈不是『自作自受』嗎？」

也不是太過無聊，刻意的涮油嘴，只因浙東前線的戰況太緊張了，爲了放鬆情緒，不自覺的就會把生活裡的一點笑料儘量抖開來，弄成開懷大笑，這總比一個人埋頭喝悶酒要好些。無論是喝悶酒或是講笑話，都只是自我排遣而已，並不能改變前線緊張的事實，雖然前不久中美簽訂了共同防禦條約，但大老美剛從韓戰的泥淖裡爬出來，他們會不會真願捲進台海的戰爭漩渦？爲了前方那些小島跟老共開火？韓老爹就認爲：這個條約的好處，是台灣本島的安定性會增加，但對浙東各島並沒有什麼保障，也許更會刺激老共，更加緊攻略行動，試試老美的反應。

果不其然，元月十八號的早上，軍團的司令台廣播，報出共軍大舉出動，登陸上大陳東北面的一江山島，守島的司令官王生明上校，率部浴血抵抗。緊接著，就把收音機接在播音器上，播報中國廣播公司播出的戰訊。

那一天，軍團在營區的各單位，幾乎都在聽這項廣播，有許多軍官士乾脆坐在司令台廣場邊，聚精會神的聽下去，連中午開飯也不去進餐廳。

守衛一江山島的，並非是國軍正規軍，而是具有相當戰鬥力的突四大隊作爲骨幹，總兵力約在一千多人，爲攻占這個小島，老共的海空軍加上攻島部隊，總共動員了近萬人，擺明了非拿下它不可，軍團的這項公開轉播，實在具有空前的創意，第一，是讓所有後方弟兄身臨其境，以精神投入實際戰鬥。第二，是盼望藉此發揮敵愾同仇的心理，第三，派作戰處長官隨時分析戰況，當成戰鬥教學，作戰副處長直率指出：老共不惜犧牲攻取一江山島，是要用它來當成進攻大陳島的跳板，因爲他們攻佔一江山之後，他們便會建立若干俄製重炮的炮陣地，那些重炮的射程便可涵蓋上下大陳的整個地區。

一江山雖只是一個微不足道的小島，但它戰鬥的激烈，真可用「寸土寸血」來形容，老共常辱罵浙東各游擊隊是殘餘的地主惡霸，因爲他們「反共」性特強，他們就沒想到「彈索硬取，趕盡殺絕」的悲情，以及所有階層的人，都有「卑微存活」的權利，與其像羔羊一樣，跪著被鬥死，莫如挺起胸脯，在兩軍戰陣上被打死。狗急還會跳牆，何況人乎？當然嘍，以萬擊千，一江山島在眾人極度關注中，寸寸的被凌奪了，雙方的犧牲者，都變成解釋不同的歷史悲劇，這決不是「地主惡霸，頑固分子」幾句口號就能涵蓋的，它代表著整個民族近世紀思想上的矛盾和極大的悲哀。——這原本是蔣和毛之間思想不同的悲哀。

這項廣播，延續到十九號的清晨兩點鐘結束，結果是王生明司令壯烈殉國，一江地區終爲老共所佔領結束了，不知是哪位傳統詩人所寫的詩句，在悲心淚眼中迴盪不已，那一句是：「誓死依仁不帝秦」。以詩的感人性而言，這句詩是可以傳流萬古的，事實上，國府的舉措是否就是「仁」，老共的作爲，是否就是「秦」？雙方的各說各話，只怕還要「論諸歷史」呢！但一江山這場悲風烈烈的血戰，至少讓伙伕頭老湯覺得：「反共沒錯」！這些王八蛋的老鼠，不吃老子的陰陽蝦，是無法斬草除根的！

深夜三點，老湯喝下最後一瓶小高粱，他做夢都夢到，——他跟王生明都它娘冤枉受刑：一江山島不會死，它將是最好的歷史見證，雙方的死者都是中國人，並且都曾熱愛中國！

一江島戰役之後，老湯在感覺年齡上，彷彿一傢伙老了五歲，他不再研究發展他拿手的滷菜，也不再嬉笑怒罵盡展他的落拓不羈的個性，他變成沉默怪誕的人，把伙房的事務，都交給他的副手老田。他最愛在三杯下肚之後，躺在班竹躺椅上晒太陽，有一搭沒一搭的抓癢捏卵泡。一壁抓捏，一壁囈語著，湯回呀，我的兒呀，你老爸這輩子，看光景是回不去嘍！國共內戰的根本緣由，我始終沒太弄的懂呀！總有一天，你老爸會被刷掉！我只是死的沒轟轟烈烈，比不上王生明呀！

浙東戰役的結果，是浙東各島在美軍協助下全面撤退，國民黨保存了「有生力量」，共產黨「打開東海門戶」，各自誇勝結束了。在各次戰鬥當中所犧牲的上千條人命，除舉出少數所謂「典型」，大肆表彰一番之外，其餘的也只能化成海峽兩岸的浪花朵朵，吻著沙灘，沖著岩石，算是生命在無情時間當中留下的一絲痕跡。

大陳撤退，軍民五六萬人湧入本島，其中將近兩萬住民的食宿需要安置，生活須要照料，各地也都忙成一團，按照分來的配額，先作暫行救濟，臨時安頓，再計劃如何逐步解決他們就業的問題，問題雖然有，但大陳各島的撤退，兵力沒有嚴重損傷，總是一宗可喜的事，有個官員形容得不錯，如今咱們賭本有限，一把幹的玩法實在玩不起，只能待機徐圖。

浙東這一退，台灣實際能管得著的就只有台澎金馬了，除非老共再犯金馬，海峽兩岸一時再有較大的戰事，當戰爭的陰影逐漸淡化，本島軍民總會有一段沒波沒浪的日子好過。這年的秋天，屏東洪家香燭店的老闆娘，居然生下一個男孩子，下帖子請老湯去吃滿月酒。

那場滿月酒做的很熱鬧，老湯帶去的禮物，仍然是一大包精心熬製的陰陽蝦，洪老頭見「蝦」心喜，硬拉老湯坐上首席，並且把王老實當初立下的入贅契約當眾撕毀，說是日後這個女婿去留聽便，由於洪家還是需要人手幫忙，王老實夫婦倆願意留在家多幫幾年的忙，這樣一來，雙方皆大歡喜，老湯也覺當初的苦心沒有白費，被一夥人勸得多喝了幾盅。

誰知這事過後沒幾天，外面的仗竟打到家裡來，平白鬧出一場預謀「兵變」的案子來，在南部抓走了很多軍官，並且把案子擴大，牽連到已調任參軍長的孫立人將軍的頭上。

若說孫立人將軍是匪諜，那是決不可能的事，若說他主謀「兵變」，也是滑天下之大稽，——當陸軍總司令，兵權在握的時刻不行「兵變」，卻要在當光桿參軍長的時刻發動「兵變」，普天世下哪有人會做這等笨事？何況孫將軍半生磊落，義勇忠誠，有任何話都會對總統直言無隱，根本不會產生那種鬼祟的圖謀！

這案子發生後，產生的風波之大，可能超出當局的想像，因爲直接隸屬過孫將軍的官

兵，幾乎遍及金馬台澎各地，大家在私下裡都沸沸揚揚的談說著。

老湯是個標準的雜牌兵出生，也沒有跟過孫立人將軍，接受過新軍訓練，但他也曾聽過不少關於孫將軍的故事，一個出身清華的大學生，投筆從戎，到美國維吉尼亞學習軍事；抗日初期，親率稅警總團抗戰於滬西，並且身負重傷。後來率三十八師揚威緬北。戡亂初期，又親率新一軍出關，打得林彪望風披靡。到台灣，練新軍，訓練之認真嚴格，世所認定，兩個伙伕吵架，卻能告到司令官那兒去，他不以爲忤，親自把他們倆當場擺平，這種亦儒亦俠、深懂基層心理的好長官，真是打著燈籠都沒處找的，他憑一股浩然之氣治軍，怎會搞啥「兵變」呢？

儘管老湯心裏充滿懷疑，嘴裡卻也不敢多說，畢竟他只是個無知無識的伙伕頭。人家說：官卑職小，何況他連官的邊還沒挨得上，只好悶著頭「靜觀其變」了。

這真是：外頭沒喊叫，裡頭猛冒泡，在孫案延宕未決的日子裡，最苦的莫過於軍中的政工人員了，平常出操上課，大都沒有伙房的事，你把伙伕都拉去出操，一天三頓飯你到底要吃不要吃?!但這回不同，政治部派有專人，每一個都要問個一清二楚。

有個姚上尉跑來問老湯：

「你跟孫上將是什麼關係？」

「一不沾親，二不帶故。」老湯攤開兩手，沒好氣的說：「他當他的上將，我當我的兵，咱們各幹各的，階級職務都是國家給的嘛！」

「有關『兵變』的事，你事先一點也不曉得嗎？」

「怪哉了?!」老湯說：「連你當官的都不曉得，我它娘成天煮飯做菜，我哪會曉得?!」

「那你對這事有什麼看法?你相不相信有匪諜挑動？」

「我沒什麼看法，」老湯說：「至於有沒有什麼匪諜挑動?你們自己去查嘛！」

那個姚上尉問遍了伙房，根本問不出什麼頭腦來，據老湯形容是，夾著尾巴走掉了！

孫案一拖再拖，一審再審，最後拖出個自承「匪諜」的郭廷亮來，把孫將軍硬扯上馭下不嚴的罪名，解除掉職務，弄成「形同軟禁」的悲慘結局。

郭廷亮當年捨死作戰，肩傷一直未癒，他以一個少校軍官，哪有力量策動什麼「兵變」？這個莫須有的疑團。始終沒能解得開，但跟孫將軍關係較密的中上級軍官，關的關，退的退，幾乎都被打掃乾淨了。

老湯自己承認腦瓜子紋路不多，想不透這宗案子的前因後果，但他在老韓茶館裡，聽到不少有關孫案的閒話，有人說出：孫老總治軍極嚴，可卻待人極寬，孫的一個老部下，說孫先生自掌新一軍以來，只批准槍斃了兩個違法犯紀的人犯，一個是新一軍在抗戰勝利後回師廣州，他部下有個新疆籍的少尉軍官阿布都拉，長期在印緬戰場上和敵人周旋，調到廣州之後，迷於聲色場所，負債累累，他利用和盟軍（美軍）交往，誘殺了兩名美軍軍官，並盜賣了美軍駕駛的吉普車，引起了國際的不良反應。案發之後，阿布都拉少尉被新一軍當局緝拿歸案，坦承因圖利行兇不諱。

孫將軍親自召見他，告以軍譽勝過個人生命，你是邊疆少數民族有爲的青年，當初能深明大義，投身抗戰，而且在印緬戰場卓具戰功，真可說是非常難得，抗戰甫獲勝利，你就不克自恃，陷身聲色犬馬，殘害了盟軍軍官，依軍法，是非槍斃不可了！你還有什麼話好講？

那阿布都拉哭稱沒話好講，後悔也來不及了，只有一點請求：就是被正法後，能把他的遺物勛獎之類，交給他在新疆的父母！孫將軍含著淚，當場答應了他，並當場派了一名軍官，帶著阿布都拉的遺物，出遠差去了新疆，把這事辦妥，並且收葬了阿布都拉少尉的遺體。

第二宗槍斃部下的事，發生在東北瀋陽，那時新一軍初初收復瀋陽不久，還沒向更北的長春挺進，新一軍某部有一個資深的金班長，他和一個東北籍的年輕寡婦談上了戀愛，那寡婦的感情並不專一，騙光了金班長的錢之後，竟又移情別戀；金班長一惱火，就趁深夜燒光了那寡婦的房子，把那寡婦也燒成了焦炭。

這事發生之後，瀋陽一片嘩然，新一軍當局很快就緝拿了兇手，移送到軍法處審理，軍法處經過慎重審理，判處兇手死刑，但格於規定，所有死刑案件，必須經由軍長親自核定方可執行。於是乎，這個紅色卷宗，便呈到軍部司令官的案上。

但軍法處一等再等，卻等不到執行死刑的批示，而東北各報章，報導出各地不滿的情緒日增，軍法單位很無奈，就私下拜託當時司令的侍從官陳上尉。陳上尉去查看，發覺原本擺在司令官桌案正中的卷宗，已經移壓到一疊卷宗的最下層了。那天晚上，他不得不集妥各報章的激烈反應，跟司令官從實報告，說是：新一軍自出關以來，軍譽極佳，如今竟出了這縱火殺人的事件，影響軍譽極大，軍裏司法單位已坐實了金班長是殺人兇手，理當執行死刑，要是軍長延不判決，漠視民意，恐怕日後會興起更大的風波。

「這案子，我早已看過了！」孫將軍說：「我要親自審查一下，再作決定。金班長如今人在哪裡？」

「在配屬的憲兵單位。」陳參謀說。

「好！今晚八點，我親自提審。」孫將軍說：「你立即打電話通知他們，八點正，把犯人提送過來。」

到了夜晚八點，憲兵單位把犯人押送到案，那個金班長見了司令，長跪不起，只是低頭啜泣。

孫將軍認得這個班長，當年在緬甸作戰，他也曾屢立戰功的，就溫言對他說：

「老金啊！你怎麼那麼糊塗，小不忍於一時，做出這麼大的血案來？我問你，軍法處的審問，有沒有刑求逼供的情勢？有沒有屈打成招？這可是你最後的機會！」

「沒有！」老金斬釘截鐵的說：「房子確實是我點火燒的，人也是我害的。我只是恨她先騙光我的積蓄，再移情別戀，我寧可一命抵一命，絕無反悔！」

「你去把總務處段處長找來！」孫將軍對陳侍從官說：「我有事拜託他辦。」

總務處長召來之後，孫將軍交代他說：「金班長曾是印緬戰場上的抗日英雄，一條鐵錚錚的好漢子，也是孫某最好的兄弟，如今他犯了重法，理應執行槍決。你得趕夜去準備一付好棺材，像樣兒的壽衣和紙帛，他槍決後，我要親自去祭奠他。槍斃是一回事，他的戰功是另一回事，新一軍的信條就在於公私分明。」

金班長是犯軍法被槍決了，但司令官引以自責，哭弔他之後，整天沒進粒米，他認爲部屬沒教好，是司令官的責任，把一個英雄當成狗熊一樣的斃了，他對國家有愧！

講這個故事的人，是步兵學校的一位主任教官，當然也是孫將軍的老部屬，當時他的眼眶也是好紅的。老湯沒有理由不相信這種追述，孫將軍是全軍都信得過的最好將領，欲加之罪，何患無辭，是最令人氣憤的。老共不打我們的時刻，應該是整軍經武最好的時機，但爲了細故硬加羅織，讓一個良將投閒置散，讓老共隔海看笑話，這才真是最大的損失呢。

由於孫案的影響太深廣，凡是第四軍訓班各期出身的年輕軍官，幹訓班，儲訓班派去部隊的軍官，好像都犯上了一些忌諱，進而使若干新軍系統的將領，也都受到了程度不等的波及，除了唐守治等極少數的人例外。陸軍各部隊除了加強政治教育外，更積極作出效忠表態，舉行了一連串的效忠大會，各部隊挖空心思，爭奇鬥勝，玩出許多「丑」表功的花樣。這些花樣，足可以列入世界軍史。有的在玩「金盆滴血」，有的在玩咬指寫血書，有的乾脆以「紋身」明志，再用照相機照出相片，彙集成冊，獻給偉大領袖，所謂志願紋身的，絕大多數都是老兵，沒有幾個是當官的。

這一波規模龐大的新造神運動，旨在證明軍中團結一致，鞏固領導中心，唯領袖創立的黃埔才是反攻的主要動力，依當時的景況看，離鄉日久的士兵，悶在島上好幾年，誰都希望能轟轟烈烈的回去，真能給他們希望的，就只有那麼一個人，那就是領導過抗戰的蔣總統。周邊的將領們也抱有同樣的心理，只要略加一把勁，這把效忠領袖、反攻大陸的火就熊熊的燒開了。

其實，效忠是一種自發的信仰，根本用不著爭先恐後去表態，而且表態的方式花樣百出，那股近乎宗教性的狂熱，幾乎和當年的「義和團」、「紅燈照」差不多，有的點紅燭，拜關聖，對著大臉盆刺手指瀝血宣誓，有的是咬指簽名寫血書，有的則是奇想天外，在手臂上、脊梁上施行刺青，所刺的字跡，大都是一些流行的口號，比如：「一條命殺共匪，一顆心回大陸」、「反共抗俄，必勝必成」、「誓滅奸匪，光復家園」、「奉行主義，效忠領袖」、「仁者無敵」、「誓死完成國民革命」……這種花樣，也不知是哪個沒屁股眼的王八蛋想出來的？他們只知道：和尚能燒出戒疤，岳母曾在岳飛背上刺下「精忠報國」的字樣，殊不知刺青這玩意，最先是在歐洲下層社會裡流行開來的，尤其是流行在遠洋船的水手之間，部分的幫會、妓女也爭著採用，但他們所刺的，多爲圖騰式的標誌，或者是悅目的人禽圖案，偶爾也見到單一的字母，但把泛泛的政治口號刺到人身上去，而且「有身必紋」的，全世界恐怕只有中華民國的陸軍了！

不過，說它「有身必紋」，也未免誇大其詞，有些較具見識的部隊長，認爲這樣做未免太過火，血書都獻了，這個下三濫的玩意，不玩也罷！因此上，若干部隊的兵士，還算保留了父母給予的「清白」身子。

最反對刺青的，莫過於老韓茶館的韓老爹，他說：

「它奶奶的，堂堂國軍，竟爲了一個孫立人，淪落成不入流的黑道幫會嘛！這些爲保本保位的龜孫子，簡直是羞辱了蔣總統啦！他們如果認爲『刺青』是對的，應該從國防部長、參謀總長、各軍種總司令帶著頭先刺出個樣兒，讓弟兄們看嘛！他們卻故作不知，讓士兵自己發動，再拿這些『成果』列冊報部，轉呈總統，作爲晉階保位的本錢，這就證明他們其心可誅，根本不是玩意。嗨，黃埔要照這樣玩下去，黃埔還能玩多少年呢？」

這幕鬧劇雖說不太雅馴，至少讓孫案的餘波在表面上暫時穩定了下來，被激動得刺青的大兵也都興高采烈，沒有任何怨言，但在那種一個比著一個的大環境下面，有少數不願紋身刺字的老幾，那可有得瞧了。首先要問的是：你這是什麼意思？是否對領導中心存有疑問？

你是否是不願意「反攻大陸」了？嚴重一些的，甚至被問：你是否是郭廷亮、孫立人的黨羽?!如果你說不是，當然就刺個青表明心志嘛！也有極少數始終不願刺青的，被單位視為異端，逼令提前退伍，更因有人因毆辱上官的，被判徒刑，發配外出勞動，到山上溪底去敲打石頭，舖路或是作蛇籠的。在一片刺青明志的狂潮裡，老湯卻成了「漏網之魚」，因為他鬧起酗酒的後遺症，躺在真理醫院裡泡病號，你總不能讓一個等待動手術的病患去紋身罷！

不過，等老湯出院之後，才得知掛毛兒也跟隨流行，在手臂上刺了青，他刺的是：「誓死反攻大陸」六個字，也就憑這六個字，他升了上士排附，可優先報考軍官班。

「嗯，誓死反攻沒錯的，」老湯事後說：「至於反不反得成，那得要看上天的造化了！要是你這輩子反攻不成，我得勸你：甭讓你兒子再刺這玩意，——騙人有騙兩代的嗎？就是它娘外婆死獨子——根本沒指望啦！」

「仗總是要打的不是？」掛毛兒有些不服氣的說：「兩邊不是就在比一口氣嗎？」

「雙方比氣是沒錯的。」老湯說：「依我這土腦筋，笨想法，咱們很難比得過對方，這怎麼說呢？——咱們這些一心想打回去的人，十有六七都不夠資格娶老婆，沒老婆，兒子能天頂上掉下來?!人家台灣當地人，幹嘛要去頂槍子兒，賣命去打回大陸呀？日後充員兵多了，你說『保台』，他們願意，你說『反攻』，四兩棉花，根本免彈（談）。事情明擺在那兒，耗到咱們這一代人退光，『反攻』的戲也就唱完了。」

一番話把掛毛兒說悶了，只管摸著他刺了青的手臂，有些自憐自惜的味道。老湯原想再說些什麼的，話到嘴邊硬忍住了，過了一會兒，他才幽幽的嘆口氣說：

「刺都刺了，就算了罷，人總該朝好處想的，時機對咱們太重要了！要是沒機會打回去，老實說，窩在這島上，上上下下都它娘沒什麼前途好講。管你是總戎還是大兵，閻王爺分批請客，咱們是輪流報到，不就是這麼一回事嘛！就算炮彈沒打著，時間也把人給毀掉了。」

老湯這種土腦筋和笨想法，他可是對誰都直言無隱的。有一回，有個政訓官大驚小怪，認爲他在推銷「反攻無望論」，老湯大光其火，罵說：

「你老娘的，這種槍斃人的大帽子能亂扣的嗎？我這是恨鐵不成鋼，希望反攻要趁早，等到咱們全老掉了牙，魂歸地府，你它娘能用什麼樣的號角，吹起十萬『陰兵』，去替你打這個屌仗?!」

本來嘛，久在戰場上打滾翻身的老湯，並沒有絲毫推銷「反攻無望」的意思，只是他慣把伙房做菜的經驗用在戰局上，時間拖得老兵們師老兵疲，指望充員兵去賣命，簡直是沒門！人家是來兵營數饅頭的，數完了，屁股一拍就回家，用溫吞火炒菜，連一點色、香、味全炒光了；那些肩膀上扛星星的人，至少該懂得這個，要是連這個都不懂，連當伙伕的資格都不夠，還侈談什麼反攻?!

民國四十幾年之間，在大老美的翅膀拐兒下面，整軍，換裝，鞏固金馬前線，調整人事佈局，幹得煞有介事，其實就是溫吞火炒菜，把大夥兒又炒了好幾歲還不起鍋，唯一的收穫僅出現於稍早，就是接回韓國戰場上一萬多個自願投奔台灣的戰俘，並訂出一二三自由日，而那些選擇自由的鬥士，許多人也是刺青明志的，這麼一來，便把島內刺青鬧劇淡化掉了，想出這點子的人會說：看嘛，這全是人同此心，心同此理嘛！

在此同時，三軍官兵的結婚熱潮，像海峽裡的大浪。因應此種情勢，不得不大興土木的增蓋眷舍，並且把反攻的希望，延續到第二代人的身上，——老子即便回不了大陸，兒子也該回去罷？這個新村叫「忠義新村」，那個新村叫「成功新村」，這個新村叫「待凱新村」，那個新村叫「金馬新村」，這和黨中央的「凱歌歸」全是首尾呼應，幾乎成爲時代的風向球。住進新村的新夫婦們，夜夜都來一番「床鋪大地震」，爲日後反攻製造「生力軍」，甭看王老實沒住進什麼新村，而且取名「老實」，其實他半點也不老實，幾年之內，他照樣製造出兩個小壯丁來，而且外加半個還沒驗孕的胎兒。

在操點之餘，心情憂悶的老兵們，開始熱衷於殺象棋、打撞球、玩撲克，這些許是在營區裡被准許的，也有些人在眷區學會了玩麻將，其實那並不是職業性賭博，只是家庭間的消閒娛樂，但軍中仍然禁令高懸，凡有違犯的，一律以賭博罪送辦。

禁令歸禁令，有些老兵仍然玩上了癮，他們利用營區後面種菜人家的小屋，在假日聚上幾個人玩玩，後來乾脆到甘蔗田當中的養豬戶家裡擺方桌，只要得空，就有阿兵哥來築築方城。其中以伙伕、駕駛兵爲最多，他們提早放車出營去買菜，找時間玩上幾圈，而且這種地方沒有門牌號碼，警察抓賭也不會跑到豬舍來，可說是絕對安全，不過，老湯本身並沒有賭博的癖好，寧願去坐老韓茶館也不去那種地方。他手下的伙伕裡，小施和小田好賭，去那邊打了幾次麻將，老湯知道之後，狠狠訓了他們一頓，他罵說：

「你們這兩個，真箇是豬頭豬腦袋！虧你們忍得下那股豬臊味，在那種鬼地方一蹲就蹲上好幾個鐘頭！日後萬一賭輸了，把菜金錢挪用掉，讓群裡吃什麼？」

「湯頭兒，你莫惱火嘛，我們只是小玩玩，最多三五塊錢的輸贏，哪敢挪用菜金，何況，那是採買、監廚的事，他們去過的次數更多呢！」

「後門的衛兵班長也去玩啊！」小田說：「難道你不覺得這種溫吞的日子叫人悶的慌？」

「可不是嗎？」小施說：「仗又不打，年年都說隨時準備打，就這樣把咱們懸空吊著，我真悶得想開小差，這種整了又訓，訓了又整的把戲，簡直就是『整』人、『訓』人嘛。」

「你們甭拿這些當藉口。」老湯說：「我還沒整你們訓你們，你們反而訓起我來了?!老實說，要得人不知，除非己莫爲，總有一天傳到長官耳朵裡，交代憲兵來個檢查掃蕩，把你們逮起來，那時刻，我用什麼理由保你們出來?!你們倒是說說看？」

「在營區外頭摸摸小麻將，會有那麼嚴重嗎？」小田說：「好多眷村裡，麻將不都是照打。」

「你甭拿軍眷打比方。」老湯說：「她們雖領眷補，但她們不是軍人，咱們可得有軍令管著，事情是輕是重，沒人會料得準，說沒事也興是沒事，說有事，也可能判你半年徒刑。不信啊？那你們就準備蹲大牢好了。」

老湯雖在性格上放蕩不羈，但他對伙伕的管教還是有原則的，他總認爲：女色和賭這兩項最好少去沾惹，這可是明哲保身最好的方法，也總覺古人用「酒色財氣」四個字教訓後世，把酒列在頭一個禍害，實在有點欠公平，若說酒能傷身，傷害的只是自己，女色和賭都跟錢財有關，那裡面的恩怨情仇永也扯不清，可以說步步都是陷阱，寸寸都佈滿殺機，酒只要跟後面的三個字分開，很少單獨爲害的，不論小施和小田兩個肯不肯聽，他還是把該說的話全給說了。

倒不是老湯真有什麼樣的先知之明，在他訓過小施小田之後不久，那個豬舍的小賭窟就被憲兵掃蕩掉了，他們當場抓了四個賭徒，竟然全是真理醫院裡住院的老病號，他們已經辦妥了出院歸建的手續，但卻沒有馬上歸建，因爲那四個老幾，是趁周末辦的出院，二天還逢假期，他們就去豬舍開打，周末夜晚打到星期二的夜晚，原單位接到他們出院歸建的公文，卻沒見人回來。但按照規定，不能馬上報他們是逃亡，還得等上兩天。

星期三的早上，有警察跑來向軍方報案，說是蔗農在豬舍後面發現躺著四個阿兵哥，全都昏迷不省人事，要軍方趕急派人去救護，好在發生案件的地點，就在軍團部後門外不遠，真理醫院放出救護車，到那邊一看，原來是四個剛辦出院的老病號，他們當時雖都處於暫時休克狀態，但嘴裡還喃喃囈語著：摸五條、打二餅、清一色和雙龍抱！全是牌桌上的玩意兒。他們出院後幹啥事，醫院管不著，醫院只能管救護，先把他們給弄醒。

等那幾個老幾清醒之後，憲兵單位一查問，其中一個才坦承他們是打麻將去了，憲兵單位一加計算，他們是星期六下午打起，到星期天晚上，足足打了十二小時以上，他們還沒過足癮，接著挑燈再戰，一直打到星期三凌晨，前後總共鏖戰了六十小時以上。其中兩個人站起身說是要去放溺，誰知一泡溺放了許久還沒回來，另兩個跟著也去放溺，誰知不放溺還能撐得住，一放溺便來了一個「全倒」。

真理醫院的軍醫官提出一份救護經過的報告書，認爲根據生理醫學的檢驗證明，他們連熬了四個通宵，已到嚴重缺水的生理狀況，一經放溺，心臟負荷激增，便導致中度休克。偷打麻將，打暈了四個戰士，這可是一場大笑話，軍團部當然不願意張揚，封鎖了這條新聞，也沒把他們解送軍法，只叫原單位領回，嚴加看管，不准再犯。

當時的第二任司令官劉中將就說過：

「它奶奶的，老病號在麻將桌上表現的堅忍潛能，實在它娘的了不得！六十多個鐘頭不眠不休，硬幹到底，直到放溺擺平爲止，咱們陸軍弟兄要能把這種麻將桌上的精神用在反攻大陸上，俺敢講，不用四天，就能打到長江吶！更何況他們只是老病號呢！它奶奶的！」

當然，他這番話，嘲笑是真，喻揚是假，這四個賭徒再想充病號到醫院去鬼混的機會是沒了。而且憲兵單位沒收了賭具，把聚賭抽頭的養豬戶轉送地方法院治了罪，對軍中賭博的風氣，也直接的產生了嚇阻作用。

掃蕩案的發生，使愛賭的伙伕小施、小田從心眼裡服了老湯，認爲他確是經驗老到，先知先覺，更何況這事過後不到一個月，八二三炮戰就驚天動地的展開了。

不論高層的指揮單位事先得知什麼樣的情報，有什麼樣的預警，各駐軍單位中下層級的人，根本都不知道這宗突發事件的因由，一旦炮戰發生的新聞傳佈後，大家都驚震得目瞪口呆，怎麼這樣的突兀，頭一群呼嘯而來的炮彈，就把我方的兩個副司令和參謀長都給掛掉了?!

八月二十三號那天，老共像患了失心瘋，竟然對那麼一個巴掌大的小島，轟出了三萬多發炮彈，恨得老湯真想把喝完的小高粱酒瓶扔過去，砸爛毛澤東那個狂人的臉，什麼跟什麼嘛？你它娘要是打大老美，幹啥不用什麼飛彈幹掉他們的航空母艦，卻要來轟殺中國人！國軍從統帥到士兵，從來沒誰說過中國有兩個，你它娘以「大」吃「小」，算啥玩意兒？你要真爲中國的百姓作想，根本就不必勞民傷財，來動這一場中國人殺中國人的干戈！

卷之八・從激戰到偏安

八二三，應該是國共兩黨戰史上最混沌難分的最後一次激戰，從八月末打到十月初，雙方的落彈數超過了大陸各戰役多多。老共的損失究竟如何？這邊並沒明確的報導，而這邊的報導，多少有些字面上的保留，至少有一點可以相信：雙方都落得一個「慘」字！若講「損失」，大老美不能說是沒有，但他們總是一個「超強」，只要不死太多人，這點損失，他們仍然承受得起，而兩岸的中國人，在震耳欲聾的炮聲裡，究竟感悟到些什麼呢？

自許爲國軍終身伙伕頭的老湯，爲這場戰爭，至少多喝了十幾打小高粱，並且把喝光了的空酒瓶擲向朝北的牆壁，在玻璃的碎裂聲裡，大罵窮兵黷武的毛澤東。老湯是它娘「無產階級」出身，但他卻很「頑固」，一輩子看不起毛澤東派的共產黨人，他們堅持所謂的「反帝，反封建」，終必是中國在某個歷史階段必要的革命手段，但他卻錯估了他的對手——蔣介石，雙方的民族主義的理念，根本是相同的，蔣雖在特殊的局勢中多少依恃大老美，但這就好像當年中共依恃蘇聯是一個樣兒，雙方在戰爭當中，你用美式的武器打他，他卻用俄式的武器打你，管他雙方誰勝誰負，死的卻都是中國人！

依照老共劃下的戰爭藍圖，希望藉長期的封鎖，一舉佔領大小金門，再把孤立的台灣當成下一步棋，繼續試探下一步棋的走法，但在孤立金門的前幾個月裡，台灣並沒被嚇垮，儘管遭受到共軍炮火的封鎖，依然用盡一切可能的方法，保持運補不綴，而且全島守軍的戰志高昂，有許多台籍戰士也初初領受了戰爭，莫說全面封鎖只有兩個月，就算再拖上一年半載，金門照樣能挺得住。

事後有人認為，一場古寧頭戰役，一場八二三戰役，才穩住了動盪飄搖的局面，這將使台灣長時間的穩定下來，至於能穩多久？那得看本身的作為而定。

老湯有自知之明，他承認自己看不透遙遠的未來，他沒那麼大的學問。八二三戰役在兩個月後，由老共主動宣布單打雙不打，演變成世上少有的戰爭方式，你打海灘，我也打海灘，你停我也停，你打我也打，這情形，像小孩子過年競放沖天炮，也都還帶點兒走著瞧的意味。

炮戰過後半年罷，掛毛兒帶了個人來看老湯，老湯看到他就一把抱住，那個人原來是他當年的伙房助手小史，想不到幾年沒見，他已經升成少尉了。

「你這個在金門炮火裡洗澡的傢伙，」老湯說：「可把我給想壞念壞了！你是怎麼回來的？」

「部隊調防回來了，駐紮在北部。」小史說：「我被調來步校受訓，正巧碰著掛毛兒，說起您跟王老實，我就急著趕來看您啦！」

「那小楊呢？他如今怎麼樣？」

小史的臉色陰陰鬱鬱的，低聲說：

「小楊已經被炮彈炸死了，當時他駐紮在金北的碉堡，我駐紮在山外的坡地，他的碉堡緊捱著一個小村子，村裡有個寡婦李嫂，帶著個孤女喜子過日子，爲了補貼家計，李嫂就替阿兵哥縫縫補補，洗洗衣裳。炮戰那天，喜子正在碉堡背後的坡地上玩耍，炮擊開始之後，一剎間山搖地動，硝煙瀰漫，小楊正在碉堡邊招喚幾個構工的弟兄回來，忽然他看見小女孩喜子呆站在附近的坡地上，嚇得不知如何是好，他趕急飛奔過去，想把她抱進碉堡，誰知一群炮彈在坡地上方開了花，小楊抱著喜子伏地臥倒，但一塊破片擊中了他的脊背，使他受了重傷，而喜子卻好端端的，只擦傷一點浮皮。

當時還是弟兄們把他抬回掩體，自行替他包紮的。炮擊開始不久，許多電話線路都斷了，部隊悶在地下掩體裡面無法動彈，每個碉堡彷彿都成了孤島，互相難通音訊，從射口朝外瞄，分明是黃昏時分，天卻被濃煙蔽住，完全變黑了，火光在四處打閃，一個多鐘頭之內，炮聲比雨點還密，轟嘩轟嘩從沒斷過，轟得地面也不停的打抖，估量著總有好幾萬發，人的耳朵被震聾之後，再大的聲音也變得悶悶的了。

小楊被炮彈擊中的事，我當時哪會曉得？那還是八月二十五號，通信單位冒險去查修電話線傳回來的。我們的掩體，在小楊那個單位的右後方，騎單車踩快一點，不用一刻鐘就可以到，當時小楊還沒有死，我不能不冒險去看看他。我把這事向排長報告，排長罵我是要找死！可是，一路打東北過來的生死弟兄有幾個？我哭紅了眼，請排長成全，我寧可冒這個險，也要跟小楊見上一面。

那天的炮戰並沒停歇，但是聽聲音，從高空呼嘯而過的炮彈，都是朝料羅灣和機場那面打的居多，排長一點頭，我拉了寬輪單車就奔出去了。出門之後，這才發現金門島根本被老共的炮彈耕翻了，右後方的大武山還在冒煙，一路上全是坑坑洞洞，被打爛的軍車翻在野田裡，到處都見到血淋淋的屍體，我想騎快也騎不起來。全靠老天保佑，舉眼看去，一路上只有我這一個活人。

到了小楊的碉堡，我總算在他奄奄一息的時候見到了他。醫官還沒趕的來，小楊脊背的傷口比我想像的嚴重，炮彈的彈片已打碎他的脊骨，損傷他一邊的肺臟，他下半身失去了知覺，說話艱難不說了，一開口就吐血沫子，但他意識還很清楚，一眼就能認出我來。他說：

『小史，你真有膽子，敢挑這時候跑來！我不行了，但我不懊悔，我總是救了寡婦家的孤女喜子，寡婦親來領走她的女兒，要她叫我「恩爹」。我……我死也夠本了。』

『你要振作點，』我說：『你還沒死掉，不是全沒希望的。』

『嗯，行不行我自己知道，我沒旁的遺物，只盼你傳個話給老弟兄，說我是死在金門，葬在金門，見到湯頭問聲好，我老伙伕死得像個人！』」

小史在老韓茶館裡講述這宗事，老湯和掛毛兒都靜靜的聽著，從頭到尾沒出聲打過岔，一個活生生的人就像一陣煙，那麼悄悄的從人間隱沒了。甭說是微不足道的人，擦亮夏季天空的流星，每一道亮光也許比整個世界還大，不也是那麼一閃就隱沒了麼？

「其實，人都是怕死的，」小史說：「在炮戰剛開始的時刻，咱們都很害怕，心想這下子完了！我班裡的充員嚇得兩腿直是打抖，說話都張不開嘴來。兩天之後，有人自嘲說：炮戰時步兵最是窩囊，反擊使不上勁，只能埋頭縮在地堡裡挨轟。但習以爲常之後，大家都覺得生和死彷彿只隔一條線，怕與不怕都沒什麼分別，誰碰上炮彈算誰倒楣，也就是說，對方越轟，咱們膽子越大，氣也越足，人一個，命一條，沒啥大不了！」

對這一點，老湯十分相信，他和許多老兵，都有過這種陷入死境的經歷，一開始，下巴幾乎要抖掉下來，一句話都會結結巴巴的說上老半天，等到該死又沒死掉，就變得忘記什麼叫怕了，打起衝鋒來，人人都變成發瘋的野獸，衝啊！殺啊！喊的震天響，那股子殺氣真能衝上天去。在炮彈滿天飛的金門島上，衝不了鋒陷不了陣的守軍步兵，在炮戰中使不上勁，更加會激出一種無明火來，這是無可懷疑的事實。

老湯也想到自己的老師長，就像是一棵老樹，在時間裡遇上不同的季節和天候，全師弟兄們就是滿樹的葉子，有一些被戰鬥的狂風掃落，有一些也會被秋霜打黃，一場炮戰，小楊就成了一片落葉，無聲無息的歸入了泥土。在金門，許多不同戰鬥單位也就像許多樹，長在同一片林子裡，其它死去的伙伴不也是一片片落葉麼？這種隔著海的無情廝殺，造成落葉如雨的中國的秋天。

難道除了血腥的廝殺，就沒有法子解決兩岸的爭端麼？當然，這種問題，根本不是他能想的。

「在炮戰當中，我的班裡也死了兩個充員。」小史說：「倒不是他們挨了炮彈，卻是死在他們自己手上。」

「怪哉了？」掛毛兒說：「這是怎麼回事呢？」

「我班上充員不止是他們，別的弟兄都還好，就只是這兩個不聽話，炮戰之前，我要他們認真構工，照上級要求的標準做好安全防護，結果他們挖的散兵壕，像狗扒的一樣，不到三尺深，他們說地上石塊多，挖不動，十字鎬都打禿了才弄出這個樣。炮戰開始之後，這兩個傢伙卻變成土撥鼠，沒命的朝下面打洞，把他們蹲身的洞挖有一丈多深，對方炮彈落在附近，當然沒打死他們，但卻把坑洞的護壁給震塌了，把他們當成夾心餅乾。」掛毛兒說：「後來爲搶救他們，全班弟兄冒險挖了半天，才把那兩個挖了出來，整個人縮得很小，扁扁平平的，這種樣的屍體，我還是頭一回看到，據殮屍官說：土壁猛的一合，把他們身上的血和水全吸乾了，變成兩個人乾，身子縮小沒啥好驚怪的，就像鮮蝦和蝦米的比例是一樣嘛！」

「嗯，你這一說，我倒想起咱們老師長的話來，」一直悶聲聽話的老湯說：「他老是告誡咱們，臨到上戰場的時刻，愈是不怕死的人，死亡的機率愈大。因爲你越駭怕，腦子越亂，舉措都變得失常，在戰場上，失常必亂，這是兵家大忌啊！」

那天一上午，話題總是繞著金門炮彈打轉，連鄰桌的茶客們，也都紛紛拖動椅子，移過來旁聽，茶客裡面，十之七八都是軍人，也有的雖沒穿軍裝，但都是曾經扛過槍打過仗的，足見大夥雖處在後方，卻都關心著前線十多萬軍民的安危，台灣委實太小了，在大陸上吃敗仗，可以一退再退，在台灣吃敗仗，只有跳海的份兒，說旁的全是空話，死命保住這塊土才是真的。

正因爲小史是親身經歷過炮戰的人物，講出他的所見所聞，才會引人特別關注罷。小史講到在地下掩體裡捱炮轟的滋味，脫口罵出三字經來，他說：

「二十三四兩天，那種罪，真它媽不是人受的，爲了防制巨大音響，幾乎每座碉堡裡都裝有成排的大貝殼，有經驗的老駐軍單位，認定這類貝殼有吸音作用，至少可以減輕耳膜的損害，用處不是沒有，但炮彈不分點的爆炸聲實在太大了，每個人的耳朵幾乎全被震聾啦！地堡裡非常潮濕，有些地堡裡有地泉，弟兄們就用洋灰做成池子，把泉水引到池子裡，就算不出去，也不愁沒水喝，有些不是地泉，是從頭頂石縫裡滴出的水粒，人趴在地上，抱住頭等著挨轟，冰涼的水滴卻滴在人的後頸和脊背上，替人數算著一分一秒……那一點一滴的冰涼，就算是你還活著的標記。拿我們那個地堡來說罷，認真來說，只能算半永久工事，當然嘍，一顆空爆彈落下來，決計打不到我們，但裝了延爆信管的俄製一五二重炮直接命中堡頂，是否能承受得住，恐怕很有問題！一個人的命，是死是活，是存是亡，要用頭頂上的水滴來數算，一秒是活，一秒是死，這種倒楣的滋味，你們哪個嚐過？有啊，當年抗日時期，在台兒莊，在江西的小孤山，在衡陽戰場，有許多軍中的前輩也曾嚐過，但那時轟擊咱們的是異族日本鬼子，可不是咱們中國人吶！老共當年小米加步槍的時刻，高喊：中國人不打中國人，這口號，可是他們先叫出來的！如今建國沒幾年，是鋼鐵煉多了？要拿咱們當試驗品。炮擊兩個月之後，咱們出了碉堡，不管是官是兵，手舉起來不是敬禮還禮，卻是摸摸自己的腦袋還留沒留在自己的頸子上？旁人我不敢講，我自己，至少摸過一百回了！」

「雜碎！」老湯忽然罵出聲來：「我它娘要是罵老毛沒理想，那倒是太絕了一點，但他沒把『人』當『人』看，他死了之後，閻王爺也會這麼判的。你要打帝國主義，打大老美，你炮彈儘管朝美國軍艦上轟嘛！幹嘛專挑『軟柿子』吃？硬轟一敗再敗的中央殘軍呢?!蔣總統不死，恁誰也霸佔不了台灣，這是明擺的嘛！」

臨到這種節骨眼兒上，茶館的主人韓老爹起來說話了，他老人家咳咳喘喘的說：

「蔣總統是個性如烈火的人，一個世界性的人物，但他的身邊，多的是歐美列強的買辦人物，他們表面上卑躬屈膝，實際上全是官僚，俗說：一個槽頭上拴不了兩匹叫驢（叫驢，即公驢的俗稱）。他們光夢想憑那點淺薄的書本知識去治理中國！那只是做夢！何況他們身上全是穴窿眼兒，自私自利，毛病百出，有些像樣兒的，像立夫先生，又不被重用。他愈被拱得高，愈被孤立，中國才被弄成一鍋糊塗粥，要不然，憑老毛那個目空四海的狂人，怎會把整個大陸給搗翻呢？如今，不論咱們是軍是民，都蒙受內戰之害，也只好死生由命啦！」

「對！」那個常講話的方上尉說：「這就好像大賭場押空，押中了的就贏，押不中的就輸。」

「你的話雖說得很爽，但畢竟見識很有限！」韓老爹說：「人在賭桌上，不可論輸贏，國民黨上一把確實是押輸了，輸去了整個大陸，但雙方還沒有下桌呢，誰是最後的贏家，恁誰也不敢斷言，那得看雙方的作爲，誰能真正的長得民心，誰才是真贏吶！」

「不管是誰贏，中國是輸不掉的，」老湯說：「咱們當兵的沒有大賭本吶，能有的只是一條命，海峽兩岸的老兵，都它娘只能押一把，輸掉了就得離桌，像小楊一樣，——沒有第二把好玩的了！」

沒有人再接口反駁，可見老湯的看法就代替了這場言談的結論，老湯看看他的錶，就拉著小史去小館喝酒吃飯去了。按照他自己的結論，能喝酒吃飯的，就算還保有賭本，雖說押的是游門，至少還沒有離桌，還有第二把下注的機會，人說：輸人不輸陣，下一步該怎麼玩法，才能算是輸掉這條老命也還能算贏家呢？

在小飯舖裡，和小史把酒碰杯，老湯不祝福小史升官發財，卻祝願他「萬年永壽」，小史罵他說話捉狹，怎麼多年不見，一見面就把他當成烏龜王八看？老湯說：

「沒錯啊，管你早先遇到啥？縮縮脖子朝前活，只要憑著良心，正正當當把人給做好，臨死也安心閉得上眼，誰輸誰贏是政治上的事，咱們做人無愧就是贏家。」

和小史那次別過，就沒機會再見到面，老湯和王老實一家子，倒是像漿糊一樣黏在一道兒扯不開了。

在王老實的心眼裡，天神就是可望不可及的蔣總統，地神就是成就他全家的老湯頭，他家的兩男一女，全認老湯做了乾爹，老湯只要把那三堆溫熱柔軟的肉抱在懷裡，他的心就像雪人遇上太陽，一點一滴的溶化，變成溫情的流液，嘴裡有時會罵：「小山東，壞囡囡。」其實心裡疼得不分東西南北。有時會自打嘴巴說：「怎可隨便罵山東人？孔夫子就生在那兒呀！」每當他一抱上小孩，他就會覺得不用反攻，一把就已抱住了整個中國，抱住了中國的新的生命，誰它娘再要挑起戰爭，讓這一團溫溫熱熱的小肉變成冷硬的屍體，誰才真是中國的罪人呢！方法也許是有的，但絕不是戰爭。

王老實夫妻倆，對老湯更是沒有話說，尤其是阿玉，簡直把他當成親哥哥看待。至於阿玉的老爸——香燭舖的洪老闆，早已把老湯看成了神。在陰陽蝦的持續供應之下，洪老闆不但有了兒子，還又生了兩胎女兒，老洪發誓，這兩胎女兒，至少有一個要嫁給阿兵哥。

俗說：「天下沒有不散的筵席」，這許多年來，和他相處得最好的長官——李副座，終於調差到北部去了，從副職升成正職，老湯向他道賀。李副座說：

「幹咱們這一行，到哪兒都脫不了修橋補路，不過，日後退役，轉業找差事比較容易，台灣不打仗，就得要建設嘛，那時刻，上山下海，咱們還有得忙哩。」

「嗳，老長官，」老湯提醒他說：「不論你忙到哪兒都得要吃飯不是？你可甭忘了我這老伙伕頭，只要你招呼一聲，我就會去報到的。」

「我是有這個意思，只是恐怕自己官卑職小，會委屈了你。」李副座說：「等我北部的新職務定下來，我就商調你過去幫忙，老長官他會肯放人的，你看如何？」

「行啊！」老湯說：「這事不急，你放在心上就行，南部待久了，我也想換換環境。」

說是換換環境，其實老湯是真捨不得這位沒有官架子的好長官調離，他一向敬重有品有德的人，李副座真是好樣兒的；但在換環境之前，他得把掛毛兒、王老實、陳仲玉他們的事打點打點，不能就這麼拍拍屁股，一走了之。

到了四十八年的夏天，陳仲玉終於病癒出院了，跑到高雄市找到了一份工作，在一家很有規模的鐵工廠裡當了司爐。老湯從來不懂得鐵工廠裡的情形，開始還爲陳仲玉高興了一陣子，後來他去高雄見到陳仲玉，才知道他幹的那份差事，根本不是一個肺病初癒的人能幹得了的。在炎熱的夏天，一般人穿著汗衫，躺在涼椅上吹電風扇，還會流汗不止，他卻要身穿石棉衣，站在高溫的爐口，不斷的朝裡面鏟煤，每次輪班是四個小時以上，把他的臉都烤得紅通通的，即使隔著一層防熱面罩，他仍然抗不住。

「這算那門子差事，您怎會幹上這個呢？」老湯說：「這玩意哪是人幹的？」

「我初退伍，沒旁的辦法，」陳仲玉說：「我沒有人事關係，連教小學也不夠格，人退下來，總要吃飯不是？我只好騎馬找馬，邊走邊瞧啦。」

依照陳仲玉的看法：「這一代人，算是生的不是時候，注定生下來就要吃苦的，他是贛南人，祖先一向務農，算是中農罷，老共盤踞了井崗山，那時他還是個吃奶的孩子，他的父母都被暴民殺害了，他是跟著祖母長大的。國軍幾次大圍剿，他都在戰區裡。第三次圍剿，老共局部失敗，有幾千人躲到山穴裡，得勝的國軍用燒老鼠的方法，以乾辣椒混著稻草，點上火，投擲到山洞裡，各個能通風的洞口都被封死，燒到最後，幾千人全被悶死了。那些人果真都是十惡不赦的共產黨嗎？有太多只是沒有飯吃的貧苦農民，他們也許沒腦筋，誰答允給他們飯吃，他們就跟誰，結果卻嚐到了一把辣椒火！儘管殺我父母的也死在那裡面，但當那麼多的屍首拖出來，我的恨已經全消了，反而有些不忍！天給的田地，爲什麼有人吃不完，有人卻沒得吃呢？這太不公平，這社會有了毛病？逼得上萬人發瘋，反抗！找死！我自覺仇沒報得成，反揹了一身的債，我能死在台灣，就算扯平了！不錯，我比你老湯頭多一點文墨，但那不能拿來當飯吃，我做人一場，再不虧誰，就已經不負中國了！」

「我說，兄弟，你無論如何要活下去，」老湯說：「誰是誰非，日後自有公斷的，至少，你入伍幹文書，可沒殺過什麼人！就算真有因果循環，再也輪不到你頭上啦！你並不是釘子，釘下去就不能拔起來，找機會再換文墨差使嘛。」

「其實，當爐挨烤，也不算什麼。」陳仲玉說：「最難受的，是咱們那個領班，他是浙江人，偏巧又是奉化，跟總統是小同鄉，他是憑八行書來鐵工廠的，一來就當上了領班。他娶了當地的姑娘，也生了一窩孩子，他逼著全組的人要搭他的會，由他當會頭，我一個月的薪水只有三百多塊錢，搭會就要繳去兩百，這樣一來，我根本交不上補習費了。」

「這不要緊。」老湯說：「你要補習，費用我可墊付，等日後你找到教書的差事，再慢慢扣還給我，人在矮簷下，誰肯不低頭。你也不要把奉化人和蔣總統扯在一起，這並沒有必然的關係！並不是所有奉化人都飛黃騰達的，至少，蔣總統並沒刻意提拔他的鄉親。」

這事過去還沒有兩個月，那家鐵工廠的鍋爐爆炸了。當時並沒輪到陳仲玉值班，鍋爐的突然爆炸，引發了廠區熊熊的大火，陳仲玉輪值的那個廠房正是起火點，火燒得特別旺，有許多人陷身在火海裡面，包括平素欺負員工的領班在內。

陳仲玉聞訊趕了過去，只見到火場外邊圍滿了人群，驚惶的呼叫著，有人狂喊著：救人啊！救人啊！有些婦女伏地慘號，說她們的丈夫陷在火窟裡，喊是喊，叫是叫，但並沒有一個人敢撲進火焰裡去救人的，在那一剎之間，文弱的陳仲玉竟然奮不顧身的撲進去了。

他頭一個救出來的，竟然是平素作威作福的領班，但他第二回又撲進去，救出一個姓潘的海軍退役老兵，第三回，連最後一個沒著火的窗口也被烈焰封住了，觀看的群眾幾乎連心都停止跳動，灌救的水柱，一直狂掃著那最後著火的窗口，他終於抱著個女工出現了，救火員把他給拖出來，火燄還在他脊背上燃燒著。

急救人員把他抬上救護車，直送國軍第二總院，他還在昏迷著。軍醫官緊急會診，確認他全身的皮膚已經燒毀三分之一以上，確有生命危險，必須立即動手術，替他換皮。一般來說，人身的若干皮膚若遭嚴重的灼傷，可以羊皮代替，但重要關節之處，必須要使用「人皮」。

陳仲玉退役上士，在鐵工廠突發的火警中奮勇救人的表現，被南部軍民各報稱譽爲「英雄」，有些報紙以頭條新聞加以喻揚，陳仲玉動了第一次手術後，全身燒壞的皮膚大多已移植妥當了，只有一條左腿關節部位缺少一張人皮，醫官們估算，如果不有人皮及時補得上，日後，陳仲玉的左腿必然成殘。

臨到歌讚英雄的時刻，哪個單位都不願意落在人後，當地的市政府買了一打奶粉，備了一面「英風烈烈」的錦旗送了過去；原單位高港部送了一千元慰問金，並送上「俠義可風」錦旗一面；南部軍團致贈五百元，並送上「仁義俱備」錦旗一面。這些慰問單位的代表，都在病床前握著陳仲玉的手，對他說：「還缺著什麼，儘管說，我們一定會盡力辦到的。」

「真謝謝大家，」陳仲玉躺在病床上哼說：「我旁的都不缺啦，只是主治醫官告訴我，我左腿關節，還差上一小塊人皮啦！」

「啊！旁的都好辦，這人皮，哪兒去找呢?!」

所有的慰問單位，都不約而同的打了退堂鼓了。

這時刻，老湯聽到消息，提了一籃子禮物趕的來了。他開頭就問：「仲玉，你這回充傻鳥，聽說救了好幾個人，包括平素逼你打會的領班，那傢伙來看過你沒有哇？」

「有哇，」陳仲玉說：「他可是最先跑來看我的，他也送來兩大罐奶粉，問我還要些什麼?我說：旁的都不需要，只要一小塊人皮補我的左腿！」

「那他怎麼說呢？」老湯說。

「他當時並沒說什麼，只是在陽台上走來走去。最後他哭著對我說：『我真抱歉，要是我割掉皮補你傷口，我必須要住院，我爲這個丟了差事，一家老小沒法子養活，我老娘已經八十多了，這怎麼辦哩?!』」陳仲玉說：「人人頭上一塊天，他既有難處，我只好算了，我只要死不了，斷了腿，拄拐杖，也算不了什麼嘛。」

「我說：老兄弟，你放心啦！」老湯說：「老哥哥旁的也許會缺著，這人皮可不缺，咱這就招呼軍醫官來，我它娘願意當場立狀，他要哪一塊，我就願割哪一塊，一小塊人皮算啥?!我割掉會長起來的嘛!」

這玩意，當然會比抹掉一隻金戒指痛苦一點，但老湯面不改色的找軍醫官來辦了。

陳仲玉換了皮，復原回到鐵工廠，升到了領班的位置，老湯高興得多喝了兩瓶小高粱。那年的冬天，陳仲玉通過了考試，分發到台東山區的一座小學去當了教員，爲了那塊使他免於殘疾的人皮，他連著來了三封長信，感激老湯的捐皮義舉，他形容爲：超過百面錦旗。

老湯的那塊皮，是從右面腿股割下來的，打了痲藥之後，痛也不痛，也不過住了三天的醫院，事後他從沒懊悔過，因爲他這一割，讓陳仲玉免於殘疾，並且熬到一個偏遠地區的小學教員，真是太值價了。

在王老實那方面，香燭舖的洪老闆已經有了子嗣，他就不願當初的贅婿再留在家裡，早早晚晚的跟女兒阿玉嘀咕，催促他們及早搬出去。那洪老頭並非沒有良心，他允給阿玉參萬塊現金，要他們自立門戶。

「老實哥，這沒什麼嘛!」老湯說：「你們夫妻要走就乾脆走遠一點兒，到台北去開飯館去，不要再靠香燭紙馬吃飯!老實哥的手藝，我信得過，做活人的生意，比做死人的生意更有賺頭!你們放心大膽的去罷。」

王老實拖著兩女一男，離開屏東到北部去闖蕩了，老湯心裡的三塊病就已去了兩塊，餘下來的，就只是掛毛兒一個了。

若硬指掛毛兒是個壞傢伙，那倒未必，他要升不升，仍然是個示範班的資深班長。他嫖妓的經驗，可說是與日俱增，他真心喜歡過某一號碼的姑娘，但每天接客幾十個的姑娘，未必就喜歡上他。掛毛兒自恃年紀還輕，靠定期嫖妓穩定自己的情緒，根本沒有成家的打算。

「噯，我說掛毛兒，如今只賸你啦！」老湯在老韓茶館裡跟掛毛兒攤了牌：「你它娘官又不升，婚又不結，到底有啥打算？你它娘說說看嘛！」

「我說，老湯頭，我曉得你是天下一等一的好人，可你也甭逼我，我這幾年，確實喜歡過不少姑娘，她們都是園子裡賣的，人人都有一肚皮的苦衷。老實講，我決沒那麼多的錢，去解決她們家庭的困難，就算那筆贖身的錢，也夠我張羅三四年的！我又能幹啥？」

「咱們不說嫖妓了。」老湯說：「單就好人家的閨女，你究竟談過沒有？」

「有哇，老湯頭，」掛毛兒說：「你急哪如我急？有些較爲有看樣兒的姑娘，等我看得上眼，她們早就進了『三檔』，那還有我的份？」

掛毛兒說的暗語，老湯當然明白，那是軍中普遍流行的說法：他們把玉立婷婷、含苞待放，又還沒和人戀愛的叫「空檔」；如果已經人有追求，一答一應了，就算「進一檔」；如果那女孩已選定戀愛對象，經常花前月下，情話綿綿，那就「進二檔」；如果一個女孩已和人論及婚嫁，那就算「進三檔」，旁人哪還有染指的餘地？

老實話，在眼前環境裡，有幾種人比較容易找對象，一種是在軍中後勤機關教育單位任職的軍官佐，他們上班下班，生活穩定，有能力照顧家小；一種是具有專業技能的軍官或士官，他們退役後出路廣，不但本身有自信，女方也比較放心。一種就算伙伕大老爺，有固定的油水，他們沾不上大家閨秀，有小家碧玉就心滿意足了。比較不容易成家的，該是戰鬥部隊的官士，他們經常要移防調防，生活不穩定，經濟條件也較差，就算有心談戀愛，想成家也不那麼容易，掛毛兒雖在教育單位，一個班長在社會眼下根本不夠看的，這也難怪得他。

「既然這樣，你就慢慢物色著罷。」老湯說：「你該看得出來，八二三之後，兩岸的仗，好像沒啥好打了，咱們都被吊在鞦韆架上懸空晃蕩，這一晃，也不知晃到了哪一天去？還錢塞洞，哪是長久之計呢？」

「老哥，你講的句句都是肺腑之言，我全刻在心上了。」掛毛兒笑得一臉淒苦：「正因爲在半虛空的日子，我實在過得煩膩了，有時我去五甲路的軍樂園，花了錢買春，出溜之後也很懊悔！咱們和那些姑娘，都是淪落的苦命人，若說『賣身』，咱們這身子不也是早就『賣』了麼？家鄉有句俗話：『當兵吃糧，連屎腸兒賣』，事實上就是這麼回事！我和姑娘們拉刮，也常摟著哭，——這跟你早先是一個樣兒呢！」

「你幹嘛它娘的哪壺不開你偏提哪壺？」老湯打了他一巴掌說：「打從軍樂園開門到如今，旁人熱火朝天，我可是一回也沒去過。」

「你常說：在大陸上結過婚的全是『死會』，我們是『活會』，『活會』有後望，不該留連在那種地方，那你這『死會』又不去鬆一鬆，你就不驚的慌？人家小史調來受訓，都已經去過三回啦！」

「小史去那邊，全是你帶的路，對不對？」老湯說：「你自己嫖是你的事，你誘人去嫖，該是『罪加一等』，他剛升了軍官，你怎能去毀他?!」

「這真是天大的冤枉！」掛毛兒說：「他在金門，前後挨過老共的十萬發炮彈，還沒打出一點『生命的學問』來嗎？是他先拖著我去的，而且他一去就鬧了笑話啦！」

「什麼樣的笑話？不妨說來聽聽。」老湯說：「小史受訓還沒結業，我會逐一查證的啊！」

「騙你不是人！」掛毛兒說：「他說：聞說鳳山軍樂園的姑娘多，他很想見識見識，求我替他帶路。你說，我能講不知道嗎？小史很在乎錢要花在刀口上，在路上一直盤問：哪一號姑娘最漂亮？我說：眾口皆碑，大夥兒都說是六號最好！小史買了票，要去找六號，誰知他剛經過三號門口，就被那大張血盆口的三號硬拖進屋去了！前後還不到五分鐘，他就提著褲子跑了出來，他它娘根本沒經驗，見色流精，還沒上床，就射在自己的褲子上！這種人居然升了少尉軍官，真可說是『國軍有望』焉！」

「你它娘胡說八道！」老湯笑罵說：「這跟國軍的戰力有屁的關係，這只是他個人憋久了的現象嘛！」

「不不不！」掛毛兒說：「前線的仗，雖然是暫時單打雙不打的開了玩笑，但咱們的各部隊，仍得依照『步兵操典行事』對不?!軍樂園可視爲咱們的『第二戰場』，他它娘既不能堅持攻擊『主要』戰鬥目標——六號，又不能對半路殺出的程咬金——三號沉著處理，中了人家『圍點打援』之計，急吼吼的『盲目潑火』，才會弄成『彈盡援絕』，提起褲子跑路！這算什麼『革命軍人』嘛！」

他這麼一說，老湯也覺啼笑皆非，他不能痛罵掛毛兒的比喻「不倫不類」，委實，軍中的教育只是不著實際的空話，神話說得太多，並沒能把它落實到生活上，什麼「穩定」、「沉著」，根本就是在生活裡處處都可見得到的，把嫖妓當成「軍事教育」的一部分，又何嘗不可呢？只可惜從事軍事教育設計的人，眼光還沒有那麼高遠罷了。

「下一回，你把小史給我帶的來。」老湯說：「我它媽老伙伕頭，要替他施行『再教育』。他當了前線升起來的軍官，還這等的『臨陣慌張』，是咱們軍人的奇恥大辱！有再教育的『必要』！」

「老哥哥，你省省心罷！」掛毛兒說：「人家小史，也只是初上這種『戰場』的『新兵』，不能用你『老兵油子』的看法，一桿子把他打翻！」

「我不說『再教育』，那也太嚴重了！」老湯說：「基於同事關心同事，我它娘『從旁輔導』，總該沒有問題罷？小史難得來南部一趟，算我在他結業前，替他備酒餞行，這總可以啊。」

老湯的靈感動得真巧，下個星期，正逗上小史結業回部的前一天，老湯請小史進了鳳山很像樣的館子——厚德福，請了掛毛兒當陪客，三個人無所顧忌，邊喝邊聊。老湯毫不客氣的提起小史在軍樂園鬧出的笑話，他說：

「你是怎麼搞的嘛？你這個笑話，很快就會傳遍南部軍營，人家都會笑你是屬雞的，送報的，標準的六點半，你攻擊目標還沒到達，半路就敗在伏兵手上，這要是真的作戰，非它娘受軍法審判不可。」

「我平常也沒這麼差勁，」小史紅著臉說：「這只是心裡沒防備，一時疏忽，才弄成大意失荊州嘛。」

「我說老湯頭，你就放小史一馬罷。」掛毛兒拉彎兒說：「日後他把雄風放在上頭，照樣能升官，部隊打考核分數，從沒考核人『下頭』的，是不是？」

「你們不要再消遣我啦！」小史說：「老湯頭是三斤半鴨子——二斤半的嘴，在東北的時刻，你酒醉逛土窯子，鬧的笑話不是更多，你是老班長，咱們要是不行，都是跟你學的。」

「兄弟，你說這話，就是『此言差矣』。」老湯說：「我是酒後想家想瘋了，才去那種地方，閉上眼抱一團熱肉，心裡想著的只是你們嫂子，我可沒在乎有誰笑話我，只是如今這個調調，我是久久沒再彈了。」

「軍隊講的是勤操勤練。」掛毛兒說：「你老是這麼悶著憋著，總也不是辦法。偶爾吃吃零食，只是權宜之計，對大陸那口兒不變心，已經算一等的了。」

這些言語，要是旁人聽起來，總是不乾不淨的一片黃，但這三個在戰場滾過無數回的老兵，說來都很認真，他們也是血肉之軀，他們的鄉思，情慾，決不是長年三操兩點就能鎖禁得了的。從女人和酒作爲話頭，談著談著就會感慨萬端，心碎出許多窟洞眼兒，不打一處冒泡，他們只是在替懸空悠晃的生命找出一點依攀。

那天晚上，三個人帶著酒意，找了一家照相館，合照了一張照片，留作紀念。二天，小史就離開了。

老湯屈屈手指頭數算數算，李副座、陳仲玉、小史，說走都走了。本來嘛，人人頭上一塊天，該走就得捲行李，誰也留不住誰，連它娘王老實那窩土蛙，也會跳到北部去，在鳳山，只留下他和掛毛兒兩個，偏偏掛毛兒這小子，越來越它娘有點邪門，幾乎成了宿妓狂，自己很想點醒他：凡事總有過與不及，他宿妓太過，分明是自暴自棄，他不願意升官，和自己不願升官，根本是不可同日而語。他很想用一番話說動掛毛兒，使他走上正路，但他自知沒有那麼大的學問，怎樣才能繫得住這些斷線的風箏？他不知抓掉了多少根頭毛。

最讓他難受的是，他蹲慣了的老韓茶館，突然決定歇業了，韓老爹歎喟的說起他就要遷往台南去。

「如今年頭不一樣啦！」韓老爹說：「當年在露天搭棚子演唱的歌廳，如今都搬進了大房子，聲光影色，更迷惑人了！我這克難老茶館，單靠少數老顧客苦撐場面，實在很難維持下去了！我的幾個老部下，在台南東區一個菜市場裡，替我找到一個攤位，我去賣菜，好歹也能糊口嘛，這全是混日子的過法。」

「老將軍跑去賣菜，可真難爲您老人家啦！」韓老爹沒有感慨，老湯倒是感慨起來了！

「這不算什麼。」韓老爹說：「樊噲當年也賣過狗肉的嘛，高雄有位劉上校，退伍之後拉黃包車，他竟把當年得過的動章都掛在車子的兩邊，表示他有怨憤。我不會怨憤什麼，我只會當個沒沒無聞的糟老頭，至於午夜挑燈看劍，那全是我自己的事，跟旁人無關啦。」

老韓茶館歇業之後，老湯更覺得寂寞了，部隊裡的充員兵一撥又一撥的分進來，營房裡仍然操操點點，喊喊叫叫的，並沒覺得人頭少什麼，但是老面孔卻越來越少了，有些病弱殘疾的，智能較低的老兵，上面都以開放的態度，希望他們提早退役或是轉業；略爲像個樣兒的，就調士官隊去受訓，把他們升爲士官，他伙房的伙伕，也有兩個調到營級單位去升成班長了。

按照新的兵制，入營當兵都是義務役，按著體格和單位的性質，分爲三年或兩年退伍，這些充員兵年輕有活力，打回大陸的口號，他們是照喊不誤，但大陸究竟像個什麼樣兒，他們只是在地圖上見過，反攻不反攻，對他們毫無切身的利害關係。各級帶兵官不是不知道這一天，但部隊講究的是絕對服從，上面一個命令，下面一個動作，「反功大陸去」的軍歌，還是照唱不誤，「五大信念」仍然堅持到底。

老湯對這些舉措，倒是挺能寬諒的，本來嘛，當兵就得要訓練，烏合之眾怎麼能打仗呢？讓人肯賣命，總得要有個正當的理由，因此，「反共衛國」是不會更變的，老共在前線耍出的「單打雙不打」，正表示國共戰爭仍在繼續，這可也成了練兵的最大理由——你不打敵人，敵人早晚會來打你。

但在看似平靜的時間嬗替中，原自大陸來台的老兵消耗量是很驚人的，有一天，曹老法官在退伍前來找老湯，並請他去單獨喝酒，對老湯而言，真箇是「受寵若驚」，一個德高望重的老法官，竟然看得上一個老伙伕頭，他當然是欣然赴約，到鳳山「厚德福」去跟老法官見了面。

「我說，老弟台，我在軍中幹法官，也是許多年了。」曹老法官說：「年歲不饒人哪，終也輪到我退役走人了，我跟你們的李副座，是很談得來的好友，我跟你，雖只是爲了你朋友王老實的婚事見過幾次面，但我總覺得你這個人，實在義氣干雲，太夠朋友了！所以我才備杯水酒，跟你話別，我退役之後，要到台北去，幫一個我的老同學——也是老律師的忙，一時沒找到李上校的地址，我留個地址電話給你，希望你跟李上校連絡後，能轉告他一聲，人嘛，總離不得朋友的。」

「老法官吩咐的事，我哪敢不盡心。」老湯說：「我會放在心上，照您的吩咐去辦的。」

「嗨，一年年的，老兵的消耗，真是太快了！」老法官說：「儘管部隊的訓練從沒放鬆過，但每一年裡，演習出意外事故的，觸犯軍法刑章的，病歿的，逃亡的，人數不斷增加，加上屆齡退伍的，無職例退的，再過上十年八載，六十萬大軍，恐怕只賸十多萬人了！我只是一個軍法官，即算是儘量的『量刑從輕』，也難以阻止這種自然的消耗！萬一到了那一天，人人都在數你做的『饅頭』辦退伍，國軍的氣勢就到了尾聲啦！」

「甭嚇唬人啊！」老湯說：「真有那麼嚴重嗎？」

「時間才真是最大的敵人！」老法官說：「你甭看那些臉色紅通通的中上級軍官，他們大多是『外強中乾』，每個人都是『飲酒過量』，病在肝腎上，提前退伍的，還多的是呢！」

「你說是那些『部隊首長』啊?!」老湯說：「論起喝酒，他們根本不算是價錢！他們哪一個能跟我這伙伕頭相比呢。」

「話也不是這麼說。」老法官說：「你老湯雖說只是一個不起眼的伙伕頭，但你的酒量，我早就在王老實的喜宴上見識過，若果只是依酒論酒，憑你一個人就能『統一中國』，什麼李白『斗酒』，歐陽修的『醉翁』，跟你一比，都只能一邊涼快去!你結石開刀數的數兒，毛澤東也只有乾瞪眼的份兒。咱們這些將領，平素一本正經，遇到逢年過節全軍大聚餐，下屬單位都來舉杯敬酒，每一組敬酒，都有一百個『非喝不可』的理由，你明明只有三十杯的量，結果卻喝了一百杯，結果不是『脂肪肝』就是『肝硬化』，不提前退伍，就只有提前送命一途……上層退伍，依次遞補，豈不是『牽一髮而動全身』嗎？」

「哈哈，這真有趣！」老湯樂透了說：「照您這麼說，國防部長、參謀總長由我老湯來幹，在喝酒這一方面，由我『一夫當關』，撐它個三五年，豈不是減低老兵消耗量的最好方法?!」

「要是國防部長、參謀總長只懂得做饅頭的話，你確實可以坐在那個位子上的。」老法官也笑說：「可惜你並不是那種料——你自己也知道的。」

「抱歉再加番。」老湯說：「按理講，我是不該開這種玩笑的。我只是一個不知長進的老酒鬼罷了！」

以酒會友，送走了曹老法官。玩笑歸玩笑，老湯真的想過，在不打仗的環境當中，日子流水般的過去，各種有形無形的因素，會促使大陸來台老兵的消逝，這可是確然不移的事實，「反攻，反攻」的軍歌雖然一直沒有停歇，但卻愈唱愈空洞了。

陸軍第二軍團，從石覺換到劉安祺，再換到高魁元，五年多，老湯還留在老地方沒動過，他既不願升官，也就沒地方好動。他的滷菜，業已算是只此一家別無分舖的老字號，但他倚老賣老的倔強脾氣，也使後來的指揮官頭痛。有一度時期，他只對養貓養狗有興趣，他的伙伕房裡，竟然有了十三隻貓和七條狗，老湯見不到他親生的兒子湯回，就把貓和狗當成他自己的兒女，幾年之後，他居然也五代同堂，使他「反攻反攻」雖沒任何成就，但滅鼠卻滅得非常徹底，再不需他的「陰陽蝦」，他的貓犬子女們都不用口號，自動自發的擔當起「滅鼠」大任。

老湯很恨歐美列強陰棱棱的主導中國政局，他就把那些歸化的貓和狗都取了外國名字，他把一隻青花母貓取名叫「伊利莎白」，把一隻公貓取名爲「杜魯門」，把一隻四眼公狗取名爲「明仁」。他常常罵牠們說：

「中國的肉，都被你們啃光啦！還它娘喵喵汪汪的窮叫喚些什麼呀！」

當然，貓狗裡面少不了史大林、赫魯雪夫，要不是這些王八羔子，他也不會拋妻別子，流落台灣。他雖在貓犬的名字上標誌著他懞懞不解的恨意，但他對這些貓狗生活的照應，可是供應無缺，從來沒虧待過牠們。

這社會真的是在變了，大街上的樓房不斷的在增建，誘人花錢的把戲不斷在翻新，台灣本島很明顯的在前線戰士的血汗犧牲當中穩定下來，當年在公園擺地攤、表演鐵鎚鎚磚的賣野藥的傢伙，竟也蓋起了大洋樓，地方選舉搞得熱火朝天，這表示出原本是奄奄一息的「中華民國」，在一片「血洗台灣」的呼嘯聲裡成長起來了。

任何東西，成長得太快速了，總會有些毛病，可惜老湯想不到，看不見，唯一能跟他敞開心坎兒說話的，就只有一個當年的老伙伴——掛毛兒了。

掛毛兒的班長資格，是它娘老到不能再老了，上頭把他調去受訓，硬把他升了一級，變成准尉代排長，但掛毛兒對於升不升這一級，根本不以爲意，他盯牢了一個十一號的老妓女叫小芝的，願意籌錢爲她贖身，而且到了非她莫娶的程度。

「噯，老湯頭，當初力勸我成家，話可是你親口講的，」掛毛兒說：「如今，我可是認定了，小芝是我看中的好對象，只是她的贖身錢，我實在出不起，你說過你肯幫忙的，如今你怎麼講嘛？」

「我怎麼會忘記哩！」老湯說：「我說過我要抹戒指的，要幾錢，我是照抹不誤嘛。」

「如今的金子，可沒當初那麼值價了。」掛毛兒說：「你就抹下三隻，怕還抵不上她贖力的錢呢！」

「啊唷！」老湯叫說：「你這一記大竹槓，簡直要把我給敲暈啦！娶一個娼婦，竟也要這麼高的價？」

「這是很自然的嘛！」掛毛兒說：「好人家的女兒，也許是不要錢的！她自幼就賣進娼門，原就有一定的價錢在，不贖身，不放人，那全是合法的買賣呀！」

「算了！算了！」老湯說：「我可沒那多精神，再搞什麼女性的『人權革命』啦！你只要說出個數目，我替你去籌錢就是啦。」

老湯這一回真算是「慷慨解囊」，他足足花費了他積蓄的半數，才替掛毛兒弄妥這樁婚事，但他一本初衷，並沒提到一個怨字，他花足了錢，讓掛毛兒有了家室。在感謝之餘，掛毛兒又說了，他說：

「老湯頭，我可不是存心要拖你下水，我那女友小芝，有個表姐也是平地山胞，叫小鶴的，她在進娼戶之前，也結過婚，又離過婚，據小芝說：她是世上最苦命的好人，你要是單單幫我，我實在欠不起你這個人情，除非你把小鶴也給救出火炕！」

「你這也太不像話了罷！」老湯說：「你這可是得寸進尺，存心要把我荷包榨光呀！」

「我抱歉，我實在該死。」掛毛兒敲打著自己的胸脯說：「再怎麼樣，我都不該揀著這種辰光，拖你蹚這趟渾水的，但我女友小芝跟我哭了一個晚上，央求我無論如何，要先救她苦命的表姐，我要不跟你提這宗事，朝後，再沒這個機會了呀！」

老湯屈起指頭，數算又數算，不成，他多年的積蓄，同時替兩個妓戶贖身，根本是不夠的，再說，他可以用錢去幫助掛毛兒成家，但他若把小芝的表姐小鶴贖出來，他自己根本沒有成家的打算，贖出來，照樣不能解決問題，他一急之下，就罵開了：

「我說掛毛兒，你也太不成器了！你自己的事情尚且沒法子解決，又拉上一個什麼表姐出來！你把我逼死掉，也賣不出幾斤豬肉錢呀！」

「老湯頭，我怎麼敢逼你呢？」掛毛兒說：「我只勸你用救人水火的心去看看小鶴，能救呢，你就多出點力；不能救呢，也決不勉強，這總行不?!」

那天夜晚，也許老湯多喝了一瓶小高粱，他竟被掛毛兒拖去了軍樂園，找到十三號花名小鶴的妓女，跟她說起她表妹小芝贖身的事。

「妳表妹的男友，是個死心眼兒。」老湯說：「他是認真要替妳表妹贖身才找上我的。這筆錢可不是少數，他央託我替她墊付，我正愁著夠不夠，他可又提到妳，要我搭救妳，我怕是一時沒辦法啦！」

「我的事並不急啊！」小鶴說：「我早她三年就被賣出來了，小芝能遇到阿兵哥掛毛兒，算是她的幸運，那男人，心都願意挖出來給她吃！你若願花大錢成就他們，我真感謝啦。至於我，不用啦。」

老湯抱住小鶴，抱得好緊，也都在哭著，他沒有詢問什麼樣的社會，竟能讓小鶴被賣進娼門？作為一個伙伕頭，他根本沒有任何資格去過問現實的社會結構，但他習慣的知道，從古到今，女人的處境並沒真正的好過，勾欄院的悲風，一颳就是上千年了。

那一夜，他和小鶴兩個人，只是緊緊的擁抱著，沒有脫去該脫的衣裳，也沒有任何做那宗事的心理，管理員搖鈴兩次，他離開時只說：下次再找妳。

為了掛毛兒成家的麻煩事兒，老湯鬱了好一陣子，每個假日，他都騎著單車，跑到步校營門外的王生明路去，在一家山東老鄉開設的小館裡和掛毛兒碰面。起先，他懷疑小芝並不是真心要跟掛毛兒成婚，要不然，怎麼會發出個表姐來做擋箭牌呢？她應該曉得掛毛兒是個窮漢子，根本拿不出這筆錢來的啊！但他看到掛毛兒那副急於成家的樣子，話到嘴邊又硬嚥了下去，他不願對掛毛兒那顆熱火朝天的腦袋潑上一盆冷水。

他跑去打聽軍樂園那些妓女的根底，證實她們都屬於當地的幾家妓戶，由妓戶代表跟軍方簽下合同，有關行政、醫藥、衛生保健，全交由軍方處理，這樣化暗爲明，集中管理，可以讓阿兵哥們減低性病罹患率，這些充當軍妓的女子，仍然是各妓戶的「財產」，若想脫籍從良，必得要妓戶同意，軍方不管她們是張三李四，只要走一個補一個，湊夠人頭數就可以了。

有一個四號姓李的女子，被一個姓曾的大老闆看中，他就向妓戶花錢買走，這位曾老闆專包軍中營造工程，賺了不少錢，把李姓女子買去當了細姨，姓李的女子從良後，還常回來看望她的姊妹淘，很多老兵都認得她，照樣叫她「四號」，她一點也不介意，還笑著說：

「我現在跟了老曾，在他家已經升成二號啦。不是嗎？一號是他大老婆，二號就是我呀！」

由於四號是頭牌紅姑娘，據說老曾買她足足花了六萬塊，像小芝那種面貌平常的女孩，身價最多是四號的十分之一，饒是這樣，憑他掛毛兒，也夠他幹上三幾年的。

有了這個底，他就跟掛毛兒商量，希望由小芝、小鶴她們自己出面，去跟妓戶老闆提，要是能按照當初賣身的價碼算回去，那就好得多了，假如一開始就由阿兵哥出面，老闆定會軟軟一竹槓子打在你頭上。怎麼著，有人願打願挨嘛?!奇貨可居，哪有不漲價的?!

「這事，只能繞著彎兒，慢慢朝前走，這跟蹚水過河一個樣兒，你得要有點耐性。」老湯說：「你曉得，我手邊有一大串戒指，那可是我多年積攢來的，萬一有那麼一天，能跟老家通上消息，我那破瓦寒窯裡的老婆孩子總不能不顧全，就算這回我幫了你，一隻戒指也只能賣上三五佰塊錢，她們身價錢，每個人拿五千來算，也得上萬，咱們再怎麼湊合，也是湊不足數的。」

掛毛兒一向是粗針大麻線，沒啥心眼兒的人，可是，他聽老湯這麼仔細一核算，真傻了眼了。依當時的物價計算，一坪土地只有幾十塊錢；上萬塊錢，足夠買一棟很像樣的克難房子。老湯是自己多年好友，他手上確實有一些積蓄，但總不能全拿來押在自己的身上，這筆替小芝贖身的價碼，實在是太大了，不是變賣三幾隻戒指就能辦得了的，事兒辦不成，能怪到老湯頭上嗎？

「老湯頭，」掛毛兒低下頭來，低聲說：「我把這帖爛膏藥硬貼到你頭上，認真想想，實在太荒唐，打從今兒起，咱們就不要再提它了！」

「笑話，」老湯說：「除非我沒聽著，可以放下來不管，既聽著了，再難也得想出辦法來；王老實夫妻在北部做小生意了，王衡也在賣狗肉，咱們無論如何，也要先把小芝給贖出

來，替你安排一個家窩。至於小鶴，看情形只能放在第二步，咱們是走一步算一步，好麼？」

老湯一旦決意要辦的事，他可半點也不含糊，他帶著掛毛兒去軍樂園，找到小芝和小鶴，認真商議贖身的事，要她們自己先跟妓戶老闆提；看看老闆到底要多少錢？當然，能把價錢磨得越低越好。他回到營房後，立刻就跟王老實和王衡寫信，講明是爲幫掛毛兒成家，由他出面借些錢，這筆錢，日後也由他加利歸還。

信寄出去不久，王老實匯來了兩千塊，王衡湊了一千五，小芝的贖身錢是六千塊，老湯賣掉一大串戒指，湊乎足數，把小芝領了出來。

人領出來總要安頓，掛毛兒在三民路背後租了一間竹屋，老湯替她安排到一家小吃館幫人洗碗端菜，一個月也有六七十塊的工錢可拿。

掛毛兒的結婚申請書是送上去了，在沒批下來之前，兩個人已經過在一塊兒了。掛毛兒得了窩，可沒忘記老湯的恩德，他夫妻倆簡直把老湯頂在頭上，老湯也經常到他們的小屋坐坐，吃點兒熱茶飯，喝幾盅老酒。

老湯雖說花去了七成的積蓄，他卻從沒後悔過，來台灣一晃眼就九年多啦，當初抗戰也不過打了八年，而眼前這場溫吞仗，還是在不冷不熱的拖著，也不曉得究竟會拖到哪一天?!掛毛兒夫妻倆不止一回勸老湯加把勁，能把小鶴贖出來，好歹也做個小窩，老湯苦笑說：

「我哪還有多少結餘？再說，我日後就算把小鶴給贖出來，也巴望她能找個有良心的人嫁掉！我一個人飄蕩慣了，從沒想在台灣再成一個家。」

「你花了這許多錢，空替我們安頓，你死死抱住一個遠遠的夢活著，這又何苦呢？」掛毛兒說：「小鶴是個好女人，你們也不用結婚什麼的，她要是心甘情願跟你過，旁人也沒話好說，你跟自己嘔，咱們心也難安吶。」

「嗨，朝後的事，朝後再講罷。」老湯嘆了口無聊的氣：「至少，我還沒到七老八十呢。」

人跟人相處，全靠緣分，老湯怎麼也沒想到，好端端的會冒出一個小鶴來，小鶴比小芝下海早了好幾年，早先在北部鄉鎮做過一些日子，那時沒有軍樂園，但進出娼寮的，十有八九都是阿兵哥，各軍種的都有，她被賣來賣去，轉了好多次手，離開東部老家山越來越遠，從來也沒回去過，她的臉要比小芝黝黑一些，兩眼老是呆呆滯滯的，彷彿被什麼沉重的東西壓著。不過，她臉的輪廓是瓜子型，眼窩略凹，鼻子很挺，看起來很順眼，看久了倒覺得她真有些美。她平常很少說話，說起話來很慢，說普通話，吐字平穩厚實，軟兜的，和她的眼神配合，形成一種哀怨的餘韻，使人只能淡淡的感應到一些什麼。

逐漸的，老湯每星期都會去找她，兩個人金枝不掛的搭乾舖，點點滴滴的談說些什麼。直到擔任管理的鴇婆子在外頭催促：好哇啦，時間有夠吶。老湯很難忍受這種喊魂催命似的吼叫法，後來他乾脆一次買上三張票，可以多待一些時間。

不論土娼營妓，每個月的生理期總有月休，她們有鴇婆陪著，也能外出走動，老湯想出個辦法，讓已經脫籍從良的小芝，跟娼戶老闆擔保說項，讓小鶴能到小芝的住處去，這樣就可以盤桓大半天，也能到公園市場去，吃吃小吃。小鶴對那些小吃什麼口味並沒太在意，倒是很喜歡去公園邊高坡上的廟裡燒香拜佛，默默的禱告一番。

鳳山的公園市場，跟台北的克難街一個樣兒，都是三十七八年之後，逃難來的大陸人霸佔了原是體育場的空地，一戶跟著一戶興建起來的，市政當局對這種由戰爭失利而引發的畸型怪胎，根本無力阻止，只能略加規劃，用「臨時市場」的字眼兒，替它搽胭脂抹粉，勉強承認了它的合法性，臨時市場越來越熱鬧，各省籍的人也都打扁了頭擠了進來，一時間，爭奇鬥勝，各顯其能，把鳳山小鎮燒得熱滾滾，殺蛇的，賣野藥的，擺象棋攤的，看相算命的，套藤圈兒的，兜售山產的，唱歌仔戲的，可說是應有盡有，各類賺錢的文化，把前線上單打雙不打的戰爭，遠遠拋到九霄雲外去了！

掛毛兒對老湯始終覺得有虧欠，他剛升准尉不久，就想退伍經商的事，他說：

「甭罵我異想天開，我真想早點退下去，湊合點錢買個攤位，開間雜貨舖，用不上三兩年，就能把你墊的錢連本帶利還掉，我要不退，一輩子也還不上。」

「你這是幹嘛呀？」老湯說：「皇帝不急，急死太監，——我並沒要你來生變驢變馬還我的債呀！」

「小鶴這帖膏藥，你算貼上啦！」掛毛兒說：「你要是還有一分情意，忍心看著她每天接客幾十回，連褲子都提不起來嗎？我都替你急透了，你還在說風涼?!」

「這種事不必說，」老湯說：「你難道把我當成白癡?!等你辦妥退伍，再做小買賣積賺，恐怕咱們頭都等白了，你以爲你是龍王爺？——打個噴嚏就下得了一場『及時雨』嗎?!公雞下蛋——沒那回事！與其等你還錢辦事，我還不如多買愛國獎券呢。」

掛毛兒這個起碼官，在老湯面前可不值幾文，只要老湯拿話一堵，他就語塞了，老湯看不忍心，輕輕拍拍他的肩膀說：

「兄弟，你替我著想的這份心，我還是很領情的，小鶴贖身的事，你們兩個就甭再煩心了。我總能想出辦法來的。」

在這段日子裡，老湯又開始勤快起來，他買了六隻小豬，放在種甘蔗的農戶老林那裡，跟老林合夥養著，他又用賸下的餘錢，和鄉親唐老太太合夥，擴大豆腐、豆芽、醬菜的生產，無非是要將本求利，多積蓄一些錢，早點把小鶴贖身的事辦妥。古人說：人言爲信，人無信不立，這些道理，仍是他堅決信奉的，他從沒想到要用錢財到娼戶去買回一個女人，爲自己成家作打算，掛毛兒拖他去認識小鶴，這個女人偏偏和他很投緣，他只是想把她贖出來，替她安排一點事幹，不要再操那種皮肉生涯，日後她找個合適的人嫁了，也就成了心安理得的一陣煙。什麼叫荒唐，什麼叫傻呢？替人作嫁總比懸空悠晃要落實些兒，而且能覺出意想不到的樂趣。

有一天的假日，他在廟口一家賣竹筒蒸豬腳的小店裡，遇到一個人叫喚他：「湯班長」，他抬起頭來端詳又端詳，才認出對方就是在浙東小港口，讓他帶領部隊上船逃抵舟山群島的朱四麻子，不論他這個傢伙過去幹過些什麼，在浙東，自己和陸營散步二十七個弟兄，若不虧四麻子放船搭救，根本就去不了舟山，自己欠他的一份情，總是放在心上的，沒想到一別多年，竟能在這兒遇上，也真太巧了。

「啊呵，原來是朱四老哥，真是久違了。」老湯急忙站起身來，緊緊抓住朱四麻子的手。

「我說，湯班長，你可是我救命的大恩人吶。」朱四麻子說：「在舟山，是你要我去自首蹲牢的，我確實攔劫過兩艘國民黨敗軍的官船，也拿了些錢財，但我沒殺過一個人，舟山軍法當局錄我的口供，足夠寫成一本書，結果他們判了我三年。我做牢做到舟山大撤退，以監犯名義撤退到基隆，因爲我不是軍人，就把我轉來轉去的移到基隆海軍軍區去複查，蹲了幾個月看守所，情治單位一查再查，答允釋放我，要我回浙東動員船隻，參加海上游擊，我回去動員過亡命兄弟的船，編進救國軍海上支隊，又幹了幾年。」

「你它娘真是九命怪貓，」老湯猛拍對方的肩膀說：「說也真巧，前些年，我的老長官過世，遇到老長官談起你的事，說你竟然犯上抗命，拔槍打死你的上官，又被送到軍法處去了！在第一線，你犯上這個罪名，當時我以爲你是死定了的，老實講，你能活在我面前，可真嚇了我一大跳，你是怎能絕處逢生的呢?!」

「哼！」朱四麻子坐下來，鼻孔發聲，充滿不屑的說：「我朱四麻子，確實是浙東海盜頭子，我本來也只是個打漁賣貨的，國民黨時代，海霸漁霸，欺壓剝削過我，竟然沒人能出頭管事，老共那些地老鼠，也都是些少見無識的東西，我它娘兩面都看不慣，就存心跟這兩大黨結下解不開的梁子，我搶劫國民黨的奸商肥官，攔截老共的惡痞奸氓，變成兩邊火烤的海盜頭子，我逼得根本沒路走，只能靠一邊，在那種無投無奔的時刻，偏巧遇上你，我它娘並非投靠國民黨，而是投降給你這伙伕老湯！我救了你們二十八條命，這可不是假的罷？」

「如假包換，」老湯說：「我的證詞，我相信檔案還沒銷毀，你純是爲搭救我們，寧願去舟山坐牢，這事可是不會變的。」

「嘿，情治單位允諾我的更好，」朱四麻子說：「他們把甜話說盡，我相信了，這才冒死回浙東，冒了九死一生的危險，才把我的船拉出四條來，那可都是大型鐵殼船。到大陳，我這船主被編成下級，我的助手都編成了我的長官，海上支隊有兩艘船，分明是我的產業，兩個被任命爲船長的傢伙，都搖身一變掛上了三條槓，硬把我窩成了分隊長，名分的高低，我已都不講究了！可是，我那些屬下，還把我給打入冷宮。由他們主導的兩船登陸，我們還沒登岸，海岸的探照燈就已把我們鎖死，打得我們槳斷船飛，若不是後續鄰艇及時搭救，我這條老命早就賣斷在海上了。我大難不死，回去據實上報，上頭沒見理會，後來，空發了我幾張獎狀。」

「公家的事，哪兒講究得了那麼多。」老湯說：「你真有獎狀好拿，還有啥好抱怨的？我一路伙伕幹到底，只拿過一張滅鼠的獎狀，我也沒啥好說的啊。」

「那可不一樣啊！」朱四麻子說：「你曉得，轟沉一條船，要打死多少弟兄？當我發現我的屬下受了老共的蠱惑，要盡手段，腳踏兩條船，坑害了我的兄弟，一回基地，我就拔槍把他給幹掉了！誰知軍法當局知一不知二，竟把我給屈判死刑，幸好，政戰部及時發現實情，設法保住了我這條老命，我冤枉做了幾年牢，剛出來不久，就遇上了你，你說巧不巧罷！」

「嘿，你說巧，可沒哪宗比這更巧的了！」老湯說：「這裡賣的是遠近知名的豬腳麵線，——專門給人壓驚用的，我先請你吃一碗，再找地方長敘罷。」

像朱四麻子這號粗莽的江湖人物，能連蹲兩次大牢不死，也算他命大，他蹲了牢，沒有怨苦，真夠漢子，至少他是改邪歸正了，這號人值得交往。吃完豬腳，他拉朱四麻子到冰果室去坐了半天，朱四麻子講到在前線海上生活的許多艱苦，有一些是局外人根本想不到的。

「一開始，我們的船進出海岸，算是很順當，浙閩一帶的海岸線很長，地形又很複雜，我們老在海上討生活的人，摸得很清楚，當時老共沿海一帶民兵組織還很薄弱，也防不了那麼廣闊的海岸，三野的那些侉漢，都是旱鴨子，要他學著懂得大海，可得要些時間。」朱四麻子說：「但臨到四十二年之後，情況就變了許多，對方雖然沒有大型艦艇，但他們海岸防護的船隻明顯增加了，他們的快艇航速，也遠超過我們的船，這使我們的活動受了很大的限制，必需要利用天候和他們捉迷藏，他們的水鬼，在黑漆漆的夜晚摸上船的事，也是常有的。」

「嘿，真想不到，旱鴨子也訓練出『水』鬼來了！」老湯說：「真它娘十年河東轉河西，——此一時也，彼一時也。水鬼摸上船，損失總是免不了了呢！」

「也只能說，彼此彼此。」朱四麻子說：「咱們的蛙人不也是經常摸去大陸，耍那種砍頭像切瓜的把戲?!既是作戰，就會有來有往嘛！好在咱們機靈。一遇上這等事，立刻就想到破解的法子——養狗！」

「嗯，養狗是個好主意，」老湯說：「老共當年在小米加步槍的時刻，最恨的就是狗，因爲狗一叫就暴露了他們的行蹤，抗戰期間，他們到處組織打狗隊，把四鄉的狗給打光，以保持他們部隊活動的隱密性，尤獨在夜晚，十個人也沒有一條狗靈光！」

「這話，你可完全說對了！」朱四麻子說：「爲防對方水鬼的突襲，金馬前線各部隊都在養狗，咱們船上養了狗之後，對方水鬼就沒有摸上船過，船前船後，只要水花潑剌一響，嘿，狗就狂叫起來啦！不過，狗只能在消極防範上，有了很大的用處，但突襲登陸，卻一次比一次難，有好幾回，我們還沒近灘，就被探照燈鎖住，完全陷進對方預佈的火網。我的船，葉漿被打壞了，趁大霧漂流到一座無人的荒島上，修理了兩天，根本沒法子修好，還是海軍把我們繫纜拖回基地的。死了的弟兄，屍體都發臭了！說是打游擊，這麼玩下去，只是一種死亡遊戲，比賽雙方死亡人數的多寡，對我們來說，實在沒有什麼意思！」

「照你這麼說，還是幹你的老本行——海盜，有意思嘍？」老湯說：「人爲財死，鳥爲食亡嘛！」

「我說：湯老哥，你也甭門縫看人——把人給看扁了，我當年是看不慣地方上的貪官污吏，他們吸了咱們的血汗錢，我要拿回來，我劫過兩條大一點的鐵殼船，跳上船之後，確實張開麻布口袋，要他們抹下金戒首飾，樂捐樂捐，但發現他們多半是老弱婦孺逃難的，船上的水桶，在離岸時被老共盲射打壞了，沒有飲水，他們怎能到得了台灣，於是，我給他們四大桶水和乾糧，那比他們吞『金』吃『玉』要好啊！——他們損了金銀，卻換回一條命！你說，我是有『功』？還是有『罪』?!」

「照這麼說，該是功罪各半罷。」老湯說。

「政府在審我的時候，有人挺身出來替我作證，證人就是當年被我洗劫過的那兩條船上的人，他們說他們是用錢買水活命的，沒有那幾桶水，他們早就渴死了，若沒他們的證詞，我早就判死刑了。我在您面前直認，我朱四麻子不是什麼好東西，但我可沒忘記我還是個人！當年我自願送你們去舟山，還自願去蹲牢，我收過你們半個子兒沒有?!當時老共沒制度，不問青紅皂白，我太怕了，在舟山，多承你老哥送飯加菜，我只有一個謝字。兩回不死，有緣再遇，我還是一個謝字，我朱四麻子，如今確實是重做新人啦！」

「朱四哥，你真是個極爽快的『盜俠』，」老湯說：「『放下屠刀，立地成佛』，你算做到啦！」

「成佛不敢。」朱四麻子說：「我是一條九命怪貓！多次大難不死倒是真的。」

「你如今脫掉軍裝，又幹啥呢？」老湯說。

「我的船交公了，領到點補償費！我在屏東開了一間小磨蔴油廠，大賺是談不上，混日子唄！」朱四麻子說：「我把地址留給你，你湯老哥日後有空，務請你來坐坐，若有任何困難，小弟我一定拔刀相助就是了！」

無巧不巧的，憑空遇上朱四麻子，算是老湯生命裡的「外一章」，依老湯的個性，就算蹩到秦瓊賣馬，也不會把自己的困難對他去講的。和朱四麻子握別之後，他踱到橋頭麵店去，切了兩盤滷菜，自斟自飲的喝了兩瓶小高粱，這才蹩到軍樂園去找小鶴。那晚上，他一口氣買了五張票，把小鶴給包了。

兩岸的戰爭，曖昧的打了這許多年，正像朱四麻子所形容的，彼此在玩著比多比少的死亡遊戲，對政治宣傳而言，彼此都有著足夠誇耀的說詞，但對當事人本身，卻找不出什麼神聖偉大的犧牲意義！老湯自覺目前最要緊的，是重回當年因「抗日」離開的老家窩，去摟抱

平臉塌鼻的老婆和兒子湯回！如果把青天白日大勳章掛在他已停止呼吸的胸脯上，把他的靈牌送進「忠烈祠」，意義又在哪裡呢?!

酒的波濤，一波一波的朝上湧，他沒脫掉內褲，只是擁著一團彷彿陌生卻又熟悉的熱肉，唔，小鶴，妳也是一隻苦命的鶴，我也是一隻苦命的鶴，咱們就這樣的彼此溫暖著罷，日後我贖妳出來，讓妳有了丈夫，只要妳還能記住一個名字，曾經有過這麼一個老湯，這已經夠了！

可是小鶴也是一個人，她雖然年幼就被賣進娼戶，每天接客幾十個人，並且因此懷孕生子，而她完全摒棄了那些在她身上播精洩慾的人，而且從沒記過任何一個人的名字，張三十分鐘換成李四，李四八分鐘又換了王五，誰知那個雜種小男兒是誰的?!她生下他，半年多沒做生意，只好把他送回山上外婆那裡養著，如今可不一樣了，她遇上了一個從沒進入她身體的老湯，她表妹早已跟掛毛兒同居了，而她卻跟老湯若即若離，按照人世的規章，他有權在自己的身體裡進出幾次，但他連一次也沒有！這種內疚的心情，使她在接客多次後，仍然興致勃發，無論如何，她要和他至少有過那麼一回，她才不會負債。

老湯安慰她，要她再忍耐一段日子，人只要有心，苦海並不是「無邊」的，但小鶴連半句也聽不進去，她嚎哭著，用手掌猛摑著他的臉，歇斯底里的罵他說：老湯！你究竟是不是個男人?!

「甭發顛了！小鶴。」老湯說：「若不是男人，我它娘乾嘛花錢買這許多票，票字加上女字旁，就是『嫖』嘛！」

「你嫖個屁？」小鶴咬了他的肩膀，連皮都咬破了：「你花了這許多錢，你根本沒動過我，你從來沒喜歡過我，是不是?!你替我滾，滾得遠遠的，我不要你可憐我，我不要贖身，你讓我死在這兒，我全認命啦！」

這團熱肉居然會在身底下哭鬧，這可是老湯從沒遇著過的，作為一個娼女，每天接客卅五十個，她居然還沒忘記自己仍然是一個人，有慾求，有夢想，有愛也有恨，她只是抗拒這個她自己也弄不懂的社會，這可使他不得不變成盤槓子的武大郎，——兩頭全不夠有的了。

不等他有反覆顧慮的時間，小鶴以迅捷的手法扯下他的內褲，她像一匹瘋獸，急風暴雨般的吮吸著，這可使老湯的深溝堅壘簡直守不住了，一種多年沒曾有過的感覺襲向他，燒炙著他的四肢百骸，他最大的快意，是他在戰場上失落許久的，竟被這把火給燒活了，他只是在內心吶喊著，並沒出聲，讓小鶴吞嚥了他的宣洩。

「妳！妳這是何苦呢？」他擁著她說。

「我把心給你看。」小鶴說：「除你之外，我心上沒別的男人，你知道嘛！」

在歡樂之後，老湯立刻就有些沮喪，他原先盡力幫小鶴脫出這片苦海，是立意不佔她的便宜，容她去嫁人從良，若果是這樣，他是在做一項義舉，但小鶴卻把它給破壞了！她用怪異的口吮，和他建立了全新的靈肉關係，這使他有羞對大陸老伴的感覺，跟兒子湯回更難說得清。嗨，從它娘河南守到東北，又打東北守到台灣，這一傢伙，是它娘雞蛋簍子落地——「雷賀倪湯」——「雷和泥湯」啦！

「我儘快贖妳出來，妳趕急找人嫁罷！」老湯說。

「我已經嫁掉了！」小鶴說：「就是你！」

「不成！我有老婆，我一開始就告訴妳的！」

「我不管，」小鶴說：「哪怕你有九十九個老婆，我心甘情願當一百個，總之，我是跟定你了！」

完了，完了，真它娘的完了！老湯倒抽了一口冷氣，妳真是同仁堂的狗皮膏藥！貼上去就很難揭得下來。

他繫起褲子的第二天，就打電話給朱四麻子，向他借錢，一個星期之內，他就把小鶴贖身的事辦妥，把她給領出來，送到掛毛兒的住處去，掛毛兒夫妻不叫她小鶴姐，卻叫她湯嫂，這一來，可把老湯給嚇壞了！

正巧李副座的來信救了老湯，李副座業已替他辦妥一切轉調的手續，調他到北部軍團工兵單位的伙房，老湯留了一封信給小鶴，立即捲行李去桃園龍潭報到，他以爲這一下壯士斷腕，總能擺脫小鶴的糾纏啦。

李副座接待老湯，像接待老朋友，老湯剛來報到，李副座就親自開車過來看他，並且拉他去桃園餐館吃晚飯，一直抱歉，說是當初答應調他過來，延誤了好一段日子。老湯說：

「老長官，你不必抱歉，我在南部的雜事，也是剛安排妥當，如今來得恰好，你要是早調我過來，我真還來不了呢。」

「你的個性我是曉得的。」李上校說：「你總是閒不得，爲別人的事窮忙乎，是麼?!如今你在北部的朋友更多，只怕又有你忙的了。」

「這倒也不一定。」老湯說：「北部的一些朋友，都混得比我好，我不去拖累他們就算好的了。我是蹲伙房的命，能安穩蹲到退役，是我最大的心願了。」

「你說到退役，我倒想起來，我也快退了。」李上校說：「在特種兵科，能升個少將，算是極大的造化，也算快到頂了！部隊沒打仗，拖著幹也只是在耗日子，如今要開橫貫路，要築大水庫，正是工兵轉業的大好時機，咱們不捨死忘生的領頭幹，又要誰去幹?至少在目前，軍中的公共工程經驗，還是社會要借重的，我要是退，也會請你一道兒過去。」

「好哇，老長官！」老湯說：「我可不怕吃苦，哪怕上山下海，只要苦得有味道，我都願意幹。我在這兒先敬老長官一杯，咱們一言爲定了。」

「那還用說。」李上校說：「咱們相處這些年，味道不就在『爽』字上嗎！伙房的老班長退役批准了，但他還沒辦離營，我先給你五天假，你儘可去看望北部的一些老朋友，等銷假回營，再正式接班。」

這種爽事兒，也只有跟隨李副座才遇得到，指揮官替老伙伕頭擺酒接風，並且碰杯給假，這簡直太給我老湯面子了。

老湯安頓好行李，拿了差假證，頭一站就到了王衡開的狗肉店，好些時沒見面，王衡發福了，他的店面也換成磚牆瓦頂，門前的大燈籠下面，掛著一個木刻的大羊頭，羅將軍親筆書寫的對聯，王衡替它框裱起來，仍然懸掛在兩邊。

這狗肉館的氣派，在營區附近的小街上真是夠喧赫的，無怪乎瘦小的王衡會朝橫裡長。老湯猛的跨進店門，真把王衡給嚇了一跳，他一巴掌打在老湯肩上說：

「哎呀，老湯頭，你真是冒失鬼，打哪兒來的？」

「聞到你鍋裡的肉香，我能不來湊熱鬧嗎？」老湯說：「不跟你亂開玩笑，我調過來了，它娘的，南部的伙房換到北部的伙房，就那麼一回事麼！」

老湯把調職的原委，跟王衡約略說了一說，王衡笑著說：

「嗨呀，你那指揮官可是我的老主顧，他跟我是同鄉，要老廣不吃狗肉，他精神上會降三級！」

「他換便衣來的罷?!」老湯說：「一槓三朵梅花，坐在這兒啖狗肉，跟許多老丘八坐在一道，搭調嗎？」

「三朵梅花算個啥？」王衡說：「到冬天，我這兒三顆星的還只是當陪客呢！」

「乖乖隆的冬，瞧你越說越神了。人說吹牛不犯法，你這可是吹離了譜！」老湯說：「上將當陪客，那主客會是誰呀？」

「老總統不吃狗肉，你說是誰？」王衡說：「他最喜歡吃我的醃狗腿，再配上兩盅高粱酒，吃的心滿意足，臨走還賞了我小費二十塊，——足夠買一條肥狗！」

「嘿嘿，浙江人愛吃狗肉，也算離譜，無怪我猜不著。」老湯笑說：「但說起離譜的事，他幹的太多，你這香肉店，要不是聲名遠播，他是不會來的。」

「若說大太子喜歡吃我的狗肉，那未免太朝我自己臉上貼金了。」王衡說：「我猜想，十有八九，他是爲看羅將軍親筆送我的這付對聯來的，他的侍從一直用照相機在門口拍攝這付對聯，他喝酒的時刻，還一直朝空舉杯，唸唸有詞，說是『痛失英才』，那英才，總不會是殺狗的王衡罷。」

「嗯，他說的很好。」老湯說：「只是說晚了好些年，羅將軍再也活不回來了。」

「爲紀念羅將軍，咱哥倆今晚痛喝一頓如何？」王衡說：「我選一條肉緊味香的黑狗，讓你喝到『醉不歸營』，你成嗎？」

「你忘了，我有五天假，本來就沒打算『歸營』嘛！」老湯說：「我不單要吃白吃，還要先去找我兒子女兒，全家來涮你的鍋！」

「笑話，你哪來的兒子女兒呀！」王衡說：「你是吹牛吹炸了罷？」

「我跟你說過，我的乾女兒就住龍崗尾，她叫蔡阿美，多年前嫁給邊上尉，如今不怕不是一大家，足夠啖光你這條黑狗的，到時候，你可不准懊悔啊！」

「舊的不去，新的不來嘛！」王衡說：「你越吃，我越發，脹破肚皮，我這兒有廁所。」

「好！」老湯說：「我這就找兒孫來白吃啦！」

他去了龍崗尾，當年擔餿水會扭動的屁股，果真已經生了三個，——兩男一女，當年的邊上尉，業已升成中校營長，正好休假在家，夫妻接進多年沒見的乾爹，真是喜從天降，要下廚房張羅晚飯，老湯擺手說：

「免了，免了，你們全別忙乎！我的一個老朋友，在大楠開狗肉店，今晚要請咱們全家去吃一等的狗肉，你們只要多帶老酒，把老爹給灌醉，就算盡了孝心啦！」

邊中校聽了無所謂，倒是阿美面有難色，她從來沒吃過牛肉和羊肉，如今竟然要她去吃狗，她還沒吃，就已經在打呃作嘔心了。老湯說：

「乖女兒，當年妳信任過老爸不是？狗肉是天下一等的美味，千百年前，漢代的樊噲就是殺狗起家的，到宋朝，濟公和尚最嗜吃它，後來的花和尚魯智深，又非它不可，妳不吃肉，也得去勉強喝口湯，——湊個熱鬧嘛！」

阿美心裡實在有點怕怕，但乾爹多年沒上門，爲了不讓乾爹掃興，她還是勉爲其難的點了頭，老邊自己開了中型吉普，一大家人就這麼浩浩蕩蕩的一路殺向狗肉店來了。

不論社會是怎樣朝繁榮的路上走了，但軍人家庭的日子還是很清苦的，眷村的孩子，平素能吃到雞蛋鴨蛋，業已算大打牙祭了，小孩一聞到肉香味，就直流口水，哪還管它是什麼肉？王衡爲了招待老湯這家人，把這鍋肉特意加料，燉的香氣四溢，幾瓶小高粱也都拎了上來，邊中校也曾經吃過狗肉，但他從沒吃過這樣美味可口的。老湯對他說：

「常吃香肉的老饕，都曉得香肉分爲四等，就像俗說的：一黑，二黃，三花，四白，黑狗的肉，緊肥香嫩，沒有腥臊味道，吃起來有隆冬時節野兔肉的味道，口勁更要厚重過癮得多，所以算是一等香肉，要是再配上烈酒，真是大飽口福。這一鍋就是極上品，要不是咱們來，王叔叔他還不肯輕易賣呢。」

寒瑟瑟的陰雨天氣，王衡陪著老湯這一大家子，挑了一個最後面的圓桌，他特意把雙耳鍋的狗肉架在小炭爐上滾著，又端來菠菜，豆腐，粉絲，把它當成火鍋來吃。老湯眼看著孩子們臉紅紅的，吃的不亦樂乎，做媽媽的阿美起先還有些猶疑，用湯匙先舀一點湯汁嚐嚐，等她嚐過美味之後，也就一塊一塊的吃起來了。人不管到哪兒，都靠修緣結緣，自己當年認了這麼個乾女兒，不是緣是什麼？轉眼之間也就是一大家人了，兒孫繞膝的樂趣，眼前就有了啦！親的又怎樣？乾的又怎樣？橫豎都是一回事。

「馬上就要上客了！」王衡說：「邊中校，你得多陪你老爹喝幾杯，這鍋吃完，我馬上添過來。」

「王叔儘管放心，忙你的去。」邊中校說：「這兒交給我，我一定讓老爹喝得盡興就是了。我因自己開車，不能喝，阿美妳陪爹多喝幾盅，妳是能喝的。」

「行啊！」阿美說：「這些年了，我一直還沒陪爹喝過酒呢，今晚一起補上罷，沒想到您東轉西轉的，又轉回北部來了！我們一家都很高興，只可惜啊……」

「怪哉，妳可惜個什麼勁兒?!」老湯說。

「可惜你還孤伶伶的打光棍！」

「哦，原來妳可惜的是這個，小邊當營長，他該曉得，滿營的老兵，打光棍的還多著吶，又不是我一個，我老家兒子，早該上小學嘍！我還在這兒作這個孽?真箇是四兩棉花——免彈（談）啦！喝酒罷！」

「旁人不成家，是條件不夠，」邊中校笑說：「你這士官，可是超級的士官，你養貓養狗都能養幾十隻，難道養不起一個人？阿美老是唸叨著，說早晚要替你找個中意的老伴，她可真能找來一大票讓你挑啊！」

「真好笑，阿美，妳當真要擺出那種排場，讓老爹我去選妃選后啊?妳的兒女，不就是我的孫輩嗎?沒事常能來抱抱他們，我就享老福嘍！」

了。

「讓我先敬你一杯，我這做女兒的還有話要說哩！」阿美先舉起杯來，頸子一仰就喝乾了。

老湯當然也乾了杯，說：「有話，妳儘管講啊！」

「我說，你看今天的社會，旁的都不缺，就缺一個『反攻』，反攻只是寫在牆頭的標語，只是軍營裡官兵們直著脖子嚷嚷的口號，有誰認真過?!」阿美說：「人總會老的，你想過沒有？你總不能到七老八十還是一個人過？多個老伴，有太多的方便，這還用我講嗎？你今天不早作打算，真到老了，那時再想找，只怕又找不到啦。」

「妳真是想的太遠啦！」老湯說：「妳老爹我，就算會老，也沒老的那麼快呀！也許再過個三五年再講，那總不該算是太晚罷?!」

「你們不是有句俗話說『打鐵趁熱』的嗎？」這個阿美真夠鬼精靈的，她沒嫁老邊之前，普通話只能講的結結巴巴，有許多詞語，她根本不會用，嫁給老邊這些年，她國語講的字正腔圓，連俗話都運用自如了，人常說：一個被窩不睡兩樣人，老邊的調教功夫，倒是不可小看呢！

「問題是，這些年我只管喝酒，根本沒在打鐵啊！」老湯苦笑說：「我把我的朋友王老實、掛毛兒，都用『打鐵趁熱』的方法，把他們『送做堆』了！我自己，真的沒有想過，國父不是『天下爲公』嗎？有些當官的沒做到，我它娘可是做到了！小邊說我是『超級士官』，老實說，我當得起，爲贖掛毛兒的老婆，我借債五六千！你們王叔叔這兒，我就借了他一千五。」

「是什麼樣的老婆，還要花這許多錢去贖她啊？」阿美困惑起來，兩條眉毛皺的像咬架的蛐蛐兒。

「她是掛毛兒選中的妓女。」老湯說：「妓女也是人不是?!她是被家裡賣進火坑的！這只能說是社會太不公平，同她有啥相干?!大陸可以不『反攻』，台灣社會的不公平，我卻點滴在心！人憑什麼賣人？少一文就贖不得她！說真話，早先的大陸社會也是這個樣兒！咱們『革命』，能不能從娼妓制度革起？她成年後自願賣的，是另一碼事，販賣雛妓，傷害人權，就該……就該處死！它娘的！我革不了這個爛社會，只有花錢替她贖身嘛！」

「老爹，我……我真的敬重您。」邊中校感動的兩眼發潮，淚光瑩然的站立起來，舉杯說：「我敬您老人家一杯，我先乾爲敬，您幹了這許多年，還留在士官的位子上，真太委屈了您吶。」

「酒，我是照喝了！」老湯說：「至於官階高低，這全是它娘的兩碼事！我樂意幹伙伕頭，因爲我懂得量力，我橫算豎算，我還只是一個伙伕頭的料子，人不自知就是狂妄無知嘛！我當伙伕頭，手藝比得上譚廚，我敢吹得起這個牛皮！革小命，我是『花錢消災』，革大命，要靠你們這些當官的，可惜很多人，官當大了，連他自己的『命』都革不了！娶了大的還想娶小，我它娘悶著喝老酒，就是這麼喝起來的嘛！喝！」

狗肉剛添了一鍋，王衡的店裡已經客滿了，門外走廊上，還有一批阿兵哥坐在冷風裡等著，二黃已經下了鍋，三花也在刮毛打理，它娘人權都還沒顧周全，狗權也只好暫時放在一邊涼快涼快，那兩條當成預備隊的小白狗，只好躲在籠子裡打抖，苟延牠們的殘喘幾十分鐘啦。

七拳呀，八馬呀，一心敬你三星照呀！阿兵哥們熱血都在沸騰，但沒有一個是它娘的樊噲，也沒有一個夠資格當上聖僧濟公。人跟狗，都是處在不同際遇當中的一堆活肉，湯鍋同戰場，在意味上卻有許多相同之處，只是狗兒們不會呼喊口號罷了！小高粱加上熱乎乎的香肉，使許多奇異的念頭，在老湯的腦子裡閃動著，他彷彿看見許多當年的戰鬥場景，尤其是國共之間的戰鬥，那些場景使他想到之後，立即就有些暈眩。

這餐紅燒狗肉席，連談帶講，足足吃了將近兩個鐘頭，邊家的小孩子都摸著肚子打呵欠了，老湯說：

「你們夫妻倆，先帶孩子回去歇罷，今晚我跟你王叔通腿睡，咱們還有得聊呢！阿美妳有空告訴妳老爸一聲，說我回北部來了，改天一定約他喝老酒！」

老邊要去暖車，王衡又提了一大包熱狗肉來說：

「一條黑狗，你們分一半，這些孩子要著實補一補，日後全考一百分！」

原先說是不吃狗肉的阿美，業已開了戒，並且嚐出狗肉香美的滋味，再聽說孩子全考一百分，立刻就抓了過來，還連聲道謝。老湯瞧在眼裡，拍了王衡一巴掌，闊闊的笑說：

「老兄弟，怎麼樣？老古人說得沒錯：有其父必有其女！你這頓特級香肉，讓她立刻就做了濟公和尚的信徒！連我的孫輩也都沾光啦！」

王衡當時沒說話，等老邊開車走後，才又重重的一巴掌拍回來說：

「老湯頭，你甭洋洋得意，要你自己生的才真正算數，你這些年，分明可以熱窩熱被成個家的，幹啥馬浪蕩，一直打光棍，等頭髮花白了再娶，那才真是作孽呢！」

「噯，你說這些話，是不是狗肉頂出來的？」老湯說：「你是荷爾蒙冒泡，——中了狗肉毒了！我要是在台灣隨便抓一個湊乎成對，把你老嫂子放在哪兒呀？」

擱在早些年，老湯只要亮出老家窩的那塊寶來，他那夥弟兄們都沒話可說，不過，經過這些年的斗轉星移，隔海的老家窩，在感覺上被推得很遠很遠，遠得黑沉沉的，有些虛無飄緲，也無怪王衡有話說了。

「噯，老哥，」王衡說：「咱們被擱在這兒，到底哪年哪月才回得了家窩？你我心裡有個譜沒有？大陸的變化怎樣，根本預料不到，家和人都不是銅打鐵澆的，也許到能夠回去的那天，咱們都老得走不動路了哩！」

王衡這一說，使老湯愣在那兒，半晌沒答話，當年在戰場上熬日子的時候，覺得日子很長，人蹲在沒仗打的地方，日子就滑得像鱔魚一樣，三彎兩拐就過了好些年，這場渾渾噩噩的仗，看樣子真的拖下去了，究竟會拖到哪一天，沒人敢說得準，到那時，能拄著拐杖回家走一趟，也許還算幸運的呢！人的一生真是太快了呀！他不知不覺的就長嘆了一口氣。

「也不用想那麼遠啦！」王衡說：「該怎麼地，就怎麼地，你能拉債幫旁人成婚，也該爲自己想，沒人會怪你的，當初『貞節牌坊』壓死許多女人，如今該換男人去揹嗎？」

香肉店的客人走了一批又來了一批，九點之後，大都是些軍官佐，王衡又跑去忙碌了一番，送走了他們，關上店門，業已是十一點鐘了，他這才坐下來抹胸喘息。

「平常你都像這樣忙嗎？」老湯說。

「不放假的日子，差不多就這樣，」王衡說：「遇上假期，中午就客滿，一直要忙到深夜。你是知道的，這門生意，只能做寒冬一季，春夏兩季，我就改做牛肉麵，賣些滷味。平常也請當地一個女孩子和一個阿嫂幫忙。——做小本生意嘛，爲自己忙，有什麼話好說呢！」

老湯又旋開一瓶小高粱，用奇怪的眼光看著王衡，這個老廣是老實本分的人，他早已把過去在戰場上的那些經歷都拋卻了，絕口不再提當年的事，只想著眼前的日子，時間和環境的變遷，把人的青春和豪氣都給磨掉了，王衡的長相本來就不起眼，黃臉，凹眼窩，尖下巴，又矮又瘦的個頭兒，經這些年的勞累，他更像縮了水似的變小了，看起來猥猥瑣瑣的，一點也不像曾經上過陣的老兵。

屠狗這種行當，在中國歷史上原是古老的行當，但也是在社會人眼裡很卑賤的行當，要不然，樊噲也不會被後世人嘲笑將近兩千年，北洋軍閥頭子張宗昌，也不會被人嘲稱爲「狗肉將軍」了！古本的三字經，是每個入塾的孩子必讀的書，那上面明明列有：「馬牛羊，雞犬豕，此六畜，人所食」，這種版本，多少年後沒改過。於今有些愛狗的人士，偏把屠犬列爲野蠻，把屠牛，宰羊，殺雞，殺豬當成「理之當然」，這未免失諸公平，其實，中國人的貪饞，實在是它娘舉世皆知，凡是天上飛的，地下爬的，水裡游的，地底藏的，幾乎無所不吃，在戰爭危急的當口，照樣烹殺戰爭的伙伴——出生入死的戰馬，其他像貓和蛇，老鼠和驢子，螞蟻和白皮蟑螂，可說無一不吃！中國人吃人肉的歷史，甚至比非洲尤有過之，如果拿殺狗去責難王衡，那真是有些冤了他，中國有許多省分的孩子，一生沒吃過狗肉的，究竟有多少呢？

狗肉加老酒，在老湯悲沉沉的感覺裡，竟有了人肉的滋味，管它娘，只當是自己在啃食自己罷！來啊！乾杯！去它娘「萬物同春」的夢幻！

這一夜，老湯是睡在狗肉店屠狗的木案上，他做了一個可怖的噩夢，夢見一圈人都咧開嘴巴，露出一排排白慘慘的牙齒，而他自己卻是一條癩皮的老狗，被人給剝了皮，血肉狼藉的橫在案上，被屠刀淩遲成碎塊。他驚醒後，披衣起來，喝了一茶缸冷開水，並且吐了兩口痰，罵了兩句三字經，破解破解那種不祥的夢魘。

他燃起一根煙捲，在一支小燈泡的黯光裡，靠在枕頭上沉沉鬱鬱的愣著，連自己也不知道想些什麼？夢只是一層迷離的大網，他不相信那種無稽無憑的東西，就能把血肉之軀牢牢網在裡面，我老湯做人做了大半輩子，臨老竟會變成一條癩皮老狗？哪有這種事？！

換用佛家的因緣果報來講罷，我老湯前半輩子，像一隻被人用鞭子抽打的陀螺，而執鞭的那隻手該是來自東洋，假如日本小鬼不興風作浪的來打中國，自己哪會那麼犯賤？要它娘拋別家窩，弄成一個四邊不靠，凡事都成了半端。後來弄到「兄弟鬩牆」，根本不是我老湯的主意，兩邊死掉的人，誰也怨不得誰！官讓別人升，家讓別人去成，我它娘出錢出力，從沒反悔過，我要是分什麼雞毛子省籍，就不會認阿美這個女兒，成就她們一家！我竟被當成癩皮老狗，究竟是它娘招誰惹誰了？台灣的洪家眼看要斷嗣，我祭出了陰陽蝦，山地姑娘進了火坑，我耗費畢生積蓄把她們拉拔出來，我有什麼罪過？！幹嘛還要拿這種不祥的噩夢來困擾我呢？！

不管怎麼樣，明早我還是要買票去台北，看望老長官和老同事們，把這個難得的假期給正理正經的用掉！

卷之九・打轉的陀螺

退除役官兵輔導委員會，是當年不得不成立的一個機構，而真正鞭抽陀螺的那隻手換成了無情的時間。在台灣偏安的局面中，蔣經國變成命該吃苦的角色，老的已老，小的還小，當初的六十萬大軍，被時間的蝕耗，逐漸減少，世上有許多鬚眉皆白的老將，可沒見過鬚眉皆白的士兵，部隊必須汰換，老兵必須退伍離營，那些退伍離營的，半老不老，總不能讓國家白白養活著，既損耗了國家的財力，又消耗了可用的人力，用這個輔導單位，可以靈活的處理，就醫，就養，就學，就業，尤其是拿這些人力去建設台灣，誠可謂一舉兩得，生產，建設，拓展經濟，根本上是一個和平的人生戰場。

如果集合歷史學家去公允評論，這個機構創立的意旨和早期發揮的功能，不但對台灣具有樞紐作用，和世界許多國家相比，也明顯的立於前列，如果沒有它的存在，各部隊活化的輪轉勢必延緩，大量人力散到社會上去，加入生存的競爭，必定會產生若干程度的社會混亂，因爲那些退伍老兵，個個都是「上無片瓦，下無立錐」的人，在競爭的立足點上處於絕對劣勢，若不輔導轉業，把他們置於「難以維生」的絕境，一切政治神話就會立即崩盤，把國防力轉爲基本的社會建設力，這著棋走得十分高妙，先開始的開山鑿路，遇水架橋，已經凸顯出它的功能了！

這條退路一通，軍中的人事立即就活絡起來，社會上缺少什麼樣的人才，沒關係，到軍中去找，航空的，工程的，電訊的，機械的，行政的，烹調的，醫務的，各類科技的，軍中可說是各類專業人才都有，是可彌補急速建設時期的人才荒。

自從實行退役政策以來，人事管道暢通，有志向社會發展的人才，都有了大展身手的機會，有些具有特殊才能的，戎裝還沒脫卸，社會單位就爭來羅致，在國防單位不願長期割捨的情況下，就產生了暫行商調，臨時借調，變成「軍職外調」，一時之間，軍中和社會都有了熱火朝天的大變革。

不過，外界的變革，對老湯幾乎沒有什麼影響，如果說有，那就是各種炊具都換新了，伙房的設備比早先講究得多，餐廳也經過裝潢，有了紗窗紗門，一改早先蚊蠅亂飛的現象，伙房的改進，使老湯有了更多的餘閒，他只需調配好每餐的菜肴，交給伙伕們去做就成了，他種菜，和民間合夥養豬，自己也養了幾隻流浪狗和貓咪，每天黃昏，他都坐在伙房後的草地邊，消消停停的喝他的晚酒，貓和狗遠遠的圍著他打轉。

老湯沒當過隊職官，不懂指揮統衡那一套，但他對待貓狗，卻頗有大將的風度，隨便要哪一隻貓狗坐，臥，滾，爬，走，牠們都會乖乖的照辦，完全符合一個口令一個動作的軍訓標準。老湯喝晚酒的時刻，有些貓狗耐不住魚肉香味的誘惑，想靠近來打滾撒嬌，多佔點兒便宜，這時候，老湯只要輕輕的哼上一聲，牠們就得立刻退回去。有時老湯也會對貓狗來點兒「震撼」教育，比如說：怎樣？想去找濟公啊？想湊龍虎鬥啊？那些貓狗一聽，便夾著尾巴飛溜啦！

老湯去過幾次台北，老單位的老長官們都紛紛退役了，匡醫官退役後，到嘉南地區幹衛生所主任去了，方上校退役後，在水庫管理處幹行政工作，陳團長去榮民之家療養，劉老團長生病住院，李有吉轉業到榮工處的下屬單位，只有小史還留在野戰單位，又升了一階，當上了副連長。王老實夫妻倆，在台北六張犁開飯館，店名就叫「山東老實小吃」，店面兩開間，後面住家，生意還蠻不錯的，孩子都上小學了。他每回去台北，王老實的小館就成他唯一能落腳的地方。

「沒想到我老湯一直沾姓王的光！」老湯感慨的說：「一部百家姓，偏把咱們兩個姓都編成每句的尾巴上！想想也真是怪氣！」

「是人怪氣，還是你怪氣啊？」王老實說：「百家姓又沒把咱們編漏掉，幹嘛在乎它怎麼編?!」

「我不是在乎什麼，只是覺著好怪。」老湯說：「幹嘛要『周，吳，鄭，王』、『雷，賀，倪，湯』呢?你們姓王的很爭氣，好歹還出個王莽，把個漢朝切開，做了十八年的皇帝，咱們姓湯的，可是幾千年一路『泡湯』！」

「話不是這麼說，」瑞玉說：「老古書不是說什麼：堯，舜，禹，湯嘛，湯是商朝開國皇帝呢！」

「乖隆冬！我簡單打敗了。」老湯說：「當年在屏東，妳連國語都不會講，幾年不見面，居然連堯舜禹湯全端上桌來了？」

「我能嫁給老實，全靠你幫的大忙，」瑞玉說：「洪家能有後代，也靠你的陰陽蝦！你湯大哥是我們洪王兩家的大恩公，我有今天，也都是你教的嘛！」

「我哪兒會教妳堯舜禹湯？」老湯說：「我只懂得雞湯、鴨湯、青菜豆腐湯嘛！」

「她跑圖書館，又去補習，」王老實說：「開這館子，買菜記賬全是她一手包辦的，她學會的事還多著咧。」

「你有這樣的內助，算你有福氣。」老湯說：「我的閒拉胡扯也到此打住，說真箇的，我如今在桃園靠王衡，在台北靠你老實哥，兩個都是姓王的，心裡難免有些感慨呢！」

「你這就太見外啦！」王老實說：「你我兄弟這多年，我可從沒拿你當外人看，這兒也就是你的家，一家人還有什麼好分的？」

老湯從沒不相信王老實夫妻倆的誠意，但他在王衡那邊，由於兩人都還單身，感覺上毫無拘束，而王老實一大家人，自己夾在其中，多少有些格格不入，即使對方沒有這個存心，自己卻有這層顧慮，在孩子面前，他不能噴煙，說話也不能帶三字經，真是彆扭透了。人常說：老怪，老怪，人越老就會越怪，自己離老還差一大截呢，怎麼有許多想法就會怪起來了呢？

他調北部還沒到三個月，麻煩事就追著來了，有一天上午，會客室打電話到群部，說是有位女客人要見老湯，老湯跑去一看，發現來的竟然是小鶴。

「嗨，大老遠的，妳跑到這兒幹什麼？」老湯說。

「這還要問嗎？」小鶴是走一段路來的，鬢角和鼻窪還沁著汗珠，她臉上流露出興奮的暈紅：「我全是爲找你來的呀！你調來這邊之後，連一封信也沒寫，我都等急了，你幹嘛一見面就發愣，好像遇見債主似的。」

「哦，哦，那倒不是。」老湯也自覺方才說話有些不妥當，這才勉強擠出笑臉來：「我剛到新單位，事多嘛，妳在南部，有掛毛兒夫妻倆照顧，我很放心，妳只要勤苦做事賺錢就好了嘛！妳幹嘛跑這麼遠來看我？」

「你放心我，我可不放心你。」小鶴說得很直截了當：「人家日夜想你，你知道嗎？」

這可糟了大糕啦！老湯被這軟綿綿的嗲音嚇住了！苦也苦也，他心裡一直在這麼嘀咕著，這種該在花前月下，私下裡說的話，妳小鶴就是要說，也該挑個可說的地方嘛！這裡是營區的會客室，可也是衛兵室，衛兵司令的桌子就在牆角，而且屋裡還有兩組軍官在另一邊沙發上會客洽談公務，小鶴姑奶奶，竟然衝著衛兵的後腦杓對自己發嗲，那衛兵分明聽見了，兩肩笑得抖抖的，卻用兩聲乾咯去掩飾，——在衛兵室談戀愛，什麼跟什麼嘛?!

「好啦，妳什麼也甭說啦。」老湯說：「我請妳吃中午飯，算我賠禮道歉好麼！」

老湯胸前掛有長期可用的差假牌子，一拉小鶴的手就出了營門，他用單車載她去到王衛的香肉店，對王衛介紹說：這是打鳳山來的小鶴。王衛這個王八羔子，一聽就急忙拉椅子說：

「唷！原來妳就是未來的湯嫂?趕快請坐，趕快請坐，小弟這就去準備菜肴去。」

「嘿，你這老小子，甭它娘口沒遮攔！」老湯辨正說：「八字還沒見一撇呢，你怎麼好這樣亂叫喚?!」

「嗨呀，早早晚晚不都是一樣嗎?」王衛回話時，還特意擠擠慣用的左眼，有點嘻皮笑臉的味道：「她要不是做湯嫂的料子，那你幹嘛四處借貸，要替她贖身?!你當初向我調的那筆錢，算我送禮，總行了罷?」

老湯覺得好冤，站起身來要抓王衛的肩膀，但他的肩膀卻被小鶴先抓住了，小鶴笑著一用力，使他又坐了下來。

「湯大哥，你為我出了這麼大的力，你以為我不知道?!」小鶴說：「老實講，我被賣這許多年，我的嘴可是乾淨的，從沒被人碰過，湯大哥，我對你怎麼樣？——我連嘴都給了你了，你費盡心贖我出來，你以爲我還會跟旁的男人？老實跟你講，我寧願死，再也不跟旁的男人！不拘什麼時刻，只要你說不要我，我馬上就死在你面前！我全是爲你活下來的，你懂嗎?!」

「老湯頭！湯嫂這番話，連我也被她說哭啦！」沒被老湯抓著的王衡從廚房探出頭來說：「她可是現代的孟姜女！她比當年的孟姜女更難得，依她如今的行業，她能爲你死，這……這……簡直比……比……根本沒人配跟她比了哇！我要用超級黑狗來爲你們慶賀啦！」

「去你的，你少插嘴！」老湯說：「我跟這位李小姐，全不像你想的，你做你的菜去。」

儘管王衡說話有些兀突，小鶴可沒在乎，她的年歲也不小了，在風塵裡翻身打滾這些年，什麼樣的人沒見過？像王衡只是對老湯太熱切，無形中也就幫自己說起話來，覺得尷尬的反而是老湯。

她拎著帆布包，靠牆坐著，兩眼直盯著老湯，沒再說話。老湯也看著她，原想多講幾句什麼，但瞧著她瘦削的身影，滿心泛著憐惜，也就不忍再說了。當初花錢贖小芝，全是替掛毛兒幫忙，誰知小芝又扯出她這表姐小鶴來，他抱定救人救到底，拉債把她贖出來，誰知這一帖膏藥，死死的貼到自己身上來，看樣子很難揭得掉了！

一個想揭，一個偏生要貼，就這麼不出聲的乾耗著，小鶴的眼光表現出她的擰勁，而老湯自覺這樣僵下去終究不是辦法，他還是先開口說話了。

「噯，妳想在這兒待多久啊？」他說。

「看你囉。」小鶴說：「我原就是來看你的嘛。」

「出門是要帶錢的。」老湯說：「換身衣裳也要多帶點，妳都帶了嗎？」

「行李我寄在車站了。」小鶴說：「我沒打算再回去，我要跟你過日子！」

小鶴這種開門見山的正面猛攻，殺得老湯簡直難以招架，他倒抽一口冷氣說：

「姑奶奶，我能把妳放在我伙房灶頭上供著？咱們又沒辦結婚手續，怎麼能一家一道的過日子呢?!」

「結不結婚我不在乎。」小鶴說：「哪個阿兵哥逛軍樂園是領過結婚證書的？還不是照樣辦事？我會在這邊找份事做，再租間小房子，不用你花錢，有人才有家不是?!你到時回『家』就行了。」

「嗨，」老湯嘆口氣說：「成個家，哪有這麼簡單？妳想的太美了，妳這一棍子敲得我分不出東西南北啦！」

「別急，別急，」王衡從後面殺出來說：「酒也來了，菜也來了，咱們邊吃邊談，有什麼解不開的疙瘩，慢慢理順，不就解開了嘛！」

「還是王哥說的有道理。」小鶴說：「老湯你是好酒量，今天我陪你喝個痛快。」

老湯不得不承認，這是在人生戰場上頭一回打敗仗，而且敗得很慘！他當初贖出小鶴的原意，只是幫著一個弱女子脫出火坑，他這一片心，全被小鶴給弄擰了，她用報恩的心情，心甘情願要跟他過日子，對這種死心眼的女人，你能打她還是罵她?!兩者都不能，只能用一個「哄」字，但好說歹說，她偏偏不吃哄，你又能拿她怎的?!

「喝啊！老湯！」小鶴說：「你不要想一腳踢開我，我是決不會走的，我來之前就想過了，你若不要我，我就跳水塘，——這一路的水塘多得很，我會選個最小的跳，——少糟蹋人家的水！」

「我說小鶴，我沒那麼絕情吶，」老湯乾了杯裡的酒說：「妳也甭逼我，我是老家有老婆的人吶！」

「你有老婆，我早就知道，莫論一個，你就是有八個老婆呢，我甘心當第九，……我……真的沒旁的路可走了！」她說著，抽抽噎噎的傾滿第二杯，把大串的淚全滴在酒杯裡，一個淪落到叉開腿任人上的妓女，一樣保有她生命的尊嚴，而且到了可生可死、別無選擇的地步，老湯更感到事情的嚴重性，他只好說：

「小鶴，妳年紀還輕，世上的路還多得很呢，妳一心找上我，我哪能一腳踢?只是……妳就算跟了我，日子也不會好過的！日後我會在哪兒死?哪兒葬?連我自己也還沒弄得清楚呢？拖著妳，我……我更難啦。」

「我不怨，」小鶴說：「這是我自己選的路，是死，是活，我都一肩擔！絕不讓你擔上一點點，王哥在這兒，你可替我們作個證，我死也不會有抱怨。」

甭看小鶴瘦伶伶的一個小女人，她認起真來，可像是一頭執拗的牛，把老湯逼得一愣一愣的，王衡一看不是勢頭，急忙拉彎子說：

「我看，你們兩個都到此打住罷，先喝酒吃菜，李小姐的來意，你湯頭兒不會不明白，她可是淺水撐船──一竿到底，一心投奔你來的；你呢，用不著把她糊在牆上，貼在灶上。我這香肉店，如今正缺少人手，我就多用一個人，我舖子後面的人家有空屋，讓她暫時安頓下來，至於日後的事，你們兩個再慢慢商議，這不就好了嘛！」

王衡這麼一說，算是先把問題解決了一半，小鶴先瞇起眼道謝，敬完酒，便大塊吃起狗肉來，老湯也就此下台鞠躬，化解了被逼的窘迫。

「這種肉妳還吃得來罷？」王衡說。

「我小時候，什麼肉沒吃過?!」小鶴說：「山豬、野鹿、白鼻心、田鼠……我都吃過，有時也吃蛇肉呢！」

「山區裡的日子過得很苦，」老湯說：「有些地段，還能種一點看天收的旱作，像小米、玉蜀黍、地瓜和高粱什麼的，他們的肉食多靠獵物，但凡能吃的活物，他們都吃。小鶴是很能吃得苦的人。」

「不是我說你，」王衡說：「遇上這麼個能吃苦耐勞的，你還猶猶疑疑個什麼？早點睡進一個被窩筒早生兒子，憑你老湯的廚房手藝，還怕日後混不到一口飯吃？」

「不是說過今天不提這個的嘛?!」老湯說：「咱們只管喝酒吃菜。」

由於王衡的出面，總算把小鶴給暫時安頓下來，老湯回到營區，心裡總覺得有些迷迷盹盹的，十分的不落實，也許這多年飄蓬浪蕩的弄慣了，打光棍無拘無束，兩個肩膀扛著一張嘴，說是孤寂麼？並不怎麼樣，因爲心窩的黑裡仍有一個家，仍有老婆依稀的身影和兒子的模樣，儘管那模樣出於自己的揣測。只因有了這幅墨沉沉的圖景，自己也就有了一點空蕩的希望，人只要有一點希望，活著總有些重量，不會變成斷了線的風箏。

不錯，小鶴是個很好的女人，她雖被賣到娼寮，在風塵裡打了好些年的滾，但她的心地很純良，並沒沾染到不良的習慣，近些年，有些老兵急於成家，就胡亂托媒人找對象，媒人看在錢的份上，就在貧戶裡物色出一些白痴、智障、患有殘疾的女孩，取得一筆聘金，把她們給嫁出去，說來是「嫁」，其實是變相的買賣，老兵們沒有挑肥揀瘦的條件，只要對方是個女的就成，花錢買了個熱被窩睏睏，夜晚能抱一團活活的熱肉，他們也就心滿意足了，他們沒有料到，這些低智能的女孩生出的子女，大多在智力上也有問題，按照傳宗接代的觀點看，延續香火是做到了，但子女的品質降低，將來在社會上怎樣站得住腳？這造成了極大的隱憂……。和這些人相比，小鶴該算是難得的好對象，她忠厚，憨樸，敢作敢當又明白事理，打著燈籠也沒處去找，也不怪王衡多話，極力促成。

問題倒出在自己的身上，雖說眼前自己蹲伙房，沒風沒浪的還算穩當，但長久來說，軍隊就是軍隊，不斷要換新血，終不能讓鬍子變白的人留在裡頭，變成一座養老院，人常說：鐵打營盤流水兵，無拘早退晚退，時候一到總得要走人的，時光催人老，到時候，自己的精力弱了，血氣衰了，萬一又拖上一串幼兒稚女，變成老牛拖破車，豈不是害苦了小鶴？

這樣反覆盤算的時候，老湯忽然覺得自己也慢慢的變老了，自己曾因結石開過刀，又鬧輕度的痛風，最近血壓也高，單車騎遠點兒，就覺有些氣喘，若要自己把「老」字說出口來，還真怕惹人笑話，老的感覺只像一滴醬油滴在清水裡，慢慢的暈散開去，散進四肢百骸，都沾上那麼一些些淡淡的影子。如今，怕只有喝酒掄杯，還有當年那份豪氣，其餘的大刀闊斧，響亮的笑聲，無拘的灑脫，都逐漸的見不到了，就拿小鶴這宗事來說罷，要擱在早年，一拍巴掌就成了事，哪還用牽腸掛肚，反覆的思量？

正因這樣，他有半個來月都沒到王衡那邊去，他不願意很快和小鶴面對面，他應付不了小鶴那種咄咄逼人的硬貼。但他也明白，躲她只能躲一時，無法躲得長久，眼前能和他商議這事的人，只有阿美夫妻倆了。

他在一個假日，騎單車到阿美的眷村去，阿美一家人見到他都很高興，孩子們也都纏著他，要聽他講故事，又嚷著要他帶他們去看電影，老湯沒辦法，只好打起精神，嬉笑顏開的圍弄孩子，他想講的事，反而沒法子開口，再說，當孩子的面講小鶴的事，也有些尷尬。

折騰了大半天，一直到晚上，他拉起單車告別，邊中校和阿美送他出來，老湯才有機會把小鶴來找他的事，源源本本說了一遍。

「爲這事，把我心裡搞得七橫八豎的。」老湯說：「只好過來找你們夫妻倆商量。」

「乾爹，你不講我都替你著急。」阿美說：「你不信問問老邊，我在他跟前提過好幾回了，我要替你介紹個對象，如今你有了現成的，更好嘛！」

「我覺得，結婚申請手續還是要辦。」邊中校說：「這樣的話，日後眷屬有眷糧可領，子女上學也有教育補助費，就算退下來，這些優待也還有的，甭看它數目不多，對安定生活可是很有幫助的。」

「依我看，除非您立意不娶，一路光棍打到底，要結婚的話，當然是越早越好，至少能把孩子給巴大，不至於替下一代窮擔心。」

「嗨，一個老婆就已經夠受的了！」老湯嘆口氣說：「哪還敢指望生一窩孩子。」

三個人站在眷區的巷口，眷區的路燈和家戶暈黃的燈火都已經亮了，在蒼茫的夜色裡，透出一股子溫溫熱熱的感覺，老湯記起早些年，有位熱火朝天的政訓官，老是在官兵面前大肆推銷他的論點，說什麼「匈奴未滅，何以家爲」?!那時離開戰場不久，倒覺得他的話並不離譜，本來嘛，人活在硝煙瀰漫的戰場上，一剎是生，一剎是死，誰還會想那些雞毛子屌蛋的事，軟得像蛛絲一樣的愛情，簡直是荒唐的玩意，等到生活長期的定下來，沒波沒浪的時光像抖開的布疋，政訓官那套激昂的符咒早就失靈了，那小子自知他這輩子做不了衛青和霍去病，就找個電器行的老闆女兒，搶著成了家。人它娘就是人嘛，聖賢豪傑的看法，原封不動的朝老兵頭上搬，那全是謊話！

老湯並不自卑，也並沒被糟糠之妻不下堂的傳統教條捆死，但他聽到眷區嬰孩的啼叫，眼看下一代的誕生和成長，總覺這原是自己不敢深想的夢，原先這夢是高高懸在天上的，攀不著，搆不到，如今卻真真實實的落到地面上，連當初扭屁股挑餿水的小丫頭，也變成營長太太，做了幾個孩子的媽了！我老湯它娘的何德何能？日後也能和小鶴築成一個小小的家窩，用一扇薄薄的夾板門，把外面紛攘的世界隔開，管它是什麼樣的風風雨雨，這會是真的嗎？真的嗎?!不不不！我沒有這份福氣，當初我要是立意升官，至少也混到中上校了！羅將軍那麼樣的破例提拔，我都拒絕了，憑我一個老伙伕，哪能那麼容易的配到眷舍？只能窩在克難竹屋裡做個散戶罷。

「啊，外面涼了，孩子都還在屋裡。」老湯擺脫了一時的怔忡：「你倆個回去罷。」

阿美夫妻的這番話，讓老湯心裡安穩很多，在戰亂裡滾了這許多年，最後成為他鄉遊子，本身就已經夠悲苦的了，自己蹲伙房，沒事吃點兒喝點兒，多少要比旁人痲木一些，很多事當時沒太覺著，就算有點恍惚，也只能算沾上點邊，這幾年來，「反攻」逐漸變成政府堅持使用的一個空洞名詞，就好像對岸喊「解放」差不多，多年來，兄弟鬩牆連番惡戰，雙方都死傷百萬以上，老弟兄也打疲了，鬥累了，兩岸的戰鬥人員都變成算盤珠兒，上頭不撥呢，下頭也就樂得不動啦！老湯不止一次對自己說過：「要死，就該風風光光的死在抗日戰場上！」要是死在中國人自家火拚的場面裡，不必講什麼窩囊，至少算不得是什麼英雄好漢！國共兩邊，都它娘的一樣。

既然抗日戰爭沒死得了，那就縮頭賴活罷，至少伸著腦袋去找死的心變淡了，每回國共兩軍交手，下面的弟兄，哪個不是硬著頭皮頂住，正像俗說的：「癩蛤蟆墊床腿——死撐活捱！從這點上看起來，阿美夫妻倆講的，句句都是實在話，真情流露，沒有半點虛假。

「轉來轉去，還是要去政訓處領結婚申請表！」老湯打著自己的腦袋說：「我怎麼迷里馬虎就被人給俘虜了呢?!」

老湯一去領申請表，最先跑來道賀的就是老長官李上校，他說：

「老湯，你早先幫長官，幫同事，熱心熱腸，從來也沒爲你自己打算過，這一回，輪到你頭上啦！你究竟是怎麼想通的呢？」

「談不上想通不想通，全是我熱心過火惹來的麻煩嘛。」老湯說：「我在軍樂園贖出個落難的女孩子，原意是讓她從良，找個好男人嫁了的，誰知她爲報恩，死死的黏上了我，弄成我一搖頭她就會跳水塘，您說說看，我能逼死那麼個死腦殼的女人嗎?!」

「你有什麼理由逼死她？」李上校笑說：「你盼望她從良之後，挑個『好男人』嫁了，誰好誰壞，挑選權在她自己的心上，她偏覺得世上的男人你最有良心麼！依我看，她死死的貼上你，不光是爲報恩，她是愛死你咧！懂得真愛的女人決不會壞，你早點送上申請表，我立即朝上呈報，也許在我退役之前，還能喝得到你們的喜酒。她如今人在哪兒？」

「在大楠，一家我老同事開的香肉店幫忙。」

「噢？你是說門口掛羊頭的那一家？兩邊懸有羅將軍墨寶的?!」

「不錯，正是那一家，您怎麼猜的那麼準咧？」

「我是老廣，你知道嘛，昨晚上我還在那邊，和幾個鄉親好友在大打牙祭呢。……對啦，店裡那個端菜的，瘦瘦小小的個頭，奶膀鼓鼓的，小腰細細的，皮膚有點黑，眼窩帶點凹，……那該就是？……」

「沒錯沒錯，那就是她。」老湯說：「她姓李，花名是叫小鶴沒錯，但她真名叫什麼？我從頭到尾也沒問過她，連我也根本不曉得呢！」

「哈哈，這真是滑天下之大稽的事，——都領結婚申請表了，竟然還不知對方的真名？這份表，你該怎麼箇塡法？……我看算啦，你這檔子事，我這老長官負責替你一手包辦！我帶政訓官去辦事，你當陪客，吃菜喝酒，由你做東就成了。」

「客由您請，我才答應。」老湯說：「我結婚，您天經地義是男方主婚人，主婚人多花費一點，也是順理成章的事，免得我那老同事又怨我窮打秋風，——我替她贖身的錢，幾乎有一半還是向他告貸來的哩。」

「嘿，我熱心過火，立即就遭到報應了！」李上校說：「這頓香肉大餐我還請得起，男方的主婚人，我可是當定了！」

要不是李上校半路殺出來亂攪局，老湯至少還會再多打半年的光棍，李上校身爲指揮官，辦事快當，指揮若定，下一個星期天，他就帶了政訓官，拉老湯一起去了香肉店，找來店主王衡，和剛幫工不久的小鶴，宣布老湯結納這門子婚事，當面詳詢男女兩造，把申請表格塡好，李上校更以單位主管的身分，交代承辦人員立即轉報上級。他這種明快的處置作風，和他多次批准老湯請假是一個樣兒，小鶴萬萬沒料到，這個老廣上校辦事這麼爽快，一下子就把事情給擺平了。

「郎有情妹有意的事，還有什麼好拖的。」李上校說：「我喜歡速戰速決，如今士官結婚，跟軍官一樣，很快就會批准的啦。你們的喜酒，我算吃定了。」

老長官出面幫了這個忙，按理講，老湯應該高興才對。但他在面對小鶴時，全身都好像被無形的繩索緊緊綑住，連轉頭聳肩都覺得吃力。什麼柔情蜜意的感覺一點都沒有，他在內心裡很喜歡小鶴，並沒有半點嫌棄她的意思，連他自己也弄不明白爲什麼會變成這樣，他平素的粗豪灑脫，都給弄沒了，心裡一個勁兒的納悶著，很不是滋味。

不管怎麼樣，申請表業已填報上去了，婚是早晚要結的，自己也相信和小鶴在一起可以處得來，那只好耐心等著罷。

老湯要成家的事，經過王衡一傳告，王老實夫妻、小史都來信道賀，在中部開山造路的李有吉也跟著來了信，還寄了一張參佰塊錢的匯票來，伙房的伙伕弟兄們也都興高采烈，把這事引爲好兆頭，大夥兒彼此開玩笑，猜誰是下一個新郎倌？從這宗事看來，人到某種年歲，極少不想成家的，所以一路光棍打下來，大多是缺乏成家的條件，有了那條件，沒誰願意一輩子當孤老。

一宗眼看就要來的好事，卻被老湯一病拖延了下來；老湯這場病，其實是他原有各種老毛病的匯發，那天黃昏時，他一如往常，坐在伙房後面一塊方石上，幾隻貓狗圍繞著他，他弄了一碗雜拼的滷菜，一瓶小高粱，消停的喝著，偶爾還夾起一兩塊肉，誘引貓狗玩直立的把戲。他對那些寵物說：

「你們老爹我，這就快要有家了，家就是自己的窩，你們懂麼?!」

那群被肉香釀得意亂情迷的貓狗，不管主人說什麼，牠們都會搖尾巴或是跑來纏人賣乖，那種楚楚可憐勁兒，使老湯的心都軟得要朝下滴油了。

「嗨，」老湯嘆口氣說：「你們這些白吃大鍋飯的小雜碎，哪裡會曉得外頭的日子苦啊！老爹我日後有了個家窩，能不能供養得起你們還是個大問題咧，萬一沒辦法，只好把你們移交下去。你們也甭戀舊，學學『有奶便是娘』，要不然，你們只有流落街頭扒拉圾的份兒了！」

老湯說著說著的，竟然流下幾滴淚來，忽然他又覺得這是荒唐事兒，在王衡那邊，曾談笑風生的大啖狗肉，卻又在這裡爲它娘貓狗掉眼淚，厚此薄彼到這種程度，不是神經有毛病，自己就是個「熊人」，空灑一把熊人淚，自己和一些老兵弟兄們一旦離營，不也跟流浪街頭的貓狗同病相憐嗎？

「去啦！去啦！統統不要再來煩你老爹咧！」

他心裡煩躁，灌了幾口老酒，站起身來，揮手驅趕那些纏人的貓狗，誰知他忽覺心頭有一股熱，急驟的朝上翻騰，翻到心窩，直衝腦門，一剎時便天旋地轉，仰臉倒下去了。伙伕老石聽到群狗亂叫，跑出去一看，這才發現老湯鼻孔噴血倒在地上，他趕緊召人把老湯抬回伙房，到群部要車子把他載送到醫院去急救。經過軍醫官急診，決定要留他住院照護，老湯就這麼住進醫院了。

主治醫官斷定他因長期酗酒，血壓過高，加上情緒鬱燥，引發輕度中風，依這種症候，得要住院好一段日子，老湯醒過來之後，神智居然還算清楚，只是說話時口齒不清，要重覆幾遍旁人才勉強聽得懂，而且他左半身的肢體感覺麻木，左手勉強能移動，但握不起拳來，左腿暫時失去了知覺，不能動了。

在部隊裡打滾這許多年，老湯這個有官不當的，算得上是條鐵錚錚的硬漢子，可是，人總是血肉之軀，並不是銅打鐵澆的，來台之後，老酒加上鄉愁，像毒蛇般的日夜纏繞著他，他自己也說過，我喝過的酒瓶子，也能砌成一座碉堡！俗說：好漢單怕病來磨，這話說得一點也沒錯，部隊裡很多老長官，年輕時刻入營，確也接受過嚴格的體能訓練，但在戰場上長年累月的磨累，水裡奔，火裡闖，飲食沒法子定時定量，這跟平常過日子，相差有十萬八千里，再好的身子也給掏弄單薄了，一旦逢年過節，或是打了勝仗，酒令暫開，大夥兒就都興高采烈的舉杯猛灌，學著岳武穆「滿江紅」詞裡的句子，要來它一個「痛飲黃龍」，這多年累積下來，老長官們即使退了役，看起來確乎滿面紅光，有時候也自信的拍拍胸脯，表示自己非常健康，其實，他們只是外面的筋、骨、皮還像個樣兒，把裡頭的破落暫且掩蓋住罷了！翻開病歷，這個高血壓，那個心臟病，這個糖尿五百，那個肝硬化，正應上古人所說：「金玉其外，敗絮其中」，除了挺胸凹肚的那個空架子，旁的都免談了。

老湯比起那些老長官的「煙、酒」資歷，更要完整得多，他曾經跟兄弟夥開玩笑，說如果比酒量，他應該敘成上將級，肩膀掛星的，沒有幾個夠看！在當時，他是意氣風發，以海量自豪，殊不知經年累月的喝下來，他這個房子早就遮不得風，擋不得雨了。前些年，他在南部軍醫院開刀取結石，險些把命給玩掉，那邊的軍醫官就曾警告過他，叫他酒要少喝，可是老湯自覺跟旁人不同，對一般人而言，酒就是酒，水就是水，可對老湯來說，酒就是他的白開水，硬要他常年不喝水，根本不近人情嘛！這好?!身體內部像它娘鬧了白蟻的木頭房子，早啃夜蝕，總算把你弄塌下來。

李上校聽到消息，最先跑來看望他，對他說：

「老湯頭，你怎會在這種節骨眼上倒下來呢？你可真會選時候啊！要是醫院不出證明，你那準新娘還會以爲你要花槍，逃婚呢！對軍人來說，人生都是戰場嘛，我相信這一仗你一定能打贏，扶病上雕鞍，完成任務嘛！」

「我…我……沒大問題。」老湯緊抓住老長官的手，口齒不清的說：「您…幫……忙，先給我弄兩瓶酒來。」

「啊！旁的事可以，這個可千萬動不得。」李上校說：「這裡可是醫院咧！煙和酒，不得醫官允准，一概免談，根本沒有通融的餘地。」

「太不近人情了！」老湯費力的說：「我是輕度的嘛。早先槍斃人犯，還把煙抽把酒喝呢?!我如今的待遇，難道比死刑犯還差一等！」

「好歹總得要等你出院再說。」李上校笑著說：「死刑犯用不著戒煙戒酒，因爲他們前頭沒有路，沒得活了！你行俠仗義，後步寬宏嘛！忍字頭上一把刀，能忍才是大英豪。不是嗎？」

「老……長官，你看我狼形狽狀，搞成這個樣子，哪是什麼英豪？」老湯右半邊沒麻木的臉，居然還能擠出一絲嘲弄的笑意來：「我是隻要把戲的狗熊，只要有口氣在，把戲還得耍下去的啊！」

「好啊，我們全都是一個樣子。」李上校說：「既是狗熊族的同夥，要耍就耍得精采一點，留得青山在，不怕沒柴燒嘛！」

和李上校半嘲半謔的聊了一陣子，老湯顯得開朗許多，在他住院的日子裡，王衡和小鶴輪流來看望他，並且送來燒得很爛的香肉，香肉裡的殘餘酒味，至少使老湯過過乾癮，吃完後還不斷的舐舌頭，彷彿餘味無窮的樣子，小鶴不言不語的坐在他床面前，多黏上一刻也是好的。

老湯指著自己不能動的腿對她說：

「妳看我這種狼狽相，能是做新郎官的料子嗎？咱們把申請表撤回來，我替妳當介紹人，另外找個好樣兒的，妳說好不好呢？」

「都什麼時候了，你還有心在開玩笑？」小鶴說：「這些年，男人我見識過太多了，偏偏就數你最好，那又怎麼辦呢？我實在配不上你，我承認是我倒追你的，除非你真的嫌我，厭我，朝後不要再開這種玩笑了。」

「哪有嫌妳的意思？」老湯說：「妳瞧我這樣子，結婚是怎麼結法？我是怕妳等吶！」

「我可不怕等！」小鶴說。

「妳不怕，我可替妳擔心。」老湯伸出右手，輕輕的拍著她的肩膀說：「萬一等到妳長出白頭髮來，那我豈不是罪過罪過？」

「我長白頭髮？好啊。」小鶴難得的笑出聲來：「免得外面人笑你老夫少妻，你的頭髮也見到一點花白啦，我們兩個白成一對，這不是一結了婚就白頭偕老了嗎？」

「嗯，這倒是真的。」老湯想了想，不覺又笑了右半邊臉：「原來妳這麼會講話，講得真好哩！」

「你放心，我本來就不是白癡。」小鶴說。

在老湯住院的日子裡，老邊和阿美夫妻倆，帶著孩子來醫院看望過，王老實全家也來過，還硬塞了一大把錢，小史來過，還帶了李有吉的信，陪他最多的還是阿美和小鶴兩個。這兩個女的很投緣，一見如故，並且互相在老湯面前誇讚對方：小鶴說阿美好能幹，人也本分樸實，阿美說小鶴長得比她想的更美，尤其是那個高高挺秀的懸膽鼻子，很有洋人味道，她心地好，又很爽直，將來會是個好太太，能娶到她，是老爹的福氣。

在病床邊，老湯覺得這是他和小鶴談話談得最多的時候，小鶴跟他講起許多她從來沒講過的事情，包括她在山地度過的童年，生活的清苦，她在教堂學國語的經過，她是怎樣在人口販子誘引她家人的情況中被賣的，本來是說帶她下山找工作的，誰知工作竟然是賣春。其中她說出最緊要的一點，——她曾經生過一個男孩，她自己也搞不清男孩的父親是張三？還是李四？總之，是一個阿兵哥的後代就是了。

「那個男孩呢？他在哪裡？」老湯問說。

「在老家山區。」小鶴說：「寄養在我父母那裡，你沒替我贖身之前，我帶著他怎麼做生意？送去山上之後，我每個月都補貼他們一點錢。」

「唔，這妳就不對了，這樣的事，妳怎麼早不跟我說一聲呢？」老湯說：「這孩子如今有多大啦？」

「五足歲啦！」小鶴說：「我一個人拖累你揹債，心裡已經夠不安的了，哪還能把一個沒爹的野孩子硬塞給你，加重你的負擔？實在說，當時我年輕沒經驗，糊里糊塗懷上的，自己還不知道，肚子就大起來，送去醫院，醫生說送的太晚，硬行流產有危險，才決定生下來的。一開始，我很恨這孩子添麻煩，想把他送人，後來想想還是捨不得，才抱去山上養的。」

「啊，五足歲……快上學了！」老湯沉吟著：「妳該把他帶下山來的，他要上學，我還能供得起。」

「我只不過把這事跟你說明白。」小鶴說：「目前我替人幫工打雜，哪有時間照顧小孩子，你又病著，我怎能讓他拖累你？這事，你就不用再說了。」

「不成。」老湯費力的挪動著身子：「我越是躺在病床上，身子不動，可腦子亂動，連我養的那些貓狗我都放心不下，何況那孩子是妳生的，妳的孩子就是我的孩子，我能放著他不管？我可不是這種人！」

他這一說，小鶴緊緊抓住他的手，頭伏在床邊哭泣了起來。老湯沒再說什麼，只是用右手捏捏她的手，兩個人都靜默下來，不言不語的靜默中，小鶴慢慢抬起頭，兩眼還帶著潮濕，但眼光是那麼清朗明麗，好像就能從那裡望見她的心。

「回去罷，不要讓王衡一個人忙壞了。」老湯幽幽的說。

由於小鶴道出這個孩子，老湯更覺得自己的病得要趕快好起來，這個婚非結不可，要不然沒法子正式領養這孩子，總不能讓他長大之後，戶籍上注記著「父不詳」罷？在中國社會裡，沒爹的孩子常被人看成野種，那是很難堪的事情。

在部隊裡，慣把老湯得的這種中風的毛病叫做「爆胎」，汽車輪胎爆掉了，十有八九是不能再使用了，就算病情穩定，出院之後也是個半身不遂的殘障，上面會主動替你辦退伍，但老湯住院一個多月就扶拐杖下床去做復健，復健不到一個月就扔掉拐杖行走，從春末到夏天，他又回到伙房上班啦。

「嗄，我說，你是怎麼搞的?!」伙伕老石說：「你是偷吃了仙丹妙藥啦？你這病竟好得這麼快法？」

「你的結婚申請書早批下來嘍！」另一個說：「如今就等你選日子了。」

「我這場病，沒死也脫了一層皮。」老湯說：「連我自己也料不到它會好得這麼快，我一心想它早好，拚命做復健，我它娘就是爲做新郎官才活下來的呢！」

「病馬走不得遠路。」老石說：「我看，你得把日子朝後延上幾個月，養養元氣，要不然，不夠耗的。」

「這倒被你給說中了！」老湯說：「我雖然沒半身不遂，但走路還有些發飄，真的是『虛有其表』，把日子延到秋涼時刻，也該補實啦。」

日子延到秋涼，老湯業已交代小鶴把那小男孩從屏東接到桃園來了，五歲的孩子，長得非常粗實結棍，全身黑黝黝的，眉眼之間，仍有三分像他媽，由於不知生父是誰，只好暫從母姓，乳名叫旺旺，報戶口時省去一個字，就叫李旺了。婚還沒結呢，小鶴帶著那小子來見老湯，一見面就指著老湯對那孩子說：

「這就是你爸爸，你叫呀！」

那孩子倒是聽話得很，立刻就撲上來抱住老湯的腿，脆霍霍的叫起爸爸來，把老湯叫得滿心熱呼呼、渾身軟塌塌，像是見了火的糖人，——硬是化掉了，立即帶母子倆上街吃小館，替那孩子買新衣新帽，糖果玩具。

結婚前，王衡業已替他頂下一幢克難房子，房價是六千三百塊錢，經裱糊粉刷，業已很有些「新房」的味道了，所差的就是床鋪和桌椅還沒添置。買下這間竹造、瓦頂、磚包角的克難房子，老湯又花掉他幾年積蓄的大半，這些錢，他原是想先還清王老實和王衡借款的，但那兩個都認爲他成家最要緊，他們目前手上並不缺錢，要他不必放在心上。

李上校也開車來看過老湯的新房，他建議不必浪費錢去買床鋪和桌椅，群裡有些報廢的材料，再找些木箱，請些懂得木工的弟兄，拼拼湊湊，釘釘弄弄就成了。

新的被褥是阿美夫妻倆送的，廚具碗筷由王衡包辦了，小史送的一盞檯燈，燈座竟然是一個炮彈的彈殼，並且開老湯玩笑，說是另一場炮戰就在新房裡，這可要你老湯頭獨挑大梁了。

一切就緒之後，這群親朋友好們硬把老湯拱出來，選定日子印發了喜帖，結婚當天，從南到北都有不少人來參加，竟然席開十多桌，單是掛毛兒夫妻帶來的，小鶴娘家的親戚，就坐滿了三桌，當年在東北和華東一起作過戰的老師長老戰友，來的可真不少，陳團長是扶了枴杖來的，方上校和匡醫官也都大老遠的趕來了，一個火頭軍結婚，能有這樣的場面，把老湯嚇得直發楞，後來才曉得，這都是王衡託師部黃副官幫的忙，他把一大包喜帖都交給黃副官去寄發。

王衡說：「只要是老單位的，管它張三李四，你連絡得到的，你就寄的去，趁著老湯結婚，大家一起聚會聚會，不是一舉兩得的事嗎?!」

把老湯的婚禮兼做老單位聚餐聯誼大會，這個主意可真絕妙，無怪有人嘲嘘王衡香肉賣多了，非但渾身上下充滿狗腥味，連腦袋也機靈得很，竟能想出這種「狗頭點子」，讓老朋老友都能藉此樂乎樂乎。

酒席筵前，這些老袍澤們免不了互相詢問近況，三杯下肚就想起當年來，連扶病前來的陳團長也開了酒戒。老湯因中風剛好不久，幸虧有匡醫官以醫學上的理由替他擋酒，要不然，他會灌得根本忘記他是新郎。

最大的高潮出現在小鶴的兒子李旺身上，老湯抱起他，當眾說這男孩就是他的兒子。他這回成家算是「買一送一」，一結婚就做了現成的爸爸！

有人問他說：

「嗳，這孩子真是你的嗎？」

老湯反問說：

「什麼叫真？什麼叫假?!他肯喊爸爸就是真的！」他且立即轉頭對孩子說：「你叫我一聲，叫什麼來著？」

「爸爸！」那孩子清脆的叫著，引來一陣熱烈的掌聲，這使老湯更得意起來，他端著酒杯，到陳團長、方團長的桌前，低聲說明認養這孩子的緣由。他說：

「總而言之，這孩子脫不了是陸海空勤弟兄們下的種，咱們不是老講『三軍一家』、

『三軍一體』嘛，他們的兒子不就是我的兒子?!」

「嗨，老湯頭，你這比方用得太好了！」陳團長說：「像你這種磊落的心胸，國防部真該頒枚勳章給你戴戴，旁人耍風流，弄到你來帶孩子。」

「這沒什麼。」老湯說：「這是周瑜打黃蓋，我是願打願挨的嘛，只是，我打算正式領養他之後，把他改姓湯，替他另取個名字，兩位老長官有學問，麻煩替這小子賜個名字罷。」

「咱們哪兒有啥學問囉！」陳團長說：「方老弟，你是老湯的老營長，這事就交給你辦罷。」

「他本來不是就叫李旺嗎?姓改成湯，上改下不動，就叫湯旺也無不可，慢點……」方上校頓了一頓說：「這個旺字，好像也太俗了一點，很多充員兵的名字，裡頭帶旺字的不少，什麼火旺啦，水旺啦，財旺啦，咱們這個旺字，改成希望的望，把他命名爲『湯望』，你大陸那個兒子叫湯回不是嗎?他一逕盼你回，你又回不去，只好抱一個希望囉！」

「好好好！」陳團長鼓掌說：「這個名字改的有學問，咱們不都是爲夢想和希望活著嗎！我說老湯，打今兒開始，你宜室宜家，不是已經把希望抱在懷裡了嗎？」

婚後的老湯很巴家，他和小鶴兩個養雞、養豬，勤苦的積賺，一心想早點把王老實和王衡的錢給還掉，他的看法是：越是好朋友的錢越是不能欠，人家不要，他心裡的壓力越大。他沒有退伍，沒法子把全部時間用在家裡，爲了拉拔湯望這個孩子，他不得不認真的想到申報退伍的事了。他原本不是戰鬥兵，只是個老伙伕班長，退與不退，對軍中戰力談不上有任何影響，有李上校幫忙，他只要一申報，就會轉到總部去核准。

退伍並不是難事，老湯很早就有這種打算，當時只是粗粗略略的想過，並沒認真著意去考慮，晃眼又是好幾年了，當年老部隊的長官同事，竟然退下去十之七八，這好像一大票人結夥趕路，半路上有人打尖休息去了，有人另覓他道，走到後來，老夥伴都不見了，只有自己還埋著頭朝前走，這條路遙遙迢迢的，根本就看不見盡頭，走累了，總是要歇下來的，但歇在這種前不巴村後不巴店的地方，沒能坐在老家窩，安享天下太平，總覺辦事沒辦妥，有些半端，想想總有些不甘心，這算什麼跟什麼嘛?!

他把這事跟李上校商量，李上校說：

「老湯頭，我並非要留你，我自己也沒打算掛將星，但最近部隊忙著親校的事，還得你多幫幫忙，把伙食搞好點，弟兄們日夜辛苦，飯總要吃飽，人是鐵，飯是鋼嘛！冬天你申報，明年春天你退，如何呢？」

「一切照老長官吩咐的辦就是啦！」老湯說。

李上校講的親校，就是蔣總統親自校閱三軍的意思，不管老共和它的同路人再怎麼糟蹋他，抗戰總是他老人家領導才打贏的，大陸來的老兵都算他的子弟兵，這些年來，台灣雖還撐得起，穩得住，但在國際形勢上，總是越來越彆的慌，下層的人，頭頂上有棵樹擋著，還覺得外面風狂雨驟，蔣總統他身在最高層，要是沒有相當的修爲，恐怕早就氣死八遍了！爲了他扶病親校，自己晚半年退役又算得了什麼呢？

軍中有不少人傳耳語，說是總統鬧嚴重的風濕關節炎，他平時休息，都要在膝蓋上加一床毛毯，否則就行動惟艱，這些話，也不能全算是空穴來風，他已經好久沒有親自校閱三軍卻是事實。

時間確實是很可怕的東西，不是嗎？老湯掐指數算，自己的年紀，至少要比總統小超過兩旬，自己都已經住了兩次醫院，還開過刀，差點把命給玩掉，何況老總統受氣比別人多上很多倍，就看在他的面上，自己晚半年再辦退役，也是理之當然的事嘛！

時間真是太快了，部隊忙完親校，轉眼就臨到了嚴冬，老湯辦妥申請退役的手續，在部隊裡過了最後一個春節，事實上，他除了照顧貓狗之外，他的差使早已交給了接任的老石，可以說是萬事齊備，只欠東風了！

那年的春天特多陰雨，老湯閒來無事，常呆呆的坐在伙房外的路邊，看著那一大片蔥綠的草地，沐著微雨的春草，茁發得非常茂密，春草每年都這樣的綠，但早些時候，老湯根本沒有注意過，如今看著它，碧油油的草苗，竟變成觸目傷心的顏色！再見了！這大片碧色的春草！再見了，營區寬闊的平野，我老湯日後，恐怕很少有機會再到營區裡來了。

多年沒當過平民百姓啦，他好像原在一輛急駛的車子上跳了下來，跌翻了一個筋斗，翻身爬起，而那輛滿載新兵的車子，早已急速的開走，只把他一個人單獨的留在半路上，拂不開滾滾的煙塵遮住他的眼，這種情景，他早些年就曾夢過，那時候只是個夢，可如今都到眼前來了！

當年確也怨苦過，多少發過些牢騷，但真的就要離開軍營，老湯心裡卻有著依依不捨的感傷。軍中是個好地方，沒經過生死惡戰的人，還真不容易深深體會到，老古人有句俗話說：「在家靠父母，出外靠朋友」，像自己飄流到台灣來，竟然在多年之後又有了個家窩，這不能不說是朋友幫襯出來的，如今後方不打仗了，又改成了義務役，新來的充員兵天天都在數饅頭，袍澤之情淡了不少，這並不是說在軍中交不到好的朋友，端看你用什麼樣的心去過這幾年的日子罷了！

新的部隊還在微雨的草地上行進和操練，老湯木木然的看著他們，論體格，講個頭兒，這些年輕的兵士們都比當年的老兵整齊得多，可是，沒經過實戰磨練的，只能算是半個兵，也許隔著霏霏的雨屑罷，老湯看著看著，忽然覺得陌生起來，自己一旦離了營區，這滾滾的後浪跟自己的關係，就好像一下子切斷了。波浪會在時間的長河裡繼續推湧下去，而自己卻變成一滴濺到岸邊沙上的水沫，不再算是河的一部分了！

它娘的，老湯！老湯自己罵著自己：你怎麼變得這麼個德性呢？心裡像一鍋熱粥似的，不打一處冒泡，嘮嘮叨叨，沒完沒了，離開打仗的日子久了，好好的一顆心就變得軟塌塌的，這哪成話呀?!

「噯，老湯頭。」新任的伙伕班長老石跑來找他說：「群部有通知來，你退伍業已批准了，要你去辦離營的手續，月底之前就可以走人啦！」

「好啊！」老湯說：「軍毯蚊帳草蓆和換身衣物還是要去領的，光屁股出門，多不好看哪！」

「你是有給退伍，日後還有生活補助費好領。」老石說：「你那口子也吃得上眷糧，這要比早些年退伍自謀生活的弟兄好多了。」

「人總是朝前走的嘛。」老湯說：「有了這點補助，至少不會流落到長街去討飯吃，——要是真讓老兵去討飯，夜晚睡走廊喝風，日後軍事校院還想招到學生嗎？」

兩人剛回伙房，李上校就趕到了，拉住老湯說：

「老兄弟，我這是趕來跟你道賀的，這回我們群裡連官帶士兵，一共報退七個，一批全准下來了，群部要辦一場歡送會，那是公事；我個人想請你單獨吃頓飯，跟你好好的聊聊，肯賞光不？」

「您這說哪兒的話？」老湯笑說：「幹嘛那麼客氣，不嫌見外嗎？」

「你當了老百姓，就不必再論階級了。」李上校說：「我早晚也要退役轉行，我們是老朋友，總得客氣客氣才有味道嘛。」

「就到福利社吃罷。」老湯說：「這雨慢慢變大，看樣子還有得下呢。」

「不能那麼馬虎。」李上校說：「下雨不關緊要，我自己開車，找個有樓的館子，邊喝上兩盅，邊看看夜景，這才有餞行的氣氛。」

和這位老長官雨夜靠窗對飲，使老湯心裡熱乎乎的，倍感溫暖，俗話說：人上一百，形形色色，在部隊裡也是一樣，能跟到一位好長官，算是天大的福氣，老湯回頭想想，自己一路所跟的老長官，可都是好長官，像羅將軍、方上校、匡醫官，哪個不是古道熱腸、有為有守的人物？眼前的李上校這些年來幫助自己最多，個性極為豪爽，對人坦誠，沒有一點官架子，能遇上他不是自己的福氣嗎？

「抱歉，老副座，我還是習慣叫你副座。」老湯舉杯說：「今晚上，借您的酒敬您，我先乾啦！」

「只乾這一杯，我們消停的喝。」李上校說：「今天你退伍，我們就談談退伍的事罷。記得我跟你說過，我退下去之前，業已在準備路子，我是學工兵的，下去不會閒著，如今各公共建設場地都要人，我能把所學用在建設台灣，也算沒白吃台灣的老米，等我站穩了腳，就想拉你過去幫忙，你說行麼？」

「這事我不就早答應過您了嗎？」老湯說。

「我可出不起大餐館頭把刀大師傅的高價啊！」李上校說：「你要日後賺的比我給的多，我就不敢勉強你咧，你總是有家要養嘛。」

「您顧慮得真夠周到，處處替別人著想。」老湯說：「我也替自己想過，原先身子結棍，當時的想法是萬一退下去，憑自己的手藝，吃苦耐勞的挺著幹，衣食是不會缺少的，可是兩場大病之後，身子單薄了很多，我去大餐館，得要長期勞累，日子久了，不一定能撐得下來，如今我只想找口安穩飯吃，跟在您身邊，我不會太勞累，錢多錢少倒在其次。」

「這倒是實在話。」李上校說：「我這半輩子，也帶過不少的官兵，出起操排起隊來，倒是整齊劃一，大不了是高矮胖瘦的一些參差，要是論人性，那可就形形色色差距太大了。有些人呆頭呆腦，一個命令一個動作，沒有命令，他自己就變成一塊木頭，這種人退下去，想在競爭激烈的社會上討生活是很難的；有些人一肚皮鬼點子，處處愛耍小聰明，常常弄巧反拙，這種人退下去，不愁出路，但站不穩，待不久，早晚會被人看穿，炒了他的魷魚。有些人兇橫粗暴，總是自以爲是，凡是他看不順眼的，就鐵匠做官，——打上前去，他們不曉得：我們在部隊裡不管學什麼，都是以作戰爲主的，作戰免不了正奇並用、殺人放火，你老兄不把它消化轉位，到社會上怎麼混呢？我們部隊裡有些『天才』的政戰長官，可真會搞新花樣，出歪點子，把軍人加上一種可笑之極的封號，叫『今日聖人』，這簡直太糟蹋孔老夫子了！孟子做了一輩子學問，也不過得個『亞聖』的封號！這好?!我們六十萬大軍，抱頭鼠竄一路敗逃來台灣，有些高官顯爵的，自殺還來不及，這好？一下子都變成聖人了！……你造神運動，造一個也就夠了，一造就造了六十萬，誰會心服？你拿你的豬腦袋看台灣，自以爲當地人都是豬？這可是天大的笑話！」

「慢點，慢點，老長官，」老湯說：「我看今晚的酒，不能消停的喝，這得要火長風勢，風助火威，你每講一段，咱們就乾上一杯！」

「好罷，乾就乾，誰漏一滴，誰就降上一級！」李上校乾了酒，倒過杯試滴，居然還是上校，他說：

「剛剛我的話還沒講完呢，那些高層人士酒酣耳熱之餘，騷勁大發，不知是哪個王八蛋想到『今日聖人』這個詞，就登錄下來，你如果把『聖人』兩個字用在爲國犧牲的烈士身上，不拘本省外省，誰也不會有話講，台灣人雖是身處一島，心胸不都是那麼寬廣，但他們至少『人』的格位毫無變動，讓每一家都供上六十萬牌位，美其名曰『今日聖人』，這未免太過分了罷?!」

「哈哈哈！」老湯大笑說：「李公李公，你是從大陸帶老婆來的，你從來沒『吃過台菜』，你算是『全聖』，我它娘至少也算是『半聖』，因爲我來台灣之後，雖也常逛妓院，經過這許多年，我可從沒和一個妓女真砍實殺過，就連我老婆小鶴，也是她主動吮吸我，我才在多年之後，重又爲人的！」

「啊呀！失敬失敬！」李上校又乾了一杯說：「你實在該列在亞聖孟子的後面，由內政部登記爲『半聖』，按時祭祀嘍！」

「狗屁的半聖，我它娘下半截不靈。」老湯說：「日本鬼子賺了大錢，飽暖思淫慾，身上揣滿鈔票，要到東南亞來玩『萬人斬』遊戲，它娘的，頭一站就是台灣！我自己承認，我也不是什麼好果子，要不是下半截失靈不聽話，我它娘會比鬼子還鬼呢！什麼『半聖』，全是它娘的狗屁胡話嘛！」

「我最欣賞你的，就是在這種地方！」李上校說：「你是天下第一等的爽快！你想想，他們不但在茶餘酒後，創造了『今日聖人』這等名詞，還正式行文各地，要統一這種稱呼！真正的『聖人』，早就在前線挺屍曬屌了，餘下來的，誰夠資格稱賢稱聖？他們沒有統計過，若干的『聖人』，正因爲攜械逃亡、強暴、槍劫、暴行抗上、詐欺、盜賣汽油械彈……等等的罪名，被關在軍事監獄裡，總而言之，我們都只是穿上軍衣的平常人，誰也沒有三頭六臂九隻手，用不著唸這種符咒。」

「老長官，你講的這番話，平常我們都只能放在心裡，哪敢朝外講？帽子上長草的軍官講這話的，你該算是頭一個呢！」老湯說。

「真人面前說不得假話。」李上校說：「我只是就事論事，一廂情願的猛朝自己臉上貼金的做法是不對的，玩得太過火了，日後都變成了笑話。你瞧，我們原本談的是退役的事，說著說著，又把話題扯遠啦。」

「我是個粗人。」老湯說：「我不知道前朝前代那些老丘八們，都是怎麼辦退伍的？辦退又有什麼樣的待遇？早先我也沒想過這些事。」

「遠的不去講了，單拿清朝來講罷，滿清入關的時刻，主要的作戰部隊，是滿漢八旗軍，等到天下打定了，就把八旗軍分配到各省市去駐紮，仍然保持原有的建制和人員，這些分開來的老部隊，開始還操操點點，有個軍隊的樣子，但長期沒有仗打，又不退伍乾耗著，一耗耗了很多年，皇帝全換了好幾個了，原來的營區變成軍籍人的鎮市，當年的兵勇全變成白鬍老頭，每月點名關餉都找兒孫去代替，所以到後各地有亂子，非但八旗兵不管用，連後來組成的綠營，也都師老兵疲，派不上大用場了！從太平天國到剿捻，重要的仗，不都是湘軍、淮軍打的嗎？……我說這話的意思，是說軍隊是要不斷的精簡汰練，清朝的八旗和綠營，就是養兵不用，養得太過分了。」

「這個道理我懂。」老湯說：「養得太過分，當然是不怎麼妥當。」

「可是在台灣，情況跟早年全不一樣了。」李上校說：「那時的兵勇遣退，各人都有原鄉原籍可回，可以略加補助，讓他們各安生業，如今大陸全丟掉了，老兵們失去了根，不想盡辦法養活他們，就會造成很大的社會問題。清朝的川楚教亂，蔓延了六七個省區，一鬧鬧了六七年，朝廷調動許多兵馬，等教難平息了，留著許多兵勇沒錢養，就著令各部就地解散，收繳武器給幾錢銀子，回鄉盤川給二兩銀子，那些兵爺靠家近的，也就回家去了；離家遠的，根本回不去，經人一慫恿，乾脆上山入林幹強盜去了，這一來，朝廷又大費周章，重新調兵清剿。再搞了四五年，才把嘩變的兵勇處理掉。我是說：養兵養過頭固然不好，但在特殊情況下，不養照樣不行。依照政府目前處理的方法看，雖不能說盡如人意，至少還是很盡力，只是對最早退伍的照顧不夠周延，這是很令人遺憾的事。」

老湯原是迷里馬虎的，經李上校這麼一分析，可是對退伍離營、自力謀生的道理摸著一點邊了。目前的仗打不打是一回事，各類軍備的費用是少不了的。如今又要分出精力來照應不斷退伍的士官兵，確也夠爲難的，俗說：「當家方知柴米貴」，這是顛撲不破的真心話，李上校的官階，說大不大，說小不小，但他說的話，都是站在中間，既不自私也不盲激，這正是他令人敬佩的地方，至於自己，雖說在各地火線上頂過槍林彈雨，說起來仍是雜兵一個，在一般人眼裡不值幾個大錢，饒是這樣，退下來還有一份糧米，這已經夠感謝的了。

李上校的這一餐飯，填補了老湯離營時心裡感傷的黑洞，他總算平平淡淡的脫下軍衣，當起他的升斗小民來了！

那年的清明節前，天起異象，閃電交加的雷雨，接著又吹起飛沙走石的狂風，報上傳出消息，說是總統蔣公崩逝了。且不論歷史怎麼去評價他，至少當地的社會，仍習慣躲在他這棵大樹下面乘涼，大事小事，由他頂著總能熬得過去，尤其是軍隊，對老統帥的信心堅信不移，都表現在金馬前線的戰爭中，使台灣的民心士氣得到很大的激勵，他雖然處在孤寂之境，總是一個世界性的人物，這可是毫無疑問的。

有好長一段時間，傳言他身體不太好，大家也總以為他只是鬧風濕老毛病，過些日子總會好的，誰知他竟然一下子就倒下去了！這種突如其來的震撼，簡直像山崩地裂，老湯原本正在餵豬，當王衡跑來告訴他這消息時，他幾乎不能相信自己的耳朵。

「你是看到報紙了？」他說。

「報紙還沒送到呢！」王衡說：「收音機有廣播，決不會有錯的。」

老湯連豬也不餵了，拉著王衡去香肉店去聽收音機，收音機裡正重覆播報這項消息，各台的音樂節目都自動取消了。聽著聽著的，老湯的眼就淒淒的紅濕起來。真實來說，在這許多年裡，他一直沒有機會見到過總統，他和總統的距離很遠很遠，但在全國全面抗戰時期，當時委員長的戎裝照片和畫像，隨處都可以見得到，它被張貼在橋頭、渡口、村梢、林子裡，火燒的殘牆上，那肖像有時畫得很粗糙，但連沒穿褲子的孩子都能一眼識得出，並且喊出他的職銜來。唯有經過抗戰的人，才能深刻的理解到：那放射青天白日光芒旗幟的重要意義，理解到那個人對民族存亡的關係，而那個人如今突然崩逝了，當年他把這許多部隊聚到這島上來，有誰能把他們帶回去呢？

王衡的店決定暫時停業三天，老湯把餵豬的事都丟給了小鶴，兩個人整天巴著那台老舊的收音機，重覆的聽著播報，一直到天落黑了，王衡去扭亮電燈，老湯才開口說：

「這種辰光，我心裡難過透了，你幫幫忙，替我拎兩瓶酒來。」

「你剛爆胎不久，最好不要再喝了。」王衡拍著他肩膀說：「你就淹死在酒缸裡，也改變不了事實，人活著，總要朝前走的。」

「你要不肯拿，我自己到小店去買。」老湯說著，站起身來就要走，誰知側門被推開，小鶴走進來了，她的神情也木木然的，可見她也聽到這消息了。

「要是你們吃不下飯，喝點熱湯也好。」她說。

「替我買幾瓶老酒就好！」老湯說：「快去罷。」

要在平常，小鶴定會阻攔他，如今她卻一聲不吭，低著頭走出去，到小店買了兩瓶小高粱來，默然放在桌上。倒是王衡說：

「喝酒不能空著肚子喝，我切點滷菜，先墊一墊！」

「你最好喝慢點，小望還在家，我去看孩子了。」小鶴說著，就走出去了。

老湯旋開酒瓶蓋，取了一隻酒杯，滿滿斟上一杯酒，拉開門走到外面，他把臉朝向北方，雙膝跌跪在雨後帶濕的地上，喃喃的說：

「您老人家就這麼走了，我把這一杯酒，臨風灑在這兒，算我這小小火頭軍的一點心意，願您在天之靈，多多保佑海兩邊的黎民百姓，讓大夥少受一些苦，老湯我在這兒替您磕頭了！」

臨風灑酒之後，老湯遙望雲天，一把眼淚一把鼻涕的叩了三個響頭，然後拍著地面，嚎啕大哭起來。這事如果放在平常，滿街的鄰舍也許會大驚小怪，可在這個夜晚，小街靜悄悄的不見人影，間或也聽得見別戶人家的啜泣，北邊的天邊，間歇的有著電閃和雷鳴，天氣很顯然的反常了。

天氣確然是反常了，一點也沒錯，如今不正是清明節前後麼？古詩上所寫的：清明時節雨紛紛，只是軟兜兜的暮春細雨，可沒像廣播上形容的驚雷驟雨啊！走了老總統，就像怒海上的舟船斷蓬折櫓，朝後去，就全靠大家夥齊心合力的使槳划了！

他從來不信邪，不認爲誰是青龍誰是赤龍，誰是天罡誰是地煞，把歷史留名的人物全

說成是天上的星宿轉世，但他此時此刻像處身在汪洋大海，原先沒覺著的風濤，都在他身邊洶湧起來，這使他有一股迷亂和失落的感覺。當然嘍，只要是人，即使活過百年，總歸是要離世的，沒人能夠例外，問題是活著的人，怎樣能避開無情的戰火，重新找出一條平坦的路子，讓人人都能活得像個人樣?!

他是被王衡扶進店裡去的，那一夜算他留量，只喝了兩瓶小高粱，沒再敲打小店的門去添酒。

軍營附近的各處地方，散居的退伍老兵很多，老總統的精神領袖地位，長期以來，在他們心目裡是堅定不移的，而且唯一能夠取代的，只有蔣經國一個人，這倒不是誰家天下的問題，而是一種極普遍的心理認定，人心惶亂只是一時的現象，過不多久就逐漸的平復了。事實上，政府方面表現得平穩而鎮定，副總統當時就代理了總統的職務，國家行政仍由蔣經國處理，台灣這條船並沒有在這場風暴裡迷失航向，這些老兵每碰面談起，都略略抒了口氣。

老總統停靈在國父紀念館，開放讓民眾瞻仰遺容，頭一天開放，老湯帶著小鶴和湯望就趕去排隊，王衡也跟著去，順便輪流抱孩子，從上午排隊到下午，他還是看到了，這是他畢生第一次，也是最後一次看到老總統，他雖然只是個軍中雜兵，但他自認在感情上和委員長同屬一個時代，老總統個人的歷史功過，自有後世人去定評，但在他屬下的無數無數人，都曾在他號召下投入時代的風暴。

老湯還記得初離家鄉，逃到河南省，幹抗日游擊隊的當口，當時爲怕日僞突然打過來，都把糧彈補給點放置在前線後方七公里的後面，每天部隊都吃兩餐，早上天還沒亮，就得派遣一個班的公差，跑到後方去扛上午餐的糧食，剛吃完上午餐，又得另派一個班跑去扛下午餐的糧食，究竟是什麼樣的糧食，事先誰也料不到，得扛回來才算數，有時是地瓜，有時是玉蜀黍和高粱，有時又換成整粒的黃豆，有時也會是豬吃的黑色粗豆餅……總之不管是啥，能塡肚皮就成，糧多呢，吃頓乾的，糧少呢，喝頓稀的，一場操，兩泡尿，肚皮又空了它的娘啦！

當時軍裝只一套，冬夏全是它，指揮官下令，平時軍裝要反著穿，穿得破破爛爛，到處全是窟窿，萬一有長官來巡察，這才正面朝外，免得衣破襤褸被誤當乞丐。

鬼子打淞滬，打南京，圍武漢，攻長沙，血戰衡陽，哪一場硬火不是國軍弟兄們熬的？直至撤退來台，部隊裡還有不少老兵，是從那些戰場的死人堆裡爬出來的！中國人有句口頭語：成則爲王，敗則爲寇，又有俗話說：龍游淺水遭蝦戲，虎落平陽被犬欺。有人說：老總統雖然多年來身居最高層，但他卻屬天生的勞碌命，一輩子辛苦勞碌，到頭來卻鬱死在海隅，他這一走，他的那個時代看著看著也就跟著結束了。統帥也是個老兵啊！

老湯一家人和王衡瞻仰過遺容回到桃園，不久之後，老總統的靈柩也移厝慈湖。移靈那天，天氣陰沉不雨，靈柩所經之處，多少萬民眾夾道匍匐送別，哭聲震野，老湯全家也匐匍在道左，痛哭失聲，他相信無數民眾的哀泣，都是從心底發出來的，至少他在台灣，還做了些自覺該做的事情，老百姓也許知識層次很有參差，但良心卻比那些政客們乾淨得多，至少，這些真情的眼淚是不容抹殺的。我老湯活一天，總會記得自己流的眼淚，發誓沒有假！

從那天起，老湯又照舊的喝起酒來，他只是一個人鬱鬱魘魘的喝悶酒，有時候，只喝到半瓶就打住了，有空的時候，他就揹著小湯望到處走走，到河邊去看鴨子，在向晚的風裡看晚霞。李上校在那年的秋天退的伍，臨走曾來看望過他，問及他退伍後的生活情形。

「可說是不好也不壞罷！」老湯說：「我跟老婆倆個，養豬又養雞，日子還能混得下去，老總統入厝在大溪的山上，我覺得離他很近，心裡挺落實的，也就不想到旁的地方去了！」

「說起來你倒比我好，我退下來之後，要去大甲溪的砂石廠去主持採砂石的工作，挺忙乎的，等我弄定了，還得請你來幫忙，咱們約好了的，你該不會不認帳罷？」

「我不會賴帳。」老湯說：「等您通知，我就過去報到，免得在家閒著。人不活動，老得快啊。」

那年秋九月，老湯去砂石場報了到，仍然幹他的本行，管場部的伙食，對他來說，這是駕輕就熟的事兒，他只要事先擬妥菜單，嘴動身不動，指導伙房的伙伕們照著做就成了。在砂石廠，雖然由軍裝換成了便裝，但在那裡工作的，絕大部分都是各單位退下來轉業的老兵，他們只是把軍中的三操兩點，改成支援各類建設的工作，有些退伍的老戰士覺得，這份工作要比空頭操練有意義得多，大型的戰事沒有了，趁這機會建設台灣，真是非常實際。

其中也有極少數人怨苦的，那就是從軍事監獄調出來服勞役的輕刑犯，他們以勞役代替刑期，談不上有什麼待遇，難免會鬧情緒，發怨聲，有個蠻有些程度的輕刑犯，只因為一時忍不住氣，摑了連指導員一個嘴巴，被指為暴行犯上，一判判了三年徒刑，他已經服刑兩年，被外放服勞役，一面運石頭，一邊罵罵咧咧，他因為鬧胃病，偶爾會累得吐血，老湯看了老大的不忍，常要他去伙房，偷偷燒點豬肝湯給他補補。

「你這傻鳥，有什麼好怨的？」他說：「在部隊裡，真它娘官大一級壓死人，遇到半瓶醋的官兒，你也只好忍著，你跟他硬碰硬，不判你又判誰？」

「嗨，這些新官，有些是不可理喻的，」那個說：「一個圓周，分明是三百六十度，他偏要說成一百八十度，你要是笑他，他就要罰你，你能忍得了嘛?!」

「這它娘真是越混越回去了！」老湯說：「我來台灣，好歹也混了不少年，這種屌熊官，我可一個也沒遇著！要是讓我遇見了，說不定會一拳打掉他一排門牙，比你還多判兩年。」

「哎喲，湯叔。」那年輕人說：「我總算遇上講真話的人了！」

「那倒未必。」老湯笑說：「也許一個圓周多少度，他說多少就是多少，白的他偏說成黑的，我都懶得去笑他，在後方，又沒臨到作戰，我才懶得理會這些屁事呢！」

由於老湯嘻嘻哈哈的很得人緣，他的伙房就變成一些退伍老兵的聚會場，下了工，三三五五的聚到那邊，有人聚精會神的下象棋，有人拉胡琴吹洞簫，有人擺龍門陣窮聊天，可說是無話不談。

從陸戰隊退下來開運輸卡車的尹聰富，比老湯年紀足大十歲的老兵施世榮，脾氣有點呆怪的安達順，愛發怨聲的充員小黃，也都變成他新交的好朋友了。

尹聰富是運輸卡車的領隊，身子結實得像頭牛，因爲常頂著火盆似的大太陽，他的臉和臂都曬成紅銅色，油光光的，留不住滾落的汗珠，卡車的擋風玻璃，久經風沙的打熬，都已變成霧濛濛的毛玻璃了。

「說苦真夠苦的，我可是以苦爲樂！」老尹笑出一口白牙來說：「沒仗打，關在軍營的日子好不悶氣，退伍轉業到這兒，咱們可算是上了戰場了！單是支援台中港，咱們的車隊就打毛了好多片擋風玻璃！拿風沙來洗澡，算是『陸戰』的外一章呢。」

「老弟台們卯足了勁，至少還能爲國家再幹上十多年，上山下海，修路築橋，造水庫，開港口，哪愁沒事幹？靠這股幹勁成家立業，雖說兒女生得晚了點，日後都還能接得上。」施世榮說：「像我就不成啦，我渾身上下四五處老傷口，幾十年還會發陰天，左肩的骨縫裡，還留有殘彈片沒取出來，如今看著你們生龍活虎，我只能坐在板凳上看管材料，我這小卒當不了車使呀！」

「小卒可是有進無退的短腿車，一旦過了河，照樣啃士吃象，直逼中宮，」尹聽富說：「施老您可別洩氣，早點來它一場黃昏之戀，兩個卒併起來，足夠當車使的。」

「常來推車運餿水的老阿巴桑不錯，」老湯也替老施打氣說：「聽說她年輕輕就死了丈夫，一個人苦撐苦熬，把兒女全拉拔大了，在咱們老家，都說娶寡婦是功德無量的事兒，她今年才不過五十郎當，算是一頭沒牙虎，她一身肥油，當得過一床新棉被蓋呢！」

「湯頭兒說的真鮮。」尹聽富說：「沒見過阿巴桑的人，聽你這麼一形容，還以為你說的是楊貴妃呢！燕瘦環肥，專治老人風濕骨痛，她跟施老真是絕配的。你們兩個都是老實人，老實人配老實人，簡直能唱著過日子。」

「說得倒好。」施世榮嘆了口氣：「可惜我年歲大了，渾身沒電。」

「沒電可以充電呀！」安達順插嘴說：「你要是不要她，我就要來個『你丟我撿』，搶著卡位了！」

工地比較野曠，充滿自然的風光，人脫掉一身老虎皮，在精神上就顯得天寬地闊、輕鬆舒朗得多，至少再沒有圍牆崗哨，走到哪兒也不用掛差假證了，在任何建設工地上幹事，是為國家幹，也是為自己幹，靠勞力和汗水賺的錢，每一毛都是本分錢，不論社會怎麼看，自己卻都自覺賺得有光彩，在這裡，除了外調勞動的監犯還有軍方的人員督促而外，大夥兒都是自由人了。

老湯在這兒，可以說是工作最輕鬆的一個，李主任對他管伙食，放一百二十個心，老湯憑多年的伙房經驗，採用四兩撥千斤的方法，菜怎麼買，怎麼燒煮，他只要略作調教，品品嚐嚐，端出來就是一等口味的好菜，這兒雖不是豪華大菜館，他卻十足具有頭把刀大師傅的份量。

每逢周末假日，他就搭車回桃園大楠的家裡去，幫著小鶴料理家務，找王衡聊聊天，或是去乾女兒家坐坐。他跟湯望兩個十分親熱，他抱不到親骨肉湯回，就把湯望當成親生的孩子看待，他自己過得很省儉，連一套新衣裳都捨不得買，自己身邊總帶有針線盒，好縫縫補補，在外面工作，衣服總是自己洗，但湯望吃的穿的，玩的玩具，可是一樣也不缺，有時他嫌外頭買的玩具沒味道，就自己做木馬，紮風箏，和湯望玩在一起，父子倆嘻嘻哈哈的，使他忘記了自己的年歲。

這段日子，可說是老湯一生裡最好的日子，在島上，聽不到炮聲，見不到戰火，雖說無田可歸，但已完全解甲，不會再想到上戰場了。但在安定環境裡長大的孩子們，他們既沒經歷過戰爭，也不懂得戰爭，他們所謂的戰爭經驗，大多是從歐美電影裡得到的，像六月六日斷腸時、最長的一日、西線無戰事、巴頓將軍……等等，認為戰爭是英雄們大顯身手的好時機，是刺激萬分的冒險遊戲，很多年輕的充員一踏進部隊，仗還沒打呢，單是演習和行軍訓練就已經把他們整的七葷八素、叫苦不迭了！當兵打仗是好玩的嗎?!

他沒有辦法把自己內心最深的感覺說出來，並且傳遞給下一代人，一到血肉橫飛的戰場上，一死就是成千上百，死狀之慘，不是親眼目睹根本無法體會，死神在每個人的眼前晃蕩，也許你的死活就在下一個一秒，人若不臨到關乎民族存亡的緊要關頭，最好是不要打仗。逞勇於私鬥血氣侈談戰爭，都只是些短視盲激的鼠輩，就算跟年輕人談起當年的經歷，人家也會把你當成「想當年」的夢囈，就像春風灌不進驢耳！

當初原本是無心插柳，卻在眾多朋友的慫恿下成了家，小鶴真是一等的好女人，甭看她小小的個頭兒，手能拎，肩能扛，吃再多苦也不吭一聲，他外出工作不常回家，養豬養雞的事全由她單獨承擔，她累極的當口，偶爾也會吸吸煙捲，喝上半瓶小高粱，那她又會像加滿油的吉普，風一般的開動起來了。

人常說：一個被窩不睡兩樣人，老湯對小鶴的吸煙喝酒感到十分寬慰，夜來晚上，哄孩子睡了，老湯弄些噴香的滷味，小杯小盞的，夫妻倆在燈下對酌，閒閒的話些家常，尤其是當窗外寒雨霏霏的夜晚，燈火流黃，顯出這小窩十足的溫暖，實在有味道。

日子過得寬一點，老湯就提起把豬隻賣掉，償還王老實和王衡債務的事，小鶴卻說：

「我忘了告訴你，王衡那邊的債，我業已替你還清了，我在店裡幫忙的薪水，我都沒捨得花，你每月帶回來的薪水錢，我也省著用，可是他只收本金，說什麼也不收利息錢。」

「嗨，親兄弟，明算帳，哪有不計利息的道理？」老湯說：「趕明兒，我去跟他講，他若推三阻四，我就趕兩條肥豬到他店裡去！」

「這倒是有趣。」小鶴說：「你把豬當利錢，他怎麼能做得成生意呢？那時候，他不要利息也不行啦！」

說是這麼說，當老湯把這意思告訴王衡之後，王衡就笑了起來：

「怎麼？你想把我這店子當豬圈？我目前還是打光棍，沒談到成家的事。你記不記得，當初我匯錢給你，就講明絕不計利的，甚至連本金，我也沒指望你還，你什麼時候變嘮叨起來了？」

「我是按理說話，怎算嘮叨呢？」

「那好！」王衡說：「那就等我日後結婚，你把禮金送厚一點，那才名正言順嘛！你也要讓我收錢收得理直氣壯一點，可不是？」

老湯堅持算利息有理，王衡基於雙方是好友，有通財之義，堅持不收，也有理，他提出等結婚時要老湯把禮金送厚一點，讓他收得名正言順，這更是合情合理，這麼一來，老湯想送豬也送不出去了。這些生活裡充滿人情味的小浪花開在老湯的身邊，使他心情很舒朗，也從這裡面悟到很多人生的道理來，台灣的社會日漸繁榮了，而人情卻逐漸淡泊，越是窮鄉僻壞的地方，人情越是淳厚，有些生活在城裡的文酸，常嘆「今不如古」，他哪會曉得，在一群雜兵的身上，一樣顯得出古風，倒是若干工商寵兒、民意新貴們，沾上圓柔浮滑，經常鼻孔朝人，自以爲是，他們不是不懂得「禮失而求諸野」，是根本沒有古人那種格調和心胸！

算算年紀，老湯雖不敢言老，但也五十好幾，伸手搆得到花甲了，這段時光，是他自覺最美好的時光，就好像秋天朗晴日子裡的黃昏，滿天都是璀璨的霞影，黃昏再美也不會長久停留的，古時刻的騷人墨客，多半喜歡跟旁人共看明月，老湯卻想到，很多羈泊台灣的老兵應該更愛坐看黃昏，不知夕陽點燃了一天的雲，還是火燒的雲把夕陽煮成了金球，無數老兵們一生的景況，正像那霞雲和夕陽，把光影和殘熱投射到人間，然後再悄悄的隱沒。

他衷心珍惜著隱沒前的這段日子，把一分一寸的時光都當成黃金。雖說好些年沒打仗了，老兵們退伍離營之後，只是轉換到另一個戰場——和平建設的戰場，這樣的戰場雖說沒用槍聲炮聲，但卻有風暴，狂浪，懸崖，爆破，飛石和落石，險路和山崩，這些年裡，死的傷的，少說也有上千人了，散居到社會上的，忍受老病傷殘折磨的，還沒法子計算，這真的是「人人頭上一塊天」，吉凶禍福，全憑各人的運氣了。依老湯個人的看法，他和他的朋友們，在眾多老兵群中都還算是托天之福。

他回到工地之後，常坐在門前的溪岸邊看黃昏，默默的想著這些，有時突然想到他退伍前收養的那些貓和狗來，他把牠們移交給老石，這麼久了，也不知牠們都活得怎麼樣了？他決意要找個時間，跑去會一會老石和老伙伴們，跟他們要回一兩隻來，好在工地上陪伴陪伴自己。

工地的人事沒有太大的變化，只是年紀較大的施世榮，被分派到蘭陽林區管理處所屬的棲蘭山林場去了，老施臨行之前，大家打平伙請他吃了一頓飯，替這位湖南籍的老大哥餞行。

「老哥，你在這兒待得好好的，怎麼會想到山上去的呢？」尹聰富說。

「啊，當年我填份單子，第一志願就是上山，」老施說：「當時也許山上沒缺人，暫行把我撥到這邊，如今有缺好補，就找到我啦！人到山上，耳朵根清淨，兩眼也清淨，也許對我氣喘病有些好處。」

「也許過去受山的罪受得多了，我它娘一看到山就害怕，」老湯說：「我常想到當年在東北山區作戰的情形，坑坑洞洞的山路，趕夜的行軍，十字鎬敲打硬石，每回敲擊都火花四迸，人躲在滴水的崖洞裡挨轟的悶氣……使我老是覺得那些岡陵，這邊是機槍巢，那邊是炮位，這邊是進攻的路線，那邊是防守的陣地，說是錯覺也罷，幻象也罷，我也想忘掉它，卻總是擺不脫它的陰影。」

「其實，凡是老戰友，人人都有這種毛病。」老尹說：「我是個老粗，但也聽人講過：看山是山，看水是水，那是第一層；看山不是山，看水不是水，那是第二層；看山又是山，看水仍是水，那是最高一層，看樣子，咱們還都是半端，過去作戰時留下的噩夢還沒醒透呢。」

「這山根本不是那山！我整天看山也沒怕過。」安達順說。

「誰像你那樣老呆，一天究竟吃幾碗飯你都不記得。」老尹說：「難怪你比誰都能長肉。」

老施捲行李離開了，大家雖有些悵然的離緒，但並不寂寞，因爲這裡根本就是老兵窩，有人認爲蔣經國搞十大建設，真是絕妙的高招，部隊要換血，退下來的人數那麼多，若不猛搞建設，這些半老不老的人朝哪裡去？他這樣做，既不浪費仍可使用的人力資源，又解決了許多老兵就業的問題，使部隊換血可以加速進行，同時更加增強了社會力和國防力，人說：一魚兩吃，他可說是用同一條魚做成一桌全魚席。老總統雖然離世了，但台灣朝野都能穩得住，老兵們的心都像燒晚霞似的，氣勢十分火旺，載沙運石的車隊迤邐成一條條的長龍，從早到晚在路上奔馳，沙煙高高捲起，遠看像起了一場大霧。

「熬罷，至少還有個十年二十年好熬！」有人是這麼認定：「只要咱們有口氣在，還挺得過去的。」

不服老的心滲和著一股人生的鬥志，確實會使退伍老兵們的日子好過些，但卻擋不住打人指縫間流走的日子，日子總像一把雕刀，無聲無息的在雕刻著老兵們的臉額、皮膚和鬚眉。最早退伍的一些人，已經安排到各地榮家療養去了，留在各工區的，傷病的人數也在逐年增加，這樣的情況還能維持多久，誰也不敢料定，每有人提到這個，大夥兒就習慣打幾聲哈哈，用一句「管它娘」了事。

老湯跟李主任做了兩年事，李主任生病入院療養兩次，上面把他調到東部工區去了，他臨走跑來跟老湯辭行，神色還是很開朗，只是人又瘦下去一圈。

「你的家口在這兒，所以這回我就不拖你去東部了。」他笑著說：「只是會常想吃你的滷菜。一個人只要口味還好，就不會有大毛病，我想我還能再幹上幾年。」

「但願老長官長命百歲，日後我還會追隨您。」老湯說：「您得保重身體，不必太勞累了。」

李副座遠調，對老湯而言，確實有些傷感，人到某種年紀，戀舊的感情越濃厚，海外的這片天，不全是靠同舟一命的感情和道義撐起來的?!李副座並不是高官厚祿的人，他對待轄下所有的弟兄都爽直厚道，處處替別人著想，他幹起事來一絲不苟，更有一股牛勁，這些年來，他幫助自己實在太多了，甚至連王老實和掛毛兒成家，他都出過大力，這樣的長官到哪兒找去？

很多人都說離別的氣氛很感傷，好像都要加點兒苦雨淒風作陪襯，李副座離開那天，是個大太陽當頂的天氣，滾滾的卵石地上，熱得能孵出雞來，兩件小行李，一輛登山吉普，一溜煙就把他送走了。

老湯望著那一陣沙煙，黯然搖了搖頭，微嘆了一口氣。事實上，他沒有空閒去多想這些，明天就是假日，他上周找當地豬販來談妥賣豬的事，一次賣出七口豬，都是大碼的肥豬，另外還留下四隻小豬，湯望已經進小學了，他不願意小鶴多勞累，打算減少養豬的隻數，把這次賣豬的錢，抽出一部分把王老實和朱四麻子的舊欠還清，利息加倍計算，他不希望這輩子拖欠人家一文錢。

那個假日，他回家收到豬價款，讓豬販把豬運走，沖洗了豬舍，就要小鶴換衣裳，準備出門。

「要去哪裡呀？」小鶴說。

「啊，妳瞧我這個人，真是老糊塗啦，我只是想到要去台北王老實那兒還錢，順便也帶妳和湯望到台北走走，他來北部幾年，還沒去過台北吶！但我卻忘記先跟妳說一聲，我腦子顛倒了。」

「你帶湯望去罷。」小鶴說：「王衡店裡，假日生意很忙，我走不開，再說，這麼多的豬價錢還沒存進郵局，全家都出去，留下空門，我也不放心吶。」

「嗯，妳說的也是，」老湯打打腦殼：「我倒忘記這一層了，這筆豬價款，是咱們血汗換來的，怎能便宜闖空門的傢伙呢？」

「我去前面幫忙，雖說很近，也還是空門。」小鶴說：「我已經想出辦法來，把那些多的錢塞在胸罩夾層裡，隨身帶著，這樣，我們都放心啦。」

老湯帶湯望去台北，在火車上，他想到小鶴把錢塞進胸罩的事，很想笑但又笑不出來，在這個人人有飯吃的島上，按理說：小偷和扒手不該那麼猖獗的，事實上，幾十年裡，梁上君子卻越鬧越厲害，早先北方鄉野鬧偷兒，多半出乎飢寒，所謂「飢寒起盜心」，這裡既不寒也不飢，只要吃得苦就不愁沒飯吃，偏偏有人想藉偷盜發財，連小鶴都怕小偷怕成這樣，真夠諷刺。

到了台北，轉搭公車去王老實那兒，老湯還沒進門，就瞧出情形有些不對勁，王老實小吃店門口，鄰居們三三兩兩的在那兒比劃議論，店舖裡亂糟糟的，王老實呆在門邊，一副苦瓜臉，老湯搶過去問他怎麼了？他說：

「今早鬧小偷，把錢都翻去了！」

「哎，湯大哥來了，」瑞玉跑出來，埋怨說：「人家這麼大老遠的跑來，也不請人家坐下，丟了錢，人怎麼就變呆啦?!」

「啊啊，是湯頭兒，」王老實這才醒過來，滿臉歉意的拖板凳：「哎，這是小望罷？長得這麼快呀。」

瑞玉端了熱茶來，這才粗略的說起始末，原來因他們小館的生意好，小偷早就盯上他們了，夫妻倆每天凌晨四點，要出門去買菜，星期天孩子們不須上學，留在家裡睡覺，小偷就揀這個機會撬門進屋，把櫃上的現金和瑞玉的首飾全拿走了。

「我們回來發現被偷，當時就向派出所報了案，管區也有警員來過，」王老實說：「我們心裡也明白，破案的機會不大，捉偷兒比捉地洞的老鼠還難。」

「好在損失並不大，」瑞玉說：「也只是這幾天還沒存進郵局的錢，只可惜是我的結婚戒指被偷，找不回來了！那不是錢能買得到的。」

「偷都偷了，埋怨也沒用。」王老實說：「改天我補買一隻給妳。」

那天老實小吃店沒開門，老實夫妻倆放下一切要陪老湯，老湯說：

「我是剛賣了豬，特意送錢給你們來的，誰知來的不是時候，我當初用老實哥的錢，本利都在這兒，我得早些趕回去，還得趕火車回工地去呢。」

王老實夫妻倆哪肯收錢，雙方推來搡去，老湯著急了，沉下臉說：

「你們還把不把我老湯當個朋友?!你們遇上失竊，我這筆錢不正是『急時雨』嗎！錢在桌上了，你們若是不收，朝後就沒有老湯這個朋友。」

老湯這一吼，嚇得王老實連數也不數，趕緊要瑞玉拿進屋去，順便準備飯菜，又把孩子們叫出來見過湯伯伯，要他們帶湯望出去玩，他這才對老湯說：

「老湯頭，你軍衣脫掉幾年，還是這麼大的脾氣?在你面前，你總是老班長，我總是新兵，在孩子面前，你多少給我留點面子嘛！」

「你要先給我留面子，我會吼嗎？」老湯說：「噢！是我這老班長沒混好？混秋了水，混禿了毛了？老債就可以拖著，欠著不還？不還錢照樣能睡安穩覺？你夫妻倆的一片好意我心領，但用過了頭就挫辱了人，老班長可以窮，可以苦，但做人的骨氣是磨不掉的。」

在王老實家吃了午飯，談了一陣社會變遷的話題，老湯越覺心裡鬱悶，酒也就多喝了幾杯，在他心裡，總認爲古人講的「衣食足，然後知榮辱」是不錯的，但在這島上，事實卻反著來，有人說：日子愈是好過，燈紅酒綠、聲色犬馬的事愈多，社會奢侈浪費，引起更多游手好閒人的羨妒，偷竊這門行業可就更加熱絡了。其實，事情臨到頭上，談也是白談，說也是白說，旁人吃飯了撐的慌，搞出許多麻煩事來，窮老兵發牢騷，還不是——老虎吞天——空開口嗎?!

老湯吃完飯，帶著三分酒意，抱起湯望，招呼一輛計程車去車站，一路上還爲王老實被竊的事慨嘆著，這些沒屁眼的偷兒，偷升斗小民的辛苦錢，實在缺德帶冒煙，要真爲飢寒，那還可說，偷了錢去花天酒地，一擲千金窮擺闊，那才是顛倒乾坤的玩法呢。

車到桃園，再趕回家，沒見著小鶴，他跑到王衡的店裡去找，誰知店門也上了鎖，鄰居告訴他，小鶴得了急病，被王衡叫車送到醫院去了，是哪家醫院，鄰居並不曉得。還是跟小鶴一起在店裡幫忙的阿嫂跑的來，從圍裙口袋裡掏出一張潦草的字條，那是王衡留給他的，說是：小鶴嫂突然發病，大喊肚子痛，痛得汗珠子直滾，也弄不清是什麼毛病？只好趕急叫車，把她送去縣立醫院，要老湯一回來，就立即趕過去。

「奇怪？我早上出門，她人還好端端的，怎麼會說病就變成這樣呢?!」老湯嘀咕著：「難道是得了急性盲腸炎？」他沒再問什麼，拖了他那輛老單車，載著湯望就飛奔到縣立醫院去。

一到急診室，瞧見王衡像猴子似的蹲在門口，瞧見老湯就蹦起來抓著他說：

「這可好了，正經主兒來了！小鶴正在裡面掛點滴，她這場病，來的好像潑風暴雨，可把我嚇壞了！她不是一般的疼痛，是疼得緊緊咬住牙，在地上翻身打滾，我懷疑她是急性腸炎，但她並沒水瀉，又沒嘔吐，不到大醫院是不行的。喏！」王衡止住話，指著一個穿白衣的說：「就是這位醫生，你過去問問他罷！」

老湯趕急過去問那大夫，那大夫說：

「我們起先懷疑她是急性盲腸炎，後來發現她是子宮外孕，俗稱葡萄胎，她本人也許不知道，做了重事，怪胎崩裂，流血不止，她的脈搏很弱，血壓過低，情況非常危險，已經簽請主任，要替她施行緊急開刀手術，我取切結書來，請你簽妥，就準備送開刀房了。」

這一來，直像轟天霹靂打在老湯的腦門上，他三腳兩步搶進去，看見小鶴掛了點滴，躺在鐵床上，有個護士正拿著毛巾替她擦汗，她兩眼睜得大大的，一直緊咬著牙，她見到老湯，眼裡露出一絲欣慰的神色。

「不要緊，」老湯說：「醫生說妳要動次小手術，妳會好起來的。」

「賣豬錢，在我胸罩裡。」小鶴費力的說：「你拿去放在你身上罷。」

就在醫院準備替她開刀之前，小鶴的劇痛又發作了，她渾身都起了痙攣，牙齒咬得咯咯響，醫生趕急過來替她注射止痛針，但顯然沒有什麼作用，她在牙縫裡擠出一些嘶叫，聲音也抖索的不成人聲，她這樣子，把小湯望嚇得哭起來，撲著要去找媽媽，老湯只好把他塞給王衡，要他把哭鬧的孩子抱到門外去。

急診室裡忙成一團，顯得情況嚴重，醫生們奔來走去，把老湯擠到牆角站著，看來他只有乾著急的份兒。忽然有個護士按照小鶴的手勢，把他拉到病床面前，告訴他，病人有話要對他說。

小鶴確是用了最大的力氣，抓緊老湯的手，她的眼光直落在老湯的臉上。

「對不起，還是拖累了你。」她說：「小望只好交給你，我……不行了。」

「不會，不會的！怎麼會呢?!」老湯的熱淚不禁奪眶而出，他已經很多年沒有流過淚了。當年在戰場上，從屍堆裡爬進爬出，他都麻麻木木；他想老家越想越黑黝黝的，也只乾嘆一口氣罷了，如今面對小鶴，他的心變活了，他對這個小女人充滿深情，她的眼怎麼搞的逐漸凝定了，也變僵變冷，失去了神采呢?這時他突然想起什麼，衝出去找王衡，想把湯望抱回來，讓做母親的看上一眼，等他抱了孩子回來，醫生說病人瞳孔放大，氣息也斷了，她還沒來得及送開刀房，就死在急診室的病床上，身下積了一灘血水。

這種突如其來的生離死別，使老湯和孩子拚命的號啕，老湯更把病床鐵架抓得嘎嘎響，幾乎接近瘋狂，王衡雖也悲痛，但不得不拖住他，好勸歹勸的把他拖到通道的木椅上坐將下來。

「人都走了，你把醫院砸了也救不回來。」王衡說：「你務必要冷靜，一大堆的事等著辦呢。」

冷靜？倒是怎麼個冷靜法兒？老湯背靠在牆上，腦子暈暈的，嗡嗡作響，只能把小湯望緊緊抱在懷裡，哄他別哭，但他自己的眼淚，卻不斷滴在孩子的頭髮上。醫院也忙著開具死亡證明，詢問家屬怎樣處理死者遺體？他們願依家屬的意願，提供必要的協助。

「替她買塊墓地罷。」老湯無力的說。

小鶴的後事，幾乎都是王衡在裡外張羅的，他替小鶴去買了套入殮的新衣，要醫院護士幫忙把遺體擦拭乾淨，拉起布簾把衣服換上，他又騎單車去找棺木舖買棺木，找來抬棺的工人準備著，並把香燭紙馬買齊備了，先將小鶴遺體裝進棺，從側門抬離醫院，放置在小巷旁邊等著，他再飛速騎車去郊外墓地，談妥一小塊墓地的價錢，等他趕回來，業已快到黃昏時分了。

小鶴死得突然，葬得草率，既沒設靈堂，也沒開弔，當天死當天埋，只是起棺時，在棺前燒了些香燭紙箔，讓小望叩了頭，小望身上的孝衣臨時沒買著，王衡是向米店討了一隻麻布米袋，袋底剪了個圓洞，兩邊剪了兩個月芽洞，從頭上一套，就成了一件麻衣，多餘的麻布，再剪成火柴盒大的小方塊，讓他和老湯別在肩膀上，沾一點喪禮的味道。

這真是一場朝晴晚雨的噩夢，一個活生生的人，竟在一天之內就下了土，而且場面這樣的冷落，他沒有辦法去找漫天討價的葬儀社冰凍小鶴的遺體，買棺修墓，立碑植樹，租靈堂開弔，饒是這般節省，他身上賣豬的錢都已經花得精光了。

小鶴入土之後，事情還多著呢，他起碼要給她的家人寫封信，也得通知掛毛兒夫妻倆，小鶴留下的孩子正在上學，離開大人根本不行，除非他向工地辭職，否則就解決不了問題。最大的難題是幾隻小豬和一大窩雞，他必得託王衡趕緊賣掉，他哪還有那種閒情去照顧牠們？

夜晚，好不容易把孩子哄睡了，老湯去小店買了幾瓶小高粱，強忍悲痛爲小鶴的家人和掛毛兒夫妻寫信，回頭看看睡著了臉上還留著餘淚的孩子，一陣淚泉湧出來，把信紙全滴濕了，這間小屋，有小鶴在的時候，是有溫暖的窩巢，她這一走，黯黯的燈火照出一屋的淒清，這往後日子該怎麼辦呢?!

明知藉酒澆愁不是辦法，老湯還是喝開了。

二天一早，王衡跑來敲門，說是業已去學校替湯望請好了假，要老湯也到電信局掛電話，向單位請喪假，老湯宿酒沒醒，起來開門時，一個蹌踉就跌在王衡的身上。

「我說，湯頭，你這又何苦呢？」王衡看到滿桌的空酒瓶，就很難過的說：「你的身子原就不行了，遇到這種打擊，你只有振作起來，天塌了也要伸頭頂著，你要再倒下來，湯望交給誰照顧?!」

「瞧你囉唆勁兒！」老湯說：「拜託你，先把圈裡的小豬和一大窩雞給我賣掉，我把湯望暫時載到阿美家，托她照顧兩天，我去工地辦辭職手續，小鶴一死，我跟小望沒法子分在兩下裡，父子倆是黏定啦。」

「辦法總是人想的嘛，」王衡說：「你辭去這麼穩的職務，不會太冒險？」

「嘿！」老湯說：「當初槍裡來火裡闖，咱們也不是過來了？你擔心我會餓死?!」

當然嘍，老爸帶孩子，總比旁人帶要盡心些，老湯決意要這樣，也只好由他，王衡沒再勸阻，老湯真的回單位上了報告把職務辭掉了。

依然是小屋，賣掉雞和豬，老張卸掉豬欄和雞舍，改成兩畦菜圃，白天小望上學，他就澆菜，他的菜就供應給王衡和鄰近的飯館，葫蘆裡頭的小日月，他還能過下去，小鶴的墓地，是他得空的時候親手修的，除了刻碑花了點錢，砌磚，抹水泥，都由他一手包辦，墓的形式跟一般水泥封頂的墓有些不同，他只用水泥做成馬蹄形的護圈，在護圈中間，以新土堆成墳狀，這些新土過不久就會生出綠草，朝後他只要剪剪草就成了，老家民間有一種習俗，——墳頂必得用土封，死者的靈魂才更安然暢快，管它迷信不迷信，他喜歡相信這種傳說，並且照著做了。

小鶴盡心盡意對他，他也沒缺欠小鶴什麼，按理說，他應該安定心神，去撫養這個死去母親的孤兒，老湯也不是不安心，他只是感到一種推不開的孤寂和悶鬱，好像一塊黑雲罩在眼眉上。

鬱個什麼勁兒呢？他也自問自責過。小鶴的父母來過，乾女兒全家也常來看望他，王老實特地跑來，請他去小館幫忙，兩人合當老闆也成，掛毛兒和小芝也老遠上來，願意把湯望接到南部，讓他照樣上學，表姑媽帶表姪，也沒啥不妥。但老湯都婉拒了，也不是說不行，只是表示要歇一陣子再講。

怎麼歇呢？他又重新拾起酒杯來，每天傍晚就坐到河岸邊，讓曠野上的風吹著他，晚霞在他背後張起，不斷的變化著，時光梭織著霞影，愈變愈沉黯，那恍惚就成了他和同時代的老兵們生命的寫照。那是一種滴血的顏色，傷心的顏色，在當時，海峽兩岸無數年輕的生靈，曾被逼進戰爭的魔性屠坊。弄得屍橫遍野，死者都已成爲泥土了，賸下些活著的就成爲那一時代的見證，勝和敗都過去啦，怨嘆也無益，誇耀也不必，誰主政中國，都不願代代夕陽紅罷?!

他喝酒，尤其是在河邊獨飲，不再使用酒杯，那種繁文褥節的喝法，根本不夠暢快，他形容爲「脫褲子放屁，——多一層手續」！他扭開酒瓶蓋，嘓的一大口，嘓的一小口，快慢隨意，每一口酒下去，腸胃裡酒精的小火，就在感覺裡燃燒著，他的生命就靠這點餘熱來寬慰，這才是最真實的。

就拿他跟小鶴的這場婚事來說罷，正合上古老的俗話：「該來的推不掉，該走的抓不牢」，短短的幾年，一晃眼就它娘煙消雲散了！還好，她留下一個小男孩湯望來，日後自己死了，不愁墳頭上沒有紙錢！這可是湯望那個沒屁眼的真爹做夢也沒夢到的，對他也許只是那麼一爽，爽出的種子由自己養護著，也許見不著收成，自己就一命嗚呼了，真真幻幻，誰能料得定呢？

「爸，回來吃飯嘍。」湯望跑來叫喚他：「王叔又端了熱菜來啦。」

講啥日後的收成？眼前這不就是收成嗎?!老湯被孩子用手牽著，一步一步的朝回走，那孩子說：

「你幹啥老愛一個人跑去河邊坐著?」

「真的，幹嘛要去河邊獨自坐著呢？」老湯也自問著，腦子轉了轉說：「舒舒心，破破悶罷。」

湯望這個孩子真很懂事，小小年紀就會洗碗掃地，自己做作業，他那些注音符號的作業

本，拿給老湯簽字，老湯根本看不懂，就把印泥和木頭圖章交給孩子，讓他自己蓋。但簿本上老師批的分數，老湯是看得懂的，每見到一百、九九那種數字，老湯就會對王衡說：

「這小傢伙，日後定比你我強！一棍打出兩個零，夠風光啊！」

「現在誇他還太早些。」王衡說：「小孩到高年級再看看罷。」

那天阿美騎單車來，說她老爸的新厝蓋好了，要請人去呷酒，希望做乾爹的能帶小湯望一道去。

「是妳請還是妳爹請？這先得要講清楚！」老湯說。

「這有什麼分別嗎？當然是我老爸請嘍。」阿美說：「你來北部這些年了，他還沒正正式式請你喝過酒，他老是在我面前說起，說他對不起您。他的腿鬧風濕，雖還沒坐輪椅，但走路都不方便了。」

「新厝蓋在老地方嗎？」

「是呀！就在當年的豬舍旁邊不遠，原來常種油菜的那塊地，兩層半的透天厝，您去看看嘛。」阿美接著說：「你會在那邊看到很多老朋友，——當年在菜市場討生活的老面孔，他們都會想念你這老主顧的呢。」

「嗨呀，老主顧是部隊，不是伙伕頭。」老湯說：「那些菜場的老哥們，可都是我的台語老師哩。」

「藉這個機會來個『師生會』也好嘛。」阿美說：「您也正好散散心，您不用拿單車載孩子，我叫小邊開吉普車過來接你們。」

「慢著，慢著。」老湯說：「妳老爸起了新厝，我總不能跑去白吃，得要送份像樣的禮物，送什麼才好呢？」

「您就送一條紅喜幛罷。」阿美說：「我叫小邊找人幫您寫妥裱妥，到時候，替您掛上牆就好啦。」

「這倒也好，」老湯說：「說到寫那些應酬的玩意，我是一竅不通，只好讓小邊代勞了。」

「記住，那天是星期六的晚上，你跟孩子要在家等著。」阿美說：「我還要到處去請客哩。」

望著阿美騎單車的背影，老湯便怔忡起來，當年阿美常來炊事房挑餿水去餵豬，她苗條的身影成爲營區弟兄羨慕的焦點，她爲人妻，爲人母，經過了這些年，身材看不出改變。但當年勤快得像條狗的老蔡，竟然老得快坐上輪椅了，不論你是苦是樂，是饑是飽，時光對待人都是一個樣子，該病的會病，該老的終歸會老！

星期六的下午，小邊的中型吉普就放過來了，邊、湯兩家都在車上，邊營長很熟練的把車開到老蔡的新厝，依老湯來看，一個當年挑餿水的養豬戶，能蓋起這種佔地七十坪以上的

透天厝，那是做夢也想不到的事，阿美的幾個弟弟，當年根本都不起眼，如今卻都長得橫高豎大，排在門口迎接客人了。

老蔡好像也有個什麼名字，但從來很少有人喊過，多少年前就老蔡老蔡的叫喚他，硬把他給叫老了，他拄著一支拐杖站在門邊，見到老湯就抓住叫親家，央他進屋坐，老湯說：

「不急不急，我先四處看看。」

這地方他早先常來，老蔡原先住的竹屋雖經修整，已經傾斜了，豬舍倒是新蓋的，水泥地、水泥牆，長長的一條，比舊豬圈整潔得多，面積也擴大了幾倍，那些菜畦綠油油的一片，蜂飛蝶舞的顯得很旺氣。朝遠處望過去，原是一片空蕩的平野，已蓋起不少新的農舍，有的紅瓦白牆，有的貼上彩色磁磚，滿有樣份的。包括老蔡在內，最早都是靠軍營的阿兵哥們發跡的，雖說當兵的待遇不高，但他們多種消費，都得和民間交易，他們身上的鈔票，也就落進老百姓的荷包，若沒有這股純消費的人頭，他們怎會有今天這般景象？

老蔡這幢小洋樓，六碼寬的口面，長有十四碼，兩邊還有兩列長棚，看上去像一隻展翅的老鷹，估量得要花上好幾十萬塊錢，真不簡單嘍。以中國人的刻苦勤勞，不管身在什麼樣的地方，只要政治弄得清明，沒有惡性剝削，人人都能溫飽，家家都不愁沒飯吃，當年又何必爲什麼主義爭得頭破血流呢？自然的均富哪點比不上強制的共產？讓老百姓拚命爲自己幹，有了錢多納稅，豈不是富了民又利了國？

老湯閒閒的吸了一支煙，把這種感慨在腦子裡轉了兩個大圈，終於悟出些彷彷彿彿的道理來，他正出神，阿美帶了小望來找他了。

「噯，您怎麼跑到豬舍邊上來，害得小望到處找老爸。」阿美說：

「您菜場裡的那些熟人，已經來了不少了，過去見見面罷。」

老湯雖在外闖蕩多年，但總擺不脫鄉下人的根性，和升斗小民在一起，他就滿心舒暢，當初他和這些菜販、肉販打交道，原本只是生意上的關係，但到後來，卻都變成很要好的朋友，他一露面，大家就圍上來，爭著和他寒喧，島上經過這許多的墾拓，原先貧困的鄉民日子都過得較好了，老湯聽著也很寬慰；蔣家兩代在台灣，看樣子有心爲丟掉整個大陸贖罪，這些年島內沒打仗，總算爲老百姓做了些事，讓跟著政府來台的老兵，面子也多份光采，不是嘛？政府早期的各種建設，哪種不是以老兵做骨幹的?!

賓客吃酒坐席的地方，是在新屋東側的長棚裡，少說也有八九桌，棚頂懸掛著四五盞一百支光的大燈泡，把每個桌面都照得亮堂堂的，辦席的人就在棚外列開長案，架起鍋灶，洗，切，煎，煮一起來，這跟吃拜拜是一個樣兒，蕩蕩的晚風吹來田畦的野氣，和席間喧嘩的人聲相融，洋溢成一股喜慶的氣氛。

做主人的老蔡央請老湯坐首席，老湯抵死也不肯，最後還是被大家連拉帶扯的簇擁上桌，阿美悄悄告訴他，鄉下的老規矩：遠客爲先，街坊鄰舍可以馬虎一些。另外，地方士紳、官場人物，也都是鄉下人眼裡的貴客，用貴客陪遠客，這才顯出對遠客的尊重。

「遠客？也要看什麼樣的遠客嘛?!」老湯說：「像我這種老猴子頭，也搖頭晃腦的裝人，豈不讓人笑掉大牙?!首席我坐不安穩啦！」

說是這麼說，但老湯心裡很服氣，有些從大陸來的人，自認飄洋過海，見多識廣，把當地鄉民看成村嫗野叟，孰不知愈是窮鄉僻壤，愈是保守淳樸的古風，何止是尊重遠客這一端？太多值得人豎大姆指的事，說也說不完，只可惜城鎮裡的風氣卻越變越澆薄了。

客滿開席，首席的上位在你央我讓下，推一位民意代表坐了，接著就是地方的里鄰長，大小都是「長」字輩嘛，按官位說，小邊好歹也是個營長，但他做了人家的女婿，晚了一輩，只有坐末席的份兒。

這位民意代表姓甚名誰，老湯早已記不起了，三杯下肚之後，滿桌只聽他一個人講話，最先是講他跟哪些人交遊，他的朋友不是名公就是鉅公，接著就講他怎樣爲民喉舌，爲桑梓爭取到開了幾道渠，造了幾道橋，開了多少路，彷彿若沒他這個人，這地方永也開發不了。他口若懸河，講到得意處，口沫橫飛，有的飛進菜盤，有的飛到人臉上，瞧他那驕橫狂悖的樣子，簡直就夠資格到公園邊賣野藥，或者跟隨老王去賣瓜。

老湯早年在部隊裡，聽部隊長講話，倒都簡單扼要，一點就是一點，兩點就是兩點，講完立即解散，沒像這位鄉民眼裡的上大人，大概他祖宗八代都沒做過官，就把議員代表當成官來幹，一點，兩點，三點，接下去四、五、六點，加上最後一點，外加一點，附帶一點，還有一點，……連他「忙」得一天放幾個臭屁，都拿來當成笑話講，老湯一忍再忍，終於斟滿了酒，舉向這位年紀不大的仁兄，並且朝他鞠躬說：

「話說多了，嘴不乾嗎?來，乾杯酒，潤潤喉嚨再講，爲民服務累成這個樣子，——下頭打屁，上頭冒泡，你得多喝酒，少講話，暫時歇歇啦!來，爲你的辛苦乾杯!」

老湯鞠躬在前，慰問在後，但心裡只有一句話沒說出來，那就是：閉你娘的鳥嘴!那個民代起先怔了一下，由於老湯說得誠懇，吃魚哪有不帶刺的?他也只好斟滿酒和老湯對乾了。氣還沒換過來呢，老湯又把第二杯替他斟滿了。

「我是個退伍老兵，老粗桶子!」老湯說：「這一杯是慶祝你當選連任，步步高升，你是非喝不可啦!」

老湯連用兩句吉祥話，像兩記「黑虎偷心」連環拳，正打在對方的心坎上，因爲這正是他夢寐以求的事兒，他立即仰脖子乾杯，那種氣勢彷彿連酒杯都能吞下去。老湯斟的是小高粱，沒有三分三，怎能一口乾?那傢伙不自量力的猛吞，嗆得不斷咳嗽，臉漲得紅紅的，咳得直不起腰來。這時候，老湯趁勝追擊，又替他把第三杯給滿上啦，好像他存心要用第一二三杯，來還回他的第一二三點。老湯說：

「想連任民意代表，你首先得練好酒量，我這老粗，沒旁的好跟你比，只有在酒字上，能當得上你的槍靶子，咱們攫著機會，拿老蔡新屋落成的喜酒，好生練習練習，不要等日後競選時臨陣磨刀。」

「哎喲喲，」那位民代有苦說不出，只好說：「等我緩口氣，吃口菜。我說，你不但酒能喝，勸酒的工夫也是第一流，你這套，都在哪兒學來的？」

「我全是當班長練出來的！」老湯很篤定的說。

「區區一個班長就能練出這麼好的口才？」那民代顯然露出難以相信的樣子。

「這你就不明白了。」老湯說：「不管我只是穿衣的架子，噉飯的草包，我這班長假不得，遇上新兵菜鳥，管它什麼學歷，他總是班兵，得聽我的。我它娘半瓶不滿，一向鼻孔朝人，自以爲是，我能無的放矢把他們罵上一頓，更能窮吹瞎掰，大吹法螺，我它娘信口開河，胡言亂語，儘管把一個圓圈說成一百八十度，他們也不敢吱牙裂嘴，嘿，久而久之，我唬得那活老百姓直愣愣的，講話也就肆無忌憚啦……要是官幹大了，事懂多了，講話有了顧忌，反而不敢叭叭叭的開機關槍啦！就像我這女婿小邊罷，他官拜兩朵梅，好歹也是個駐軍營長，在你面前，也只能恭陪末座，沒他講話的份兒啦！」

「啊，太失敬啦，」那民代說：「我道邊營長回去了呢，原來擠到後邊去了。」

「來來，喝酒喝酒，」老湯扯住他說：「如今沒仗打，丘八大減價了，區區一個營長算啥？日後你進了國會，端杯敬酒的，哪還輪到我這老伙伕頭，恐怕早換成蔣經國啦，搞民主嘛，國會最大。」

老湯這一招，指著自己罵對方卻不著形跡，那民代捏鼻子乾了第三杯之後，跌坐在椅子上，甭說蔣經國是誰，連他自己是老幾？恐怕他也弄不清了！

這晚上，老湯覺得心裡很爽，酒也就多喝了些，邊中校開中吉普送他和小望回家，他一路上還在罵那傢伙沒水準，年紀比在座的都輕一把，大模大樣猴在首席首位上，大言不慚的猛吹牛，他實在看不順眼。

「老爹，您忍著點兒，見怪不怪就好了！」邊中校勸他說：「這些人像窮人乍富，哪有不炸鱗抖腮的？我見過的男的像流氓，女的十三點的也不只一個，我想，日後會逐漸改進的，選民就像兵，如果不都是菜鳥，哪會出現您說的那種班長呢？」

「哈哈，等到那一天，只怕我早氣死八遍啦！」老湯迷迷糊糊的說。

老蔡新屋落成的這場酒，對老湯身體的影響極大，也許是那位猴在首席上位的民代，言語行爲惹動了他的肝火，他激動中猛喝酒，弄成第二次小爆胎。

所謂小爆胎，就是輕度中風又復發了，這回他並沒臥床不起，發暈跌倒，只是感到手腳有些麻木，說話結結巴巴有些不靈光，頭腦也有些空茫遲鈍，但這些感覺，他連靠得極近的王衡也沒有告訴，他照樣撐著買菜做飯，澆灌菜園子，送小望上學，而在傍晚，他照樣拎著

一瓶酒，坐到溪邊的石頭上，看溪水，看夕陽，把他自己也比成一輪落日，一分一分的朝下沉，朝下沉……也就是那樣了。

蔣經國當上了總統，老湯還是老樣子，他自己形容是：半死不活在等死，但閻王爺就是不點他的名，他的腦筋時好時差，好壞之間的落差並不大，好的時候，他是清醒著的，差的時候，他只當自己是喝醉了。

「要是小鶴不死，他不會變成這樣的。」王衡對他的判斷，應該是極爲中肯。

但老湯壓根就不認爲他有精神上的毛病，只認爲他確實是逐漸變老了！人老了，哪有不記性差的？有些住榮家的老兵，有的輕癱，有的重癱，有的老年癡呆，跟他們相比起來，自己還算好的，兩瓶灌進去，還記得自己姓湯呢！誰說我有毛病？老子揍扁他！

都記得，不是麼？老湯愛拿些最久遠的事測驗他自己，六歲那年，他在墳地裡放風箏，牽著風箏奔跑時，一跤跌在一個蒲包上，蒲包裂開，裡面現出一個腐爛的童屍，腥臭的血水浸濕了他的衣裳，使他回家後做了一夜的惡夢。九歲那年，他練習炸響鞭卻打傷了自己的額頭。那時家境貧寒，每年秋天都要到處去撿拾柴火，鄉下很多大樹高枝上都有枯枝，那些枯枝最容易發火，燒起來不出煙，是最好的柴火，但這些高掛樹梢的枯枝沒法拿到，只能用飛出去的木棒去砸，自己飛棒的準頭極高，全村的孩子沒誰比得上，後來學著做菜的營生，到部隊就當起伙伕來，其實要把飛棒的本領用在手榴彈投擲上，他真能幹最好的戰鬥兵。

奇怪的是：越是久遠的事越記得起來，越是眼前的事越容易忘記掉！這並不能斷定是記性差了，只是懶得認真去記罷啦！

不管老湯自己是怎麼想，但在王衡的眼裡，老湯變得鬱鬱魘魘的，人瘦了一大圈，眼窩都陷了下去，不但眼神呆滯，說話也有些顛倒，偶爾會無緣無故的發脾氣，或是舉止異常，他在酒後更會揮舞著空酒瓶，引吭高歌，他所唱的老掉牙的軍歌：「反攻，反攻，反攻大陸去……」在軍中已經絕少在唱了。有一天，他聽到一小隊阿兵哥經過，竟然唱起「我有一隻小板凳」來，氣得他用台語大罵三百句「伊娘嗳，算啥米兵?!」

在台灣，米吃多了腿軟，「反攻」兩個字，此調不彈久矣。老湯雖然厭惡戰爭，總覺打不打是一回事，一口氣總不能衰，氣壯山河跟氣若游絲那可相差太遠了。最想回去的老兵，全被漠漠流過的時間拖到老、病、衰、殘的程度，新來的充員，人在軍營心在家，每天數饅頭捱日子，誰能鼓舞他們去反攻全然陌生的大陸？老湯也隱隱約約的懂得這些，但只能鬱在心裡，鬱才是他拔不掉的病根。

王衡那個小館，原是以賣香肉知名，每年只能賣一個冬季，但後來狗源變少了，警局又來警告過，不得已，把羊頭和那付對聯都收進屋裡，改掛上「王家小館」，賣燒臘、滷菜和一些炒菜，由於手藝精熟，價錢公道，生意還算不惡，有些住在附近的退伍老兵，也經常來他小館喝上幾盅，這些人裡，有許多知道老湯，更關心他的身體情況。有人對王衡說：

「你們倆是好友，也許只有你能勸得動他，他是中過風的人，成天抓著酒瓶，根本是慢性自殺嘛。」

「這也難怪他，他老婆活蹦活跳的一個人，說死就死掉了，這種打擊誰受得了？他心裡痛得五臟六腑都搬了家，不靠老酒，熨得平嗎?!」說話的老薛，是個斑頂的紅臉漢子，手裡也正抓著酒瓶子。

「他這個人，很難勸得動的。」王衡苦笑說：「有些傷痛，只有時間才能慢慢熨得平罷。」

「那還不是慢性自殺嗎？」原先說話的老崔說：「這些年，不斷有老夥伴退下來，散在各地，有的打燒餅，有的擺地攤，有的做流動飲食販，有的賣估衣，有的沒事幹，就變成睡廊簷，睡公園的流浪漢，跟生癩的流浪狗一個樣子，警局問他是否無業游民，他取過身邊的竹簍和竹夾子，說『這不是我的職業嗎?!老子撿破爛！』……時間能在他們活著時熨平他們的心才怪呢?!除非熬到大家伸腿！」

一夥人說著說著，幾聲「反攻，反攻！」老湯就拎著酒瓶晃過來了。

「哈哈，西山一窿鬼！」他瞧見這夥面孔就狂笑起來，拖張板凳，一屁股坐定了：「見面就是沒死，沒死就是活著，不用我脫褲子放屁，大夥喝上罷！」

「喝呀！」老薛首先響應，這兩傢伙根本沒有杯子，每人都把酒瓶舉得高高的，像吹起

「反攻」的衝鋒號，噠的噠噠！一下子就喝了大半瓶。

喝完了，老薛這才按住老湯的肩膀說：

「我說老湯頭，這種拚命三郎的喝法，對你並不適宜，你得要節制點兒才行。」

「你老薛怎麼著？——領了專利吶?!」老湯立時槓上了：「你說點道理來聽聽！」

「你是有過家室的人，至少還有個孩子。」老薛說：「你肩膀上有擔子，不像我這老光棍，兩個肩膀扛張嘴，早死早升天。你要是一撒手，你的孩子丟給誰?!」

「嗯，算你有理。」老湯突然萎頓下來，直著兩眼發呆。還是王衡過來拍拍他的肩膀說：

「少喝酒，多吃點菜，這是你的杯筷，大家難得聚在一道，聊聊天，舒舒悶也好啊！」

經王衡這一說，大夥兒再鼓掌附和，老湯總算回過勁來，把眼珠子轉了幾轉，不客氣的抓起了筷子。

王衡說是聊天破悶，可這些老哥們卻是越聊越悶，不是某人生病了，就是某人離世了，老崔說起他的朋友老郭，在新竹擺路邊攤賣麵，有個喝醉酒的小流氓跑來硬吃白食，老郭不幹，要拉他去派出所理論，結果被那流氓拿刀戳死了。老薛說起他的一個老同事，路倒在台南火車站正門旁邊，引起很多旅客圍觀，他手臂上露出「誓死反攻大陸」的字樣，後來，鐵路警察把他抬送醫院，當時是救活了，可是第二次路倒在岡山就沒再起來。

「對老兵，政府也不是沒管，」老崔說：「只是有許多自謀生活的，下來的人太多，又分散各地，單身漢，爲生活奔波，今天到東，明天到西，流動不定，政府哪能照顧得周全?!總而言之，咱們流落異鄉過老年，也算是命苦，沒有三親六故，就像沒根的浮萍草。」

一宗宗一件件，都是滲和著血淚的傾訴，社會的關切和同情，只是淡淡的風，唯有經過戰爭的老兵們，把這些當成刻骨銘心的事，因爲今天發生在旁人身上的事，明天就會輪到自己頭上。

誰都知道，酒喝多了不是好事，可當憂悶像烏雲般籠罩下來的當口，就像曹操說的：「何以解憂，唯有杜康」啦。老薛形容得好，他認爲老兵早先學的都是怎樣打仗殺敵，說好聽點，叫戰鬥技能，說不好聽點，什麼「正」「奇」兩用，全是殺人放火的把戲，日子弄久了，這些老兵都養成寧斷不彎的直性子，帶著這種脾氣到眼看的社會上來，凡是遇上看不慣的事，就挺身而出，這樣一來，四面都有強敵，到處全是戰場，像賣麵的老郭就是那樣，他理直氣壯不放過白吃的小流氓，卻中了對方「背後插刀」之計，總而言之，環境變了，性子不變，注定要吃虧，這並不是什麼輔助、救濟就能解決得了的問題。古人說：江山好改，本性難移，這些老兵不是不明白，但年紀這麼一大把，都快變成棺材穰子了，說是改脾氣?說得挺容易!倒是怎麼個改法?!——鬱正鬱在這個上頭。

旁人鬱過了，明天還能再鬱，換在性如烈火的老湯身上，這一鬱就發了病，第二天就被王衡送到醫院去了，這會兒，他並非是血管病變，而是精神鬱卒症，時醒時呆，要住一段時間的醫院。

隨著住院來的問題一大堆，老湯的菜畦要人照顧，他兒子上學要人照顧，長期的醫藥費用十分嚇人，王衡自己要忙生意，他又不是三頭六臂，只好到處寫了信，讓大家聚攏了拿主意。

接到王衡的快信，大家都趕的來了，阿美答應暫時照管小望一段日子，因爲她丈夫就要調防到前線去，她自己的幾個孩子就夠她忙的。匡醫官認爲，把老湯送到榮民醫院長期療養，可以免去大筆的醫藥費，而且那邊有許多醫師，是從軍方醫院轉過去的。王老實夫妻希望老湯能在台北附近住院，他們可以經常來照看。而掛毛兒夫妻倆，願意替小望辦轉學，長期養育這個孩子，表姑代養外甥，該是最合適不過的。

匡醫官是有經驗的老長官，自然就被大家當成長輩，經過一番討論之後，決定小望由掛毛兒辦妥轉學，由他夫妻領回南部去代爲教養。老湯住院期間，由王老實夫妻負責照顧，老湯的小屋轉讓給王衡居住照應，菜圃也交由他去經營，阿美得空時，儘量和叔叔們連絡，好知道整個情況，老湯療養的事，則交匡醫官負責。

半個月後，事情都辦妥當了，唯一欠缺的是：榮民醫院暫時騰不出長期療養的床位，想把老湯轉送到花蓮那邊去，匡醫官覺得那太不方便，正好他有醫界的老友在基隆那邊，就把老湯轉到基隆山上的療養院去暫時療養，老湯身上那一大串金戒指，足夠他長期的療養之用。

就這樣，一個鐵錚錚的漢子，就進入了北向的青山。

卷十一・絕地大反攻

蔣經國主政後期，對海峽兩岸民間交流，採取了開放政策，開放的幅度之大，超出很多老兵的夢想，大家原以爲這一輩子在台灣死定，根本不可能再重踏故土，這一回，回大陸像一般出國旅行一樣，只要經過第三地轉機，就能直飛進多年沉黑的夢裡去！來台老兵的籍貫，幾乎囊括了中國原先的三十六行省，把每個人的黑夢拼湊起來，就能變成中國的立體精神圖景。

靠著飛機的翅膀，這些白髮老兵們紛紛飛回各自的故鄉，有的去了白山黑水的東北，有的去了遙遠的新疆，有的去西北，有的去東南，機翼下的山川依舊那麼秀雄壯美。看不出一點時間的痕跡，但人事的滄桑變幻可就太大了。有些地方，飛機只是一掠而過，這裡是長沙，那裡是衡陽，這裡是黃河，那裡是長城，可對這些老兄弟而言，都是終生難忘的血肉磨坊，每一寸土地，都留下無數生死俄頃的故事，幻化成可怖的夢景。

這許多探親群，像是飛回北方老家的雁陣，紛紛尋親覓友，接續斷落的記憶，回來時，帶回成筐成夢的故事，充滿了苦辣酸甜，有些人家，已經有鄉無宅，只落下一片荒煙蔓草，有些人故居仍在，但卻衰朽不堪，祖宗的廬墓也都蕩然無存了，有些人比較幸運，雙親雖然衰老，但還活著，兄弟姐妹也都能歷劫餘生，不乏溫飽，由於地區不同，背景各異，各人返鄉所得的觀感也自不同，不過，打了這許多年的仗，人與人重見時，都感到分外的親切，並沒有仇恨心理存在。有人開玩笑說：雙方的老兵都應該是標準的「無產」，甭說槍炮子彈是公家的，連它娘一隻飯碗也是公物。退役後能賺幾文辛苦錢，幾趟返鄉送機也就花光了！

江蘇籍返鄉的老兵仲先生，從家鄉捎來一封老湯的家信，是他妻子周喜妹托人寫來的，這封信交到鳳山唐老太太那兒，唐老太太早已過世，由他兒子送南部軍團，又轉北部軍團，交到老湯待過的伙房，再由伙房交到王衡的手裡，距寫信的時間，已經超過四個月了。信裡寫些什麼，王衡不便看，但又顧慮到老湯精神異常，受不了刺激，信上講的好倒也罷了，講的不好，老湯更會發瘋。

話雖這麼說，又不能把信給壓著，他只好到台北去找王老實夫婦商議。

「咱們非但是老友，如今也都是照顧他的人，」王老實說：「相隔幾十年了，不定會有什麼事發生，咱們還是先看了信，知道裡面寫些啥，再把能告訴他的慢慢說給他聽，你就拆開看罷。」

王衡打開信，那上面寫著：

「克範夫君：

打你去了河南打鬼子，多年沒有音訊，有人傳說你去了關外，又有投降的兵回鄉，說你去了上海，十有八九去了台灣，如今兩岸開了探親的路，仲先生說起老姑媽在那邊，就託人寫一信，不知能不能找得到你。夫君，你走後我常流淚，春天一陣雁，秋天一陣雁，也不知望過多少年多少代的雁，我常想，人活在亂世裡，倒不如雁，牠們總是成群結隊的飛，如今我頭髮白了，眼也半瞎了，雁也望不見了，只在早晨和夜晚，聽到牠們在空裡叫喚，你要還活著，總該回來了。你離家後，我就生下湯回，熬過大荒年，熬過大風大浪，湯回於今分了責任田，也買了牛，娶了媳婦，日子雖苦卻過得去，你沒見到過他，他卻常想到你，他幾次要替你立牌位，早晚一炷香，盡份孝心，都叫我罵開了，我說：萬一你爹還活著，這不是詛咒他?!你還活著，終該回了！春來的大雁總要朝北飛的。

接信平安。

老妻喜妹。」

王衡起先是在唸著，唸到望雁，他的眼淚在眶裡滾動，噙不住，就滴在信紙上，王老實夫妻同樣難受得哽哽咽咽的，不過王衡還是拭掉淚水，迸出笑意來說：

「還好還好，除開喜妹兩眼半瞎暫時不要講，其餘都講得，要是有方法從香港轉匯，我們可用湯頭的名義，簡單回她一封信，並且寄筆錢給她。」

「主意是很好，」王老實說：「問題是，回信該說怎樣回去？什麼時刻回去？這才是重點，依老湯頭如今的情形，他沒法子回去的呀。」

「不要緊，我說就儘量打馬虎眼，說工作太忙，一時找不出時間，只要能通上信，又有錢寄，早回晚回並不算太緊要，退伍老兵裡，沒回去的還多著咧！」王衡說：「等老湯頭病好離院，他隨時都可回去的嘛。」

事就這麼辦了！匯給徐喜妹的錢一共兩百美金，由王老實、王衡各出一半，家信是王衡寫的，說是在台灣生活很好，目前在建設工地管伙食，因爲年紀大了，想退休下來和朋友夥開飯館，先寄上一筆錢做家中貼補，等日後生意定了，就會找機會回鄉探望，有信可寄桃園王衡先生代轉……如此這般。

王老實這輩子從不習慣打誑，但這回例外，他覺得對老湯一家人，他們做朋友的有必要兩邊圓上一圓，既不刺激老湯，也不刺激浩劫餘生的老嫂子徐喜妹，就算兩頭扯點謊，也是善意的。夫妻倆找個假日，到基隆的療養院去看望老湯。

老湯在院裡的戒護之下，酒是沒法子再喝了，人也安靜了許多，但那種安靜，卻是一種癡呆性的寂默，並不能說病情有什麼進展，據看護說，他初來的時候，容易暴怒，有時會大聲唱軍歌，吹衝鋒號，有時會扯著人，講許多當年在戰場上的故事，有時又會伏在枕上哭泣，叫喚一些人的名字，但他並沒有攻擊別人的危險傾向，經過醫師用藥物控制，目前已安靜了許多。老湯總愛在病房的窗口看山林，半天也不說一句話，眼神茫茫的，誰也猜不透他腦子裡在想些什麼？

王老實夫妻倆又跑去見主治的醫生，醫生說：

「他的病很奇怪，我做過紀錄，發現他的情緒起伏都和天氣有關係，像今天，天氣晴朗，他就安靜，遇上陰雨天，他就焦急煩躁，要是大雷雨，狂風天氣，他就會完全失控，他的潛意識裡，總抱有反攻回去的念頭，老是唱著那首『反攻大陸去』的軍歌，這裡有些病患嘲笑他，替他取個渾號叫『湯反攻』，反過來說就是『反攻泡湯』的意思，這個病根，不是單靠藥物能根治得了的。」

「現在不是要反攻，是要返鄉啦！」王老實拍著老湯，大聲告訴他說：「你還記得徐家喜妹嗎?還有你經常提到的湯回，他們有信來給你啦！」

王衡特意把話說得慢些，想看看對方有什麼樣的反應，誰知老湯只從嘴唇裡噢了兩聲，連臉也沒有轉，可見他的頭腦問題太嚴重了，按照一般情況，即使彌留的病患，意識都還清醒，只要聽到親人的名字，都還會有相當程度的反應，老湯怎麼會像完全失去記憶，這不夠嚇人嗎？

「湯頭變成這樣，你說什麼他都聽不進去了。」瑞玉急得哭泣起來。

王老實不死心，仍搖著老湯，大聲說出喜妹和老湯的名字，這樣反覆好幾遍，老湯的嘴角終於嚅動了。

「喜……妹……湯……回！」他說的是不連貫的單音，彷彿是一個沒牙的人在咬嚼硬餅，每個字都咬得那麼吃力，在不斷的重複中，他眼角有了濕潤。

「對啦，喜妹，你老家的太太，湯回，你成天唸叨的兒子，他們來了信，他們都還活著。」王老實說：「湯回也娶媳婦啦，要替你添孫子啦！」

老湯這才轉過臉，伸手去抓緊王老實的手，他有想說話的意思，說出來的只是：噢！噢！這表示他明白，但到底明白多少，那就不得而知了。

王老實回想起當年，和一些不同地方的人，一下子夥到了一起，就像一陣風把一堆落葉掃聚在一個土窪裡，糊里糊塗的跟著行軍、宿營、駐防、開仗，慢慢的，大夥混熟悉了，就變成了生死與共的一體，瘋狂的打殺只是爲了最原始的欲望——活下去，在這群人裡面，最豪爽落拓的就數老湯，這多年來，他全心幫助旁人，卻讓憂鬱啃食自己，這場精神病，在他結石和中風之後，終於把他撥弄倒了，如今變成這樣半死不活，叫人不打一處傷心。

而老湯對外界的意識都已暫時被切斷了，他心裡只有一片無邊無際的光，像抖開的白絹，他性命的光點，是光裡的光，箭鏃一般的朝前激射，並且發出震耳的嗡鳴，每一遇上陰影，光點就激烈的抖動，並且穿越過去，繼續它空空茫茫的飛行……連夢也是這種飛行，抖動和飛行！

王老實夫妻回到台北，收到王衡的信，說是寄徐喜妹的錢，已託人帶去香港羅文友先生那邊，轉匯大陸，以老湯名義寫的家書，也已經寄了，另外轉來一些信函，有一封是花蓮山區小學裡陳仲玉寄來的，一封是台南韓老爹的訃聞，一封是方上校寄來的通知，說是羅將軍逝世二十五週年冥誕，老單位同仁準備在農曆七月舉行紀念法會，並在十普寺備有素齋，請踴躍參加，而這封信，也有王老實的名字，請由老湯代轉的。

看了這些信，王老實禁不住兩手發抖，老古人說：「舉世盡從忙中老，來生只在眼前修」，人的一生真的快如閃電，幾十年就這麼晃眼過去了！人真的像樹上的葉子，秋風一起，落葉飄零，當年韓老爹的模樣，自己還恍惚記得，而對老師長的印象，就有些模糊不清了，老湯沒病倒之前，是這群老朋友的頭兒，跑東跑西的都是他，如今這些場合，只怕他根本沒法子參加了。

在十普寺的誦經法會上，四方八地的一些老面孔，又重新聚會起來，陳團長不良於行，是拄了枴杖來的，方老營長精神還很好，只是滿頭白髮，連眉上也添了一層霜，匡醫官、宋醫官、黃上尉……大家你看我，我看你，都已經鬢現星霜，寺裡香煙裊繞，僧侶們正在誦經，大家坐在另一邊的圓桌上用茶果。

陳老團長說：

「大家雖是姓氏有別，籍貫不同，但有緣聚在一個部隊裡，一起度過艱難危險的日子，如今都是一家兄弟，我們難得能聚上一聚！……今天能來的都來了，只缺了我們最敬重的兄弟老湯，聽說他病得不輕，我們很難過，等下請王衡跟王老實兩位老弟，也跟大家說一說，如今，還是先請方上校講幾句話罷。」

方上校站起來說：

「老長官交代，我只是報告些事情：老師長辭世後，他的遺著『從力的哲學看國民革命』這冊書，個人早已整理妥當，因爲有四十多萬字，我們一時還無力出版，他的詩、文，部分戰地日記和重要信札，個人把它分類整理，想自費印行，題名『羅故將軍紀念文集』，到時候，每位兄弟都能保留一冊，作爲永久的紀念。」

「這不能讓您一個人破費，」王衡搶著說：「買本認捐簿子，我們大夥樂意認捐，這種團隊精神我們不能後人！同時也表示我們做部下的一片心意。」

王衡這一說，大家都熱烈附和，表示不能讓方團長掏腰包。方上校感動的說：

「我們雖然才疏學淺，不能望老師長的項背，但他老人家的精神感召，才使我們在做人方面，儘量做到敬業樂群，沒有什麼愧怍，我們的好弟兄老湯就是個例子，現在就請兩位王老弟，跟大家說說他的病況罷。」

「湯頭是個直性子的人。」王衡說：「他有時也玩世不恭，一向瞧不起旁人吹牛拍馬說假話，可他要是對人好，肯把心都挖給別人吃，依我看，他的病是鬱出來的，經年累月的鬱卒，全是拿老酒當藥喝，頭一回患結石開刀，取出的石頭有鵝蛋大，醫生笑說是酒精加煙草酸結出來的，第二回小爆胎住院，是高血壓加上為旁人的事勞累。這一回發病，是受內外的刺激，他太太暴斃，加上外間太多看不慣的事，就這麼一夾攻，他腦袋就短了路，變得很不靈光啦。」

「我們夫妻去看望過他好多次。」王老實接著說：「他在療養院，吃的，住的都算很好，也並不常鬧瘋癲，只是他老是癡癡楞楞的，不言不語，甚至於連他老家的太太和兒子，他平素經常唸叨著的親人，他全好像記不起來了，可見他病的不輕。」

「老師長羅將軍一向非常賞識老湯，」方上校說：「我們也都以他為榮，大夥來台灣這許多年了，真的融進台灣社會，到處受人尊重的，老湯是個典型的人物，我們也可以說：上有蔣經國，下就有老湯。他不管你是三十六省哪個省區的人，都把你看成朋友，熱心誠懇的對待，老古人說的：『四海之內皆兄弟也』，他從心裡做到了！但他也有他自己落葉歸根的夢！時時不忘老家山，這也是人性之常，講句不好聽的話罷，當年要沒有這些『殘兵敗將』，拚死命的把金馬台澎頂著，也許這島上早就紅旗飄揚了！我們不怕政治上有雜音，都是好事，只怕有些人忘恩負義，說話不憑良心，老兵的血汗，灑在高山，灑在海裡，灑在各處建設的工地上，咱們可是風裡雨裡，一直幹到老，我整理羅將軍的詩文筆記，對我們希望的，也就是這些，活得坦蕩，死得心安，至於旁人怎麼看，那倒不值得去計較了！」

方上校這番言語，說得在座的兄弟夥無不聳然動容。但他話鋒一轉，又接著說：

「話又講回來，任何一簍子雞蛋，總能挑出幾粒破爛的，好蛋和壞蛋得要分開來看待，我們得承認，這多年來，部隊裡也有過貪贓枉法的，違令抗上的，偷盜淫邪的，很多判過軍法，到了社會上仍然劣性不改的，少數人犯的社會案件，就指是『老榮民』犯的，這對全體老兵極不公平，媒體不該把老兵和榮民扯進去，張三犯案，就指是張三，李四犯案就指是李四，不就得了嗎？……老湯今天不在座，這段話，我算是替他講的，我是老湯的老營長，總能懂得點他心裡鬱悶的疙瘩，要想醫好他的病，得先要解開他心裡層層糾結的疙瘩嘛！」

一波一波，悠揚如海潮的誦經聲，間歇輕盪的鐘磬聲，是那麼莊嚴悅耳，一點也不構成尋常的噪音，方上校平靜的說出這兩段話，在海潮音的襯映之下，也就成了這夥老兵的甘露和菩提，使大家心裡舒爽清涼。

「從醫學上看，日後像老湯這類的毛病，也許你我都會有，只是發病的時間，輕重的程度，會有些差異罷了！」匡醫官說：「離鄉背井，漂泊多年的人，哪個不有點兒悶鬱，當你拚命工作，不去沉思默想的時候，這種病還沒有時間去發作呢！一旦退伍除役，離開群體，感受孤單的時刻，發病的機率就大大的增加了。這話怎麼講呢？咱們部隊的早期軍事教育，總是替人精神上夾棍，比如說：三民主義好，共產主義壞，或是：有我無匪，有匪無我！弄得很多人的腦袋瓜子，只有來回的直線，沒法子盤旋轉彎，久而久之，就使得腦的邊緣細胞逐漸萎頓，失去了整體的平衡性！老兵們十有八九，知識程度都很有限，哪懂得歷史啦、文化啦，那類高深的學理？我們的政工人員，多年大喊著反對馬克斯主義！喊了千萬遍，誰又真正懂得馬克思是啥東西?!我敢說，不但老兵不懂，連上將又有幾個真懂？海那邊，馬克斯的信徒，也許懂得一點馬克思，和一點『唯物辯證』的皮毛，但對『三民主義』又一竅不通，到了最後，兩邊的老人癡呆症，是一個平均的等號，我們多數人，也許都死在這個等號裡面，但我敢說，我們可愛的朋友老湯頭，許是死在這個等號的外面，他腦子裡也許保有六字箴言，那就是：『去你娘的政治！』」

「同樣站在醫學的立場，我附議匡醫官的說法。」宋醫官說：「我從軍醫官轉業到社會醫師，診治過太多生理病和精神病混合的病例，有些老兵下意識的瞧不起當地的人民，把他們當成蠻荒野人，有些老兵只記取人在矮簷下，誰肯不低頭，有的總自以爲是，有的總搖尾乞憐，老實說，這都是病態的起始，老湯則是毫不偏激的中間型的人物，人家常說：武大郎盤槓子，兩頭不討好，他老兄卻變成了三頭不討好，這怎麼講呢？國民黨認爲他喜歡作怪，共產黨以爲他是頑固餘孽，台獨份子認爲他至死不忘大陸！他的八十一夢還沒作完，他連做夢的空間也被剝奪了！他如果不瘋，不傻，那才是病學史上值得大書特書的奇蹟呢！」

「好哇！」年尊歲長的劉老團長最後說：「咱們這場聚會，原本是衝著老師長羅將軍

來的，綜合大家的發言，我們總算在生命的盡頭，牢牢的抓住了時代的尾巴！中國人，得要放棄權力和名位，拿掉政治術語的假象，緊密的團結起來，不要受歐陸文化的控制，衝出國家主義的藩籬，不要把『民主』當成西方產物，把『自由』當成新的侵略，先把天地父母放在心上，把『人』給做好！中華民族才能抬頭挺胸的進入二十一世紀，有人說：黃炎的子孫都是『龍的子孫』，必將主宰二十一世紀，這都是說的很美的屁話，——如果我們頭上長不出兩角來，算是什麼龍？都只是一些小蛇在地上爬，離一舉沖天、駕霧騰雲的日子，還遠著呢。」

到了用素齋的時間，一向不會講話的王老實說話了，他先是向所有的老長官敬酒，然後才說：

「不瞞諸位說：我是山東一個替人打工的小夥計，那夜你們大軍路過，要抓一把民伕，我就變成『帶路』的，然後爲了吃飯才當兵入伍，我糊里糊塗混了大半輩子，也不知自己成了什麼黨？我只知湯頭兒待我像大哥，兩軍對戰時救過我的命不說，還爲我扛債，讓我做了台灣人的女婿，要我感謝，我頭一個要感謝的就是湯頭兒，沒有他，我就沒有家！也沒有這窩兒女，什麼本省，外省，第一代還能分，第二代，第三代，還有誰能分？要分的只是人應該怎麼活？台灣比大陸小是不爭的事實，但活得舒服，活得安心，卻是最緊要的，我們夫婦倆，對老湯頭算是五體投地，業已沒有旁的話可講了！」

那天的聚會，也許是十普寺誦經法會裡很尋常的一場，因爲有更多高官顯要身後，也都在這裡超渡或誦經追念，這場聚會，不僅是悼念一位戎馬倥傯的寂寞老將，而是反映出老兵們最真切的心聲。

散會之前，方上校特意讓大家留下聯絡的地址，並寄望大家得空多走動，並且要匡醫官和王老實陪他，親去看視老湯。

正像王老實所講的那樣，老湯出奇的平靜沉默，見到三個人之後，也會眨眼點頭，可就是一聲不吭，老是坐在窗口，面對著那扇窗，窗外是深淺參差的一片綠林子，朝海岸那邊潑瀉著，由於方位的關係，那面窗不容易看到朝陽，卻能夠看到每天的暮景。

「我跟這裡的醫師研究過。」匡醫官說：「他的腦子由於中過一次風，已經受到一些損害，再加上酒精中毒，想完全恢復的機率確是很少了，如果經過較長時間寧靜的安養，會逐漸恢復局部的記憶，只是在反應方面，要比常人遲緩，那是沒辦法的事了！」

「能有那樣子就不錯了。」方上校說：「隔些時，看他病情的進展，我再跟退輔會有關單位聯繫，替他辦妥申請手續，讓他轉到榮家去安養，現在大家各忙各的，都無法長期照護精神有疾患的人，這要比帶孩子還麻煩很多倍呢。」

時間的風吹過去，老湯變成一片被掃在角落裡的葉子，讓風吹、日晒、雨淋，除了少

數老友，滔滔滾滾的社會，沒有誰再會注意他了！同樣的，分散在社會各個角落的老兵，也都在悲歡離合總無情的暮年憬悟中，逐漸歸入沉默，他們當年的切身之痛，透過回憶述說出來，聽在下一代人的耳裡，都成爲遙如雲煙的故事，好像人類的整部歷史，都是分頁寫的，不同時空就有不同的生活背景，老兵們的夢，只是一串隨風吹出的皂泡，浮漾遠去並且逐個的破裂。

在宜蘭縣境棲蘭山的山林裡，有兩個老兵爬上新生林遍佈的山頂，他們帶著一大包花生米和兩瓶老酒，喝著酒看夕陽沉落。高大的紅臉老漢是老湯在工區結識的朋友尹聽富，另一個矮瘦的則是分發來看管林地的施世榮。

施世榮分發到深山裡，就負責看管朝東的這片新生林，老施沒家沒道，沒兒沒女，特別鍾愛這許多小樹，把它們當成自己的兒女養護著。山上的濕氣很重，幾年下來，他的兩膝風濕關節炎越鬧越嚴重，幾乎沒法子再爬山了，管理處替他辦申請退休，轉送他到西部榮民之家去養老，尹聽富接到老施的信，特地跑上山來接他。由於第二天早上就離開這片林野了，施世榮忍著膝痛，帶領尹聽富上山，來向他照顧好幾年的小樹道別。這片林野種植的是杉木和油桐，都已長有碗口粗細了，到了山頂，視界就更形開闊，朝東望得見白汪汪的溪谷，朝西望得見重疊而下的山嶺餘脈，一直落向極遠的平原。

「這是我平常最喜歡待的地方。」施世榮說：「早上來看日出，傍晚來看日落，這又過了一整天。」

「這真是數日子最好的地方。」尹聽富笑說：「不像山底下，經濟起飛了，大家荷包裡有錢了，人心都變得狡詐浮薄了，真可說是紅塵滾滾，有了錢不修德，好日子又能過多久呢?!」

「用得著愁那麼多嗎？」老施說：「世上的人，不要老想管旁人，要是每個人都能管好自己，這世界就不會那麼亂了。」

「怨不得有些修道的人，都揀深山洞府，」尹聽富說：「你來山上幾年，說起話來都有靈氣了。」

「什麼個靈氣，沒有屁氣就好了！」老施在石頭上打開花生米，旋開酒瓶蓋子說：「花生米配酒，一樣是花天酒地，我們喝上罷。」

黃昏色的紹興酒，映著酒色的黃昏，尹聽富感慨的說：「可惜咱們的老湯頭沒在這兒，缺了他和他拿手的滷菜，聊天的味道就差池多啦！」

「是啊！我還不是經常想起他，你們還有連繫嗎？」

「他家裡出了大的變故，他太太竟然說死就死了。」尹聽富長長的嘆口氣：「他爲了照顧孩子，不得不離開工地，回桃園去了，後來也就沒再連絡，他一向是遇事看得開的人，應該還好罷。」

「要不是倒楣的風濕，我真不願意離開這裡。」老施說：「人不能不服老，這下了山，住進榮家，就等於成了個廢人，不能再替國家做什麼了，不像你和老湯頭，還能再幹上個十年八載的呢。」

「你把我們看得太高啦！」尹聰富說：「咱們這些人，日子全是一路熬著過下來的，空有一身筋骨皮，五十一過，內裡邊的虧損就回過頭找你討債，再能有上個三年五載，也只好端著飯碗等死嘍！話又說回來，我們保衛過台灣這塊土，退役後，幹了台灣十大建設的第一代勞工，成千上百的老弟兄死在工區，至少不虧欠任何人，咱們活著的，雖進不了長春祠，起碼不能拿咱們當豬看！」

「你說的倒是理直氣壯。」老施喝了大口酒：「當地老一代的，也許還很純厚，記得三十八年之後，台灣是怎麼一路走過來的，至於下一代，下下一代，他們看見的，也許只是一大窩老廢物，翹著腿空耗糧食，我常摸著這些小樹在想，小樹，小樹，有朝一日，當你們長成枝葉參天的大樹，當地的後代子孫們，有誰會想到當年照顧它們的人是誰？我，你，老湯頭，我們都是微不足道的小人物，生是勞苦，死是煙雲，沒有誰會留下一個名字，不罵我們是豬狗就算有良心了！」

老施抬眼看著落日，這個萬年不變的老太陽，如今正照在海峽兩邊的土地上，滴血的紅霞，是無數無數曾經歷劫的人們留在心頭的戰爭餘影，在他放棄護林工作最後的一夕，他像當初離家抗日一樣，同樣有著依依不捨的離情，沒有什麼好怨懟的，更沒有什麼好記恨的！辭山之夕，他心裡平穩而莊重，好像辭別了一尊巨大的神靈。

施世榮安頓到榮家後，只活了幾個月，遺體被火化後，裝進一隻巴掌大的骨灰罈子，在台北擔任清潔工作的尹聰富，把它暫寄放到靈骨塔，他總在酒後發誓，他一定會把它送回湖南的老家去。

而王老實瞇著眼，縮著肩，開他的老實小吃店，雖說被梁上君子光顧過兩次，但都「風吹鴨蛋殼，財去人安樂」，他自認永遠當不了財主，但這輩子也不愁衣食，要不是老湯施出神通，搞什麼陰陽蝦，讓洪老頭發威，使老丈母娘老蚌生珠有了後代，他和瑞玉生的孩子，根本還姓不了王呢，兩岸開放探親，許多老兵都想回老家看看，王老實卻紋風不動，根本沒有回去的意思，他說：

「俺回去幹啥來，爹娘全死在鬼子手上，屍骨無存，俺是個苦瓜紐子，又沒兄弟姐妹，俺不回去傷這個心，俺做定了屏東洪家的女婿，俺最親的兄弟就是老湯頭，他不能回家鄉，俺就陪他到底！」

他這種老實人講的老實話，大家非但聽得進，還稱許他對老湯有義氣，倆人相交莫逆，至死不渝，換成政工術語，就是「革命情感道義最高度的表現」，不過這種拐彎抹角的話，王老實永遠不會弄得懂。

香肉店老闆王衡倒是回去過，不單因爲廣東老家靠得近，他有個老娘還在苟延殘喘的活著，他回廣東老家，親串們問他幹過什麼行業？他毫不諱言的說：

「我開了好些年香肉店，如今生意清淡，逼得換下招牌，改做廣式燒臘了。」

「不錯不錯。」家鄉親串誇說：「我們粵菜走遍三大洋、五大洲，香肉香得上天入地，你總算把廣東人的精神帶到台灣去了，我們這邊，香肉還是很熱門，做法十足的地道，你不妨跟一流的大師傅取經，回去再把羊頭高高掛起，除非他們鼻子壞了，這種天下第一美食，不吃豈不是枉做一世人嗎？」

「不不不，」王衡搖頭說：「台灣當地的人，他們的文明程度不差於歐美，他們有許多人不吃牛肉，因爲牛是替人耕田的，更多人不吃狗肉，因爲狗是替人看家守夜的，但他們有虎鞭、熊膽、鹿茸和海狗丸，他們吃白鼻心、伯勞鳥、娃娃魚，甚至於把老虎當街宰殺，他們吃起蛇來決不輸於廣東人，山裡的蛇幾乎被他們吃光了：因爲吃野生動物不算什麼，吃牛不道德，吃狗不文明嘛！」

「這倒是一種很有趣的文明。」廣東老鄉在一陣目瞪口呆之後，哄堂大笑起來。

「也許日後香肉在台灣完全絕跡了，而且他們也永遠吃不到粵省名菜『龍虎鬥』，因爲愛狗族越來越多，他們也有許多愛貓族，殺人案件是有的，但殺貓殺狗就會犯大忌，許多人家有了錢，出得起高價買進全世界的珍貓和名犬，那邊可以變成世界的貓狗聯合國總部，我說這話不是瞎吹噓，一隻貓狗的身價要超過好幾個雛妓，這種身價的貓狗，你們這邊養得起嗎？」王衡自鳴得意，說得口沫橫飛。他認爲這回他總算統了老共一戰！——人說：君子報仇，三年不晚，他當年被追得像老鼠，一等等了幾十年，好不容易攫住機會，怎能在口舌上饒過他們?!真槍實彈的反攻，如今早已過了時了，抱住台灣高度文明來反它一攻，也是國民外交的勝利嘛！

抱著這種絕地大反攻心理的老兵，在蔣經國已經不良於行的主政後期，實在不是少數，台灣遍地黃金，有人一口能吞下百萬元的鰻魚苗，有人把超級XO拿來當水喝，女士們猛吃珍珠粉，六十歲背後看起來像十八歲，她們用鮮牛奶洗澡，顯得晶瑩剔透，連貓和狗都抱進美容院，那邊行，你們行嗎?!不但老兵登陸上去了，眷區第二代也奮力跟進，一個小鄧就把大陸人民唱得骨軟筋酥，甚至連老鄧也不夠看的，緊跟著是各類商品登陸，連一個保特瓶都被那邊看成寶貝，一剎時，氣勢之猛，使大家都覺得飄飄欲仙，美麗島根本不足形容，這裡根本是蓬萊仙島！

老兵們的熱心，基本上是沒有錯的，但老成穩重的方上校去看望病中陳老團長的時候，就表露出他的憂心。

「咱們有些老弟兄們，一波一波回大陸，據他們眉飛色舞的樣子，好像一路打著得勝鼓回朝了，再聽他們回鄉言談經過，實在使人啼笑皆非，該講的沒講多少，哪壺不開他們專提

哪一壺，可真是要命的事。」

「這也難怪啊！」陳老團長說：「講到熱心義氣，老弟兄們本來就有的，講到學術文化，連我們這些中上級的同事，又有幾個根基扎實的？要不是半路出家，跟著羅將軍學點兒，咱們又拿什麼去教育部下？到後來，政治教條掛帥，講來講去，都離不了那幾條標語口號，你總不能讓他們去了大陸，還共匪長共匪短的去高喊殺豬拔毛罷？較爲有素養的同事，也許旁敲側擊，講出些真正值得誇耀的，一般自然就難論啦！」

「我很想建議退輔會，找些開明的專家學者，在他們出國前，免費提供講習，免得鬧笑話。」

「主意倒是很好。」陳老團長說：「只不過請來一些畏首畏尾的專家，八股翻花炒陳飯，也賣不出什麼好價錢來，若說經國先生主政，最值得說的就是讓孫運璿先生組閣，他是科技人才，不是政治油子，政府來台之後，歷任內閣，他是最誠信篤實、公而無私的好內閣，大多數閣員僚屬，也都是千錘百鍊，能獨當一面的人物，孫公本身慈孝謙和，清廉高潔，又非常敬重閣僚，全國上下，無分朝野，也都非常敬重他，他有最新的世界性的知識，透達的民主素養，足可比擬唐初賢相魏徵！這種風範的人物，海峽兩岸能有幾個？」

「嘿嘿，」方上校笑說：「你這種言論，要是讓孫公聽到了，不把你罵得狗血淋頭才怪！他是個自反而縮的君子，寧願聽到旁人罵他呢。」

「你知道早先官場的風氣嗎？」陳老團長用拐杖點著地說：「不是蔣經國不放手，是官場被綑慣了，誰也不敢主動放手，像釣魚台，西沙群島的事件，誰敢不先報准他當家作主？連區區一條標語口號，也要一層一級的推給他親自核定！他起用孫公主持行政，至少可以多活兩年，孫公的民主風範，可是那邊最欠缺的。」

「老長官說得爽快。」方上校說：「至少我是敬謹受教了！」

「台灣的經濟是怎麼搞起來，這裡缺少各類礦產資源，土改之後，社會向輕工業轉型，若沒有尹仲容、李國鼎、嚴家淦這類的專業人才，頂掉頭毛去盡心策劃，會有那麼順當嗎？」陳老團長有欲罷不能的激奮：「沒有經濟做底子，十大建設能從天上掉下來？老兵弟兄去那邊，講民主，講尊重人才就夠了嘛！至於兩邊的黨八股，就像俗話說的：——哥哥不在家，少（嫂）來！」

「嗨，我們如今都解甲歸田，變成布衣的百姓了。」方上校感慨的說：「除了關心身邊的一些老弟兄，也沒有什麼大的作爲了。要是老湯沒病成那樣，他回大陸去，凡是他看不慣的就罵上一句：『伊娘噯』！那大陸的進步準會快上一倍。」

「你也太天真了！」陳老團長說：「無論誰罵，總得要有人聽得進去才行！老湯在咱們自己的部隊裡罵了多少句伊娘，老毛病又改掉多少呢?!軍中文藝搞了多年，退伍下來的一個詩人淪落到街頭拾荒，他寫下一首悲痛的詩，結尾幾句足可傳留千古：

『我已淪為拾荒的行業，

媽媽啊！我是詩人。』

許多詩人從八股詩寫到隱隱的厭戰詩，再寫到赤裸的靈魂解剖詩，像那位『代馬輸卒』詩人，真把老兵的淚水匯成黃河長江！於今，大家重視經濟，輕視心靈，這社會受罪的日子還在後頭呢！」

兩位宿將的爲國憂情，悶在療養院的老湯是聽不到的，就算聽著，也只是時代的風吼，對他毫無意義了。那年的秋季，氣象單位播出颱風即將來襲的消息，特別呼籲東北部地區民眾，及早做好防颱的準備，港口地區的風球高高掛起，颱風來襲前，風止雲凝，天地呈現出一種澄黃的異景。

在基隆山間的療養院裡，醫護人員更是非常忙碌，這裡的病患，精神狀態多異於常人，平時還比較容易掌握控制，一旦遇颱風、地震、洪水，他們驚恐的反應，說不定會激發出難以預料的情況，有些攻擊型的病患，特別嚴重的要加以暫時禁錮，抓人咬人踢人還屬尋常，萬一叫他們抓到具有殺傷力的利器和鈍器，那就慘了。嚴重癡呆症的患者，傷害別人的機率不大，但保護自身能力卻付諸闕如，這類人最怕走失，他們迷在山裡，掉進深溝，通常不會大聲呼救，而且很難找得到，如果臨到夜晚，風勢猛烈，吹得牆倒屋塌，精神病患像炸了營的兵勇，四處驚奔，那就使人頭焦額爛，難以收拾啦。

全院醫護人員在忙碌萬分的時刻，並沒有人特別留意老湯，因爲他行動溫靜，整天沉默不語的呆坐在窗口，對外界的一切，反應都很平淡，應該算是安全可靠的病人，到了下午一點多鐘，林姓護士例行查房，發現老湯病床是空的，那扇他常坐的窗子大開著，窗角下的一株芭蕉樹被踩斷了，使她頓時覺得情況不妙，——老湯跑出去了。

她趕緊跑去通知主治的薛醫師，薛醫師去查看，老湯已經把一套醫院的衣裳脫去，整整齊齊的摺放在床頭儲物櫃下層抽屜裡，床尾懸掛的病人名牌也不見了，他入院帶來的雜物並沒有動，一枝原子筆沒有塞進筆套，他在一疊信紙上，劃下許多雜亂的線條和難解的符號，無論如何，他趁院方忙亂之際出走是可以確定的。

院方對精神病患的出走，必須立即作緊急處置，如果病患發生任何危險，院方都難卸得掉人爲疏失的責任，薛醫師能做的是：第一，立即調動有關人員外出尋找，第二，馬上連繫作爲監護人的王老實，希望他儘快趕來協助。由於王老實小館沒裝電話，薛醫師手邊留有方上校的名片，名片上有方上校的電話，他只好跟方上校通話，告知老湯出走的事，請他立即通知王老實趕來協助。

方上校退役後，在一家民營的綜合印製公司做顧問，接到消息，立即借了公司的業務車，去把王老實接上車，冒著漸增的風雨趕去基隆，他們和薛醫師會面，已經是下午三點多鐘了，在附近搜尋的人，仍然沒有發現老湯的蹤跡，大家都十分焦急。

「這得要趕快找到他。」方上校招起手擋在眉上，焦慮的看看天色：「這種天氣，會黑得很快，到了潑風潑雨的夜晚，找人就更困難了。」

「王先生，」薛醫師轉對王老實說：「您是老湯的好朋友，依你看，他會跑到哪兒去呢？」

「當年部隊從舟山群島撤來台灣，是從基隆港入的港。」王老實說：「港區不能隨便進去，咱們何不到附近海岸邊找一找，他再是有病，回大陸的心是不會死的！」

「這判斷很有道理。」方上校說：「大家上車，我們這就去海岸邊去找。」

方上校親自駕車，薛醫官、林護士、王老實，醫院的一位工友老侯，全都擠了上去，沿著港區南轉，在接近海岸的路上疾駛，這時滿天黑雲已經壓到頭頂，風勢虎虎的吹刮，一陣比一陣緊，若干漁船在遠處密集靠泊，即使以巨索鎖連，仍在搖晃波動，海上的滔天巨浪，轟嘩，轟嘩的直沖堤岸，激起的浪頭水沫，使路面全濕了。

「瞧瞧那邊！」林護士突然手指著海岸凸出部分的石坡說：「那好像就是他嘍。」

車子無路駛過去，只見著一個人影在百十碼外的地方踏著操練的步子，朝空裡抓擊撲來的浪沫。全車五個人趕緊下車，互相牽起來，彎下腰，逆著風勢，跌跌撞撞的朝海邊趕，一齊張大喉嚨，猛喊老湯。

不錯，那正是老湯，他哄哄然的唱著那一首早已沒人再唱的軍歌：「反攻！反攻！反攻大陸去，大陸是我們的國土，大陸是我們的疆域……一、二、三、四……」

他抬著頭，挺著胸，大喊著：

「衝啊！」

然後就迎著巨浪，快步衝入了大海。

第一道巨浪落下時，還隱約看得見他的頭顱和深色衣服的背部，第二道巨浪湧來時，他已然完全不見了！他是存心自殺嗎？不是！他是要隻手擎天的作戰嗎？不是！也許是他在台灣罵了許多年的「伊娘」不過癮，一道靈魂飛回大陸，揀那些看不慣的罵「伊娘」去了。五個人連奔帶爬，手指都被尖銳的岩片割出血來，總還是差了二十多碼地，沒有能夠拖住他，傷心疲累的跌坐在岩上。

沒有船隻，沒有人能在狂濤中救得了他，半晌之後，方上校才哽咽的形容出老湯此舉，和古代田橫蹈海，應該是同樣的悲壯，他老淚縱橫的說：

「這是台灣最後的反攻！——精神上的反攻！老湯的靈魂，已經趁著颱風，直撲彼岸去了！他死在海裡，應該是最好的歸宿，海峽兩岸人文的崩壞，環境的污濁，哪能比得海水乾淨?!」

朋友們再怎麼說全是沒有用的，二天地方小報上，刊出火柴盒大的新聞一則：「颱風來襲時，早患有精神疾患的老兵，自某療養機構脫走，失足墜海……」。

伊娘嗳，人不就是那麼一回事嗎?!一個火頭軍，死活又算個啥嘛。
你就替他抹上千層粉，吊死鬼也變不成觀音咧！

《全文完》

國家圖書館出版品預行編目資料

最後的反攻／司馬中原著.— 初版 —
臺北市：風雲時代，2009.04
面；　公分
ISBN 978-986-146-546-3 (平裝)
857.7　　98003822

最後的反攻

作　者：司馬中原
出 版 者：風雲時代出版股份有限公司
出 版 所：風雲時代出版股份有限公司
地　址：105台北市民生東路五段178號7樓之3
風雲書網：http://www.eastbooks.com.tw
官方部落格：http://eastbooks.pixnet.net/blog
信　箱：h7560949@ms15.hinet.net
郵撥帳號：12043291
服務專線：(02)27560949
傳真專線：(02)27653799
執行主編：朱墨菲
美術編輯：許芳瑜

法律顧問：永然法律事務所　李永然律師
　　　　　北辰著作權事務所　蕭雄淋律師
版權授權：司馬中原
初版二刷：2010年11月

ISBN：978-986-146-546-3

總 經 銷：成信文化事業股份有限公司
地　址：台北縣新店市中正路四維巷二弄2號4樓
電　話：(02)2219-2080

行政院新聞局局版台業字第3595號
營利事業統一編號22759935

定 價：340元

風雲時代